LE VIEUX QUI NE VOULAIT PAS FÊTER SON ANNIVERSAIRE

Jonas Jonasson

Né en Suède en 1961, Jonas Jonasson est journaliste. Son premier roman, *Le vieux qui ne voulait pas fêter son anniversaire*, paru en France en 2011 aux Presses de la Cité, est un best-seller international. Il a été acheté par 35 pays et a été adapté au cinéma par Félix Herngren.
Son nouveau roman, *L'analphabète qui savait compter*, a paru en 2013 aux Presses de la Cité.

Retrouvez toute l'actualité de l'auteur sur :
www.jonasjonasson.com

JONAS JONASSON

LE VIEUX QUI NE VOULAIT PAS FÊTER SON ANNIVERSAIRE

Traduit du suédois par Caroline Berg

PRESSES DE LA CITÉ

Titre original :
HUNDRAÅRINGEN SOM KLEV UT GENOM FÖNSTRET OCH FÖRSVANN

Edition originale : Piratförlaget, Sweden
Publié avec l'accord de Pontas Literary & Film Agency, Spain

ISBN : 978-2-266-25143-3

Mon grand-père avait le don de captiver un auditoire. Je le revois assis sur son banc, légèrement appuyé sur sa canne, et le nez plein de tabac à priser. Et je nous entends encore, nous ses petits-enfants, lui demander bouche bée :
« C'est vraiment vrai… dis… grand-père ?
— Ceux qui ne savent raconter que la vérité ne méritent pas qu'on les écoute », répondait notre grand-père.

Je lui dédie ce livre.

Jonas Jonasson

1

Lundi 2 mai 2005

On se dit qu'il aurait pu se décider avant et qu'il aurait dû au moins avoir le courage de prévenir son entourage de sa décision. Mais Allan Karlsson n'avait jamais été du genre à réfléchir longtemps avant d'agir.

L'idée avait donc à peine eu le temps de germer dans l'esprit du vieil homme qu'il avait déjà ouvert la fenêtre de sa chambre située au premier étage de la maison de retraite de Malmköping dans le Södermanland, et qu'il s'était retrouvé debout sur la plate-bande dans le jardin.

L'acrobatie l'avait un peu secoué, ce qui n'avait rien de très étonnant, vu que ce jour-là Allan allait avoir cent ans. La réception organisée pour son centenaire, dans le réfectoire de l'établissement, commençait dans une heure à peine. L'adjoint au maire lui-même était invité. Et le journal local avait prévu de couvrir l'événement. Tous les vieux étaient évidemment sur leur trente et un, ainsi que le personnel au complet avec Alice la Colère en tête de peloton.

Seul le roi de la fête allait manquer à l'appel.

2

Lundi 2 mai 2005

Allan Karlsson resta un petit moment indécis, planté au milieu de la plate-bande de pensées qui courait tout le long de la maison de retraite. Il portait une veste marron et un pantalon assorti. Aux pieds, il avait une paire de charentaises de la même couleur. C'était loin d'être un parangon d'élégance, mais qui peut prétendre qu'il le sera encore à cent ans ? Il fuyait sa propre fête d'anniversaire, et c'est aussi une chose qu'on fait rarement à cet âge-là, principalement parce qu'il n'est pas fréquent d'arriver jusque-là.

Allan hésita à refaire l'escalade dans le sens inverse pour récupérer des chaussures dans sa chambre, mais en sentant la protubérance que faisait son portefeuille dans la poche de poitrine de sa veste, il se dit que cela irait bien comme ça. En outre, sœur Alice avait maintes fois prouvé qu'elle disposait d'un sixième sens (chaque fois qu'il planquait une bouteille d'alcool quelque part, elle la trouvait) et, la connaissant, elle était sûrement déjà en train de tourner et de virer là-dedans avec la sensation que quelque chose n'allait pas.

Il valait mieux continuer sur sa lancée. Ses genoux émirent un craquement lugubre quand il sortit du parterre de fleurs. Autant qu'il se souvienne, le portefeuille contenait quelques billets de cent couronnes. Il se demanda si ce serait suffisant pour un homme en cavale.

Il tourna la tête, jeta un dernier regard à la maison de retraite, dont il pensait, il n'y a pas si longtemps encore, qu'elle serait sa dernière demeure sur terre. Tant pis, il pourrait toujours mourir ailleurs plus tard.

Le centenaire se mit en route sur ses chaussons-pisse (on les appelle comme ça parce que les hommes d'un certain âge ont du mal à faire pipi plus loin que le bout de leurs chaussons). Il traversa d'abord un parc puis une grande place où se tenait de temps à autre une foire, dans cette ville qui le reste du temps était fort calme. Au bout de quelques centaines de mètres, Allan s'assit sur une tombe, derrière l'église médiévale qui était la grande fierté de la région. Il avait besoin de reposer ses genoux. Les gens du coin n'étaient pas des chrétiens très fervents, et il pouvait raisonnablement espérer avoir un moment de tranquillité à cet endroit. Il constata, amusé, qu'il était contemporain d'un certain Henning Algotsson, actuellement couché sous la pierre sur laquelle Allan s'était assis. Henning, lui, avait rendu l'âme quelque soixante et un ans auparavant.

Si cela avait été son genre, Allan se serait peut-être demandé de quoi Henning était mort à l'âge de trente-neuf ans seulement. Mais Allan n'avait pas pour habitude de se mêler des affaires d'autrui s'il pouvait l'éviter. La plupart du temps, il y était parvenu.

Il se dit qu'il avait eu bien tort de penser à mourir quand il était encore à la maison de retraite. Parce que, même perclus de rhumatismes, c'était beaucoup plus rigolo d'être en cavale, loin de sœur Alice, que couché immobile six pieds sous terre.

Sur cette belle pensée, notre héros se leva, faisant fi de ses genoux douloureux. Il salua Henning Algotsson et poursuivit sa fuite improvisée.

Allan traversa le cimetière vers le sud, jusqu'à ce qu'il se retrouve bloqué par un muret en pierre. Il ne faisait pas plus d'un mètre de haut, mais Allan était centenaire, pas champion de saut en hauteur. De l'autre côté du mur l'attendait la gare routière de Malmköping, et le vieillard venait tout juste de comprendre que c'était là que ses pauvres jambes avaient décidé dès le départ de le conduire. Une fois, il y a de nombreuses années de cela, il avait traversé l'Himalaya. Ça, c'était dur. Allan y pensa très fort devant ce mur qui s'érigeait en ultime obstacle entre lui et la gare. Il y pensa si fort que le mur rétrécit jusqu'à devenir un petit muret de rien du tout. Et quand il fut parvenu au minimum de sa taille, Allan passa au-dessus malgré son âge et ses genoux.

Comme nous l'avons dit plus haut, Malmköping était une ville assez calme et ce jour-là ne faisait pas exception. Notre fugitif n'avait encore rencontré personne depuis qu'il avait décidé de ne pas fêter son centième anniversaire. Quand il entra dans la gare en glissant sur ses pantoufles, la salle d'attente lui parut déserte. Au milieu se trouvaient deux rangées de sièges disposés dos à dos, tous libres. Sur la droite, deux guichets. L'un était fermé, à l'autre était assis un petit homme très maigre avec de minuscules lunettes rondes, une unique mèche de cheveux soigneusement ramenée au sommet du crâne pour cacher sa calvitie, et un gilet d'uniforme. L'homme leva le nez de son ordinateur d'un air ennuyé quand Allan entra. Peut-être trouvait-il qu'il y avait un peu trop d'affluence. Allan venait en effet de découvrir qu'il n'était pas le seul voyageur dans la salle d'attente. Dans un angle de la pièce se trouvait un jeune homme dégingandé aux cheveux blonds longs et gras, à la barbe clairsemée et portant une veste en jean avec dans le dos l'inscription *Never Again*.

Le jeune homme ne devait pas savoir lire, car il tirait de toutes ses forces sur la porte des toilettes pour handicapés, alors qu'un panneau d'affichage indiquait clairement en lettres noires sur fond jaune : HORS SERVICE.

Il finit tout de même par bifurquer vers la porte d'à côté, où il rencontra un nouveau problème. Visiblement, il n'avait aucune envie de se séparer de sa grosse valise grise montée sur roulettes, et les W.-C. étaient trop exigus pour les accueillir tous les deux. Allan se dit que le jeune homme n'avait que deux options : laisser la valise dehors ou bien la faire entrer et rester lui-même à l'extérieur.

À vrai dire, Allan ne se sentait pas très concerné par le problème du jeune homme. Il était concentré sur l'épreuve que représentait le fait de lever ses pieds pour atteindre d'une démarche naturelle le guichet ouvert et demander au petit homme si par hasard il y aurait un moyen de transport en commun en partance pour n'importe quelle destination dans les minutes à venir, et, dans l'affirmative, combien lui coûterait le billet.

Le petit homme avait l'air fatigué. Il dut perdre le fil au milieu de la question, car, après quelques secondes de réflexion, il demanda :

— Et où monsieur désire-t-il se rendre ?

Allan dit au petit homme qu'il venait de lui expliquer que a) l'heure de départ et b) le coût du voyage auraient ce jour-là priorité sur la destination et le moyen de transport.

Le petit homme consulta ses grilles d'horaires et réfléchit un peu.

— Le car 202 part dans trois minutes en direction de Strängnäs. Est-ce que cela vous conviendrait ?

Oui, cela convenait parfaitement à Allan. Le petit homme l'informa que le car partait de la place de stationnement qui se trouvait juste devant la porte du terminal et que le plus pratique était d'acheter le billet directement au chauffeur.

Allan se demanda en son for intérieur quelle était la fonction du préposé à la billetterie s'il ne vendait pas de billets, mais il ne fit aucune remarque. Il était possible que le petit homme se pose tous les jours la même question. Allan le remercia pour son aide et fit mine de lever le chapeau que, dans sa précipitation, il avait oublié de poser sur sa tête.

Le centenaire s'assit sur l'un des bancs inoccupés, seul avec ses pensées. Cette satanée fête donnée en son honneur à la maison de retraite devait commencer à 15 heures, c'est-à-dire dans douze minutes. Ils allaient frapper à sa porte d'une minute à l'autre, et alors ce serait la débandade !

Le héros de la fête rit sous cape, tout en remarquant du coin de l'œil que quelqu'un approchait. Il s'agissait du jeune homme dégingandé aux cheveux blonds longs et gras, à la barbe clairsemée et portant une veste en jean avec dans le dos l'inscription *Never Again*. L'individu marchait droit sur Allan, tirant derrière lui sa grosse valise montée sur quatre roulettes. Allan comprit qu'il y avait de fortes chances qu'il soit contraint d'échanger quelques mots avec le chevelu. Il se dit que ce n'était pas très grave ; après tout il pourrait être intéressant de connaître les idées des jeunes d'aujourd'hui.

La conversation eut bien lieu, encore qu'elle restât sommaire. Le jeune homme s'arrêta à quelques mètres d'Allan, sembla le jauger un moment, et lui dit :

— Euheuhdisdonc.

Allan répondit aimablement que lui aussi souhaitait au jeune homme une agréable journée, et lui demanda s'il pouvait lui être utile à quelque chose. C'était bien ça. Le jeune homme souhaitait qu'Allan surveille sa valise pendant qu'il allait aux toilettes faire ce qu'il avait à y faire. Autrement dit :

— Il faut que j'aille chier.

Allan lui répondit gentiment qu'en dépit de son grand âge et de son apparente débilité il avait une excellente vue et qu'il ne lui paraissait pas insurmontable de surveiller son bagage un instant. En revanche il le priait de faire vite parce qu'il avait un car à prendre.

Le jeune homme n'entendit pas cette dernière information : il avait mis le cap sur les toilettes avant qu'Allan ait eu le temps de finir sa phrase.

Le centenaire n'était pas du style à s'énerver contre les gens pour un oui ou pour un non, et il ne fut pas particulièrement agacé par la grossièreté du jeune homme. Mais il ne ressentait pour lui aucune sympathie, et ce détail eut sans doute une certaine influence sur ce qui allait suivre.

Le car 202 arriva devant l'entrée du terminal quelques secondes après que le jeune homme eut fermé la porte des toilettes derrière lui. Allan regarda le car puis la valise, puis le car, puis à nouveau la valise.

Cette valise a des roulettes, se dit-il. Elle a aussi une poignée pour la tirer.

Et Allan se surprit lui-même en prenant une décision lourde de conséquences, comme nous le constaterons par la suite.

Le chauffeur se montra gentil et serviable. Il aida le vieil homme à charger sa grosse valise à bord du car.

Allan le remercia de son aide et sortit son portefeuille de la poche de sa veste. Le chauffeur lui demanda s'il faisait tout le trajet jusqu'à Strängnäs, pendant qu'Allan comptait ses économies. Il avait six cent cinquante couronnes en billets et quelques pièces en plus. Allan se dit qu'il ferait mieux de se montrer prudent avec l'argent. Il mit un billet de cinquante sous le nez du chauffeur et lui demanda :

— Jusqu'où vais-je pouvoir aller avec ça, à votre avis ?

Le chauffeur, l'air hilare, répondit qu'il avait déjà eu affaire à des voyageurs qui voulaient aller quelque part et se demandaient combien ça allait leur coûter, mais jamais l'inverse. Ensuite il étudia sa grille de tarifs et annonça à Allan que pour quarante-huit couronnes il pourrait rester dans le car jusqu'à la gare de Byringe.

Après tout, cette destination en valait une autre. Le chauffeur plaça la valise volée dans le coffre à bagages derrière son siège, puis lui remit son ticket et deux couronnes de monnaie. Allan s'assit tout à l'avant, sur la banquette du côté droit. De sa place, il voyait l'intérieur de la gare routière à travers la vitre. La porte des toilettes était toujours fermée quand le chauffeur passa la première et démarra. Allan souhaita au jeune homme de passer un agréable moment sur le trône, pour se préparer à la mauvaise surprise qu'il aurait à la sortie.

À part lui, il n'y avait pas grand monde dans le car pour Strängnäs cet après-midi-là. À l'avant-dernière rangée de sièges était assise une femme d'âge moyen montée à Flen. Au milieu, il y avait une jeune mère de famille qui s'était laborieusement hissée à bord à Solberga avec ses deux enfants en bas âge, dont l'un était encore dans une poussette.

Le vieil homme se demandait ce qui lui avait pris de voler une valise. Peut-être l'avait-il fait juste parce que l'occasion s'était présentée ? Ou parce que son propriétaire était un voyou ? Ou encore parce qu'il espérait que la valise contiendrait une paire de chaussures et même un chapeau ? Ou parce qu'il n'avait plus rien à perdre ? Non, décidément, Allan ne trouvait pas de réponse à ses questions. Quand la vie joue les prolongations, il faut bien s'autoriser quelques caprices, conclut-il en s'installant confortablement.

Trois heures sonnaient au clocher quand l'autocar passa Björndammen. Allan était content de sa journée. Il ferma les yeux. C'était l'heure de sa sieste.

Au même moment, sœur Alice frappait à la porte de la chambre n° 1 à la maison de retraite de Malmköping. Elle frappa et frappa encore.

— Allez, Allan, on arrête de faire l'idiot. Le conseil municipal et tous les autres sont arrivés. Tu entends ? Tu n'as pas recommencé à boire, j'espère ? Allez, Allan, tu sors maintenant. Allan ?

À peu près en même temps, la porte de l'unique W.-C. en état de fonctionnement de la gare routière de Malmköping s'ouvrit. Un jeune homme, soulagé dans tous les sens du terme, en sortit. Il avança jusqu'au milieu de la salle d'attente en rajustant sa ceinture d'une main et en se passant l'autre dans les cheveux. Puis il se figea. Regarda les deux rangées de sièges vides et jeta de rapides coups d'œil autour de lui. Enfin il lâcha :

— Putain de merde de connerie de chiotte…

Il se ressaisit et ajouta :

— Tu vas crever, salopard de vieux débris… Il faut juste que je te retrouve avant.

3

Lundi 2 mai 2005

Quelques minutes après 15 heures, le 2 mai 2005, Malmköping cessa d'être une ville paisible. La colère fit place à l'inquiétude sur le visage de sœur Alice. Elle avait la clé de la porte d'entrée à la main. Comme Allan n'avait rien fait pour maquiller ses traces, il fut rapidement établi qu'il s'était enfui par la fenêtre. Toujours d'après les empreintes qu'il avait laissées, on put constater qu'il était resté un petit moment à piétiner au milieu du massif de pensées, et qu'ensuite il avait disparu.

En raison de sa fonction, l'adjoint au maire se sentit obligé de diriger les recherches. Il ordonna au personnel de se diviser en groupes de deux. Allan ne pouvait pas être très loin, et les groupes devraient se concentrer sur les environs immédiats. Une équipe fut envoyée dans le parc, une autre au drugstore (où sœur Alice savait qu'Allan allait parfois s'approvisionner en alcool), une troisième eut pour mission de chercher dans les autres commerces de Storgatan, et la dernière partit pour la ferme sur la colline. L'adjoint lui-même resterait à la maison de retraite pour surveiller les vieillards qui ne s'étaient pas encore volatilisés, et réfléchir à la suite des opérations. Il demanda aussi à ses équipes d'être discrètes : inutile de faire trop de publicité autour de cette affaire. Dans la confusion, l'adjoint au maire ne se rendit pas compte que l'un des groupes qu'il venait d'envoyer sur le terrain était justement composé du reporter du journal local et de sa photographe.

La gare routière ne faisait pas partie de la première zone de recherche. Cela dit, il y avait tout de même une unité sur place, composée d'un jeune homme dégingandé aux cheveux blonds longs et gras, à la barbe clairsemée et portant une veste en jean avec dans le dos l'inscription *Never Again*. Il avait déjà fouillé tous les coins et recoins de la gare. N'ayant trouvé ni le vieux ni la valise, le jeune homme s'était planté d'un air décidé devant le petit homme qui occupait le seul guichet ouvert, afin de lui soutirer quelques renseignements sur la destination du vieillard.

Le petit homme était las de son travail mais il avait la dignité de sa fonction. Il expliqua au jeune homme bruyant que la vie privée de ses voyageurs n'était pas une chose qu'il prenait à la légère et qu'il n'avait aucunement l'intention de donner au jeune homme la moindre information.

Le jeune homme resta quelques secondes silencieux avec l'air de traduire en suédois ce que le petit homme venait de lui dire. Puis il se déplaça de cinq mètres sur sa gauche jusqu'à la porte peu robuste de la billetterie. Il ne prit pas la peine de vérifier si celle-ci était fermée à clé. Prenant son élan, il la fit voler en éclats avec sa botte droite. Le petit homme n'avait même pas eu le temps de décrocher le téléphone pour demander de l'aide qu'il se retrouva suspendu en l'air comme une marionnette devant le jeune homme qui le tenait par les oreilles.

— Je me fous de la vie privée de tes voyageurs, et tu vas vite t'apercevoir que pour faire parler les gens je suis vachement balèze, dit le jeune homme avant de le laisser retomber sur sa chaise tournante.

Puis il lui expliqua ce qu'il allait faire de ses parties génitales à l'aide d'un marteau et d'un burin s'il s'obstinait à ne pas lui répondre. La description était si imagée que le petit homme décida instantanément de révéler tout ce qu'il savait, c'est-à-dire que le vieux monsieur était selon toute probabilité en route pour Strängnäs. Le petit homme ne pouvait en revanche pas dire si le vieil homme avait une valise avec lui en montant dans l'autocar, car il n'était pas du genre à espionner les passagers.

Le petit homme regarda le jeune homme avec inquiétude, espérant qu'il serait satisfait, mais il comprit tout de suite qu'il avait intérêt à en raconter un peu plus. Alors il ajouta qu'il y avait douze arrêts entre Malmköping et Strängnäs et que le vieillard pouvait évidemment être descendu à n'importe lequel d'entre eux. Le chauffeur du car serait sûrement en mesure de lui en dire plus et, d'après les horaires, il devait repasser à Malmköping à 19 h 10, sur son trajet de retour vers Flen.

Le jeune homme s'assit à côté du petit homme effrayé, aux oreilles en feu.

— Il faut que je réfléchisse.

Et il se mit à réfléchir. Il songea qu'il pourrait soutirer le numéro de portable du chauffeur de car au petit homme, et appeler celui-ci pour l'informer que la valise du vieux était un bagage volé. En faisant cela, il prenait le risque que le chauffeur mêle la police à l'affaire, ce que le jeune homme ne voulait surtout pas. D'ailleurs, il n'y avait peut-être pas tant d'urgence. Après tout, ce vieux avait l'air vraiment très vieux et, maintenant qu'il devait traîner une valise, il ne pourrait se déplacer qu'en train, en autocar ou en taxi s'il voulait continuer après Strängnäs. Il serait facile à repérer, et il suffirait de secouer quelques personnes par les oreilles pour le suivre à la trace. Le jeune homme avait une grande confiance en sa capacité à convaincre les gens de lâcher le morceau.

Quand le jeune homme eut fini de réfléchir, il avait décidé d'attendre le car en question et d'avoir avec le chauffeur un entretien musclé.

Cette résolution prise, il raconta au petit homme ce qu'il arriverait à sa femme, à son enfant, à sa maison et à lui-même s'il racontait à la police ou à qui que ce soit d'autre ce qui venait de se passer.

Le petit homme n'avait ni femme ni enfant, mais il avait très envie de conserver ses oreilles et ses organes génitaux dans un état acceptable. Il jura donc sur son honneur de cheminot qu'il ne soufflerait pas un mot à qui que ce soit.

Il réussit à tenir sa promesse jusqu'au lendemain.

Toutes les équipes de recherche rentrèrent bredouilles à la maison de retraite. D'emblée, l'adjoint au maire n'avait pas eu envie de mêler la police à l'affaire et il était justement en train de se demander de quel autre moyen d'action il disposait quand le reporter du journal local lui posa cette question :

— Comment comptez-vous procéder maintenant, monsieur l'adjoint ?

L'adjoint au maire s'accorda encore quelques secondes de réflexion avant de répondre :

— Nous allons prévenir la police, bien entendu.

Ce qu'il pouvait détester la presse indépendante !

Le chauffeur vint doucement tirer Allan de son sommeil pour le prévenir qu'ils étaient arrivés à la gare de Byringe. Ensuite il s'attela à la lourde tâche d'extirper la grosse valise du car par la porte avant, et Allan descendit derrière lui.

Le conducteur demanda poliment à son vieux passager s'il pensait être capable de s'en sortir seul et Allan le rassura avant de le remercier pour son aide. Il suivit des yeux l'autocar qui repartait sur la nationale 55 en direction de Strängnäs, et agita la main en signe d'adieu.

L'après-midi touchait à sa fin et le soleil disparaissait déjà derrière les grands sapins. Allan avait un peu froid dans sa veste légère et ses chaussons, et il n'y avait à première vue ni ville ni gare de Byringe aux alentours. Seulement de la forêt, de la forêt et encore de la forêt dans trois directions. Sur sa droite partait un chemin de terre.

Allan se demanda si par hasard il n'y aurait pas un vêtement chaud dans la valise qui était si spontanément et bizarrement entrée en sa possession. Hélas, elle était cadenassée et, sans tournevis ou autre outil adéquat, il était impossible de l'ouvrir. Il n'y avait plus qu'à se mettre en route, parce qu'une chose était sûre, il ne pouvait pas rester au beau milieu de la nationale à mourir de froid. Il savait d'expérience que de toute façon, même s'il essayait, cela n'arriverait pas.

Grâce à sa poignée, on pouvait faire rouler la valise bien gentiment. Allan s'engagea à petits pas traînants sur le sentier gravillonné. Derrière lui le bagage sautillait avec allégresse.

Au bout de quelques centaines de mètres, Allan arriva à ce qui était jadis la gare de Byringe, une gare désaffectée devant laquelle passait une voie ferrée abandonnée.

Allan avait beau être un centenaire hors du commun, ça faisait beaucoup d'épreuves en peu de temps. Le vieil homme s'assit sur la valise pour rassembler ses pensées et reprendre des forces.

Sur sa gauche se trouvait la vieille maison à deux étages, au crépi jaune écaillé, qui avait été une gare. Toutes les fenêtres du rez-de-chaussée étaient condamnées par de vulgaires planches. Sur sa droite, l'ancienne voie ferrée s'enfonçait parmi les sapins. La forêt n'avait pas encore totalement englouti les rails et les traverses, mais ce n'était qu'une question de temps.

Le perron était en bois et semblait sur le point de s'écrouler. Sur la dernière lame du plancher, on pouvait encore lire l'inscription : « Il est interdit de marcher sur la voie. » La voie semblait pourtant bien plus inoffensive que le quai lui-même, et Allan se demanda quel genre de fou furieux se risquerait à marcher dessus.

Il ne tarda pas à avoir la réponse quand il vit la porte délabrée s'ouvrir sur un gars d'environ soixante-dix ans, chaussé d'une solide paire de bottes, une casquette sur la tête, une chemise à carreaux et un gilet noir en peau sur le dos, des yeux bruns et une barbe grise de trois jours. Il s'avança de quelques pas, apparemment certain que le plancher ne céderait pas. Toute son attention était concentrée sur le vieillard face à lui.

L'homme à la casquette commença par regarder Allan d'un air peu avenant. Mais son attitude changea rapidement, peut-être parce qu'il se rendit compte de la décrépitude du spécimen humain qui foulait sa propriété.

Toujours assis sur sa valise volée, Allan ne savait pas quoi dire, et d'ailleurs il n'avait plus la force de parler. Il gardait les yeux fixés sur l'homme à la casquette en attendant qu'il s'exprime le premier, ce qu'il fit presque aussitôt. Il fut moins menaçant qu'il n'y paraissait au départ. Plutôt prudent.

— Qui es-tu, et que fais-tu sur ma propriété ?

Allan ne répondit pas ; il ne parvenait pas à déterminer s'il était en présence d'un être bienveillant ou hostile. Et puis il se dit qu'il valait mieux ne pas se fâcher avec la seule personne à des kilomètres à la ronde susceptible de l'héberger avant la tombée de la nuit. Il expliqua les choses telles qu'elles étaient.

Il s'appelait Allan, il avait cent ans aujourd'hui et il était très alerte pour son âge, tellement alerte qu'il venait de se faire la malle de sa maison de retraite et qu'il avait volé sans le faire exprès la valise sur laquelle il était assis, à un jeune homme qui devait être assez contrarié. Il ajouta que ses genoux n'étaient plus ce qu'ils avaient été et qu'il aimerait bien, si c'était possible, interrompre sa promenade pendant un petit moment.

Son histoire terminée, Allan attendit sans bouger la réaction de son interlocuteur.

— Voyez-vous ça ! dit en riant l'homme à la casquette. Un voleur !

— Un vieux voleur, précisa Allan, bougon.

L'homme à la casquette descendit le perron d'un pas souple et s'approcha du centenaire pour l'examiner.

— Tu as vraiment cent ans ? Alors tu dois avoir faim.

Allan ne saisit pas bien l'association d'idées, mais il avait effectivement faim. Il demanda donc ce qu'il y avait au menu et si par hasard il serait possible de boire aussi un petit coup.

L'homme à la casquette lui tendit la main, se présenta sous le nom de Julius Jonsson et le remit debout. Puis il l'informa qu'il s'occuperait de la valise, qu'il y avait du steak d'élan et à boire également, en quantité suffisante pour satisfaire l'estomac et les genoux.

Allan monta sur le quai avec difficulté. Ses douleurs lui confirmèrent qu'il était toujours vivant.

Julius Jonsson n'avait parlé à personne depuis des années, et la venue du vieil homme à la valise était une aubaine. Il lui servit un verre pour le premier genou et un pour le deuxième, suivis d'un petit coup pour le dos et pour la nuque, et enfin une dernière tournée pour leur ouvrir l'appétit. Ce dernier verre acheva de briser la glace. Allan demanda à Julius comment il faisait bouillir la marmite et eut droit à un long récit.

Julius était né dans le nord du pays, à Strömbacka près de Hudiksvall, fils unique d'un couple d'agriculteurs répondant aux noms d'Anders et Elvina Jonsson. Il avait travaillé comme commis dans la ferme familiale, battu quotidiennement par son père qui le considérait comme un bon à rien. L'année de ses vingt-cinq ans, un cancer emporta sa mère, ce qui lui fit de la peine. Peu après, son père se noya dans l'étang en essayant de sauver une génisse. L'événement affecta Julius car il aimait bien la génisse.

Le jeune Julius n'avait pas de dispositions pour le métier de fermier (son père avait au moins eu raison sur ce point) et il n'avait pas envie d'essayer. Il vendit donc l'ensemble de la propriété en se gardant juste quelques hectares de bois pour ses vieux jours.

Il partit ensuite pour Stockholm, où il dilapida tout son capital en moins de deux ans. Puis il retourna dans la forêt.

Il s'engagea un jour avec un peu trop d'enthousiasme à livrer cinq mille poteaux à la compagnie d'électricité de la région de Hudiksvall. Comme Julius ne s'encombrait pas de détails du genre charges patronales ou TVA, il emporta le marché. Avec l'aide d'une dizaine de réfugiés hongrois, il réussit même à livrer les poteaux dans les temps et gagna beaucoup d'argent. Jamais il n'aurait cru qu'il en existât autant.

Jusque-là tout allait bien. Malheureusement, Julius avait été obligé de tricher un peu, car les arbres n'avaient pas encore atteint leur pleine croissance. Les poteaux furent donc livrés un mètre plus courts que ce qu'indiquait la commande, et personne ne l'aurait remarqué si tous les paysans du pays n'avaient pas justement choisi ce moment-là pour acheter leur moissonneuse-batteuse.

La compagnie d'électricité de la région de Hudiksvall planta en un temps record des poteaux un peu partout dans les champs et les prairies de la région. Quand vint la moisson, les câbles électriques étant trop bas, vingt-deux agriculteurs aux commandes de leurs toutes nouvelles moissonneuses-batteuses les arrachèrent en une seule matinée à vingt-deux endroits différents. Une partie du village de Hälsingland se retrouva privée d'électricité pendant des semaines, les moissonneuses restèrent sur place et les trayeuses inactives. Il ne fallut pas longtemps pour que les paysans, qui s'en étaient d'abord pris à la compagnie d'électricité de Hudiksvall, se retournent contre le jeune Julius.

— Ce n'est sûrement pas ce jour-là qu'on a inventé le slogan « Hudik la joyeuse [1] » ! J'ai dû me cacher à l'hôtel à Sundsvall pendant sept mois et du coup j'ai dépensé tout l'argent. On s'en reprend un petit ?

Allan trouva que c'était une bonne idée. Ils avaient fait glisser le steak d'élan avec de la bière, et il se sentait si incroyablement bien qu'il se mit soudain à avoir peur de la mort.

Julius continua son histoire. Le jour où il faillit se faire écraser à Sundsvall par un tracteur (conduit par un paysan au regard assassin), il comprit que la ville n'oublierait pas sa petite erreur même après un siècle. Il décida donc de changer de crémerie et s'installa à Mariefred, où il vécut pendant un moment de petits

1. *Glada Hudik :* expression apparue au XIXe siècle pour décrire la période de prospérité due à l'industrie du bois. *(N.d.T.)*

larcins avant de se lasser de la vie citadine et d'acheter la gare désaffectée de Byringe pour vingt-cinq mille couronnes, somme qu'il avait trouvée dans le tiroir-caisse de l'auberge de Gripsholm. Depuis qu'il habitait dans cette gare, il vivait principalement aux crochets de la société, braconnant un peu, distillant et vendant de petites quantités d'eau-de-vie, revendant à droite et à gauche les choses qu'il récupérait plus ou moins légalement chez ses voisins.

— Je ne suis pas très populaire dans le quartier, dit Julius à Allan, qui lui fit remarquer entre deux bouchées que cela n'avait rien d'étonnant.

Quand Julius proposa un dernier petit coup « pour le dessert », Allan lui dit qu'il avait toujours eu un faible pour ce genre de dessert, mais qu'il devait d'abord visiter les toilettes. Julius se leva, alluma le plafonnier car il commençait à faire sombre dans la pièce, et indiqua à Allan des W.-C. situés à droite de l'escalier dans l'entrée, lui promettant qu'il y aurait deux nouveaux schnaps versés, prêts à la consommation, lorsqu'il reviendrait.

Allan trouva les toilettes, se mit en position, et comme d'habitude une partie seulement des gouttes d'urine atteignit la cuvette. Les autres atterrirent sur le bout de ses chaussons.

Soudain, il entendit quelqu'un marcher dans l'escalier. Il pensa tout d'abord, il faut bien l'avouer, que c'était peut-être Julius qui prenait la tangente avec la valise volée. Mais le bruit s'amplifia. Quelqu'un montait l'escalier.

Il y avait une assez forte probabilité pour que les pas appartiennent à un jeune homme dégingandé aux cheveux blonds longs et gras, à la barbe clairsemée et portant une veste en jean avec dans le dos l'inscription *Never Again*. Et si c'était bien lui, il ne devait pas être d'humeur à plaisanter.

Le car en provenance de Strängnäs arriva à la gare routière de Malmköping en avance de trois minutes sur l'horaire. Comme il ne transportait aucun passager, le chauffeur avait appuyé sur le champignon après le dernier arrêt pour arriver plus tôt et avoir le temps de s'en griller une avant de continuer sa route vers Flen.

Le chauffeur avait à peine eu le temps d'allumer sa cigarette qu'un jeune homme dégingandé aux cheveux blonds longs et gras, à la barbe clairsemée et portant une veste en jean avec dans le dos l'inscription *Never Again* se matérialisait devant lui. En réalité, le chauffeur ne vit pas tout de suite l'inscription *Never Again*.

— Tu vas à Flen ?

Il avait posé la question sans conviction, car il était évident que quelque chose ne tournait pas rond chez ce jeune homme.

— Je ne vais pas à Flen, et toi non plus, répondit ce dernier.

Impatient comme il l'était, attendre l'autocar pendant quatre heures avait été pour lui une rude épreuve. Au bout de deux heures, il s'était dit qu'en volant un véhicule il aurait eu le temps de rattraper le car bien avant que celui-ci atteigne Strängnäs.

Sans compter que subitement il avait aperçu plusieurs voitures de police. L'une d'elles risquait de s'arrêter d'une minute à l'autre devant la gare routière, un policier pouvait entrer et demander au petit homme pourquoi il avait l'air si effrayé et pourquoi la porte de sa billetterie était aux trois quarts démolie.

Le jeune homme ne comprenait pas ce que la police faisait ici. Son chef à Never Again avait choisi Malmköping comme lieu de transaction pour trois raisons : c'était une ville proche de Stockholm ; elle était relativement bien desservie par les transports en commun ; et surtout le bras de la loi n'était pas assez long pour arriver jusque-là. Il n'y avait pas de commissariat à Malmköping.

Et pourtant ça grouillait de policiers ! Quatre représentants de l'ordre répartis dans deux voitures constituaient, selon les critères du jeune homme, un véritable bataillon.

Il pensa d'abord que les flics étaient à sa recherche, mais il aurait fallu pour cela que le petit homme les ait appelés, ce qui était impossible. En attendant le car, le jeune homme n'avait pas eu grand-chose d'autre à faire que de le surveiller, pulvériser son téléphone et remettre en place tant bien que mal la porte de la billetterie.

Quand le car arriva enfin, vide, il décida de détourner le véhicule et son chauffeur.

Il ne lui fallut que vingt secondes pour convaincre le conducteur de repartir vers le nord. Presque trop beau pour être vrai, se dit-il en s'installant à l'endroit précis où le vieil homme s'était assis quelques heures plus tôt.

Le chauffeur tremblait de terreur sur son siège et essayait de se calmer en grillant une cigarette. Il était interdit de fumer à bord, mais la seule autorité à laquelle il consentait à obéir pour l'instant était un jeune homme dégingandé aux cheveux blonds longs et gras, à la barbe clairsemée et portant une veste en jean avec dans le dos l'inscription *Never Again*, et cette personne était assise juste derrière lui sur la première banquette à droite.

Pendant le trajet, le jeune homme demanda jusqu'où son voleur de valise était allé. Le conducteur lui raconta l'histoire du billet de cinquante couronnes et dit qu'il l'avait déposé à l'arrêt Gare de Byringe, où personne ne descendait jamais. Il ne savait pas grand-chose sur cet endroit, mis à part que l'arrêt devait tenir son nom d'une gare désaffectée. D'après lui, le vieil homme n'avait pas dû aller bien loin, étant donné son âge et le poids de la valise.

Le jeune homme se détendit d'un seul coup. Il n'avait pas prévenu son chef à Stockholm de sa mésaventure, car ce dernier était encore plus fort que lui pour effrayer les gens en n'employant que la parole. Le jeune homme n'osait même pas imaginer ce que le Chef aurait dit s'il lui avait annoncé la disparition de la valise.

Il valait mieux résoudre le problème d'abord et raconter ensuite. Puisque le vieux n'était pas allé jusqu'à Strängnäs, où il aurait pu prendre un train pour continuer son voyage, le jeune homme pensait récupérer la valise beaucoup plus vite que prévu.

— Voilà, c'est l'arrêt Gare de Byringe, annonça le chauffeur.

Il se rangea doucement sur le côté. Sa dernière heure était-elle venue ?

Seul son portable trépassa sous l'une des rangers du jeune homme. Il eut droit aussi à un chapelet de menaces de mort dirigées contre lui et sa famille pour le cas où il s'aviserait de prévenir la police au lieu de reprendre gentiment la route de Flen.

Puis le jeune homme descendit. Le conducteur était tellement terrifié qu'il n'osa pas faire demi-tour et roula tout droit jusqu'à Strängnäs. Il se gara au milieu de Trädgårdsgatan, entra comme un zombie dans le bar de l'hôtel Delia et but quatre whiskys cul sec. Ensuite, au grand dam du serveur, il se mit à pleurer comme une Madeleine. Après deux whiskys supplémentaires, le barman proposa de lui prêter un téléphone, pensant, vu son état, que cela lui ferait peut-être du bien de parler à quelqu'un. Cette offre déclencha chez le malheureux chauffeur une nouvelle crise de larmes. Quand il fut un peu calmé, il téléphona à sa compagne.

Le jeune homme découvrit sur le chemin des traces qui pouvaient avoir été faites par la valise. Il en aurait vite le cœur net. Il devait se dépêcher, car le jour était tombé. Voilà qu'il se retrouvait en pleine forêt alors qu'il allait faire nuit noire.

Il fut rassuré en apercevant une maison jaune délabrée en contrebas de la crête qu'il venait de passer. Quand une lumière s'alluma au premier étage, il grogna :

— Je te tiens, l'ancêtre !

Quand Allan se fut soulagé, il ouvrit doucement la porte des toilettes et essaya d'entendre ce qui se passait dans la cuisine. Il eut bientôt la confirmation de ce qu'il craignait, en reconnaissant la voix du jeune homme qui conseillait à Julius de lui dire où se trouvait « l'autre vieux salaud ».

Allan s'approcha de la porte de la cuisine sur la pointe des pieds, silencieux dans ses pantoufles. Le jeune homme avait attrapé Julius avec la même prise d'oreille que celle pratiquée sur le petit homme de la gare de Malmköping. Tout en secouant le pauvre Julius, il lui demandait sans relâche où se cachait Allan. Il aurait pu se contenter de récupérer sa valise, qui était posée au milieu de la pièce. Julius faisait des grimaces terribles mais ne semblait pas avoir l'intention de satisfaire la curiosité du jeune homme. Allan pensa que le marchand de bois était d'une essence drôlement coriace et se mit à faire l'inventaire de l'entrée en quête d'une arme adaptée à la situation. Il y avait dans ce bric-à-brac un certain nombre d'objets qui pouvaient faire l'affaire : un pied-de-biche, une planche, une bombe insecticide et un paquet de mort-aux-rats. Allan songea d'abord à la mort-aux-rats, mais comment convaincre le jeune homme d'en avaler une cuillerée ou deux ? Le pied-de-biche était trop lourd, quant à l'insecticide… Il se décida pour la planche.

En quatre pas, avec une rapidité étonnante pour son âge, il surgit dans le dos de sa victime, armé de sa planche.

Le jeune homme devait avoir senti une présence, car, au moment où Allan allait le frapper, il lâcha Julius et se retourna brusquement.

Il reçut la planche en plein front, se pétrifia l'espace d'une seconde, le regard fixe, puis tomba en arrière, son crâne allant heurter le coin de la table de cuisine.

Il n'y eut pas une goutte de sang ni le moindre gémissement. Il resta simplement allongé au sol, les yeux fermés.

— Joli coup, commenta Julius.

— Merci, dit Allan. Et ce schnaps que tu m'as promis, ça tient toujours ?

Allan et Julius s'assirent à la table de la cuisine, laissant le jeune homme aux cheveux longs dormir à leurs pieds. Julius tendit un verre à Allan et leva le sien pour trinquer.

— Ce jeune homme est donc le propriétaire de la valise, commenta Julius quand il eut vidé son verre.

Allan se devait de fournir des éclaircissements.

Non pas qu'il y eût grand-chose à expliquer. Il arrivait à peine à comprendre lui-même la façon dont les événements de la journée s'étaient enchaînés. Il récapitula néanmoins pour Julius comment il s'était échappé de la maison de retraite, comment, par le plus pur des hasards, il était entré en possession de la valise à la gare routière de Malmköping. Il lui confia son inquiétude à l'idée de voir le jeune homme, pour le moment évanoui par terre, se réveiller soudain et le pourchasser. Pour finir, il dit à Julius à quel point il s'en voulait d'être la cause de ses oreilles cramoisies et endolories. Là, Julius se mit presque en colère et rétorqua qu'il n'avait pas à s'excuser, qu'au contraire c'était lui qui devrait le remercier d'avoir enfin apporté un peu d'animation dans sa vie.

Julius avait repris du poil de la bête. Et il trouvait qu'il était grand temps de jeter un coup d'œil au contenu du fameux bagage. Quand Allan lui fit remarquer qu'il était fermé à clé, Julius le pria d'arrêter de dire des bêtises.

— Il ferait beau voir un cadenas capable d'arrêter Julius Jonsson ! Mais chaque chose en son temps. D'abord, occupons-nous du problème allongé là. Il ne faudrait pas qu'il se réveille et décide de reprendre les choses là où il les a laissées.

Allan proposa de l'attacher à un arbre devant la gare, mais Julius fit remarquer que si le jeune homme se mettait à brailler de toutes ses forces à son réveil, on l'entendrait sûrement jusqu'au village voisin. Il n'y vivait actuellement qu'une poignée de personnes, mais toutes avaient un compte à régler avec Julius. Elles prendraient certainement le parti du jeune homme.

Julius avait une meilleure idée. Derrière la cuisine, il avait installé une chambre froide pour entreposer les élans qu'il braconnait. Ces jours-ci, elle n'était pas en service. Il ne la laissait pas fonctionner en permanence, car elle consommait énormément d'énergie. Julius s'était branché sur le compteur de son voisin Gösta à Skogstorp, mais il faut toujours voler son électricité avec modération si l'on veut que l'arrangement perdure.

Allan visita la chambre frigorifique et admit qu'elle ferait une geôle tout à fait convenable, sans confort superflu. De deux mètres sur trois, elle offrait bien plus d'espace que n'en méritait le jeune homme, mais à quoi bon brutaliser un homme déjà à terre ?

Les deux compères le transportèrent dans sa prison. Il grogna quand ils l'assirent dans un coin, le dos appuyé au mur. Il se réveillait. Ils sortirent en hâte et verrouillèrent la porte avec soin.

Julius hissa ensuite la valise sur la table de la cuisine et examina le cadenas. Il lécha la fourchette qu'il avait utilisée pour manger son steak d'élan accompagné de pommes de terre, et s'en servit pour forcer la serrure, qui ne résista que quelques secondes. Il invita Allan à ouvrir lui-même le bagage, puisque c'était lui le voleur.

— Ce qui est à moi est à toi, répliqua Allan. Nous partagerons le butin en deux parts égales. En revanche, s'il y a à l'intérieur une paire de chaussures à ma taille, je les prendrai volontiers.

Allan souleva le couvercle.

— Nom de Dieu ! dit Allan.

— Nom de Dieu ! répéta Julius.

— Sortez-moi de là ! hurla une voix en provenance de la chambre froide.

Il y a un bureau [illegible] de chaussures à [illegible]
les [illegible]
[illegible]
Nom de [illegible]
[illegible]
[illegible]
la chambre [illegible]

ACTE II

[illegible]

[illegible] ne se [illegible] dé[illegible] [illegible] et [illegible] [illegible] de [illegible] [illegible]

ge-femme [illegible] lors[illegible] qu'elle [illegible] Charles XIV [illegible] Napoléon Bonaparte en [illegible] comme [illegible] enfant qu'elle [illegible] à [illegible] monde [illegible] [illegible] et plus [illegible].

Le père de [illegible] Kafka [illegible] [illegible] qui [illegible] en [illegible] sa famille [illegible] comme [illegible] société [illegible] et tous [illegible] qui [illegible] le [illegible] en [illegible]. Il n'était [illegible] le gr[illegible]

4

1905-1929

Allan Emmanuel Karlsson naquit le 2 mai 1905. La veille, le 1er, sa mère avait défilé dans les rues de Flen, où elle manifestait pour le droit de vote des femmes, la semaine de quarante-huit heures et autres utopies. Son effort ne se révéla cependant pas inutile : il déclencha les contractions et lui permit de mettre au monde son premier et unique enfant, de sexe masculin. L'accouchement eut lieu dans une ferme d'Yxhult avec l'aide d'une vieille voisine qui n'avait aucune compétence de sage-femme mais une certaine notoriété locale puisqu'elle avait, à l'âge de neuf ans, fait la révérence à Charles XIV, ancien camarade (eh oui) de Napoléon Bonaparte en personne. À la décharge de la commère, l'enfant qu'elle aida à mettre au monde atteignit l'âge adulte et plus encore.

Le père d'Allan Karlsson était un homme attentionné qui se mettait facilement en colère. Attentionné avec sa famille, il était en colère contre la société en général et tous ceux qui détenaient le pouvoir en particulier. Il n'était d'ailleurs pas très apprécié par le gratin de sa communauté, surtout depuis le jour où il s'était donné en spectacle au milieu de la Grand-Place de Flen en militant pour la contraception, ce qui lui avait valu une amende de dix couronnes. Pour lui, le problème ne se posa plus. La mère d'Allan, profondément humiliée, lui interdit l'accès à sa chambre à coucher. Allan entrait à l'époque dans sa sixième année et s'estima suffisamment grand pour demander à sa mère pourquoi le lit de papa avait soudain été déménagé dans le bûcher derrière la cuisine. La seule réponse qu'il obtint fut qu'il ferait mieux de s'abstenir de poser autant de questions s'il ne voulait pas prendre une claque. Allan n'avait pas plus envie de prendre des claques que n'importe quel autre petit garçon ; il laissa tomber l'affaire.

À dater de ce jour, le père d'Allan se montra de moins en moins dans sa propre maison. Le matin, il partait consciencieusement effectuer son travail de cheminot, et le soir il se rendait à des réunions un peu partout pour discuter politique avec ses camarades socialistes. Quant à ce qu'il faisait de ses nuits, Allan ne le sut jamais.

Toutefois le père faisait face à ses responsabilités, financièrement parlant au moins. Il apportait la majeure partie de sa paye à sa femme, toutes les semaines, jusqu'au jour où il fut mis à la porte des chemins de fer pour avoir maltraité un passager qui avait osé dire qu'il se rendait à Stockholm, à l'instar de milliers d'autres, pour honorer son roi et demander sa protection.

« Commence par te protéger de celle-là », avait rétorqué le père d'Allan en lui balançant une droite qui l'avait collé à son siège.

Licencié sans préavis, le père d'Allan n'était plus en mesure de subvenir aux besoins de sa famille. Ayant désormais la réputation d'un homme violent doublé d'un fervent défenseur de la contraception, il était inutile qu'il espère retrouver un emploi. Il n'avait plus qu'à attendre la révolution, ou mieux encore à accélérer sa venue puisque décidément les choses traînaient en longueur. Le père d'Allan était capable de détermination quand le jeu en valait la chandelle. Le socialisme suédois avait besoin d'un ambassadeur à l'étranger. C'était le seul moyen de faire bouger les choses et de forcer l'épicier Gustavsson et ses semblables à réfléchir un peu.

Le père d'Allan fit ses bagages et partit en Russie pour renverser le tsar. Le salaire du cheminot manqua bien sûr à la mère d'Allan, mais elle se félicita que son mari ait débarrassé le plancher du bûcher, et du pays.

Le chef de famille ayant émigré, madame Karlsson et son fils Allan, qui avait maintenant dix ans, durent se débrouiller pour faire bouillir la marmite. La mère fit abattre autour de la ferme quatorze bouleaux adultes qu'elle débita et vendit comme bois de chauffage. Allan décrocha un emploi de coursier dans une filiale de la société Nitroglycerin AB, dont l'usine se trouvait dans la banlieue de Flen.

Dans les missives qui arrivaient régulièrement de Saint-Pétersbourg (rebaptisée Petrograd à cette même époque), la mère d'Allan put à sa grande surprise constater que l'idéologie socialiste du père avait rapidement pris du plomb dans l'aile. Il arrivait de plus en plus souvent que le père d'Allan, parlant dans ses lettres de ses relations et amis, fasse mention de divers membres de l'establishment politique de Petrograd. L'homme qu'il citait le plus fréquemment s'appelait Carl. Allan trouvait que ça ne faisait pas très russe, encore moins quand son père l'appelait Fabe.

D'après le père d'Allan, le Fabe en question considérait que la plupart des hommes ne savent pas ce qui est bon pour eux et ont besoin qu'on leur tienne la main. C'est pour cette raison que l'autocratie est supérieure à la démocratie, à partir du moment où il existe une structure sociale d'intellectuels et de personnes responsables qui s'assure que l'autocrate en question se conduise bien. Fabe arguait avec un certain mépris que sept bolcheviques sur dix étaient analphabètes, et qu'on ne pouvait tout de même pas laisser le pouvoir à une bande d'analphabètes !

Dans les lettres qu'il envoyait à sa famille à Yxhult, le père d'Allan avait tout de même trouvé des circonstances atténuantes aux bolcheviques sur ce dernier point. « *Car vous n'imaginez pas*, écrivait-il, *à quoi ressemble l'alphabet russe. Il ne faut pas s'étonner que les gens ne parviennent pas à apprendre à lire.* »

Il était surtout choqué par la façon dont se comportaient ces bolcheviques. Ils étaient sales, et ils buvaient autant de vodka que les ouvriers suédois qui avaient posé des rails à travers tout le Södermanland. Le père d'Allan s'était souvent demandé comment les rails pouvaient être droits avec toute l'eau-de-vie qu'ingurgitaient les cheminots, et il trouvait suspect le moindre virage sur une voie ferrée suédoise.

Avec les bolcheviques, c'était encore pire. Fabe prétendait que le socialisme prendrait fin quand tous les socialistes se seraient entretués jusqu'à ce qu'il n'en reste qu'un et que celui-là prenne le pouvoir. Autant se rallier tout de suite à la cause du tsar Nicolas, un homme bon et cultivé qui avait de grands desseins pour le monde.

Fabe parlait en connaissance de cause, puisqu'il l'avait rencontré, et plus d'une fois. D'après lui, le souverain était un être réellement généreux. C'était juste un homme qui n'avait pas eu de chance, mais sa malchance ne pouvait tout de même pas durer éternellement. Il avait été victime des mauvaises récoltes et des révoltes paysannes contre les bolcheviques. Et puis les Allemands s'étaient mis à faire des histoires parce qu'il mobilisait ses troupes. Pourtant il ne l'avait fait que dans le but de maintenir la paix. Ce n'était pas le tsar qui avait fait assassiner l'archiduc et son épouse à Sarajevo, après tout !

Ainsi raisonnait le Fabe en question, et d'une façon ou d'une autre il avait réussi à convaincre le père d'Allan. Ce dernier ressentait, semble-t-il, une sorte d'empathie et de confraternité avec ce tsar malchanceux. La chance devait nécessairement tourner tôt ou tard, que ce fût pour les tsars de Russie ou pour le simple et honnête citoyen de la région de Flen.

Le père n'envoya jamais d'argent de Russie, mais au bout de quelques années Allan et sa mère reçurent de sa part un paquet contenant un œuf qu'il disait avoir gagné au jeu, contre son fameux copain russe qui, à part boire, discuter et jouer aux cartes avec lui, ne faisait pas grand-chose d'autre de ses journées que de fabriquer ce genre d'œufs décoratifs.

Le père d'Allan faisait cadeau de l'œuf à sa « chère épouse », qui se mit en colère et dit que ce fichu imbécile aurait mieux fait de lui envoyer un œuf véritable, qui leur aurait au moins rempli l'estomac. Elle faillit le jeter par la fenêtre, mais se ressaisit au dernier moment. L'épicier Gustavsson lui en donnerait peut-être quelque chose, lui qui cherchait toujours à se faire remarquer. Il trouverait peut-être l'œuf remarquable, allez savoir !

La mère d'Allan fut quand même surprise quand l'épicier Gustavsson lui proposa dix-huit couronnes pour l'œuf du camarade Fabe. Certes sous forme de crédit ouvert dans son épicerie, mais tout de même !

Ensuite la mère d'Allan espéra voir arriver d'autres œufs par la poste ; au lieu de cela, elle reçut une missive lui annonçant que les généraux du tsar avaient laissé tomber leur monarque et que celui-ci allait devoir se retirer. Dans cette lettre, le père d'Allan maudissait son ancien copain fabricant d'œufs, qui en avait profité pour s'exiler en Suisse. Lui avait fermement l'intention de rester et de lutter contre ce bouffon parvenu qui avait maintenant pris le pouvoir et qu'on appelait Lénine.

Il en faisait une affaire personnelle. En effet Lénine avait osé interdire toute propriété foncière individuelle le jour même où le père d'Allan avait acheté douze mètres carrés de bonne terre russe dans l'intention d'y cultiver des fraises suédoises. « *J'ai acheté ce lopin de terre pour quatre roubles seulement, mais on ne m'expropriera pas impunément de mon champ de fraises !* » disait le père d'Allan dans la toute dernière lettre qu'il écrivit à sa famille. Il achevait son courrier par ces mots : « *Maintenant, c'est la guerre !* »

Effectivement, c'était la guerre. Dans le monde entier ou presque, et elle durait depuis des années. Elle avait éclaté peu après qu'Allan eut commencé son travail de coursier chez Nitroglycerin AB. Tout en chargeant ses cartons de dynamite, Allan écoutait les commentaires des ouvriers sur l'actualité. Il se demandait comment ils pouvaient être au courant d'autant de choses, et surtout il avait du mal à comprendre comment les adultes pouvaient se comporter de manière aussi déraisonnable. L'Autriche avait déclaré la guerre à la Serbie. L'Allemagne avait déclaré la guerre à la Russie. Puis les Allemands avaient pris le Luxembourg en un après-midi avant de déclarer la guerre à la France. Sur ce, l'Angleterre avait déclaré la guerre à l'Allemagne qui avait riposté en déclarant la guerre à la Belgique. L'Autriche avait déclaré la guerre aux Russes et la Serbie à l'Allemagne.

Et ainsi de suite. Les Japonais et les Américains devinrent alliés. Pour une raison ou pour une autre, les Anglais prirent Bagdad, puis Jérusalem. Les Grecs et les Bulgares se firent la guerre entre eux, et puis il fallut que le tsar de Russie abdique, pendant que les Arabes conquéraient Damas…

« C'est la guerre », avait déclaré son père. Peu après, les hommes de main de Lénine assassinèrent le tsar et toute sa famille. Allan en déduisit que la malchance de Nicolas persistait.

Quelques semaines plus tard, l'ambassade de Suède à Petrograd envoya un télégramme à Yxhult annonçant la mort du père d'Allan. Il n'entrait vraisemblablement pas dans les attributions du diplomate de donner plus de détails sur ce décès, mais il n'avait peut-être pas pu s'en empêcher.

D'après le haut fonctionnaire, le père d'Allan aurait construit une palissade autour d'un terrain de dix ou quinze mètres carrés et proclamé la parcelle « république autonome ». Il aurait baptisé son petit lopin de terre « La Vraie Russie », et serait mort dans le tumulte qui avait suivi l'irruption de deux soldats du gouvernement venus démolir sa palissade. Il aurait combattu les soldats avec ses poings dans sa ferveur à défendre les frontières de son territoire, et les soldats auraient été incapables de lui faire entendre raison. Ils n'avaient finalement pas trouvé d'autre solution que de lui tirer une balle entre les deux yeux, afin de pouvoir continuer à travailler tranquillement.

— Tu n'aurais pas pu mourir d'une façon un peu moins bête ? dit la mère d'Allan après lecture du télégramme de l'ambassade.

Elle ne pensait pas voir son mari rentrer un jour à la maison, mais ces derniers temps elle s'était quand même mise à l'espérer, à cause de ses problèmes pulmonaires et de ses difficultés à garder la cadence à la scierie. Elle poussa un gros soupir rauque et ce fut la fin de son deuil. Elle informa Allan que désormais les choses étaient comme elles étaient et que l'avenir serait ce qu'il serait. Puis elle lui mit tendrement les cheveux en désordre et retourna couper du bois.

Allan ne saisit pas vraiment ce que sa mère entendait par là ; il comprit néanmoins que son père était mort, que sa mère crachait du sang quand elle toussait et que la guerre était finie. Lui était devenu expert dans l'art de provoquer une explosion en mélangeant de la nitroglycérine, du nitrate de cellulose, du nitrate d'ammonium, du nitrate de natrium, de la sciure, du dinitrotoluène et quelques autres composants. Ça peut toujours servir.

Pour le moment, il devait aller aider sa mère à couper du bois.

Deux ans plus tard, la mère d'Allan cessa de tousser, et partit au ciel, ou ailleurs, rejoindre le père d'Allan. Le jour même, un épicier en colère frappait à la porte en réclamant une dette de huit couronnes quarante, que sa mère aurait pu avoir la décence d'honorer avant de tirer sa révérence. Allan n'avait nulle envie d'engraisser Gustavsson plus que nécessaire.

— Je propose à monsieur l'épicier de discuter de cette question avec ma mère. Voudrait-il emprunter une pelle ?

L'épicier était certes un homme d'affaires, mais il n'était pas très courageux, à la différence d'Allan. Le garçon de quinze ans devenait un homme, et s'il était seulement moitié aussi cinglé que son père, il était capable d'à peu près n'importe quoi, se dit Gustavsson qui avait envie de rester vivant encore quelque temps pour compter ses sous. La question de la dette ne fut plus jamais évoquée.

Allan ne comprenait pas comment sa mère avait fait pour mettre de côté plusieurs centaines de couronnes. Quoi qu'il en soit, l'argent était là et il y en eut suffisamment pour payer l'enterrement et lancer l'entreprise Karlsson-dynamite, Allan ayant déjà appris chez Nitroglycerin AB tout ce dont il avait besoin.

Il faisait aussi toutes sortes d'expériences avec divers explosifs dans la carrière de sable qui se trouvait derrière la ferme. L'une de ces explosions fut si réussie qu'une des vaches du voisin, à deux kilomètres de là, fit une fausse couche. Allan n'en entendit jamais parler car, à l'instar de l'épicier Gustavsson, le voisin en question avait une peur bleue du fils un peu fou de Karlsson le fou.

De l'époque où il travaillait comme coursier chez Nitroglycerin AB, Allan avait gardé une curiosité pour tout ce qui se passait en Suède et dans le reste du monde. Au moins une fois par semaine, il se rendait à vélo à la bibliothèque de Flen, afin de se tenir au courant des dernières nouvelles. Il arrivait qu'il y rencontre des jeunes de sa génération, passionnés de débats, qui voulaient tous amener Allan à s'engager dans quelque mouvement politique. Mais, bien qu'Allan aimât savoir ce qui se passait autour de lui, il n'avait pas la moindre envie d'y être mêlé ou de prendre parti.

Sa jeunesse l'avait perturbé, politiquement parlant. D'un côté, il appartenait à la classe ouvrière puisqu'il avait arrêté l'école à neuf ans pour travailler en usine. De l'autre, il respectait la mémoire de son père, et ce dernier avait eu le temps, dans sa trop courte vie, de changer souvent de famille politique. D'abord gauchiste, il avait ensuite admiré le tsar Nicolas II avant de terminer sa vie dans un conflit foncier avec Vladimir Ilitch Lénine.

Sa mère maudissait tout le monde, entre deux quintes de toux, du roi aux bolcheviques en passant par Hjalmar Branting, le père du socialisme suédois, l'épicier Gustavsson et, plus que quiconque, le père d'Allan lui-même.

Allan était loin d'être un imbécile. Il n'était allé que trois ans à l'école, mais cela avait largement suffi pour qu'il apprenne à lire, à écrire et à compter. Ses collègues engagés chez Nitroglycerin AB lui avaient inculqué la curiosité de ce qui se passait dans le monde.

Mais ce qui forgea définitivement la personnalité d'Allan et sa philosophie de la vie fut la phrase que sa mère prononça au moment où elle reçut la nouvelle de la mort de son mari. L'idée mit quelque temps avant de prendre racine dans l'âme du jeune garçon, mais quand elle s'y installa, ce fut pour toujours : « Les choses sont ce qu'elles sont et elles seront ce qu'elles seront. »

Inhérent à cette philosophie était le fait de ne jamais se plaindre. Ou du moins jamais sans raison valable. Par exemple, lorsque la nouvelle de la mort du père était arrivée dans le salon à Yxhult, conformément à la tradition familiale, Allan était simplement allé couper du bois, même s'il l'avait fait pendant un plus long moment et dans un silence plus lourd. Quand sa mère avait suivi le même chemin et qu'on était venu chercher son cercueil pour le porter dans le corbillard stationné devant la maison, Allan avait suivi le spectacle depuis la fenêtre de la cuisine. Puis il avait dit tout bas et pour lui seul :

— Salut, maman.

Et il avait tourné une nouvelle page de sa vie.

Allan se donna du mal pour monter son entreprise de dynamite et il réussit à se faire une belle clientèle dans le Södermanland au début des années vingt. Le samedi soir, pendant que les jeunes de son âge allaient danser, Allan restait chez lui et cherchait de nouvelles formules afin d'améliorer la qualité de sa dynamite. Quand arrivait le dimanche, il se rendait à la carrière de sable pour faire des essais. Sauf entre 11 et 13 heures, ainsi qu'il l'avait promis au pasteur d'Yxhult. En contrepartie, celui-ci ne l'ennuyait pas trop concernant son absentéisme à l'église.

Allan était parfaitement heureux en compagnie de lui-même, ce qui était une bonne chose, car il était très seul. Le fait qu'il n'adhère pas à la lutte des travailleurs le rendait méprisable dans les milieux de gauche et il était décidément trop prolétaire et trop le fils de son père pour qu'on l'accueille dans les salons bourgeois. Salons que fréquentait d'ailleurs l'épicier Gustavsson, qui ne voulait pour rien au monde rencontrer le rejeton de la famille Karlsson. Imaginez que celui-ci apprenne à quel prix Gustavsson avait revendu l'œuf acheté une bouchée de pain à sa mère ; œuf qui se trouvait aujourd'hui à Stockholm chez un diplomate distingué. Cette transaction avait fait de Gustavsson le troisième citoyen d'Yxhult qui pût se vanter de posséder une automobile.

Cette fois-là, Gustavsson avait eu de la chance. Mais la chance de l'épicier ne dura pas aussi longtemps qu'il l'aurait souhaité. Un dimanche du mois d'août 1925, après la messe, il alla se promener dans son automobile. Principalement afin de se montrer. Pour son malheur, il choisit de passer devant la ferme d'Allan Karlsson à Yxhult. Dans le virage qui contournait la ferme, Gustavsson eut peut-être un moment de nervosité (à moins que Dieu ou le destin ne s'en soient mêlés), car il fit une erreur en changeant de vitesse et envoya l'automobile et sa propre personne tout droit dans la carrière de sable derrière la ferme. Gustavsson était déjà très ennuyé d'être entré sur la propriété d'Allan Karlsson sans y être invité, et de devoir s'en expliquer, mais ses problèmes ne s'arrêtèrent pas là, car, alors qu'il parvenait enfin à stopper son véhicule emballé, Allan effectuait ses premiers essais d'explosifs de la journée.

Accroupi derrière ses cabinets, ce dernier ne vit ni n'entendit rien. C'est seulement en arrivant dans la carrière qu'il constata que quelque chose était allé de travers. La voiture de Gustavsson était dispersée de tous côtés et des petits morceaux de l'épicier parsemaient le sol de-ci de-là. Sa tête avait atterri en douceur sur un carré de pelouse près de la maison. Elle reposait là, toute seule, fixant le désastre d'un regard vide.

— Mais qu'est-ce que tu fichais dans ma carrière ? lui demanda Allan.

L'épicier ne répondit pas.

Les quatre années qui suivirent, Allan eut tout le temps qu'il fallait pour parfaire son éducation, car il fut interné sur-le-champ. Les raisons de cet internement restèrent un peu floues, toutefois le fait que son père se fût forgé une solide réputation de fauteur de troubles constitua une circonstance aggravante. Un jeune et ambitieux disciple du professeur Bernhard Lundborg, bien connu pour ses travaux sur l'eugénisme, décida de bâtir sa carrière sur le cas Allan Karlsson. Après quelques péripéties, celui-ci tomba entre les griffes de Lundborg et fut soumis à la castration chimique sur « indication eugéniste et sociale » : Allan fut diagnostiqué débile léger et de toute façon porteur d'un trop grand nombre de gènes de son père pour que l'État suédois puisse prendre le risque de laisser la famille Karlsson continuer à se reproduire.

Cette affaire de stérilisation ne dérangea pas Allan outre mesure, il trouva au contraire qu'il avait été fort bien reçu dans la clinique du professeur Lundborg. On lui demanda de répondre à toutes sortes de questions, pour quelle raison il éprouvait le besoin de faire exploser les choses et les gens, et si par hasard il avait connaissance d'éventuelles origines africaines dans sa famille. Allan répondit qu'il y avait une grande différence entre faire exploser les choses et faire exploser les gens. S'il pouvait, à l'aide d'un bâton de dynamite, pulvériser une pierre sur son chemin, cela lui procurait une certaine satisfaction, en revanche si c'était une personne qui se trouvait sur son chemin, il trouvait plus simple de lui demander de se pousser un peu. Le professeur Lundborg n'était-il pas de cet avis ?

Mais Bernhard Lundborg n'était pas du genre à se lancer dans des discussions philosophiques avec ses patients, aussi préféra-t-il répéter la question sur le sang africain qu'Allan aurait éventuellement dans les veines. Allan répondit qu'il n'en savait rien, mais que ses deux parents étaient aussi blancs de peau que lui-même, espérant que cette réponse conviendrait au professeur. Et Allan ajouta qu'il aimerait drôlement voir un Nègre en vrai si par hasard le professeur en avait un à lui montrer.

Le professeur Lundborg et ses assistants ne répondaient jamais aux questions d'Allan, se contentant de griffonner ses réponses et de hocher la tête en émettant des « hmm-hmm » approbateurs, après quoi ils laissaient Allan tranquille, parfois pendant plusieurs jours d'affilée. Ces jours-là, Allan les consacrait entièrement à la lecture. Il lisait les journaux, bien sûr, mais aussi des romans qu'il empruntait à la bibliothèque de l'hôpital, laquelle était d'une importance considérable. Si vous ajoutez à cela trois repas chauds par jour, des toilettes à l'intérieur du bâtiment et une chambre individuelle, vous comprendrez qu'Allan se sentait comme un coq en pâte en internement d'office. L'ambiance avait juste été gâchée une fois, quand Allan, qui était de nature curieuse, avait demandé au professeur Lundborg ce qu'il y avait de mal à être juif ou Nègre. Pour une fois, le professeur n'avait pas répondu par le silence, mais répliqué avec virulence que monsieur Karlsson devrait s'occuper de ses affaires et ne pas se mêler de celles des autres. La situation lui avait rappelé un autre épisode survenu des années plus tôt, au cours duquel sa mère l'avait menacé d'une gifle.

Les années passèrent et les séances d'interrogatoire se firent de plus en plus rares. Et puis le Parlement désigna une commission d'enquête sur la stérilisation des « personnes biologiquement déficientes ». Quand la commission rendit son rapport, le professeur Lundborg eut soudain tellement de travail qu'Allan dut libérer son lit pour quelqu'un d'autre. Au printemps de 1929, on déclara donc Allan réhabilité à la vie en société et on le jeta à la rue, avec juste assez d'argent de poche pour prendre un train jusqu'à Flen. Il dut marcher le dernier kilomètre pour rentrer à Yxhult, ce qui ne le dérangea nullement. Après avoir passé quatre années enfermé, Allan avait de toute façon besoin de se dégourdir les jambes.

5

Lundi 2 mai 2005

Le journal local s'empressa de publier en première page l'histoire du vieil homme qui s'était volatilisé le jour de son centième anniversaire. La journaliste, en manque de nouvelles locales, avait suggéré qu'il pouvait s'agir d'un kidnapping. Selon une source sûre, le centenaire avait toute sa tête et ne pouvait pas s'être perdu tout seul.

Disparaître le jour de son centième anniversaire n'est pas chose banale. La radio locale embraya sur le quotidien local, suivie par la radio nationale, puis par l'agence de presse Tidningarnas Telegrambyrå, le télétexte, les pages régionales des quotidiens nationaux et les infos de l'après-midi et du soir de la télévision.

La police de Flen n'osait plus s'occuper de l'affaire et la transmit à la préfecture de Stockholm. Celle-ci envoya deux voitures de police et un certain inspecteur Aronsson, qui débarqua habillé en civil. Il fut assailli par les journalistes, prêts à lui donner un coup de main pour écumer la région. La presse trouva ensuite une autre cible en la personne du procureur, arrivé entre-temps. Ce dernier fut enchanté d'aider les journalistes, et surtout de se placer dans l'axe des caméras le plus souvent possible.

Les premières investigations consistèrent en un chassé-croisé des deux voitures de police un peu partout dans le bourg, pendant que l'inspecteur interrogeait les gens sur le terrain. L'adjoint au maire s'était réfugié à Flen et avait débranché tous ses téléphones. Il n'était pas bon, se disait-il, de se trouver mêlé à la disparition d'un vieillard ingrat.

Les témoignages affluaient : on avait vu Allan faire de la bicyclette à Katrineholm, râler dans la file d'attente d'une pharmacie de Nyköping. La plupart de ces témoignages furent rapidement invalidés. En effet, et à titre d'exemple, le centenaire ne pouvait pas se trouver à Katrineholm à l'heure où il était en train de déjeuner tranquillement à la maison de retraite de Malmköping.

L'inspecteur principal organisa des battues avec des centaines de bénévoles de la région et fut sincèrement surpris que celles-ci ne donnent aucun résultat. Il était en effet convaincu qu'il s'agissait d'une simple disparition de personne sénile, malgré les témoignages affirmant que le vieux était en pleine possession de ses moyens.

L'enquête tourna en rond jusqu'à l'arrivée du chien policier d'Eskilstuna, qui fut mis à contribution vers 19 h 30. Le chien renifla le fauteuil d'Allan, puis les traces dans le parterre de pensées devant la fenêtre avant de foncer tout droit en direction du parc. À l'extrémité de celui-ci, il traversa la route, entra dans le cimetière de l'église médiévale, sauta le muret de pierre et ne s'arrêta que devant la gare routière de Malmköping.

La porte de la salle d'attente était fermée. En appelant le préposé à la billetterie de la gare de Flen, l'inspecteur Aronsson apprit que la gare de Malmköping fermait ses portes à 19 h 30 les soirs de semaine, heure à laquelle son homologue de Flen débauchait. Cela dit, ajouta le guichetier, si l'affaire était urgente, la police pouvait sans doute aller voir son collègue à son domicile de Malmköping. Il s'appelait Ronny Hulth et était dans l'annuaire.

Pendant que le procureur paradait devant les caméras de télévision sur le perron de la maison de retraite, demandant instamment l'aide de toutes les bonnes volontés pour continuer les recherches dans la soirée et la nuit, sachant que le vieillard était légèrement vêtu et vraisemblablement désorienté, l'inspecteur Göran Aronsson sonnait à la porte de Ronny Hulth. Le chien avait clairement indiqué que le vieil homme était entré dans la salle d'attente de la gare routière, et le guichetier Hulth se souviendrait sûrement s'il avait ensuite quitté Malmköping en autocar.

Ronny Hulth n'ouvrit pas. Prostré dans sa chambre, les persiennes baissées, il serrait son chat dans ses bras.

— Allez-vous-en, chuchotait-il en direction de la porte d'entrée. Allez-vous-en, allez-vous-en !

Et l'inspecteur finit par s'en aller. D'une part parce que lui aussi commençait à penser ce que son supérieur tenait déjà pour acquis, c'est-à-dire que le vieil homme errait quelque part dans le coin, d'autre part parce que s'il était monté dans un car, il savait ce qu'il faisait et il n'était pas en danger. Ronny Hulth était sans doute allé rendre visite à l'une de ses petites amies.

Il irait l'interroger sur son lieu de travail à la première heure le lendemain. Si le vieux n'avait pas réapparu d'ici là.

À 21 h 02, le centre d'appels d'Eskilstuna reçut un coup de téléphone :

« Voilà, je m'appelle Bertil Karlgren et j'appelle… enfin disons que c'est ma femme qui m'a dit de vous appeler… C'est-à-dire que… Voilà, ma femme, Gerda Karlgren, a passé quelques jours à Flen pour rendre visite à notre fille et à son mari. Ils vont avoir un bébé… et bien sûr il y a tout un tas de choses à préparer, enfin vous voyez ce que je veux dire. Mais toujours est-il qu'aujourd'hui elle rentrait à la maison, et elle a pris, je parle de ma femme Gerda… donc, Gerda a pris le car qui partait de bonne heure dans l'après-midi, aujourd'hui donc, et qui passe par Malmköping. Nous habitons à Strängnäs… Alors, ça n'a peut-être rien à voir, enfin, ma femme pense que ça n'a rien à voir, mais nous avons entendu parler à la radio de la disparition d'un centenaire. Enfin, vous l'avez peut-être retrouvé depuis ?… Ah non ? Eh bien, ma femme dit qu'elle a vu monter un homme incroyablement vieux à l'arrêt de Malmköping qui transportait une énorme valise comme s'il partait pour un très long voyage. Ma femme était assise tout à fait à l'arrière et le vieux monsieur s'est assis tout à fait à l'avant et elle n'a pas pu bien voir à quoi il ressemblait, ni ce que lui et le chauffeur se sont raconté. Qu'est-ce que tu dis, Gerda ?… Ah, Gerda dit qu'elle n'est pas du genre à écouter les conversations des autres… mais enfin toujours est-il que ce qu'elle a trouvé bizarre… oui, vraiment bizarre… c'est que le

vieux soit descendu à mi-chemin de Strängnäs, et qu'il ait une si grosse valise pour faire un voyage aussi court. Et apparemment, il avait l'air vraiment très vieux, d'après ce que dit ma femme. Gerda ne sait pas comment s'appelait l'arrêt où il est descendu, mais elle se souvient que c'était en plein milieu de la forêt... et comme je vous le disais, à mi-chemin environ entre Malmköping et Strängnäs. »

La communication fut enregistrée, transcrite et envoyée par fax à l'hôtel où séjournait l'inspecteur chargé de l'enquête.

6

Lundi 2 mai – mardi 3 mai 2005

La valise était pleine à craquer de billets de cinq cents couronnes. Julius fit un rapide calcul. Cinq rangées de dix liasses chacune. Quinze liasses d'environ cinquante mille couronnes chacune par pile…

— Si j'ai bien compté, il y a à peu près trente-sept millions et demi là-dedans, dit Julius.

— Sortez-moi de là, salopards ! hurla le jeune homme enfermé dans la chambre froide.

Il continua de crier en donnant des coups de pied dans la porte. Allan et Julius avaient besoin d'un peu de calme pour se concentrer et n'y parvenaient pas dans ce vacarme. Trouvant qu'il était temps de refroidir un peu les ardeurs du jeune homme, Allan mit en marche la chambre froide.

Il ne fallut pas longtemps au jeune homme pour comprendre que sa situation s'était aggravée. Il se tut pour réfléchir. Cela lui était déjà difficile en temps normal, mais là, en plus, il souffrait d'un terrible mal de tête.

Au bout de quelques minutes, il arriva à la conclusion qu'il ne s'en tirerait pas avec des menaces et des coups de pied dans la porte. Il devait demander de l'aide. Il allait être obligé d'appeler le Chef. Cette perspective lui glaça le sang. Mais ne pas le faire risquait d'être pire.

Le jeune homme hésita encore une petite minute, pendant que la température de la pièce baissait. Finalement il sortit son portable de sa poche.

Pas de réseau.

Le soir céda la place à la nuit, et la nuit passa pour laisser venir le jour. Allan ouvrit les yeux. Il ne se rappelait plus où il était. Avait-il fini par mourir dans son sommeil ?

Un homme lui dit bonjour et lui annonça qu'il avait deux nouvelles à lui apprendre, une bonne et une mauvaise. Laquelle voulait-il entendre en premier ?

Allan souhaita d'abord savoir où il se trouvait et pourquoi il était là. Il avait mal aux genoux et en conclut qu'il était vivant. Mais est-ce qu'il n'était pas… et n'avait-il pas ensuite… et ce type ne s'appelait-il pas Julius… ?

Les pièces du puzzle se mirent en place. Il était allongé sur un matelas installé par terre dans la chambre de Julius, et celui-ci, debout sur le seuil, répétait sa question. Allan voulait-il entendre la bonne ou la mauvaise nouvelle d'abord ?

— La bonne, dit Allan. Laisse tomber la mauvaise.

— OK, dit Julius, la bonne nouvelle c'est que le petit déjeuner est prêt dans la cuisine. Il y a du café, des sandwichs au steak d'élan et des œufs fraîchement pondus par les poules du voisin.

Allan allait avoir droit à un petit déjeuner composé d'autre chose que de porridge ! Ça, c'était une sacrément bonne nouvelle ! Quand il fut assis à la table de la cuisine, il se dit qu'il était même prêt à entendre la mauvaise.

— La mauvaise nouvelle, dit Julius en baissant un peu la voix, c'est qu'avec tout ça on a oublié d'éteindre la chambre froide avant d'aller se coucher hier soir.

— Et alors ? s'enquit Allan.

— Et alors, le gars à l'intérieur est un petit peu mort à l'heure qu'il est.

Allan se gratta la nuque, l'air soucieux, puis il décida de ne pas laisser l'information gâcher une journée qui commençait si bien.

— C'est ballot, dit-il, mais je dois dire que ces œufs sont cuits à la perfection, ni trop durs, ni trop baveux.

L'inspecteur Aronsson se réveilla vers 8 heures, de mauvaise humeur. Retrouver un centenaire qui avait disparu, intentionnellement ou pas, n'aurait pas dû poser problème à un homme de son envergure.

Il se doucha, s'habilla et descendit prendre son petit déjeuner au rez-de-chaussée de l'hôtel Plevnagården. En chemin, il croisa le réceptionniste, qui lui remit le fax arrivé la veille au soir juste après la fermeture de la réception.

Une heure plus tard, l'inspecteur commençait à voir l'affaire sous un tout autre angle. Le fax émanant du centre régional d'appels lui avait semblé peu important de prime abord. Il alla tout de même interroger Ronny

Hulth, qu'il trouva un peu pâle, à la billetterie de la gare. Aronsson ne mit que quelques minutes à le faire craquer et raconter toute sa mésaventure. Peu après, quelqu'un appela d'Eskilstuna pour dire que la société de transport Sörmland Trafik à Flen venait de se rendre compte que l'un de ses autocars avait disparu depuis la veille au soir, et priait l'inspecteur Aronsson de rappeler une certaine Jessica Björkman, la compagne d'un chauffeur de car qui avait apparemment été kidnappé mais était parvenu à échapper à son ravisseur.

L'inspecteur Aronsson retourna à l'hôtel Plevnagården pour boire un café et faire le point sur les derniers éléments de l'affaire. Il nota tout ce qu'il avait appris et se mit à réfléchir.

Un homme âgé, Allan Karlsson, disparaît de sa chambre à la maison de retraite juste avant la réception organisée pour son centième anniversaire. Karlsson est, ou était, en excellente forme pour son âge. Il existe un certain nombre d'éléments qui le prouvent, en particulier le fait qu'il ait pu sortir tout seul par la fenêtre de sa chambre, à moins bien sûr qu'il n'ait bénéficié d'une aide extérieure, ce que contredisent les observations qui ont été faites depuis lors. En outre, si l'on en croit les infirmières et la directrice de la maison de retraite, Alice Englund : « Allan Karlsson est vieux, c'est indéniable, mais c'est un drôle de loustic qui sait très exactement ce qu'il fait. »

D'après le chien policier, après avoir piétiné un petit moment dans le parterre de pensées, Karlsson se serait baladé dans les rues de Malmköping pour finalement entrer dans la salle d'attente de la gare routière, où il aurait marché droit sur le guichet, si l'on en croit le témoignage de Ronny Hulth. Ce dernier précise que le vieux monsieur glissait plutôt qu'il ne marchait parce qu'il était chaussé de pantoufles.

Le témoignage de Hulth indique que Karlsson avait plus l'air de fuir que de voyager. Il voulait visiblement quitter Malmköping et ne se souciait ni de la destination ni du moyen de transport employé.

Ce détail est confirmé par Jessica Björkman, compagne du chauffeur de car Lennart Ramnér. Le chauffeur lui-même n'a pas encore été interrogé, car il est encore sous l'effet d'une prise massive de somnifères. Mais le témoignage de Björkman paraît crédible. Karlsson aurait demandé à Ramnér un billet correspondant à un certain montant. La destination se trouvait être la gare de Byringe. *Se trouvait être*. Il n'y avait donc aucune raison de croire que quelqu'un attendait Karlsson à cet endroit. Il y avait un autre fait important. Bien que le préposé à la vente de billets répondant au nom de Hulth n'ait pas remarqué si Allan Karlsson transportait ou non une valise au moment de monter dans le car qui devait le déposer à Byringe, il en avait été informé par la suite quand il avait eu à subir l'agression d'un membre de l'organisation criminelle connue sous le nom de Never Again.

Il n'était question d'aucun bagage dans le récit que Jessica Björkman avait réussi à tirer de son compagnon drogué, mais le centre d'appels confirmait que Karlsson aurait, aussi incroyable que cela puisse paraître, volé la valise appartenant au membre du gang Never Again.

Le récit de Björkman ainsi que le fax d'Eskilstuna corroborent le fait que Karlsson, à 15 h 20 plus ou moins quelques minutes, puis le membre de l'organisation Never Again, quatre heures plus tard, sont descendus à la station Gare de Byringe pour se diriger ensuite vers une destination inconnue. Le premier, centenaire et traînant derrière lui une lourde valise, le deuxième plus jeune de soixante-dix ou soixante-quinze ans.

L'inspecteur Aronsson referma son calepin et finit de boire son café. Il était 10 h 25.

— En route pour la gare de Byringe.

Pendant le petit déjeuner, Julius expliqua à Allan tout ce qu'il avait fait et tout ce à quoi il avait pensé tandis qu'Allan dormait.

D'abord à propos de l'accident survenu dans la chambre frigorifique. Quand il avait constaté que la température était restée au-dessous de zéro pendant plus de dix heures d'affilée, il avait pris son pied-de-biche à tout hasard et était allé ouvrir la porte. Si le jeune homme était encore en vie, il serait sans doute beaucoup trop faible pour s'attaquer à un Julius armé.

La précaution s'était révélée inutile. Il avait trouvé le jeune homme recroquevillé sur une caisse, des cristaux de givre sur le corps. Ses yeux fixaient le vide d'un regard glacial. Il était aussi mort qu'un élan empaillé.

C'était un peu triste pour lui, mais très opportun pour eux. Julius ne voyait pas comment ils auraient pu le relâcher, de toute façon. Il avait alors éteint la chambre frigorifique et laissé la porte ouverte. Inutile de gaspiller l'électricité.

Julius avait allumé la cuisinière à bois pour chauffer la maison puis avait recompté l'argent. Il n'y avait pas trente-sept millions et demi comme il l'avait cru la veille dans son estimation à la louche, mais très exactement cinquante millions.

Allan écouta le compte rendu de Julius avec beaucoup d'attention tout en engloutissant son repas avec plus d'appétit qu'il ne se souvenait en avoir eu depuis bien longtemps. Il ne fit aucun commentaire avant que Julius n'en arrive à la partie financière.

— Ça tombe bien, c'est plus facile de partager cinquante millions en deux que trente-sept et demi. Un chiffre rond, impeccable. Aurais-tu l'amabilité de me passer le sel ?

Julius obtempéra puis prit un air grave. Il s'assit en face d'Allan à la table de la cuisine et dit qu'il était peut-être temps de déménager. Le jeune homme dans la chambre froide était inoffensif à présent, mais qui sait combien de personnes il avait ameutées avant de venir ici ? Ils pouvaient tout à coup se retrouver avec dix jeunes fous furieux en train de gueuler au milieu de la cuisine.

Allan était d'accord, mais lui rappela qu'il n'était plus tout jeune ni aussi mobile que par le passé. Julius lui promit qu'ils marcheraient le moins possible, cependant il fallait absolument partir au plus vite. Et le mieux serait d'emporter le corps. Cela pourrait leur faire du tort si on découvrait après leur départ un cadavre dans la chambre froide.

Julius et Allan traînèrent le mort jusqu'à la cuisine, où ils l'assirent dans un fauteuil le temps de reprendre des forces en vue de la prochaine étape.

Allan examina le corps et remarqua :

— Il a des pieds minuscules pour sa taille. Je suppose qu'il n'a plus besoin de ses chaussures, qu'est-ce que tu en penses ?

Julius répondit que la matinée était un peu fraîche et que le jeune homme, lui, ne risquait plus de s'enrhumer.

Si elles lui allaient, Allan n'avait qu'à les lui emprunter. Qui ne dit mot consent.

Elles étaient un peu grandes, mais, pour fuir, elles seraient bien plus adaptées que de vieux chaussons avachis.

Ils portèrent ensuite le corps pour descendre l'escalier. Quand ils l'eurent couché sur le perron, Allan se demanda ce que Julius avait prévu pour la suite.

— Ne bougez pas, dit Julius avant de sauter du quai et de disparaître dans un hangar au bout de la voie de garage.

Il ressortit peu après, monté sur une cyclodraisine.

— Un modèle datant de 1954, dit-il. Bienvenue à bord !

Le mort fut installé sur le siège, la tête maintenue par un manche à balai, une paire de lunettes noires dissimulant son regard fixe. Julius s'installa à l'avant pour pédaler ; Allan, derrière lui, se contenterait de suivre le mouvement avec ses pieds.

Il était 10 h 55 quand la petite bande se mit en route. Trois minutes plus tard, une Volvo bleu marine arrivait à la gare désaffectée de Byringe. De la voiture sortit Göran Aronsson.

La maison semblait abandonnée, mais l'inspecteur se dit qu'un coup d'œil à l'intérieur ne pourrait pas faire de mal, avant d'aller tirer des sonnettes à Byringe même.

Aronsson monta prudemment sur le perron, qui ne lui parut pas très solide. Il ouvrit la porte d'entrée et cria :

— Il y a quelqu'un ?

En l'absence de réponse, il monta l'escalier jusqu'à l'appartement du premier étage. Il découvrit que la maison était habitée. Il vit les braises rougeoyantes dans la cuisinière à bois et les reliefs d'un repas pour deux personnes.

Par terre traînait une paire de chaussons avachis.

L'organisation Never Again était officiellement un club de motards. En réalité, ce n'était rien d'autre qu'un petit groupe de jeunes, vaguement délinquants, dirigés par un homme d'âge moyen, au casier nettement plus chargé. Tous avaient cependant les mêmes ambitions criminelles.

Le chef de la bande s'appelait Per-Gunnar Gerdin, mais personne n'aurait jamais osé l'appeler autrement que « Chef », car il en avait décidé ainsi une bonne fois pour toutes ; il mesurait près de deux mètres, pesait environ cent trente kilos et agitait volontiers son couteau à cran d'arrêt sous le nez de quiconque se permettait de le contredire.

Le Chef avait démarré sa carrière criminelle avec modération. Il s'était associé avec un camarade de son âge pour importer des fruits et légumes en Suède, trichant sur leur provenance afin d'éviter les taxes à verser à l'État et de soutirer aux consommateurs un prix plus élevé au kilo.

Son associé n'avait qu'un seul défaut, il était trop honnête. Le Chef voulut passer à la vitesse supérieure en mettant du formol dans des boulettes de viande. Il avait entendu dire que c'était une pratique courante en Asie et son idée était d'importer des boulettes suédoises des Philippines par la voie maritime, ce qui était moins onéreux, en truffant les boulettes de formol pour qu'elles puissent se conserver trois mois si nécessaire, même par trente degrés à l'ombre.

Le prix de revient serait si bas qu'ils n'auraient même pas besoin de prétendre qu'il s'agissait de boulettes suédoises pour que l'affaire marche. « Boulettes danoises » suffirait. Son associé n'était pas d'accord. Il soutenait que le formol servait à embaumer les cadavres, pas à conférer la vie éternelle à des boulettes de viande.

Ils partirent donc chacun de leur côté et le Chef ne lança jamais son affaire de boulettes au formol. Au lieu de cela, il enfila un bas sur sa tête et alla dévaliser la caisse de son très sérieux concurrent, Stockholm Fruktimport AB.

Avec une machette et un simple rugissement du style « Par ici la monnaie, sinon... », il s'enrichit, à son propre étonnement et en un clin d'œil, de quarante mille couronnes. Pourquoi s'embêter à travailler dans l'import quand on pouvait gagner autant d'argent presque sans rien faire ?

Sa carrière de cambrioleur se déroula sans problèmes majeurs, hormis quelques courts séjours à l'ombre, pendant une bonne vingtaine d'années.

Au bout de deux décennies, le Chef estima qu'il était temps de voir plus grand. Il se procura quelques hommes de main, nettement plus jeunes que lui, qu'il commença par affubler de surnoms passablement stupides (l'un fut rebaptisé Bulten, le « Boulon », l'autre Hinken, le « Seau »). Il réalisa avec eux deux braquages de transports de fonds.

Un troisième braquage les envoya séjourner quatre ans et demi en prison. Le Chef profita de l'occasion pour réfléchir au projet ambitieux de l'organisation Never Again. Dans sa première mouture, elle devait être composée d'une cinquantaine de membres, répartis en trois groupes distincts : « braquage », « drogue », « racket ». Le nom Never Again venait de sa volonté de créer une organisation criminelle si professionnelle qu'il ne serait plus jamais question pour aucun de ses membres de mettre les pieds à la prison de Hall, ni dans aucun autre établissement pénitentiaire. Never Again serait le Real Madrid de la criminalité (le Chef était un passionné de football).

Au début, le recrutement au sein de la prison de Hall se passa bien. Mais un jour une lettre adressée au Chef par sa mère se perdit à l'intérieur de la prison. Elle y écrivait entre autres que son petit Per-Gunnar devait faire bien attention de ne pas avoir de mauvaises fréquentations et surtout penser à mettre son écharpe à cause de ses amygdales fragiles, et qu'elle attendait avec impatience sa sortie afin qu'ils puissent jouer ensemble à « l'île au trésor ».

Après cela, il eut beau rouler des mécaniques en public et planter au couteau deux Yougoslaves dans la queue au réfectoire, son autorité était sapée. Sur les trente voyous qu'il avait recrutés, vingt-sept se désistèrent. À part Bulten et Hinken, il ne resta qu'un Vénézuélien appelé José María Rodriguez, qui était en fait secrètement amoureux du Chef, ce qu'il n'osa jamais lui avouer, ni s'avouer à lui-même d'ailleurs.

Le Vénézuélien fut surnommé Caracas, à cause de la capitale de son pays d'origine. Ni les menaces ni les promesses ne permirent au Chef de recruter de nouveaux membres pour son club. Et un jour, lui et ses trois acolytes furent libérés.

Le Chef se dit qu'il ferait aussi bien de laisser tomber tout le projet de Never Again, mais le hasard voulut que Caracas eût un ami peu encombré par sa conscience qui avait lui-même quelques amis douteux, et de fil en aiguille la Suède devint grâce à Never Again une terre de transit pour le cartel colombien de la drogue dans ses transactions avec les pays de l'Est. Les affaires prirent une telle envergure qu'il s'avéra inutile de développer les branches braquage et racket.

Le Chef convoqua Hinken et Caracas pour un conseil de guerre à Stockholm. Il était forcément arrivé quelque chose à Bulten pour qu'il sabote la plus grosse transaction que Never Again ait jamais eu à réaliser. Le Chef avait contacté les Russes le matin même. Ils affirmaient avoir réceptionné la marchandise et remis l'argent. Si le coursier de Never Again s'était fait la belle avec la valise, ce n'était pas leur problème. En revanche, si Never Again avait envie de venir régler cette affaire d'homme à homme, les Russes n'étaient pas du genre à se défiler, et ils ne craignaient pas de se lancer sur la piste, qu'il s'agisse de danser la valse ou la mazurka !

Le Chef décida de considérer pour le moment que les Russes disaient la vérité (en outre, ils dansaient assurément mieux que lui). Il ne pensait pas non plus que Bulten soit parti avec l'argent, il était bien trop con pour ça. Ou trop malin !

Il restait la possibilité que quelqu'un ait eu connaissance de la transaction, que cette personne ait attendu le bon moment à Malmköping ou sur le chemin du retour à Stockholm pour s'emparer de la valise.

Mais qui ? Le Chef posa la question à son conseil de guerre sans obtenir de réponse. Il n'en fut pas surpris ; il avait compris depuis longtemps que ses trois hommes de main étaient des imbéciles.

Il décida d'envoyer Hinken sur le terrain, se disant que l'imbécile Hinken était tout de même un peu moins stupide que l'imbécile Caracas. L'imbécile Hinken avait une petite chance supplémentaire de retrouver le crétin Bulten et peut-être même la valise avec l'argent.

— Va à Malmköping fouiner un peu, Hinken. Mais sois discret parce qu'il y a des tas de flics sur place aujourd'hui. Il paraît qu'un centenaire s'est perdu dans le coin.

Pendant ce temps-là, Julius, Allan et le cadavre roulaient dans la forêt du Södermanland. En approchant de Vidkärr, ils eurent la malchance de tomber sur un paysan que Julius connaissait de vue. Le paysan regardait pousser ses céréales quand notre trio passa près de lui sur la draisine.

— Bonjour, dit Julius.

— Il fait beau aujourd'hui, dit Allan.

Le mort et le paysan ne dirent rien. Mais le dernier suivit les trois autres des yeux pendant un long moment.

Plus la draisine approchait de l'usine de pièces détachées d'Åkers, plus Julius s'inquiétait. Il espérait tomber sur une mare où ils auraient pu jeter le corps. Or il n'y en avait pas. Alors que Julius se demandait ce qu'ils allaient bien pouvoir faire, ils se retrouvèrent à l'entrée de la zone industrielle. Julius tira le frein et réussit à arrêter la draisine juste à temps. Le cadavre tomba en avant et vint se cogner le front contre une poignée métallique.

— Il aurait pu se faire mal ! s'exclama Allan.

— Il y a tout de même des avantages à être mort, répondit Julius.

Il descendit de la draisine et se posta derrière un bouleau pour examiner les environs. Les énormes grilles permettant d'accéder à l'usine étaient ouvertes et pourtant l'endroit semblait désert. Julius regarda sa montre : 12 h 10. C'était la pause déjeuner. À une trentaine de mètres de l'entrée se trouvait un énorme conteneur. Julius dit à Allan qu'il partait pour une petite mission de reconnaissance. Le vieux lui souhaita bonne chance et lui recommanda de ne pas se perdre.

Il n'y avait pas grand risque, car Julius voulait juste voir le conteneur de plus près. Il grimpa à l'intérieur et Allan le perdit de vue pendant presque une minute. Julius ressortit enfin. Une fois revenu sain et sauf auprès d'Allan, il lui annonça qu'il savait maintenant ce qu'ils allaient faire du corps.

Le conteneur était à moitié rempli de cylindres métalliques, d'environ un mètre de diamètre et trois mètres de long, posés individuellement dans des caisses en bois rectangulaires munies de couvercles. Allan était totalement épuisé quand ils eurent placé le corps à l'intérieur de l'une d'elles. Mais il retrouva sa bonne humeur lorsque, en refermant la caisse, il découvrit sa destination.

Addis-Abeba.

— Il va voir du pays s'il garde les yeux ouverts, dit Allan.

— Allez, dépêche-toi, papy, lui répondit Julius, il vaut mieux ne pas trop traîner dans le coin.

L'opération avait été rondement menée, et nos deux lascars avaient regagné le couvert des bouleaux bien avant le retour des ouvriers. Ils s'assirent sur la draisine pour souffler et virent le travail reprendre. Un conducteur d'engin chargeait les cylindres dans le conteneur et un ouvrier fermait les caisses. Quand le conteneur était plein, le chauffeur en apportait un autre et le processus recommençait.

Allan demanda à Julius ce qu'on fabriquait dans cette usine. Celui-ci expliqua que c'était une très vieille manufacture, réputée, qui livrait déjà des canons au XVIIe siècle à ceux qui voulaient tuer plus efficacement leur prochain pendant la guerre de Trente Ans.

Allan trouvait incompréhensible que les gens aient eu envie de s'entretuer au XVIIe siècle. S'ils avaient patienté un peu, ils seraient morts de toute manière. Julius lui répondit que les gens avaient toujours éprouvé le besoin de s'entretuer. Puis il annonça qu'il était temps de partir. Ils marcheraient jusqu'au centre d'Åkers et réfléchiraient là-bas à la suite.

L'inspecteur Aronsson fit le tour de la vieille gare de Byringe. Hormis les chaussons qui avaient peut-être appartenu au centenaire, il ne vit rien d'intéressant. Il les emporta pour les montrer au personnel de la maison de retraite.

Il y avait aussi sur le sol de la cuisine des taches d'eau qui conduisaient à une chambre frigorifique à l'arrêt dont la porte était ouverte. Aucun intérêt.

Aronsson se rendit à Byringe pour interroger les habitants. Il trouva des gens chez eux dans trois maisons, et les trois familles lui dirent qu'un Julius Jonsson habitait l'appartement au-dessus de la gare, que Julius Jonsson était un escroc infréquentable, et qu'aucun d'entre eux n'avait vu ou entendu quoi que ce soit de particulier depuis la veille au soir. Mais que

Jonsson pût être mêlé à une histoire louche ne les surprenait pas.

— Mettez-le en prison, dit celui des voisins qui semblait le plus en colère.

— Pour quel motif ? demanda Aronsson d'un ton las.

— Parce qu'il vole mes œufs la nuit, parce qu'il m'a pris mon traîneau l'hiver dernier et l'a repeint avant de prétendre que c'était le sien, parce qu'il commande des livres à mon nom, pille ma boîte aux lettres quand ils sont arrivés et me laisse payer la facture, parce qu'il essaie de vendre à mon fils de quatorze ans de l'alcool qu'il distille lui-même, parce qu'il…

— D'accord, d'accord, je comprends. Je vais l'enfermer, promit l'inspecteur Aronsson, mais avant il faut que je le retrouve.

Aronsson était à mi-chemin de Malmköping quand son téléphone sonna. C'était un de ses collègues au centre d'appels. Un paysan du nom de Tengroth qui habitait Vidkärr avait fourni une information intéressante : environ une heure auparavant, un petit escroc de la région était passé à bord d'une draisine sur la voie désaffectée qui reliait Åkers à Byringe et longeait une partie de ses terres. Il était en compagnie d'un vieillard, d'une grosse valise et d'un jeune homme portant des lunettes de soleil. D'après l'agriculteur, c'était le jeune homme qui commandait l'expédition, bien qu'il fût en chaussettes…

— Alors là, je n'y comprends plus rien, dit l'inspecteur Aronsson en faisant faire à sa voiture un demi-tour si brutal que les chaussons qui se trouvaient sur le siège avant atterrirent sur le plancher.

Après quelques centaines de mètres, l'allure d'Allan était retombée au pas de promenade. Le vieil homme ne se plaignait pas, mais Julius se rendait compte que ses genoux le faisaient souffrir. Comme ils approchaient d'un vendeur de hot dogs ambulant, il lui promit que s'il parvenait à se traîner jusqu'à la camionnette, il le régalerait d'une saucisse, puisque à présent il en avait les moyens, et ferait en sorte de leur trouver un véhicule. Allan répondit qu'il ne s'était encore jamais plaint d'avoir mal quelque part et que ce n'était pas maintenant qu'il allait commencer, mais qu'une petite saucisse dans un morceau de pain ne pourrait pas lui faire de mal.

Julius accéléra le pas, Allan le suivit clopin-clopant. Quand il le rattrapa enfin, Julius avait déjà presque fini son premier hot dog grillé. Et il n'avait pas fait que cela.

— Allan, lança-t-il, dis bonjour à Benny. C'est notre nouveau chauffeur.

Benny était le marchand de saucisses ; il avait la cinquantaine, et tous ses cheveux, qu'il portait d'ailleurs en queue-de-cheval. En moins de deux minutes, Julius avait réussi à lui acheter un hot dog, un Fanta et sa Mercedes gris métallisé modèle 1988. Benny lui-même était inclus dans le marché, le tout pour cent mille couronnes.

Allan examina le marchand de saucisses qui officiait toujours derrière le comptoir de la camionnette.

— On t'a acheté aussi, ou seulement loué ? finit-il par demander.

— La voiture est achetée, le chauffeur loué, répondit Benny. Pour dix jours dans un premier temps, après quoi nous rediscuterons les termes du contrat. À propos, il y avait une deuxième saucisse comprise dans le prix. Qu'est-ce qui te tenterait ? Une francfort grillée ?

Allan préférait une saucisse bouillie classique. Il ajouta qu'à son avis cent mille couronnes était un prix élevé pour une vieille voiture, même avec chauffeur, et négocia une boisson chocolatée en supplément.

Benny n'y trouva rien à redire. De toute façon, il allait cesser son activité et un Cacolac de plus ou de moins ne ferait pas de différence. Les affaires marchaient mal. Ouvrir un point de vente de hot dogs à Åkers Styckebruk s'était révélé être une aussi mauvaise idée que cela le semblait au départ.

À vrai dire, expliqua Benny, avant même que ces messieurs lui proposent ce marché, il caressait déjà l'idée de faire autre chose de sa vie. Toutefois, il n'avait jamais pensé à devenir chauffeur de maître.

Fort de cette information, Allan suggéra à Benny de laisser Julius charger une caisse de Cacolac dans la Mercedes. Ce dernier promit en contrepartie de lui acheter une véritable casquette de chauffeur particulier, à condition qu'il enlève tout de suite son bonnet de marchand ambulant et qu'il sorte de sa camionnette, parce qu'il était grand temps de se mettre en route.

Benny avait de la conscience professionnelle et estima qu'il n'avait pas à discuter les ordres de son nouvel employeur. Le bonnet atterrit dans la poubelle et la caisse de Cacolac dans le coffre de la voiture, ainsi que quelques bouteilles de Fanta. Julius préféra prendre la valise avec lui sur la banquette arrière. Allan eut la permission de s'installer à l'avant pour pouvoir étendre ses jambes.

Puis le premier et dernier marchand de saucisses ambulant du village de Åkers Styckebruk se mit au volant de son ancienne Mercedes, honnêtement cédée quelques minutes auparavant aux deux gentlemen qui l'accompagnaient.

— Où ces messieurs désirent-ils que je les conduise ? demanda Benny.

— Que diriez-vous de partir vers le nord ? suggéra Julius.

— Bonne idée, répondit Allan. Ou alors vers le sud.

— Va pour le sud, dit Julius.

— Cap au sud, dit Benny en passant la première.

Dix minutes plus tard, l'inspecteur Aronsson parvenait à Åkers. Il n'avait eu qu'à suivre la voie ferrée pour découvrir la vieille cyclodraisine abandonnée juste après l'usine.

Le véhicule ne lui révéla rien. Il questionna des ouvriers occupés à charger de gros cylindres dans des conteneurs. Aucun d'entre eux n'avait vu la draisine arriver. En revanche, ils avaient aperçu deux vieillards qui marchaient sur la route un peu après le déjeuner, l'un traînant une grosse valise, l'autre traînant la patte. Ils se dirigeaient vers la camionnette de hot dogs et, plus loin, la station-service, mais personne ne savait où ils étaient allés ensuite.

Aronsson leur demanda si vraiment ils n'avaient vu que deux hommes et pas trois. Les ouvriers furent formels : ils n'en avaient vu que deux.

En reprenant le volant, Aronsson réfléchissait. Plus il avançait dans cette enquête, plus elle lui semblait compliquée.

Il commençait à avoir faim lorsqu'il s'arrêta devant la camionnette. Bien entendu, c'était fermé. Tenir dans ce trou un commerce de restauration rapide ne devait pas être très rentable, se dit Aronsson en poursuivant sa route jusqu'à la station-service. Là, personne n'avait rien vu, rien entendu. Mais on y vendait aussi des saucisses, même si elles avaient un arrière-goût de gas-oil.

Après un déjeuner rapidement avalé, Aronsson alla poser des questions à la supérette, chez le fleuriste et à l'agence immobilière. Il interrogea aussi les quelques habitants de Styckebruck qu'il croisa en train de promener un chien, un landau ou leur légitime. Personne ne put le renseigner sur deux ou trois hommes et une grosse valise. Leur piste s'arrêtait mystérieusement quelque part entre l'usine et la station Statoil. Aronsson décida de retourner à Malmköping. Il avait une paire de charentaises à faire identifier.

L'inspecteur Göran Aronsson téléphona au procureur depuis sa voiture et lui fit son rapport sur la progression de l'enquête. Le procureur lui en sut gré, car il avait organisé une conférence de presse à l'hôtel Plevnagården à 14 heures et n'avait aucune idée de ce qu'il allait raconter aux journalistes.

Le procureur avait le goût du sensationnel et n'aimait pas dédramatiser une situation s'il y avait moyen de faire autrement. L'inspecteur Aronsson venait de lui donner de quoi alimenter la représentation d'aujourd'hui. Le responsable de l'instruction allait gonfler l'histoire du centenaire disparu, avant qu'Aronsson l'en empêche (ce qu'il ne serait sans doute pas parvenu à faire de toute façon).

Le procureur informa la presse qu'il y avait tout lieu de craindre une affaire de kidnapping, ainsi que le journal régional l'avait évoqué la veille dans ses pages locales. La police avait également obtenu divers témoignages permettant de penser que le vieil homme était encore en vie, mais détenu par des membres de la pègre.

Les journalistes avaient évidemment beaucoup de questions à poser, mais le procureur les détourna adroitement. Il pouvait juste ajouter qu'Allan Karlsson et ses ravisseurs avaient été aperçus pour la dernière fois dans la petite commune d'Åkers Styckebruk le jour même à l'heure du déjeuner. « Et je demande à vous tous, citoyens, qui êtes les meilleurs alliés de notre police, de nous communiquer toute information susceptible de faire avancer cette enquête », conclut-il avec un brin d'emphase.

À la grande déception du procureur, les équipes de télévision n'étaient pas restées. Ce ne serait pas arrivé si ce fainéant d'Aronsson avait sorti cette histoire de kidnapping de sa manche un peu plus tôt. Enfin, les journalistes d'*Expressen* et d'*Aftonbladet* étaient là, ainsi que ceux du journal local et le reporter de la station de radio régionale. Tout à fait au fond de la salle de restaurant du Plevnagården, le procureur aperçut un homme qu'il n'avait pas remarqué la veille. Peut-être un envoyé spécial de Tidningarnas Telegrambyrå.

Hinken n'était pas employé par l'agence TT, il travaillait pour le Chef à Stockholm. Et il commençait à se dire que Bulten avait dû se tirer avec le fric. Si c'était le cas, il était un homme mort.

Quand l'inspecteur Aronsson arriva au Plevnagården, les journalistes étaient repartis. Il s'était arrêté à la maison de retraite en chemin, et on lui avait confirmé que les chaussons appartenaient bien à Allan Karlsson (sœur Alice les avait reniflés et avait acquiescé avec une grimace de dégoût).

Aronsson eut la malchance de tomber sur son supérieur hiérarchique dans le hall de l'hôtel. Ce dernier lui fit un compte rendu de la conférence de presse et lui intima l'ordre de résoudre le problème, de préférence de manière à ce qu'il n'y ait pas de contradiction entre les faits réels et ce qu'il avait raconté aujourd'hui.

Puis le procureur s'en alla, car il avait à faire. Il avait rendez-vous avec le préfet de police à propos de l'affaire.

Aronsson s'assit avec une tasse de café pour réfléchir aux derniers rebondissements. Parmi les nombreux sujets qui méritaient qu'on s'y attarde, il décida de se concentrer sur la relation qui existait entre les trois passagers de la draisine. En admettant que Tengroth ne se soit pas trompé et que Karlsson et Jonsson aient effectivement été sous la coupe du passager de la draisine, on était face à un cas de prise d'otages. C'était la théorie avancée par le procureur devant les journalistes, ce qui plaidait plutôt en sa défaveur, sachant qu'il se trompait quasiment à chaque fois. Par ailleurs, plusieurs témoins avaient vu Karlsson et Jonsson à Åkers avec la valise. Étaient-ils parvenus à maîtriser le jeune costaud de l'organisation Never Again et à le jeter ensuite dans un fossé ? Difficile à croire mais pas impossible. Aronsson décida de faire à nouveau appel au chien d'Eskilstuna. Le trajet entre les champs du fermier Tengroth et l'usine d'Åkers constituerait une longue promenade pour l'animal et son dresseur mais, quelque part entre ces deux points, le membre de l'organisation Never Again s'était volatilisé. Karlsson et Jonsson, eux, avaient disparu entre l'usine et la station d'essence, distantes de deux cents mètres. Ils semblaient avoir été avalés par le sol, sachant que l'unique étape sur le trajet était la boutique – fermée – d'un vendeur ambulant de hot dogs.

Le téléphone d'Aronsson sonna. Le centre d'appels venait de recevoir un nouveau témoignage. Cette fois, le centenaire avait été vu à Mjölby, sur le siège avant d'une Mercedes, vraisemblablement enlevé par le quinquagénaire à queue-de-cheval qui conduisait la voiture.

— Tu veux qu'on vérifie l'info ? lui demanda son collègue.

— Non, merci, répondit Aronsson en soupirant.

Sa longue expérience de policier lui avait enseigné l'art de distinguer un faux tuyau d'un vrai, un talent bien utile quand il nageait en plein brouillard.

Benny s'était arrêté à Mjölby pour faire le plein d'essence. Julius ouvrit la valise et en sortit délicatement un billet de cinq cents couronnes qu'il lui remit.

Julius avait besoin de se dégourdir les jambes et demanda à Allan de rester dans la voiture pour surveiller la valise. Le vieil homme, épuisé par les épreuves de la journée, promit de ne pas bouger d'un pouce.

Benny avait déjà repris sa place au volant quand Julius s'engouffra précipitamment dans le véhicule et donna l'ordre de repartir. La Mercedes reprit sa route vers le sud.

Au bout d'un moment, Julius tendit à Allan et Benny un paquet de bonbons.

— Regardez ce que j'ai piqué.

— Tu as volé des bonbons alors qu'on a cinquante millions dans la valise ?

— Vous avez cinquante millions dans la valise ? demanda Benny.

— Oups ! fit Allan.

— Pas tout à fait, puisqu'on t'a donné cent mille.

— Plus un billet de cinq cents pour payer l'essence, précisa Allan.

Benny se tut pendant quelques secondes.

— Alors, il y a quarante-neuf millions huit cent quatre-vingt-dix-neuf mille cinq cents couronnes dans cette valise ?

— Tu comptes vite, remarqua Allan.

Durant le silence qui suivit, Julius se dit qu'il valait mieux tout raconter à leur nouveau chauffeur. Tant pis si, après cela, Benny préférait rompre leur contrat.

La partie de l'histoire que Benny eut le plus de mal à avaler fut la mort d'homme et l'exportation de cadavre. Évidemment, c'était un accident, même si la cuite des deux vieux n'y était pas étrangère. Benny, lui, ne buvait jamais d'alcool.

Le chauffeur en herbe réfléchit encore un peu et se dit que les cinquante millions avaient été en de mauvaises mains dès le départ, et qu'à présent ils allaient sûrement être utilisés à de bien meilleures fins. De toute façon, ce ne serait pas sérieux de démissionner après son premier jour de boulot.

Benny promit donc de rester à son poste et demanda à ces messieurs quels étaient leurs projets. Il ne leur avait pas posé de questions jusque-là, estimant que la curiosité ne seyait pas à un chauffeur de maître, mais à présent il était devenu leur complice.

Allan et Julius avouèrent qu'ils n'avaient aucun projet précis. Il n'avait qu'à continuer tout droit jusqu'à la tombée de la nuit et ensuite trouver un endroit pour en discuter plus sérieusement.

— Cinquante millions, fit Benny en se mettant en route, un grand sourire aux lèvres.

— Quarante-neuf millions huit cent quatre-vingt-dix-neuf mille cinq cents, corrigea Allan.

Puis il fit promettre à Julius de cesser de voler des choses juste pour le plaisir. L'intéressé répondit que ce ne serait pas facile, car il avait ça dans le sang et ne savait rien faire d'autre. Mais il promit quand même – « et Julius ne promet pas souvent, alors quand il promet, il tient sa promesse ».

Ils roulèrent un long moment en silence. Allan s'endormit. Julius mangea encore un bonbon. Et Benny se mit à fredonner une chanson dont il avait oublié le titre.

Un journaliste de la presse à scandale qui a mis le grappin sur une histoire n'est pas facile à arrêter. Il ne fallut pas longtemps à *Aftonbladet* et à *Expressen* pour se faire une idée plus claire des événements. Le quotidien *Expressen* prit une longueur d'avance sur *Aftonbladet*. Leur reporter réussit à mettre la main sur le préposé à la billetterie, Ronny Hulth, à le raccompagner jusque chez lui et, contre la promesse de rapporter un mâle à la chatte esseulée de Hulth, le persuada de venir passer la nuit à l'hôtel d'Eskilstuna, hors de portée d'*Aftonbladet*. Au début, Hulth se fit prier pour raconter son histoire, par crainte de représailles. Il se rappelait trop bien les menaces qu'avait proférées le jeune homme ; mais le journaliste lui promit de préserver son anonymat et lui fit comprendre que les membres de Never Again n'oseraient pas toucher à un seul de ses cheveux maintenant que la police était mêlée à l'affaire.

Le journaliste d'*Expressen* ne s'était pas contenté de s'assurer le témoignage de Hulth. Le chauffeur du car était lui aussi tombé dans ses filets, ainsi que les habitants de Byringe, le paysan de Vidkärr et un certain nombre d'habitants d'Åkers Styckebruk. On put lire dès le lendemain la synthèse de tous ces témoignages dans plusieurs articles plus sensationnels les uns que les autres. Ils contenaient pas mal d'inexactitudes, mais, vu les circonstances, le reporter avait tout de même fait du bon travail.

La Mercedes gris métallisé roulait toujours. Julius avait fini par s'endormir lui aussi. Allan ronflait à l'avant, Julius sur la banquette arrière, la valise en guise d'oreiller. Pendant ce temps-là, Benny conduisait au hasard.

À Mjölby, il avait quitté l'autoroute E4 et pris la nationale 32 vers Tranås, en direction du sud. Après avoir traversé une partie du département de Kronoberg, il avait bifurqué dans la forêt du Småland. Il espérait y trouver un endroit isolé pour passer la nuit.

Allan se réveilla et demanda s'il n'était pas bientôt l'heure d'aller se coucher. Julius émergea à son tour en entendant les deux autres parler à l'avant. Il regarda par les vitres, vit des arbres partout et voulut savoir où ils se trouvaient.

Benny les informa qu'ils étaient à quelques dizaines de kilomètres au nord de Växjö et qu'il avait un peu réfléchi pendant que ces messieurs faisaient la sieste.

Ils ignoraient qui était à leurs trousses, mais on ne pouvait pas espérer voler cinquante millions de couronnes impunément. C'est pourquoi il venait de quitter la route menant à Växjö. Ils approchaient maintenant de la commune de Rottne, où il y aurait peut-être un petit hôtel.

— Bien pensé, le félicita Julius. Mais pas tant que ça.

Il développa sa pensée. Il y avait sûrement un hôtel à Rottne, mais tellement minable que les clients y seraient très rares. Si, d'un seul coup, on voyait débarquer trois hommes sans réservation, cela ne manquerait pas d'éveiller la curiosité des habitants. Il valait mieux trouver une ferme ou une cabane dans les bois et donner la pièce à l'habitant contre le gîte et le couvert.

Benny reconnut que Julius ne manquait pas de bon sens et prit le premier chemin gravillonné qu'il trouva.

Il commençait à faire nuit quand les fugitifs virent enfin une boîte aux lettres au bord du sentier qu'ils suivaient depuis bientôt quatre kilomètres. « La Maison du Lac », annonçait l'inscription sur la boîte. Une allée sur la droite semblait y conduire. Après qu'ils eurent roulé une centaine de mètres entre les arbres, une maison apparut : un authentique chalet en bois teinté au rouge de Falun, à deux étages, avec des angles peints en blanc et flanqué d'une grange. Un peu plus loin, au bord d'un lac, se trouvait ce qui avait dû être jadis une cabane à outils.

L'endroit avait l'air habité et Benny roula lentement jusqu'à la porte d'entrée. Soudain, une femme qui pouvait avoir la quarantaine, dotée d'une chevelure d'un rouge flamboyant et vêtue d'un jogging encore plus rouge, en sortit accompagnée d'un berger allemand.

Ils descendirent de la voiture et s'avancèrent vers la femme. Julius surveillait le chien, mais celui-ci n'avait pas l'air sur le point de les attaquer. Au contraire, il les regardait avec curiosité et douceur.

Julius se risqua à quitter l'animal des yeux et se tourna vers la femme. Il lui dit poliment bonsoir et lui demanda en leur nom à tous si elle aurait l'amabilité de les héberger pour la nuit et peut-être de leur permettre de se restaurer.

La femme observa le groupe hétéroclite qu'elle avait devant les yeux : un homme très vieux, un presque vieux et un… type plutôt sexy, à vrai dire. Dans la bonne tranche d'âge, en plus. Et avec une queue-de-cheval ! Elle sourit et Julius pensa qu'elle allait donner son assentiment, mais elle lâcha :

— Ce n'est pas un putain d'hôtel, ici !

Aïe, se dit Allan. Il avait besoin de manger quelque chose et d'un lit pour s'allonger. L'existence était épuisante quand on décidait de la prolonger. On peut dire ce qu'on veut de la vie en maison de retraite, mais en tout cas elle ne vous donne pas des courbatures partout.

Julius avait l'air déçu lui aussi. Il précisa que ses amis et lui étaient perdus et fatigués, et que bien entendu ils la dédommageraient si elle consentait à les accueillir pour la nuit. La question de la nourriture pouvait être laissée de côté.

— Nous te donnerons mille couronnes par couchage, argumenta Julius.

— Mille couronnes ? Vous êtes en cavale ou quoi ?

Elle ne croyait pas si bien dire. Julius éluda le sujet et expliqua à nouveau qu'ils avaient voyagé longtemps, qu'en ce qui le concernait, il tiendrait encore un peu, mais que son ami Allan ici présent était hors d'âge.

— J'ai eu cent ans hier, fit Allan d'une petite voix plaintive.

— Cent ans ! s'exclama la femme, presque effrayée. Putain de merde !

Elle se tut pendant un petit moment, en pleine réflexion.

— Oh, et puis, je m'en fous, finit-elle par dire, vous n'avez qu'à rester. Et gardez votre fric de merde, je ne tiens pas un foutu hôtel !

Benny la regardait avec admiration. Il n'avait jamais entendu une femme proférer autant de jurons en aussi peu de temps. Il trouvait ça assez excitant.

— Ma belle, lui dit-il, on peut caresser le chien ?

— Ma belle, répéta la femme. T'as de la bouse dans les yeux ou quoi ? Mais pour caresser, tu peux caresser autant que tu veux, putain, Buster n'est pas méchant. Vous n'avez qu'à prendre chacun une chambre au premier, je ne manque pas de place. Les draps sont propres, mais faites gaffe à la mort-aux-rats par terre. On bouffe dans une heure.

Elle contourna les trois invités en direction de la grange, Buster la suivant fidèlement à sa droite. Benny l'interpella et lui demanda si la belle avait un nom. Elle répondit sans se retourner qu'elle se prénommait

Gunilla, mais que « ma belle » lui plaisait bien. Qu'il ne se gêne pas pour continuer à l'appeler « ma belle », bordel de merde. Benny promit qu'il n'y manquerait pas.

— Je crois que je viens de tomber amoureux, déclara-t-il.

— Je suis sûr que je tombe de fatigue, dit Allan.

Au même instant, ils entendirent un rugissement en provenance de la grange qui les fit tous sursauter, y compris Allan, malgré sa fatigue. Le hurlement devait avoir été poussé par un animal énorme et dans un état de grande souffrance.

— Ta gueule, Sonja, lança Mabelle. J'arrive, putain !

7

1929 – 1939

La ferme d'Yxhult faisait peine à voir. Les terres avaient eu le temps de retourner à l'état sauvage pendant les années qu'Allan avait passées sous la garde du professeur Lundborg. Des tuiles avaient glissé des toitures et jonchaient le sol. Le cabanon des W.-C. s'était renversé pour une raison ou pour une autre, et l'une des fenêtres de la cuisine était ouverte et battait.

Allan urina devant la porte d'entrée, puisque les toilettes ne fonctionnaient plus. Puis il entra et s'assit dans sa cuisine poussiéreuse. Il laissa la fenêtre ouverte. Il avait faim, mais résista à l'impulsion de vérifier ce qui restait dans le garde-manger. Il était quasi sûr que cela ne lui ferait pas envie.

Il était né et avait grandi dans cet endroit, mais jamais il n'avait eu aussi peu la sensation d'être chez lui. Peut-être était-il temps de larguer les amarres ? Oui, c'était ce qu'il fallait faire.

Allan dénicha de vieux bâtons de dynamite, prit les dispositions nécessaires avant de mettre dans la remorque de sa bicyclette les quelques objets de valeur qu'il possédait. Le 3 juin 1929 au crépuscule, il s'en alla, loin d'Yxhult, loin de Flen. La charge de dynamite explosa exactement trente minutes plus tard. La ferme d'Yxhult partit en fumée et la vache de son plus proche voisin fit une deuxième fausse couche.

Une heure plus tard, Allan se retrouvait en garde à vue au commissariat de Flen, où il dîna pendant que le commissaire Krook lui passait un savon. Les policiers de Flen avaient depuis peu une voiture de police et ils n'avaient pas mis longtemps à rattraper l'homme qui venait de réduire en cendres sa propre maison.

Cette fois, les charges retenues contre lui étaient indiscutables.

— Acte de destruction susceptible de mettre en péril la vie d'autrui, déclara le commissaire avec autorité.

— Tu pourrais me passer le pain, s'il te plaît ? lui demanda Allan.

Non, il ne pouvait pas. Il se retourna plutôt vers son subalterne, qu'il engueula copieusement pour avoir cédé au prévenu quand celui-ci avait réclamé à manger. Son repas terminé, Allan se laissa conduire dans la cellule qu'il avait déjà occupée quelques années auparavant, dans des circonstances similaires.

— Vous n'auriez pas le journal d'aujourd'hui ? demanda-t-il. J'ai du mal à m'endormir le soir si je ne lis pas un peu, vous comprenez ?

En guise de réponse, le commissaire éteignit le plafonnier et claqua la porte. Le lendemain, il téléphona à la « maison de fous » d'Uppsala pour leur demander de venir chercher Allan Karlsson.

Mais les collaborateurs de Bernhard Lundborg ne l'entendaient pas de cette oreille. Allan Karlsson était allé au bout de son traitement et ils avaient d'autres patients à décortiquer et analyser. Si le commissaire savait tous les gens qui menaçaient actuellement la sécurité de la nation : Juifs, bohémiens, Nègres, métis et attardés de toutes sortes. Le fait qu'Allan ait dynamité sa maison ne justifiait en aucun cas un nouveau séjour dans l'Uppland. On devrait avoir le droit de faire ce qu'on veut de sa propre maison ! Monsieur le commissaire n'était-il pas de cet avis ? Nous vivons dans un pays libre, n'est-ce pas ?

Le commissaire raccrocha violemment le combiné. Il n'arriverait à rien avec ces gens de la grande ville. Faute d'une meilleure idée, il laissa Allan Karlsson filer sur son vélo avec sa petite remorque derrière lui. Cette fois, celui-ci emportait des provisions de bouche pour trois jours et des couvertures molletonnées pour se protéger du froid. Il agita amicalement le bras en quittant le commissaire Krook, qui ne lui rendit pas son salut, et partit vers le nord, une direction qui en valait une autre.

Vers le milieu de l'après-midi, il parvint à Hälleforsnäs et trouva l'endroit parfait pour une première halte. Allan s'arrêta sur le bas-côté, étala une couverture et ouvrit son sac de victuailles. Tout en mâchonnant une tranche de pain d'épices avec du saucisson, il étudia l'usine située de l'autre côté de la route. Devant elle s'amoncelaient des fûts de canon en fonte. Allan se dit qu'un type qui fabriquait des canons devait avoir besoin d'un gars capable de faire péter les choses quand il fallait vraiment les faire péter.

Puis il songea qu'il n'avait aucune raison de s'éloigner davantage d'Yxhult. Hälleforsnäs n'avait rien à envier aux autres villes. À condition d'y trouver du travail, bien sûr. Le rapprochement entre les fûts de canon et son domaine spécifique de compétence pouvait sembler un peu naïf, mais l'avenir lui donna raison. Après un court entretien avec le fabricant de canons, au cours duquel Allan garda pour lui de grands pans de son curriculum vitae, il se fit embaucher comme artificier.

Ici, je serai comme un poisson dans l'eau, se dit-il.

La fabrication de canons fut peu à peu mise en veilleuse à la fonderie de Hälleforsnäs, car les commandes étaient en chute libre. Après la guerre, le ministre de la Défense Per Albin Hansson avait diminué les crédits pour l'armement, laissant Gustave V grincer des dents dans son château. Per Albin, qui avait un esprit analytique, reconnaissait qu'il était dommage que la Suède n'ait pas été mieux armée pendant le conflit, mais il jugeait inutile d'y remédier dix ans après. En plus, maintenant, il y avait la Société des Nations.

Sa politique obligea la fonderie du Södermanland d'une part à se diversifier dans des domaines plus pacifiques, d'autre part à débaucher du personnel.

Allan resta, car on avait besoin d'artificiers, et ces derniers étaient en voie de disparition.

Le propriétaire de l'usine n'en avait cru ni ses yeux ni ses oreilles quand il avait compris qu'Allan était un véritable expert en explosifs de toutes sortes. Jusque-là, il avait dû se reposer intégralement sur l'artificier qu'il employait déjà et cela ne lui plaisait pas du tout, car il s'agissait d'un étranger qui parlait à peine suédois et qui était noir de cheveux et de poils (il en avait partout !). Il ne savait pas s'il pouvait avoir confiance en lui, mais jusqu'alors il n'avait pas pu faire autrement.

Allan ne triait pas les gens par couleurs, il n'avait jamais rien compris aux théories de Lundborg. En revanche, il rêvait de rencontrer un jour un vrai Nègre – ou une Négresse, ça lui était égal. Il lisait avec mélancolie dans le journal que Joséphine Baker allait prochainement se produire à Stockholm, alors que lui allait devoir se contenter d'Esteban, son collègue artificier espagnol, blanc mais très foncé.

Allan et Esteban s'entendaient bien. Ils partageaient une chambre dans le bâtiment des ouvriers attenant à l'usine. Esteban lui avait raconté son passé tragique. Un jour, il avait rencontré une fille, à Madrid, et avait entamé avec elle une liaison secrète et assez innocente, sans savoir que son père était le chef du gouvernement, Miguel Primo de Rivera en personne. Avec lui, on ne rigolait pas. Il dirigeait le pays selon ses caprices, tenant en laisse un roi complètement dépassé. D'après Esteban, Primo de Rivera était tout simplement un dictateur. Mais sa fille était vraiment canon.

Les origines prolétaires d'Esteban ne plaisaient pas du tout à son futur beau-père. Lors de leur première et unique rencontre, Esteban fut informé qu'il disposait de deux options : disparaître aussi loin que possible du territoire espagnol ou prendre une balle dans la nuque.

Alors que Primo de Rivera enlevait déjà la sécurité de son fusil, Esteban répondit qu'il venait justement de choisir la première ; il sortit de la pièce à reculons, sans présenter sa nuque à l'homme armé et sans un regard pour la jeune fille qui reniflait dans un coin.

Aussi loin que possible ? s'était dit Esteban. D'accord…

Il était parti vers le nord et avait continué dans cette direction, encore et encore, jusqu'à ce qu'il arrive dans une région où les lacs gelaient en hiver. Là, il s'était dit qu'il était allé assez loin. Et il n'était jamais reparti. Il avait commencé à travailler à la fonderie trois ans auparavant grâce à un pieux mensonge qu'il avait fait à un prêtre catholique qui lui servait d'interprète. Que Dieu lui pardonne ! Il avait raconté qu'en Espagne il travaillait avec des explosifs, alors qu'en réalité il cultivait des tomates.

Petit à petit, Esteban avait non seulement réussi à parler un suédois compréhensible, mais il était devenu un artificier plus qu'honorable. Et maintenant, grâce à Allan, il commençait à être un vrai professionnel.

Allan se sentait bien parmi les ouvriers de la fonderie. Son ami lui avait enseigné l'espagnol, au bout d'un an il se faisait comprendre et au bout de deux il le parlait presque couramment. En revanche, Esteban tenta pendant trois ans de gagner Allan à la version espagnole de l'Internationale ouvrière socialiste avant d'y renoncer. Il avait tout essayé, Allan n'était tout bonnement pas réceptif. Esteban avait un peu de mal à cerner cette facette de la personnalité de son ami. Ce n'était pas qu'Allan eût un avis différent, car il ne le contredisait jamais, mais il semblait ne pas avoir d'opinion du tout. Esteban avait fini par accepter l'idée qu'il n'y avait rien à comprendre.

Allan avait de la sympathie pour Esteban. C'était un bon camarade. Qu'il soit perverti par cette maudite politique était juste une fatalité. Il n'était malheureusement pas le seul.

Plusieurs années s'écoulèrent ainsi avant que la vie d'Allan prenne un nouveau tournant. Tout se déclencha quand Esteban apprit la démission et la fuite à l'étranger de Primo de Rivera. La démocratie était aux portes de son pays et, qui sait, peut-être même le socialisme ! Esteban ne pouvait pas rater cela.

Il voulait rentrer chez lui. De toute façon, la fonderie battait de l'aile puisque le *señor* Per Albin avait décidé qu'il n'y aurait plus de guerre. Esteban était convaincu que les prochains licenciements n'épargneraient pas les artificiers. Il demanda à Allan s'il avait des projets et si par hasard il n'aurait pas envie de partir avec lui.

Allan réfléchit. La révolution, espagnole ou autre, ne l'intéressait pas. Une révolution ne faisait qu'en engendrer une autre en sens inverse. Cependant, après avoir lu toutes sortes de choses sur les pays étrangers, il était peut-être temps pour Allan d'aller les voir de plus près. Et ils croiseraient forcément un Nègre ou deux en chemin.

Quand Esteban lui promit qu'il verrait au moins un Nègre avant d'arriver en Espagne, Allan accepta. Les deux jeunes gens abordèrent les questions pratiques. Ils étaient d'accord sur le fait que le patron était un con et qu'il ne méritait aucun égard de leur part. Ils décidèrent donc d'attendre leur prochaine paye et de s'en aller sans rien dire à personne.

Allan et Esteban se levèrent à 5 heures le dimanche suivant, enfourchèrent leurs bicyclettes et partirent vers le sud en tirant leur remorque derrière eux. Esteban voulait s'arrêter devant la villa du directeur et livrer sur le pas de sa porte un échantillon de ses besoins matinaux, à la place de la bouteille de lait. Cette mission relevait de la plus haute importance pour lui, qui avait dû subir quotidiennement, durant toutes ces années, l'humiliation de se faire traiter de singe par le patron et ses deux fils adolescents.

— La vengeance ne sert à rien, le sermonna Allan. Il en est de la vengeance comme de la politique. L'une mène à l'autre et le mauvais conduit au pire qui aboutit en fin de compte à l'intolérable.

Mais Esteban s'obstinait. Ce n'est pas parce qu'on a des bras un peu poilus et qu'on ne parle pas la langue des indigènes aussi bien qu'eux qu'on est un singe pour autant !

Allan devait lui donner raison sur ce point, et les deux amis parvinrent à un compromis : Esteban se contenterait d'uriner dans la bouteille de lait.

La fonderie de Hälleforsnäs se retrouva donc sans artificier. Le matin même, plusieurs témoins informèrent le directeur de l'usine qu'Allan et Esteban avaient été vus sur leurs bicyclettes à la hauteur de Katrineholm et encore plus au sud ; le directeur savait donc déjà qu'il aurait à supporter une diminution du personnel quand il avala la première gorgée du lait que Sigrid, sa domestique, lui servait tous les jours avec un macaron. Son humeur ne s'arrangea pas quand il constata que le biscuit avait un arrière-goût d'ammoniaque.

L'industriel se promit qu'après la messe il tirerait les oreilles à sa bonne. En attendant, il demanda un deuxième verre de lait, espérant faire passer le mauvais goût qu'il avait dans la bouche.

Voilà comment Allan Karlsson fit route vers l'Espagne. Le voyage à travers l'Europe dura trois mois, et il rencontra plus de Nègres qu'il n'aurait pu en rêver. Mais, dès qu'il eut vu le premier, le sujet ne l'intéressa plus. Ils n'avaient rien de différent hormis la couleur de leur peau, et le fait qu'ils parlaient tous une langue bizarre, mais on pouvait en dire autant des habitants du Småland et des régions australes de la Suède. Allan se dit que ce pauvre Lundborg avait dû être effrayé par un Noir quand il était petit.

Esteban et lui arrivèrent dans un pays en plein chaos. Le roi avait fui à Rome et on avait instauré une république. Les partis de gauche voulaient la révolution, pendant qu'à droite on tremblait en voyant ce qui se passait dans la Russie de Staline. L'Espagne allait-elle subir le même sort ?

Oubliant qu'Allan était apolitique, Esteban essaya de l'entraîner avec lui dans le camp des révolutionnaires, et Allan résista par habitude. Il connaissait déjà ces polémiques pour les avoir entendues chez lui et ne comprenait toujours pas pourquoi il fallait absolument se montrer aussi radical dans le changement.

Il y eut un coup d'État raté fomenté par la droite, puis une grève générale organisée par la gauche. Ensuite, les élections furent remportées par la gauche et la droite bouda, ou le contraire, Allan n'en était pas bien sûr. Quoi qu'il en soit, la guerre civile éclata.

Allan n'était pas chez lui et fit en sorte de se tenir toujours un demi-pas derrière son ami, qui avait eu la chance d'être recruté et immédiatement promu au grade de sergent quand son chef de peloton avait appris qu'il savait faire exploser toutes sortes de choses.

Esteban portait son uniforme avec fierté et brûlait d'impatience d'apporter sa contribution active à l'action de guerre. Quand le chef de peloton reçut l'ordre de faire sauter des ponts dans une vallée de l'Aragon, la division à laquelle appartenait Esteban se vit confier la destruction du premier. Celui-ci fut si bouleversé par la confiance qu'on lui accordait qu'il grimpa sur un rocher et brandit son fusil vers le ciel en hurlant :

— Mort au fascisme, mort à tous les fascis…

Il n'avait pas fini sa phrase que son crâne et son épaule droite étaient emportés par ce qui fut sans doute la toute première grenade ennemie de cette guerre. L'un des soldats de la division d'Esteban fondit en larmes. Allan, qui pour une fois se trouvait à plus de vingt mètres de distance, vint examiner le corps de son ami et décréta qu'il ne servirait à rien de se préoccuper des autres morceaux dispersés autour du rocher.

— Tu aurais dû rester à Hälleforsnäs, lui dit Allan en guise d'adieu, sentant brusquement monter en lui une terrible envie de couper du bois devant la ferme d'Yxhult.

La grenade qui avait tué Esteban fut suivie d'une longue série. Allan caressa un moment l'idée de rentrer chez lui, mais la guerre était soudain partout. De plus, le voyage jusqu'en Suède représentait une sacrée trotte, et rien ne l'attendait là-bas.

Allan alla se présenter au plus haut gradé de la compagnie d'Esteban, lui expliqua qu'il était le meilleur artificier du continent, et qu'il était disposé à faire sauter des ponts et autres infrastructures pour le commandant en échange de trois repas par jour et d'un coup à boire chaque fois que la conjoncture le permettrait.

Le commandant faillit faire fusiller Allan sur-le-champ quand celui-ci refusa de chanter les louanges du socialisme et de la république et exigea de travailler en civil. Allan exprimait les choses de la manière suivante :

— Encore une petite chose : si je dois faire exploser des ponts pour toi, je veux le faire dans mes fringues, sinon tu n'as qu'à les faire sauter toi-même.

Aucun chef de bataillon digne de ce nom ne se laisserait insulter de la sorte par un civil. Mais ce haut gradé-là avait un problème : son meilleur artificier traînait en pièces détachées sur une colline des environs.

Pendant que l'officier se demandait dans son fauteuil militaire pliant si l'avenir immédiat d'Allan serait une embauche ou un passage par les armes, l'un de ses sous-officiers se permit de chuchoter à son oreille que le jeune sergent qui venait malencontreusement de se faire pulvériser par une grenade avait présenté son ami suédois comme un maître en matière d'explosifs.

L'argument fut décisif. Le *señor* Karlsson a) ne serait pas exécuté, b) mangerait trois repas par jour, c) resterait habillé en civil, d) aurait le droit de boire du vin de temps en temps en quantité raisonnable. En contrepartie, il devrait faire exploser tous les ponts qu'il recevrait l'ordre de détruire. Deux simples soldats se virent attribuer la tâche de garder un œil sur le Suédois, car on ne pouvait pas encore tout à fait exclure le fait qu'il fût un espion.

Les mois passèrent et devinrent des années. Allan faisait sauter ce qu'on lui demandait de faire sauter, et ce très consciencieusement. Son travail n'était pas sans danger. Il fallait souvent ramper et se faufiler pour arriver jusqu'à la cible sans être repéré, et faire la même chose pour revenir en lieu sûr après avoir posé les charges explosives. Au bout de trois mois, l'un des deux soldats qui avaient pour mission de surveiller Allan voulut le suivre et rampa malencontreusement droit dans les positions ennemies. Six mois plus tard, le deuxième disparut aussi quand il voulut se redresser pour détendre son dos et fut sectionné par le milieu sous un tir en rafales. Le commandant renonça à les remplacer par deux autres gardes ; Allan Karlsson avait l'air capable de se garder tout seul.

Allan ne voyait pas l'intérêt de tuer tout un tas de gens inutilement et se débrouillait en général pour ne déclencher la charge que s'il n'y avait personne alentour. Quand il mina le dernier pont avant la fin de la guerre, il s'en assura également. Mais, alors qu'il venait de placer la charge et qu'il attendait la détonation, caché dans un buisson derrière l'une des premières piles de l'ouvrage, il vit soudain s'avancer une patrouille ennemie au milieu de laquelle paradait un petit homme couvert de médailles. Ils arrivaient de l'autre berge et semblaient ne pas savoir que l'armée républicaine se cachait dans les parages, et encore moins que dans quelques secondes ils allaient rejoindre Esteban et des milliers d'autres Espagnols au royaume éternel.

Alors Allan en eut assez. Ça suffisait comme ça. Il sortit de son buisson et se mit à agiter les bras.

— Poussez-vous de là ! cria-t-il au petit homme médaillé et à sa troupe. Fichez le camp avant de sauter en l'air !

Le petit médaillé voulut reculer, mais sa troupe se referma autour de lui. Ils le poussèrent en avant et ne s'arrêtèrent qu'une fois arrivés à la hauteur d'Allan. Huit soldats prirent le Suédois en joue, et l'un d'entre eux au moins aurait tiré si le pont n'avait pas explosé à cet instant précis. La déflagration envoya le petit homme plein de médailles dans le buisson où Allan s'était caché. Au milieu du tumulte qui s'ensuivit, aucun soldat n'osa tirer, craignant d'atteindre la mauvaise cible. De plus, ils venaient de se rendre compte qu'ils avaient affaire à un civil. Quand la fumée se fut dissipée, il n'était plus du tout question d'éliminer le Suédois. Le petit général couvert de médailles serrait la main à Allan en affirmant qu'il saurait lui montrer sa gratitude, mais que pour l'heure il valait mieux que lui-même et ses hommes repassent sur la berge opposée, avec ou sans pont. Si son sauveur désirait les accompagner, il était le bienvenu ; le général aurait grand plaisir à l'inviter à dîner.

— De la paella andalouse, dit le général. Mon cuisinier vient du Sud. *¿ Comprende ?*

Bien sûr qu'Allan comprenait. Il comprenait qu'il venait de sauver la vie du *generalísimo* en personne, il comprenait aussi qu'il avait eu beaucoup de chance à cet instant précis de porter ses vieux vêtements plutôt qu'un uniforme républicain, il comprenait que les copains là-haut sur la colline, à quelques centaines de mètres, avaient dû suivre les événements avec leurs jumelles, et il comprenait que s'il voulait rester en bonne santé il était grand temps de retourner sa veste dans ce conflit auquel il n'avait toujours rien compris de toute façon.

En plus il avait faim.

— *Sí, por favor, mi general*, répondit Allan. D'accord pour la paella. Avec un ou deux verres de *vino tinto*, peut-être ?

On se souvient qu'Allan s'était présenté dix ans auparavant à la fonderie de Hälleforsnäs pour obtenir un poste d'artificier. À l'époque, il avait décidé de passer sous silence son séjour de quatre ans en hôpital psychiatrique et le fait qu'il avait dynamité volontairement sa propre maison. C'était grâce à cela que son entretien s'était bien passé.

Il se rappela cet épisode en bavardant avec le général Franco. D'un côté, ce n'était pas bien de mentir. De l'autre, il valait mieux que le général ne découvre pas que c'était Allan qui avait miné le pont et qu'il travaillait comme mercenaire pour l'armée républicaine depuis trois ans. Ce n'était pas qu'Allan fût lâche, mais il y avait tout de même un repas en jeu et un coup à boire. Il décida qu'on pouvait maquiller la vérité quand il était question de nourriture et d'alcool, et mentit sans vergogne au général.

Dans la version qu'il lui donna, il s'était caché dans ce buisson pour échapper à l'armée républicaine, il avait vu les artificiers poser les bâtons de dynamite sous le pont, et c'était une chance car ainsi il avait pu prévenir à temps le général du danger qu'il courait.

Allan était arrivé en Espagne en pleine guerre parce que l'un de ses amis, un proche de Primo de Rivera, l'avait entraîné. Depuis que cet ami avait été tué par une grenade républicaine, il avait dû lutter tout seul pour rester en vie. Il était finalement tombé entre les griffes de l'ennemi, mais avait réussi à s'échapper.

Et puis Allan s'était empressé de passer à un autre sujet, expliquant que son père avait été un des plus proches collaborateurs du tsar Nicolas, et qu'il était mort en martyr dans un combat désespéré contre Lénine le bolchevique.

Le dîner fut servi dans la tente de l'état-major. Plus Allan buvait de vin rouge, plus son père devenait un personnage héroïque. Le général Franco était suspendu à ses lèvres. Non seulement cet homme venait de lui sauver la vie, mais en plus il faisait presque partie de la famille de Nicolas II.

Les mets étaient exquis, et gare au cuisinier andalou s'ils ne l'avaient pas été. Le vin coula en une suite infinie de toasts à la santé d'Allan, du père d'Allan, du tsar Nicolas et de toute sa famille. Le général s'endormit au beau milieu de la chaleureuse accolade que les deux hommes se donnèrent pour sceller leur accord, selon lequel ils se tutoieraient et s'appelleraient par leurs prénoms.

Quand ces messieurs se réveillèrent, la guerre était finie. Le général Franco prit les rênes de la nouvelle Espagne et proposa à Allan le commandement de sa garde rapprochée. Ce dernier le remercia de sa proposition, la déclina et dit que si Francisco voulait bien l'en excuser, il préférait rentrer chez lui. Francisco comprenait et écrivit une lettre dans laquelle il lui accordait sa protection illimitée.

— Tu n'auras qu'à montrer ça si tu as un problème, où que tu te trouves.

Puis il fit conduire Allan sous bonne escorte jusqu'à Lisbonne, où il pensait qu'il trouverait des bateaux en partance pour le nord.

De Lisbonne appareillaient des bateaux pour toutes les destinations imaginables. Debout sur le quai, Allan réfléchit. Pas longtemps. Il alla agiter la lettre du général Franco sous le nez du capitaine d'un navire battant pavillon espagnol, qui lui offrit gratuitement le passage, sans discuter. On ne le fit même pas travailler à bord.

Le bateau n'allait pas en Suède. Allan s'était tout à coup demandé ce qu'il ferait là-bas et n'avait pas trouvé de réponse satisfaisante.

8

Mardi 3 mai – mercredi 4 mai 2005

Après la conférence de presse de l'après-midi, Hinken était allé boire une bière pour réfléchir. Mais il avait beau se creuser la cervelle, il n'y comprenait rien. Est-ce que Bulten avait vraiment kidnappé ces deux vieux ? Ou bien les deux histoires n'avaient-elles aucun lien ? Hinken avait mal à la tête à force d'essayer de comprendre. Il y renonça, téléphona au Chef et lui rapporta qu'il n'avait rien à rapporter. Le Chef lui ordonna de ne pas quitter Malmköping et d'attendre d'autres ordres.

Hinken resta planté devant sa bière. Cette histoire commençait à l'agacer. Il n'aimait pas ne pas comprendre, et il n'aimait pas avoir la migraine. Il se mit à penser à ses jeunes années, quand il était encore chez lui.

Hinken avait commencé sa carrière de truand à Braås, à quelques dizaines de kilomètres de l'endroit où se trouvaient justement Allan et ses nouveaux amis. Il s'était acoquiné avec quelques jeunes du coin et ensemble ils avaient fondé un club de motards qu'ils avaient baptisé The Violence. Il était le chef de la bande ; c'était lui qui décidait dans quel bar-tabac aurait lieu le prochain casse pour piquer des cigarettes. C'était lui aussi qui avait choisi leur nom : The Violence. Et malheureusement c'est lui également qui avait demandé à sa petite amie de broder le nom du club sur dix blousons de cuir qu'ils venaient de voler. La fille s'appelait Isabella et n'avait jamais appris à écrire le suédois à l'école, encore moins l'anglais.

Isabella se trompa et les dix blousons portèrent le nom The Violins à la place du nom initialement prévu. Les membres du club étant tous en échec scolaire sans qu'aucune autorité s'en soit préoccupée, personne ne remarqua la faute d'orthographe.

Ils furent très surpris de recevoir un jour une lettre avec pour destinataire « Les Violons de Braås », envoyée par le responsable d'une salle de concert à Växjö. On demandait au groupe s'il jouait de la musique classique et, dans l'affirmative, s'il accepterait de se produire en compagnie de l'excellente formation de musique de chambre Musica Vitae.

Hinken se sentit insulté, pensa que quelqu'un se moquait de lui, annula le cambriolage d'un bar-tabac et décida de filer à Växjö un soir pour caillasser les vitres de la salle de concert. Il fallait que le coupable paye.

Tout se passa comme prévu, sauf que le gant de Hinken partit avec l'une des pierres et atterrit dans le hall. L'alarme s'étant déclenchée au même moment, Hinken n'eut pas le temps d'aller le récupérer.

Perdre un gant est toujours très ennuyeux, surtout quand on circule à moto, et Hinken eut très froid à une main en rentrant à Braås cette nuit-là. Mais ses ennuis ne s'arrêtèrent pas là. Sa très dévouée petite amie avait cru bon de broder aussi son nom et son adresse à l'intérieur de son gant de cuir, pour le cas où il le perdrait. Dès le lendemain matin, la police venait le chercher pour l'interroger.

Hinken expliqua qu'il avait subi une provocation de la part de la direction de la salle de concert. C'est ainsi que l'histoire du gang The Violence devenu The Violins fut publiée dans le journal *Smålandsposten* et que Hinken devint la risée de toute la ville de Braås. De rage, il mit le feu au bar-tabac suivant au lieu de se contenter de le cambrioler. Malheureusement, le propriétaire turco-bulgare dormait souvent dans sa réserve pour dissuader les éventuels cambrioleurs, et ce n'est que de justesse qu'il échappa aux flammes sans dommage corporel. Hinken perdit sur le lieu du crime son deuxième gant, qui était aussi soigneusement brodé à son nom que l'autre, et peu après il faisait son premier séjour en prison. C'est là qu'il avait rencontré le Chef. Quand il eut purgé sa peine, Hinken se dit qu'il était temps pour lui de quitter Braås et Isabella. La ville comme la fille semblaient lui porter la poisse.

Le gang The Violence vivait toujours à Braås, et ses membres portaient encore les blousons avec la faute d'orthographe. En revanche, ils avaient changé de branche. Ils s'étaient spécialisés dans le vol de voitures dont ils trafiquaient le compteur kilométrique. C'était une activité extrêmement lucrative. Comme disait le nouveau chef de la bande, qui n'était autre que le petit frère de Hinken : « Une voiture plaît beaucoup plus aux gens quand elle a moitié moins de kilomètres qu'elle n'en a en réalité. »

Hinken garda des contacts sporadiques avec son petit frère et son ancienne vie, mais ne fut jamais tenté de revenir en arrière.

— Ville de merde ! résuma-t-il en repensant à l'endroit où il avait grandi.

Il n'aimait pas se rappeler le passé et encore moins songer à l'avenir. Il se dit qu'il ferait aussi bien de boire une troisième bière et de s'installer dans une chambre à l'hôtel, conformément aux ordres du Chef.

Il faisait presque nuit quand l'inspecteur arriva à Åkers Styckebruk avec le chien policier Kicki et son maître, après une longue marche le long de la voie ferrée depuis Vidkärr.

La chienne n'avait eu aucune réaction sur tout le parcours. Aronsson se demandait si elle avait compris qu'elle était au travail et pas en train de faire sa promenade du soir. Mais quand ils arrivèrent à la draisine abandonnée, elle se mit soudain à l'affût, ou quelque chose de ce genre, leva une patte et commença à aboyer furieusement. Un espoir naquit dans le cœur de l'inspecteur Aronsson.

— Est-ce que cela signifie quelque chose ? demanda-t-il au maître-chien.

— Et comment ! répondit ce dernier.

Il expliqua que Kicki avait différentes façons de s'exprimer en fonction de ce qu'elle avait à dire.

— Eh bien, soyez aimable de traduire, s'il vous plaît ! s'exclama le policier en pointant du doigt le chien qui aboyait toujours furieusement en se tenant sur trois pattes.

L'inspecteur Aronsson avait atteint les limites de sa patience.

— Elle nous dit qu'un homme mort a été transporté sur cette draisine récemment.

— Un homme mort ? Vous voulez dire un cadavre ?

— C'est ça.

L'inspecteur imagina un instant le membre du gang Never Again en train d'assassiner le pauvre centenaire Allan Karlsson. Puis la nouvelle information s'articula avec celles qu'il avait déjà.

— Ou plutôt le contraire, grommela-t-il en ressentant un étrange soulagement.

Mabelle leur servit du bifteck haché avec des pommes de terre et des lentilles ainsi que de la bière et du Gammel Dansk, une eau-de-vie à base de vingt-neuf herbes et épices macérées pendant trois mois.

Les invités étaient affamés, mais avant de manger ils voulurent savoir quel était l'animal qu'ils avaient entendu dans la grange.

— C'était Sonja, répondit Mabelle, mon éléphant.

— Un éléphant ? fit Julius.

— Un éléphant ? répéta Allan.

— Il me semblait bien que j'avais reconnu un barrissement, dit Benny.

L'ancien marchand de hot dogs ambulant était tombé amoureux au premier regard. Le deuxième et tous ceux qui suivirent ne firent que confirmer le symptôme. Cette rousse à forte poitrine qui jurait en permanence aurait pu sortir tout droit d'un roman de Paasilinna ! Il est vrai que l'auteur finlandais n'avait jamais écrit d'histoire incluant un éléphant, mais, selon Benny, ce n'était qu'une question de temps.

Mabelle avait trouvé le pachyderme un matin d'août, occupé à manger des pommes dans son jardin. Si l'éléphante avait été douée de parole, elle aurait raconté que la veille elle s'était éloignée d'un cirque de passage à Växjö, parce qu'elle avait soif, et que son gardien était allé pour la même raison dans un bar en ville au lieu de faire son travail. Elle était arrivée au bord du lac Helgasjön au crépuscule et avait décidé de s'offrir un peu plus qu'un coup à boire. Un bain rafraîchissant lui ferait le plus grand bien, s'était-elle dit en entrant tranquillement dans l'eau. Soudain, elle s'était rendu compte qu'elle n'avait plus pied et avait dû recourir à son talent atavique pour la natation. En général, les éléphants ne réfléchissent pas comme les humains, et cette éléphante-là ne dérogea pas à la règle quand elle choisit de nager deux kilomètres et demi afin d'avoir de nouveau quelque chose de résistant sous les pattes, au lieu de parcourir en sens inverse les quatre mètres qui la séparaient de la rive d'où elle venait.

Cette logique d'éléphant eut deux conséquences majeures. La première fut que la police et les gens du cirque conclurent à la noyade de l'animal après qu'on eut suivi ses traces jusqu'au bord de ce lac d'une profondeur de quinze mètres. La deuxième fut que l'éléphante bien vivante réussit, à la faveur de l'obscurité, à atteindre le pommier de Mabelle sans que personne la remarque.

La susnommée ne savait rien, bien entendu, de cette aventure, mais elle en devina la plus grande partie après avoir lu dans le journal local l'histoire d'un éléphant manquant et probablement mort. Mabelle s'était dit qu'il ne devait pas y avoir tellement d'éléphants en vadrouille dans le coin ces temps-ci, et que le spécimen bien vivant qu'elle avait dans son jardin était sans doute le même que celui qu'on disait mort dans le journal.

Mabelle avait commencé par donner un nom à l'éléphante. Elle l'avait appelée Sonja, en hommage à son idole, la chanteuse Sonya Hedenbratt. Ensuite, elle avait dû négocier pendant quelques jours avec Buster le berger allemand et la nouvelle venue, avant qu'ils acceptent de cohabiter.

L'hiver était arrivé, et il avait fallu chercher de la nourriture pour la pauvre Sonja qui avait, comme il fallait s'y attendre, un appétit d'éléphant. C'est alors que le père de Mabelle était mort en laissant opportunément à sa fille unique un héritage d'un million de couronnes. Vingt ans auparavant, il avait vendu sa florissante entreprise de brosses et balais, pris sa retraite et magnifiquement géré le fruit de la vente. N'ayant plus à se soucier du quotidien, Mabelle avait donné sa démission à l'hôpital de Rottne où elle était réceptionniste, afin de s'occuper à plein temps de son chien et de son éléphante.

Puis le printemps était revenu, et Sonja avait pu de nouveau se nourrir d'herbes et de feuilles. Un jour, une Mercedes était arrivée dans la cour, avec à l'intérieur les premiers êtres humains à mettre le pied à la ferme depuis que le père de Mabelle lui avait fait ses adieux, deux ans auparavant.

Mabelle expliqua aux trois hommes qu'elle n'avait pas pour habitude d'aller contre le destin, et qu'il ne lui était pas un instant venu à l'idée de tenter de dissimuler Sonja à ses visiteurs.

Allan et Julius laissèrent Mabelle raconter son histoire sans rien dire, mais quand elle eut fini Benny demanda :

— Pourquoi Sonja hurle-t-elle comme ça ? Elle doit avoir mal quelque part.

— Putain, comment tu peux savoir ça, toi ? fit Mabelle en ouvrant de grands yeux étonnés.

Benny ne répondit pas tout de suite. Il reprit une bouchée de nourriture afin de ménager ses effets.

— Je suis presque vétérinaire. Je vous la fais longue ou courte ?

Tout le monde exigea la version longue, mais d'abord Mabelle voulut que le « presque vétérinaire » l'accompagne dans la grange pour examiner l'antérieur gauche douloureux de Sonja.

Restés à la table du dîner, Allan et Julius se demandaient comment un vétérinaire qui portait une queue-de-cheval pouvait se retrouver marchand de saucisses raté en plein cœur du Södermanland. Une queue-de-cheval, c'était quoi, ce look, d'abord, pour un vétérinaire ? On ne respectait plus rien ! Dans les années quarante, on pouvait deviner le métier des gens à leur apparence.

— Un ministre avec une queue-de-cheval, gloussa Julius, tu imagines ?

Benny examina l'éléphante avec dextérité ; il avait déjà eu l'occasion de manipuler ce genre de patients lors d'un stage au parc animalier de Kolmården. Une brindille s'était fichée sous un ongle et avait enflammé l'ensemble du pied. Mabelle avait essayé de retirer l'écharde, mais elle n'avait pas eu la force nécessaire. Il ne fallut pas plus de dix minutes à Benny pour y parvenir, en parlant doucement à Sonja et en s'armant d'une paire de tenailles. Mais le pied restait infecté.

— On va avoir besoin d'antibiotiques, dit Benny. Au moins un kilo.

— Si tu sais ce qu'il nous faut, moi je sais où le trouver, répondit Mabelle.

Ils allaient devoir faire une visite nocturne à Rottne. Pour le moment, Benny et Mabelle rejoignirent les deux autres à table.

Tous mangèrent de bon appétit et éclusèrent quantité de bière et de Gammel Dansk, excepté Benny qui ne but que du jus d'orange. La dernière bouchée avalée, ils s'installèrent sur les fauteuils du salon, devant la cheminée, et c'est là que Benny leur raconta pourquoi il était « presque vétérinaire ».

L'histoire avait commencé du temps où lui et son frère Bosse, son aîné de deux ans, avaient passé quelques étés chez leur oncle Frank qui vivait en Dalécarlie. Les deux frères avaient grandi à Enskede, au sud de Stockholm. L'oncle, qu'on n'appelait jamais autrement que par son surnom, Frasse, était un homme d'affaires prospère qui possédait diverses entreprises locales qu'il gérait seul. L'oncle Frasse vendait des mobil-homes, du sable, et tout un tas d'autres choses. À part manger et dormir, sa vie entière était consacrée au travail. Il avait subi quelques déboires sentimentaux, car les femmes se lassent vite d'un homme qui ne fait que manger, dormir et travailler, et qui ne prend une douche que le dimanche.

Au début des années soixante, le père de Benny et de Bosse avait coutume de les envoyer passer l'été chez son jeune frère, le fameux oncle Frasse, sous prétexte qu'ils avaient besoin de prendre l'air de la campagne.

En réalité, les deux enfants s'étaient immédiatement vu attribuer la tâche de surveiller le concasseur de cailloux qui se trouvait dans la gravière. Le travail était pénible et ils inhalaient plus de poussière que d'air frais pendant leurs deux mois de vacances, mais ils étaient heureux. Le soir, l'oncle Frasse leur servait en même temps dîner et leçons de morale. Son cheval de bataille était : « Faites de bonnes études, les garçons, sinon vous risquez de finir comme moi. »

Évidemment, Benny et Bosse se disaient que ce ne serait pas si mal de finir comme l'oncle Frasse, du moins jusqu'à ce qu'il se tue accidentellement dans le fameux concasseur. En fait, leur oncle Frasse avait toujours été complexé de ne pas avoir fait d'études. Il écrivait à peine le suédois, ne savait pas compter, ne parlait pas un mot d'anglais et aurait tout juste su dire qu'Oslo est la capitale de la Norvège si quelqu'un lui avait posé la question. L'oncle Frasse n'avait de talent que pour les affaires. Grâce à cela, il avait fini riche comme Crésus.

Benny ne se souvenait pas à combien s'élevait la fortune de son oncle au moment de sa mort. L'événement survint quand Bosse avait dix-neuf ans et Benny presque dix-huit. Un notaire les informa qu'ils figuraient tous les deux sur le testament, mais qu'une clause un peu particulière exigeait qu'ils viennent en parler avec lui à son étude.

Ils rencontrèrent donc l'homme de loi et apprirent qu'une coquette somme d'argent, dont on ne leur communiqua pas le montant, leur serait remise à chacun le jour où ils auraient achevé des études. En attendant, ils percevraient une pension mensuelle, indexée sur le coût de la vie, pendant tout leur cursus. Celui-ci ne devait en aucun cas être interrompu, sous peine de suspension du versement de ladite pension. Laquelle cesserait d'être versée à celui des frères qui obtiendrait son diplôme le premier, puisqu'il serait de ce fait capable de subvenir à ses besoins. Il y avait nombre d'autres subtilités dans le testament, mais l'essentiel à retenir était que les frères deviendraient riches aussitôt qu'ils auraient *tous les deux* fini leurs études.

Bosse et Benny s'inscrivirent immédiatement à un cours de sept semaines pour passer un diplôme de métallier soudeur, et le notaire leur confirma que cette formation remplissait les conditions du contrat contenu dans le testament, bien qu'en son for intérieur il pensât que l'oncle Frank avait eu des ambitions plus élevées pour ses neveux.

Après trois ou quatre semaines de cours, deux événements se produisirent. Benny se lassa d'être depuis des années le souffre-douleur de son grand frère ; il fit comprendre à Bosse que, maintenant qu'ils étaient presque adultes, il allait devoir se trouver une autre tête de Turc.

Ensuite, Benny se rendit compte qu'il n'avait pas la moindre envie de devenir soudeur et décida, n'ayant aucune aptitude pour ce métier, de ne pas se donner la peine d'aller au bout de la formation.

Les deux frères se disputèrent à ce sujet jusqu'à ce que Benny choisisse de s'inscrire à un cours de botanique à l'université de Stockholm. D'après le notaire, un changement de cursus ne posait pas de problème, du moment que les études n'étaient pas interrompues.

Bosse obtint très vite son diplôme de soudeur, mais ne toucha pas son héritage, puisque Benny, lui, poursuivait ses études. Sa pension mensuelle lui fut également enlevée, ainsi qu'il était stipulé dans le testament.

Là, les deux frères se disputèrent pour de bon. Quand Bosse vandalisa à coups de pied la moto flambant neuve de Benny, achetée grâce à la généreuse allocation, c'en fut fini de l'amour fraternel : la guerre était déclarée.

Bosse essaya de marcher dans les traces de son oncle, mais il n'avait pas son génie des affaires. Au bout d'un certain temps, il partit vivre dans le Västergötland, afin de donner un nouvel essor à son entreprise, mais surtout pour ne plus risquer de croiser le frère honni. Pendant ce temps-là, Benny étudiait, inlassablement, année après année. La pension était confortable et, en changeant à chaque fois de filière juste avant de passer l'examen, Benny vivait à son aise pendant que son balourd de frère attendait son argent.

Benny avait continué de la sorte pendant trente ans, jusqu'à ce que le notaire l'informe que l'argent de l'héritage avait été entièrement dépensé et qu'il n'y aurait de ce fait plus de pension versée, ni bien sûr de capital à toucher après l'obtention d'un éventuel diplôme. Les deux frères pouvaient purement et simplement faire une croix sur leur héritage, conclut le notaire, qui avait atteint l'âge de quatre-vingt-dix ans et s'était peut-être maintenu en vie uniquement à cause de ce testament, car deux semaines plus tard il mourut dans son fauteuil en regardant la télévision.

Ces événements remontaient à quelques mois, époque à laquelle Benny avait pour la première fois été contraint de chercher du travail. L'agence nationale pour l'emploi eut l'honneur de voir débarquer la personne la plus instruite de Suède. Mais le marché du travail n'attend pas d'un demandeur d'emploi qu'il ait battu des records de longévité sur les bancs de l'école, il doit être capable de fournir des preuves de diplômes obtenus. Bien que Benny pût se vanter d'au moins neuf cycles universitaires presque achevés, pour trouver du travail il avait dû se résoudre à investir dans une camionnette et devenir vendeur de hot dogs ambulant. Benny et Bosse s'étaient brièvement parlé au téléphone quand ils avaient appris que la bourse d'études avait absorbé l'héritage. Le niveau de décibels produit par Bosse en la circonstance avait suffi à dissuader Benny d'aller lui rendre visite comme il l'avait prévu.

À ce stade du récit, Julius craignit que Mabelle ne devienne un peu trop curieuse et ne veuille savoir par exemple comment Benny avait rencontré Allan et Julius. Mais leur hôtesse avait bu un peu trop de bière et de Gammel Dansk pour vouloir entrer dans les détails. En revanche, elle se sentait dangereusement proche de tomber amoureuse.

— Qu'est-ce que tu as presque réussi à devenir, à part vétérinaire ? demanda-t-elle, les yeux brillants.

Benny, tout comme Julius, fut soulagé de la direction que prenaient les questions de Mabelle.

— Je ne me souviens pas de tout, dit-il. On arrive à engranger pas mal de choses en restant le cul vissé sur un banc d'école pendant trois décennies, à condition d'apprendre ses cours, bien sûr.

Benny se rappelait qu'il était devenu presque vétérinaire, presque médecin généraliste, presque architecte, presque botaniste, presque professeur de langues, presque professeur de sport, presque historien, et encore quelques autres « presque » qu'il avait oubliés. En plus de ces « études longues », il avait aussi commencé bon nombre de formations, de courte durée et de plus ou moins grand intérêt. À certaines époques, il avait suivi plusieurs cursus différents pendant un même trimestre et il aurait pu passer pour un vrai bûcheur.

Soudain, il se souvint d'une autre compétence qu'il avait presque acquise et qu'il n'avait pas citée. Il se leva, se tourna vers Mabelle et se mit à déclamer :

Des tréfonds de ma pauvre existence,
Des limbes de ma nuit banale,
J'élève vers toi ma romance
Ma belle, ma mie, mon trésor impérial.

Un silence recueilli s'ensuivit, à peine troublé par un juron tout juste audible, proféré par une Mabelle rougissante.

— Inspiré du poète Erik Axel Karlfeldt, précisa Benny. Par ces mots, je voudrais te remercier pour la bonne chère et ton accueil chaleureux. Je ne crois pas avoir mentionné que j'avais aussi presque obtenu une licence de lettres.

Puis Benny dépassa peut-être légèrement les bornes en invitant Mabelle à danser devant la cheminée, car elle refusa brusquement en lui disant d'arrêter ses conneries. Mais Julius voyait bien qu'elle était flattée. Elle remonta la fermeture éclair de sa veste de jogging et tira un peu sur l'ourlet pour se montrer à son avantage.

Allan partit se coucher pendant que les trois autres buvaient le café, avec un cognac pour ceux que cela intéressait. Julius accepta les deux avec plaisir, Benny ne prit que le café.

Julius inonda Mabelle de questions sur la ferme et sur sa vie, parce qu'il était curieux de nature et qu'il voulait à tout prix éviter d'avoir à expliquer qui ils étaient, où ils allaient et pourquoi. Il n'eut pas à le faire. Mabelle était lancée : elle parla de son enfance, de l'homme qu'elle avait épousé à dix-huit ans et fichu dehors dix ans plus tard (cette partie de son récit fut une véritable anthologie des jurons), de l'enfant qu'elle n'avait jamais eu, de Sjötorp, qui était à l'origine la résidence secondaire de ses parents et que son père lui avait donnée à la mort de sa mère sept ans plus tôt ; elle parla du manque total d'intérêt de son ancien poste de standardiste à l'hôpital, de l'argent de l'héritage qui commençait à fondre et du fait qu'il était peut-être temps pour elle d'aller voir ailleurs.

— J'ai déjà quarante-trois ans, quand même, dit Mabelle. Je suis plus loin du berceau que de ma putain de tombe.

— Je n'en serais pas si sûr à ta place, commenta Allan.

Le maître-chien donna de nouvelles instructions à Kicki et elle se mit à courir, truffe au sol, en s'éloignant de la draisine. L'inspecteur Aronsson espérait que la chienne allait découvrir le cadavre quelque part dans le coin, mais, après une trentaine de mètres à l'intérieur de la zone industrielle, Kicki commença à tourner en rond en regardant son maître d'un air implorant.

— Kicki est désolée, elle ne sait pas où est passé le mort, traduisit le maître-chien.

L'inspecteur Aronsson pensait que Kicki avait perdu la trace du macchabée dès qu'elle s'était éloignée de la draisine. Si Kicki avait pu parler, elle aurait dit que le corps avait parcouru un certain nombre de mètres dans l'enceinte de l'usine avant de disparaître totalement. S'il avait eu cette information, l'inspecteur Aronsson se serait peut-être demandé quels chargements avaient quitté le site au cours des dernières heures. S'il avait posé cette question, on lui aurait répondu qu'un semi-remorque était parti pour le port de Göteborg, avec un chargement pour l'export. Si les choses avaient été différentes, un appel aurait été lancé aux divers commissariats le long de l'autoroute E20, on aurait invité le poids lourd à se ranger sur le bas-côté quelque part à la hauteur de Trollhättan, et le cadavre n'aurait pas quitté le pays.

Environ trois semaines plus tard, à bord d'un bateau qui venait de passer le canal de Suez, un jeune gardien de cale égyptien fut incommodé par l'odeur qui se dégageait du chargement.

À la longue, il n'y tint plus. Il prit un torchon, l'humidifia et le noua autour de son nez et de sa bouche. Il comprit vite d'où venait la puanteur. Un cadavre à moitié décomposé était enfermé dans l'une des caisses.

Le jeune marin égyptien réfléchit un court instant. Laisser le macchabée lui gâcher le reste de la traversée ne le tentait guère. Il n'avait pas envie non plus de subir un interrogatoire interminable à l'arrivée, sachant que la police de Djibouti n'avait pas sa pareille pour compliquer les choses.

L'idée de déplacer le cadavre ne l'amusait pas, mais il le fallait. Il commença par vider soigneusement les poches du mort de tout ce qui avait un peu de valeur

– toute peine mérite salaire –, et il le jeta par-dessus bord.

Ce qui avait été un jeune homme blond aux cheveux longs et gras, à la barbe clairsemée et portant une veste en jean avec dans le dos l'inscription *Never Again* devint en l'espace d'un seul plouf un gueuleton pour les poissons de la mer Rouge.

À Sjötorp, Julius monta se coucher au premier étage peu avant minuit, pendant que Benny et Mabelle s'installaient dans la Mercedes pour aller faire une visite nocturne à l'hôpital de Rottne. À mi-chemin, ils découvrirent Allan endormi à l'arrière sous une couverture. Il se réveilla au son de leurs voix et expliqua qu'il était sorti prendre l'air et qu'il avait, sur une impulsion, choisi de dormir dans la voiture afin d'épargner à ses genoux, fatigués par cette longue journée, la montée de l'escalier jusqu'à la chambre à l'étage.

— C'est que je n'ai plus quatre-vingt-dix ans, vous comprenez, dit-il.

L'expédition se ferait à trois au lieu de deux, tant pis. Mabelle leur expliqua son plan. Ils entreraient dans l'hôpital avec le trousseau de clés qu'elle avait oublié de rendre quand elle avait démissionné. Une fois à l'intérieur, il faudrait utiliser l'ordinateur du docteur Erlandsson pour établir une ordonnance d'antibiotiques au nom de Mabelle. Pour cela, il leur fallait le code d'accès et le mot de passe d'Erlandsson, ce qui serait un jeu d'enfant, sachant que le docteur Erlandsson n'était pas seulement un type imbu de lui-même, mais également un crétin. Lorsque le système informatique avait été installé, quelques années auparavant, c'est Mabelle qui avait dû expliquer au médecin comment on remplissait une prescription sur ordinateur, et c'est elle aussi qui avait choisi son nom d'utilisateur et son mot de passe.

La Mercedes arriva sur le « lieu du crime ». Benny, Allan et Mabelle sortirent du véhicule. À ce moment précis, une voiture passa lentement à côté d'eux. Le conducteur avait l'air aussi étonné qu'eux. Une personne éveillée à Rottne au milieu de la nuit constituait déjà un événement hors du commun, alors quatre…

La voiture disparut ; la nuit redevint noire et silencieuse. Mabelle entraîna Benny et Allan vers une porte située à l'arrière de l'hôpital, puis jusqu'au bureau d'Erlandsson. Elle alluma l'ordinateur et pianota le code d'accès.

Tout se déroulait comme prévu. Mabelle jubilait. Soudain, elle lança une terrible bordée de jurons. Elle venait de se rendre compte qu'on ne pouvait pas tout simplement écrire « un kilo d'antibiotiques » sur une ordonnance.

— Tu n'as qu'à mettre érythromycine, gentamicine et rifampicine, en dosage de deux cent cinquante grammes, nous attaquerons l'infection sur plusieurs fronts à la fois.

Mabelle jeta à Benny un regard admiratif et l'invita à prendre sa place. Il orthographia sans difficulté les médicaments qu'il avait énumérés et ajouta une liste de matériel de premiers soins, bandages et pansements qui pourraient leur être utiles si un jour la grange restait malencontreusement ouverte…

Ils ressortirent de l'hôpital aussi facilement qu'ils y étaient entrés, et le voyage de retour se déroula sans encombre. Benny et Mabelle aidèrent Allan à monter au premier étage et, un peu avant deux heures du matin, la dernière lampe s'éteignit dans la maison du lac.

La nuit, la plupart des gens dorment. Mais à quelques dizaines de kilomètres de Sjötorp, à Braås, se trouvait un jeune homme qui avait le plus grand mal à trouver le sommeil à cause d'une terrible envie de fumer. C'était le petit frère de Hinken, le nouveau chef du gang The Violence. Il avait grillé sa dernière sèche trois heures plus tôt, et l'envie d'en fumer une autre avait commencé à l'obséder à la seconde où il l'avait terminée. Le petit frère se maudissait d'avoir oublié de se procurer du tabac avant que la totalité de la communauté de Braås se replie pour la nuit, à peu près à l'heure où se couchent les poules.

Il s'était cru capable de tenir jusqu'au lendemain matin, mais, aux alentours de minuit, le manque le tarauda et le jeune homme décida subitement de renouer avec ses bonnes vieilles habitudes et de se servir d'un pied-de-biche pour avancer l'heure d'ouverture du bar-tabac. Cependant, il n'allait pas mettre sa réputation en péril en cambriolant un commerce de sa ville. Les soupçons se seraient portés sur lui à la minute même où l'effraction aurait été découverte.

L'idéal était de s'éloigner le plus possible, mais son envie de tabac était décidément trop forte. La ville de Rottne, à un quart d'heure de route, offrait le meilleur compromis. Il laissa la moto et le blouson du club chez lui. Vêtu d'une tenue discrète, il entra dans Rottne à bord de sa vieille Volvo 240, un peu après minuit.

En arrivant près de l'hôpital, il vit à son grand étonnement trois personnes sur le trottoir : une femme aux cheveux rouges, un homme portant une queue-de-cheval, et juste derrière eux un affreux vieillard.

Le petit frère de Hinken ne chercha pas à approfondir les raisons de leur présence à cet endroit, d'ailleurs il ne se donnait jamais la peine d'approfondir quoi que ce soit. Il continua à rouler sur un kilomètre, s'arrêta sous un arbre à proximité du bar-tabac, ne parvint pas à y pénétrer, le propriétaire du magasin ayant sécurisé sa porte contre les effractions au pied-de-biche, et rentra chez lui, toujours autant en manque de nicotine.

Quand Allan se réveilla, vers 11 heures, il était en pleine forme. Il resta un instant à la fenêtre pour admirer le tableau typique du Småland que constituait la forêt de sapins autour du lac. Le paysage lui faisait penser au Södermanland. La journée promettait d'être magnifique.

Il mit les seuls vêtements qu'il possédait en se disant qu'il avait maintenant les moyens de refaire un peu sa garde-robe. Ni lui ni Julius ni Benny n'avaient pris le temps d'emporter ne serait-ce qu'une brosse à dents.

Quand il pénétra dans la salle de séjour, Julius et Benny déjeunaient. Le premier avait fait une longue promenade, le second la grasse matinée. Mabelle avait disposé des assiettes et des verres sur la table de la cuisine et laissé un mot qui les invitait à faire comme chez eux. Elle était partie pour Rottne. La lettre s'achevait sur la recommandation de ne pas jeter les restes, Buster se chargerait de les finir.

Allan lança un bonjour à la cantonade, ses deux nouveaux amis lui répondirent à l'unisson. Julius enchaîna en proposant qu'ils restent une journée de plus à Sjötorp à cause de l'environnement qu'il trouvait absolument ravissant. Allan demanda si par hasard cette idée ne viendrait pas de leur chauffeur, eu égard au flirt dont il avait lui-même été témoin le soir précédent. Julius admit qu'il avait effectivement dû avaler, avec son pain grillé et ses œufs, une longue série de raisons pour lesquelles il serait préférable de finir l'été à Sjötorp, mais que l'argument final sur la beauté du site venait de lui. Et d'ailleurs où iraient-ils s'ils décidaient de partir ? Ne valait-il pas mieux s'accorder vingt-quatre heures de réflexion ? Il suffisait de se mettre d'accord sur une histoire plausible pour expliquer qui ils étaient et où ils allaient. Et puis bien sûr il fallait que Mabelle veuille bien les garder.

Benny suivait avec intérêt la conversation d'Allan et de Julius, espérant de toute évidence qu'elle se terminerait par la décision de rester au moins une nuit de plus. Ses sentiments pour Mabelle n'avaient pas tiédi depuis la veille, au contraire, et il avait été déçu de ne pas la voir au lever. Elle avait quand même écrit « merci pour hier » dans son petit mot. Benny se demanda si elle faisait référence au poème qu'il avait déclamé. Il était impatient qu'elle revienne.

Ils n'entendirent la voiture de Mabelle qu'une heure plus tard. Quand elle en sortit, Benny remarqua tout de suite qu'elle était encore plus belle que la veille. Elle avait changé sa tenue de jogging pour une robe, et Benny se demanda même si elle n'était pas allée chez le coiffeur. Il marcha vers elle avec enthousiasme et l'accueillit en s'exclamant :

— Bonjour, Mabelle, et bienvenue chez toi !

Derrière lui, Allan et Julius observaient sa parade amoureuse avec amusement. Mais dès que Mabelle ouvrit la bouche, leurs sourires se figèrent. Elle passa devant Benny sans lui accorder un regard, dépassa les deux autres de la même façon, et ne s'arrêta que sur le perron. Là, elle se retourna et dit :

— Bande de salopards ! Je sais tout ! Et maintenant je veux savoir le reste ! Au rapport dans le salon, MAINTENANT !

Et elle disparut à l'intérieur de la maison.

— Si elle sait déjà tout, qu'est-ce qu'elle veut savoir de plus ? s'interrogea Benny.

— Ta gueule, Benny, fit Julius.

— Bien dit, lança Allan.

Et tous les trois allèrent prendre connaissance de leur sort.

Mabelle avait commencé sa journée en donnant à Sonja une belle brassée d'herbe fraîche, puis elle était allée s'habiller. À contrecœur, elle avait été forcée d'admettre qu'elle avait envie de se faire belle pour le dénommé Benny. Elle avait rangé le jogging rouge dans l'armoire et l'avait remplacé par une robe jaune pâle. Elle avait discipliné ses cheveux hirsutes en deux nattes soignées. Puis elle s'était maquillée discrètement et s'était mis une légère touche de parfum avant de s'installer au volant de sa Volkswagen Passat pour aller faire quelques courses à Rottne.

Buster, assis à sa place habituelle sur le siège du passager, s'était mis à aboyer en arrivant à la supérette. Après coup, Mabelle s'était demandé si c'était à cause du journal exposé devant la porte du magasin. Deux photos figuraient à la une. Celle du vieux Julius, en bas de la page, et en haut, en grand, celle du très vieil Allan. Les gros titres disaient :

LA POLICE REDOUTE
LE KIDNAPPING D'UN CENTENAIRE
PAR UNE BANDE ORGANISÉE

UN VOLEUR BIEN CONNU DES SERVICES DE POLICE
EST ACTIVEMENT RECHERCHÉ

Mabelle avait rougi jusqu'aux oreilles, ses pensées fusant dans tous les sens. Elle s'était mise dans une colère noire et avait laissé tomber tous ses projets de ravitaillement, car elle voulait que les trois filous disparaissent de chez elle avant le déjeuner. Elle avait tout de même pris le temps de passer à la pharmacie pour acheter les médicaments que Benny avait prescrits la veille, et acheté le quotidien *Expressen* afin de se faire une idée plus précise de la situation.

Plus Mabelle lisait, plus elle était en colère. Et en même temps, elle se disait qu'il y avait quelque chose qui ne collait pas. Benny ferait partie de l'organisation criminelle Never Again ? Julius serait un gangster ? Et qui avait kidnappé qui ? Ils avaient l'air de si bien s'entendre, tous les trois !

Finalement, la colère l'avait emporté sur la curiosité, car, quelle que soit la vérité, ils l'avaient bien menée en bateau. Et on ne menait pas Gunilla Björklund en bateau impunément. « Ma belle »… Ha !

Elle était retournée dans sa voiture et n'avait pu s'empêcher de relire l'article :

Le jour de son centième anniversaire, lundi dernier, Allan Karlsson a disparu de la chambre qu'il occupe à la maison de retraite de Malmköping. La police craint à présent qu'il n'ait été enlevé par une organisation criminelle répondant au nom de Never Again. D'après ses sources, le journal Expressen *pense que le célèbre gangster Julius Jonsson serait mêlé à cette affaire.*

Suivaient une foule d'informations et de témoignages. Allan Karlsson avait été vu à la gare routière de Malmköping, il était monté à bord du car allant à Strängnäs, ce qui avait rendu fou de rage un membre du gang Never Again, « un homme blond, d'une trentaine d'années »… La description ne correspondait pas du tout à Benny. Mabelle s'était sentie… soulagée ?

L'article disait ensuite que plusieurs témoins avaient vu Allan sur une draisine au beau milieu de la forêt du Södermanland, en compagnie du célèbre gangster Jonsson et du très en colère membre de la bande organisée Never Again. Le quotidien *Expressen* ne parvenait pas à établir très précisément la nature des relations existant entre les trois individus ; la théorie la plus probable était qu'Allan Karlsson avait été enlevé par les deux autres. C'était en tout cas ce que le journaliste d'*Expressen* avait réussi à soutirer, après quelques efforts, au fermier Tengroth, de Vidkärr.

Expressen révélait un ultime détail : on était sans nouvelles depuis la veille d'un marchand de hot dogs ambulant, Benny Ljungberg, qui vendait encore des saucisses à Åkers Styckebruk quelques minutes avant qu'on ait perdu la trace des trois passagers de la draisine à l'endroit précis où se trouvait sa camionnette. Les employés de la station-service Statoil située en face étaient formels sur ce point.

Mabelle avait plié le journal et l'avait mis dans la gueule de Buster. Ensuite elle avait roulé à tombeau ouvert en direction de sa ferme au milieu des bois, où l'attendaient ses invités : le centenaire, le célèbre gangster et le marchand de hot dogs. Ce dernier avait beau être séduisant, charmant et riche de connaissances médicales, la situation ne prêtait pas à la romance. Pendant un court instant, Mabelle avait été plus triste que fâchée. Elle avait attisé sa colère en vue de son retour à la maison.

Mabelle arracha le journal de la gueule de Buster, brandit les photos au visage d'Allan et de Julius, jura pendant un moment et lut finalement l'article à voix haute. Elle exigea ensuite une explication, en les prévenant que de toute façon elle voulait qu'ils soient tous les trois partis de chez elle dans moins de cinq minutes. Puis elle replia le journal, le remit dans la gueule du chien et les regarda à tour de rôle, les bras croisés, en lâchant d'un ton glacial :

— Alors ?

Benny regarda Allan, qui regarda Julius, qui bizarrement éclata de rire.

— « Célèbre gangster », fit-il. Voilà que je suis devenu un célèbre gangster. Pas mal !

Mabelle ne se laissa pas distraire. Son visage, déjà rouge, devint écarlate quand elle dit à Julius qu'il serait bientôt un célèbre gangster en kit s'ils ne se dépêchaient pas de lui expliquer ce qui se passait, car on ne menait pas impunément en bateau Gunilla Björklund de

Sjötorp. Elle donna du poids à ses mots en décrochant du mur une vieille carabine à plombs qui ne pouvait probablement plus tirer, mais qui, s'il le fallait, suffirait bien à fracasser le crâne d'un gangster, d'un vendeur de hot dogs et d'un ancêtre.

Julius cessa de ricaner. Benny resta pétrifié, les bras ballants. Il ne pensait qu'à une chose : son premier amour lui échappait. C'est alors qu'Allan demanda à Mabelle de le laisser discuter un petit moment avec Julius en privé dans la pièce à côté. Mabelle accepta à contrecœur, tout en mettant Allan en garde :

— Pas de conneries, hein, l'ancêtre !

Allan promit de bien se tenir, prit Julius par le bras, le fit entrer dans la cuisine et ferma la porte derrière eux.

Quand ils furent hors de portée de voix, il demanda à Julius s'il avait une idée de ce qui pourrait calmer Mabelle. D'après ce dernier, la seule façon d'arrondir les angles serait de donner à Mabelle une part du gâteau. C'était la solution à laquelle avait pensé Allan, mais il ajouta qu'il faudrait éviter, à l'avenir, d'informer une personne par jour du fait qu'ils volaient les valises des gens, les tuaient quand ils essayaient de récupérer leur bien, puis les emballaient bien proprement dans un colis en partance pour l'Afrique.

Julius trouva qu'Allan grossissait un peu le trait. Jusqu'à présent il n'y avait eu qu'un seul mort, et il l'avait bien cherché. D'autre part, s'ils se tenaient tranquilles à partir de maintenant, il n'y avait aucune raison qu'il y en ait d'autres.

Allan lui fit part de ses réflexions : le plus simple serait de partager le contenu de la valise en quatre parts égales. Ainsi, ils ne risqueraient plus que Benny et Mabelle aillent raconter des choses à droite à gauche.

En plus, ils pourraient passer le reste de l'été à Sjötorp. D'ici là, les autres membres du club de motards se seraient lassés de les chercher, s'ils les cherchaient, ce qui était tout de même assez probable.

— Vingt-cinq millions de couronnes pour quelques semaines de pension, soupira Julius.

Mais Allan voyait bien qu'il avait déjà accepté sa proposition.

Ils retournèrent dans le salon. Allan pria Mabelle et Benny de leur accorder encore trente secondes. Julius alla chercher la valise, la posa sur la table et l'ouvrit.

— Allan et moi avons décidé de partager le magot avec vous.

— Bordel de merde ! s'exclama Mabelle.

— En parts égales ? demanda Benny.

— Oui, mais il faudra que tu rendes les cent mille, précisa Allan. Et la monnaie du plein d'essence.

— Putain de bordel de merde ! fit Mabelle.

— Asseyez-vous, que je vous raconte toute l'histoire, proposa Julius.

Comme Benny avant elle, Mabelle eut du mal à digérer l'histoire du cadavre caché dans un conteneur, mais elle fut très impressionnée par le fait qu'Allan ait sauté par la fenêtre et tout simplement disparu de son ancienne vie.

— J'aurais dû faire la même chose quand j'ai compris, au bout de quinze jours, quel connard j'avais épousé.

Le calme revint à Sjötorp. Mabelle repartit avec Buster faire des courses. Elle acheta de la nourriture, des boissons, des vêtements, des articles de toilette et un tas d'autres choses. Elle paya tout comptant, en retirant d'une liasse des billets de cinq cents couronnes.

L'inspecteur Aronsson recueillit le témoignage d'une femme vigile d'environ cinquante ans qui surveillait la station-service de Mjölby. Son métier et la façon dont elle rapportait ses observations faisaient d'elle un témoin fiable. Elle fut capable de désigner Allan sur un cliché qui avait été pris quelques semaines auparavant, lors d'une fête organisée à la maison de retraite pour les quatre-vingts ans d'un pensionnaire. Sœur Alice avait eu l'amabilité de donner des photos d'Allan à la police ainsi qu'à tous les représentants des médias qui en avaient exprimé le désir.

L'inspecteur Aronsson fut obligé d'admettre qu'il avait eu tort de négliger cette piste la veille. Il était néanmoins inutile de pleurnicher. Il valait mieux réfléchir. S'il avait affaire à des fugitifs, il y avait deux possibilités : soit les deux vieux et le marchand de hot dogs savaient où ils allaient, soit ils se rendaient vers le sud sans but précis. Aronsson espérait qu'il s'agissait de la première option, car il est plus facile de suivre quelqu'un qui sait où il va que quelqu'un qui avance au hasard. Mais, avec cette clique-là, on ne pouvait pas savoir. Il n'y avait aucune connexion logique entre Allan Karlsson et Julius Jonsson, ni de rapport entre ces deux-là et Benny Ljungberg. Jonsson et Ljungberg auraient pu se rencontrer, puisqu'ils vivaient à une vingtaine de kilomètres l'un de l'autre. Il était possible aussi que Ljungberg ait été kidnappé et qu'il ait pris le volant sous la menace. Le centenaire pouvait lui aussi avoir été contraint de les accompagner, bien que deux arguments démentent cette théorie :

1. Allan Karlsson était descendu du car à l'arrêt Gare de Byringe de sa propre initiative, et il s'était rendu chez Julius Jonsson de son plein gré ;

2. plusieurs personnes ayant vu Allan et Julius ensemble, d'abord sur la draisine, puis marchant le long de l'enceinte de l'usine, affirmaient qu'ils avaient l'air de bien s'entendre.

La vigile était certaine d'avoir vu la Mercedes grise quitter l'autoroute E4 et prendre la nationale 32 en direction de Tranås. L'information, même si elle datait de vingt-quatre heures, restait utile, car elle limitait considérablement le nombre de destinations possibles. La zone située autour de Västervik, Vimmerby et Kalmar était exclue, car la voiture aurait déjà quitté l'autoroute à Norrköping, ou à la rigueur à Linköping en prenant la bretelle vers le nord.

Jönköping et Värnamo étaient aussi des destinations improbables, car pour s'y rendre ils n'auraient eu aucune raison de quitter l'autoroute. Ils pouvaient être allés à Oskarhamn et avoir pris le ferry pour l'île de Gotland, mais les listes de passagers infirmaient cette hypothèse. Il ne restait donc que la partie nord du Småland : Tranås, Eksjö, peut-être Nässjö, Åseda, Vetlanda et les environs de ces villes-là. Ils pouvaient aussi être à Växjö, mais dans ce cas le chauffeur de la Mercedes n'avait pas pris l'itinéraire le plus court. Cela restait tout de même une possibilité : en admettant que les deux vieux et le vendeur de hot dogs se croient poursuivis, ils avaient tout intérêt à rester sur les petites routes.

L'inspecteur Aronsson était persuadé qu'ils se trouvaient dans le périmètre qu'il venait de délimiter. Deux d'entre eux n'ayant pas de passeport en cours de validité, il y avait peu de chances qu'ils essayent de se rendre à l'étranger. D'ailleurs ses collègues avaient téléphoné à toutes les stations-service situées au sud, au sud-est et au sud-ouest de Mjölby, dans un rayon de trente à cinquante kilomètres. Personne n'avait vu de Mercedes gris métallisé transportant trois personnes aussi aisément identifiables. Ils pouvaient avoir fait un plein d'essence dans un libre-service, mais l'inspecteur Aronsson en doutait : la plupart des gens, quand ils ont roulé un certain nombre de kilomètres, aiment s'arrêter pour acheter un paquet de bonbons, un soda ou une saucisse. Ils avaient opté pour une station-service à Mjölby, il était probable qu'ils feraient le même choix pour le plein suivant.

— Tranås, Eksjö, Näsjö, Vetlanda, Åseda… et leurs environs, dit l'inspecteur Aronsson avec une pointe de satisfaction dans la voix, avant de se rembrunir. Et après ?

Quand le chef du gang The Violence se réveilla à Braås en fin de matinée, après une nuit épouvantable, il alla directement à la supérette pour mettre fin à son manque de nicotine. Juste devant la porte du magasin, la une du journal *Expressen* lui sauta aux yeux. La plus grande des photos représentait sans aucun doute possible le vieillard qu'il avait croisé à Rottne la nuit précédente.

Dans sa précipitation, il oublia complètement les cigarettes. Il acheta le journal, fut stupéfait de ce qu'il lut et appela son grand frère Hinken.

Le mystère du centenaire disparu et sans doute kidnappé passionnait tout le pays. TV4 diffusa une enquête de fond sur le sujet à une heure de grande écoute, dans une édition spéciale de Kalla Fakta. L'émission reprenait grosso modo les éléments divulgués par *Expressen* et *Aftonbladet*, mais elle bénéficia d'une audience de plus d'un million et demi de téléspectateurs, parmi lesquels on pouvait compter le centenaire lui-même et ses trois nouveaux amis de la ferme de Sjötorp, dans le Småland.

— Si je n'étais pas lui, j'aurais presque pitié de ce vieux bonhomme, dit Allan.

Mabelle, qui regardait l'émission avec plus d'objectivité, conseilla à Allan, Julius et Benny de se tenir à carreau pendant un bon moment et de garer la Mercedes derrière la grange. Elle avait décidé de faire l'acquisition d'un autocar sur lequel elle lorgnait depuis un moment. Ils pourraient être obligés de s'enfuir précipitamment dans un avenir assez proche. Si cela devait arriver, ils partiraient tous ensemble, et Sonja serait du voyage.

9

1939 – 1945

Le 1er septembre 1939, le navire battant pavillon espagnol sur lequel s'était embarqué Allan accostait dans le port de New York. Allan voulait juste faire un petit tour outre-Atlantique et reprendre le bateau en sens inverse, mais le même jour un petit camarade du *generalísimo* décida de faire sa promenade à l'intérieur des frontières polonaises, et du coup la guerre éclata de nouveau en Europe. Le bateau espagnol fut immobilisé, puis carrément réquisitionné, et dut servir l'US Navy jusqu'à la fin des hostilités en 1945.

La plupart des hommes qui se trouvaient à bord furent dirigés vers les services de l'immigration sur Ellis Island. L'officier en poste posa à chacun les quatre mêmes questions :

1. Nom ?
2. Nationalité ?
3. Profession ?
4. Motivation pour s'installer sur le territoire américain ?

Tous ceux avec qui Allan avait fait la traversée répondirent qu'ils étaient de nationalité espagnole, simples marins, et sans travail puisque leur bateau avait été confisqué. Tous obtinrent sans difficulté un permis de séjour et l'autorisation de se débrouiller comme ils pourraient.

Pour Allan, ce fut plus compliqué. D'abord parce qu'il avait un nom que le traducteur espagnol ne parvenait pas à prononcer. Ensuite parce qu'il venait de Suède. Et enfin parce qu'il déclara sans ambages être expert en explosifs, avec une expérience acquise en premier lieu dans sa propre entreprise, puis dans l'industrie de l'armement, et pour finir sur le terrain en tant qu'artificier pendant la guerre civile espagnole.

Quand il sortit de sa poche la lettre du général Franco, l'interprète la traduisit en tremblant à l'officier de l'immigration. L'officier en référa à son chef, qui lui-même appela son supérieur hiérarchique.

On commença par vouloir renvoyer le fasciste suédois d'où il venait.

— Si vous me trouvez un bateau, il n'y a pas de problème, je repars tout de suite ! rétorqua Allan.

Ce n'était pas chose aisée. Le service de l'immigration poursuivit donc son interrogatoire. Plus l'officier supérieur posait de questions à Allan, moins le Suédois lui donnait le sentiment d'être un fasciste. Il n'était pas non plus communiste. Ni national-socialiste. En fait, il ne semblait être rien d'autre que ce qu'il disait être, c'est-à-dire expert en explosifs. L'anecdote concernant le dîner où le général Franco et lui avaient décidé de se tutoyer était si invraisemblable qu'il ne pouvait pas l'avoir inventée.

En attendant d'avoir une meilleure idée, le chef du service de l'immigration fit enfermer Allan jusqu'à nouvel ordre. Or, il avait un frère à Los Alamos, au Nouveau-Mexique, qui fabriquait des bombes et des choses de ce genre pour l'armée. Lorsqu'il le croisa à l'occasion de Thanksgiving, dans leur ferme familiale du Connecticut, il parla d'Allan à son frère. Celui-ci répondit qu'il n'était pas particulièrement enthousiasmé par l'idée d'avoir un éventuel franquiste sur les bras, mais que, d'un autre côté, il ne pouvait pas risquer de se priver de compétences venant de l'extérieur et que, si cela pouvait rendre service à son frère, il arriverait bien à caser le Suédois à un poste où il se tiendrait tranquille et passerait inaperçu.

Le chef de l'immigration affirma qu'il lui rendait là un grand service et, sur ce, ils attaquèrent la dinde.

Peu après, à la fin de l'automne de l'année 1939, Allan effectua son premier voyage en avion et intégra la base militaire américaine de Los Alamos, où l'on constata très vite qu'il ne parlait pas un mot d'anglais. Un lieutenant hispanophone eut pour mission de faire un bilan des compétences professionnelles du Suédois, et Allan fut prié de mettre ses formules par écrit. Le lieutenant relut les notes du jeune homme, trouva qu'il ne manquait pas d'imagination, mais déclara que la puissance explosive de ses charges ne serait même pas capable de faire sauter une automobile.

— Si, si, répliqua Allan, une automobile et même l'épicier qui la conduit. J'ai fait l'essai.

Allan fut autorisé à rester, tout d'abord au fin fond de la base, dans un baraquement reculé, puis, au fur et à mesure qu'il apprenait l'anglais, on le laissa circuler plus librement. Il suivit avec intérêt les divers essais d'explosifs militaires, qu'il trouva autrement plus impressionnants que les petits tests qu'il effectuait le dimanche dans la carrière, derrière la ferme de son enfance. Le soir, quand la plupart des jeunes gens de Los Alamos partaient chasser la donzelle en ville, Allan s'installait dans la bibliothèque classée top secret de la base et s'instruisait sur les techniques de pointe en matière d'explosions en tous genres.

Allan progressait de jour en jour, à mesure que la guerre se répandait dans toute l'Europe et dans le monde. Bien sûr, il n'avait aucun moyen de mettre ses connaissances en pratique puisque, quoique très apprécié, il n'était qu'un simple larbin ; mais il enregistrait absolument tout ce qu'il voyait. Et il n'était plus question de nitroglycérine ou de nitrate d'ammonium ; ça, c'était bon pour les gamins. Non, là, on parlait uranium et hydrogène et autres composants sérieux mais ô combien difficiles à manipuler !

À partir de 1942, des règles de sécurité draconiennes furent instaurées à Los Alamos. Le président Roosevelt confia aux ingénieurs de la base une mission secrète de la plus haute importance : il leur demanda de concevoir une bombe qui, selon les calculs d'Allan, serait capable à elle seule de détruire dix à vingt ponts espagnols si cela s'avérait nécessaire. On peut avoir besoin de boire un café, même au cours de la plus secrète des réunions, et Allan était si populaire qu'il fut admis dans le saint des saints.

Il devait reconnaître que ces Américains étaient drôlement malins. Au lieu de continuer à fabriquer des charges explosives du type auquel Allan était habitué depuis toujours, ils essayaient à présent de provoquer la plus grosse explosion que le monde ait jamais connue, en faisant éclater les atomes. En avril 1945, leurs recherches avaient quasiment abouti. Les chercheurs, et par la même occasion Allan, savaient provoquer une réaction en chaîne de fission de l'atome, mais ils ne savaient pas encore la contrôler. Allan s'était passionné pour la question et passait ses soirées seul à la bibliothèque à réfléchir à un problème auquel personne ne lui avait demandé de réfléchir. L'homme à tout faire natif de Suède ne baissait pas les bras si facilement, et puis un soir… un soir… il trouva la solution !

Chaque semaine, au cours de ce printemps-là, les plus hauts personnages militaires rencontrèrent, dans des réunions de travail interminables, les plus grands physiciens, avec l'illustre Oppenheimer à leur tête et Allan pour servir le café et les petits gâteaux.

Les scientifiques s'arrachaient les cheveux et redemandaient du café à Allan, les militaires se grattaient la nuque et redemandaient du café à Allan, les militaires et les physiciens se lamentaient en chœur et redemandaient du café à Allan. Et ils continuèrent comme ça, semaine après semaine. Allan détenait la solution à leur problème depuis un petit moment déjà, mais il se disait que ce n'était pas au serveur d'apprendre au chef cuisinier comment préparer la daube, et il gardait son savoir pour lui.

Jusqu'au jour où, à son propre étonnement, il s'entendit leur demander :

— Excusez-moi, mais je ne comprends pas pourquoi vous ne séparez pas l'uranium en deux parties égales ?

La question lui avait échappé au moment où il versait du café dans la tasse de l'illustre physicien Oppenheimer.

— Pardon ? fit celui-ci, qui n'avait pas écouté mais s'offusquait de ce qu'un serveur se soit permis d'ouvrir la bouche.

Allan ne pouvait plus revenir en arrière. Il s'expliqua :

— Eh bien, si vous divisez l'uranium en deux parties égales et que vous les réunissez à nouveau au dernier moment, ça explosera quand vous voudrez que ça explose au lieu de tout faire sauter ici à la base.

— Deux parties égales ? dit le directeur de projet Oppenheimer.

Sa tête étant déjà pleine d'un tas de calculs très compliqués, ce fut tout ce qu'il trouva à dire sur le moment.

— Non, évidemment, monsieur le physicien a raison, reprit Allan. Les deux parties n'ont pas besoin d'être égales, l'important est qu'elles atteignent la quantité requise quand elles sont réunies.

Le lieutenant Lewis, en partie responsable de la présence d'Allan dans le bureau où se tenait la réunion ultraconfidentielle, eut l'air d'avoir envie d'assassiner le Suédois sur place, mais l'un des physiciens autour de la table se mit à questionner Allan :

— Comment penses-tu faire entrer en contact les deux parties d'uranium ? Et à quel moment ? En l'air ?

— Oui, c'est exactement ça, monsieur le physicien. Ou bien vous êtes peut-être chimiste ? Ah non ? Ce que je veux dire, c'est que vous n'avez aucun problème pour provoquer l'explosion. Votre problème est que vous ne savez pas la contrôler. Si vous prenez une masse critique et que vous la divisez en deux, elle n'est plus critique, n'est-ce pas ? À l'inverse, deux masses non critiques réunies peuvent redevenir une seule masse critique.

— Et comment pensiez-vous réunir ces deux masses, monsieur… Pardon, mais qui êtes vous ? demanda le physicien en chef Oppenheimer.

— Je suis Allan.

— Et comment Allan s'imagine-t-il que nous allons pouvoir réunir les deux masses ? poursuivit Oppenheimer.

— Par une simple et honnête détonation, dit Allan. Je suis très doué pour ces explosions-là, mais je pense que vous saurez vous débrouiller sans moi.

Les physiciens ne sont pas des imbéciles, les chefs physiciens encore moins. Le chef physicien Oppenheimer avait en quelques secondes résolu dans sa tête des équations de plusieurs mètres de long, et il était arrivé à la conclusion que le jeune homme qui leur servait le café avait raison. Dire qu'un problème aussi compliqué pouvait être résolu d'une façon aussi simple ! Une charge explosive à l'arrière de la bombe pouvait être déclenchée à distance et libérer une masse neutre d'uranium 235 pour la mettre en présence d'une autre masse neutre. La fusion des deux masses en ferait instantanément une masse critique. Les neutrons se mettraient en mouvement, les atomes d'uranium se diviseraient. La réaction en chaîne serait déclenchée et là…

— Boum, fit le chef physicien Oppenheimer, se parlant à lui-même.

— C'est exactement ça, commenta Allan. Je vois que monsieur le chef physicien a déjà tout calculé. Quelqu'un veut-il encore un peu de café ?

Au même instant, la porte du bureau secret s'ouvrit : le vice-président Truman venait effectuer une de ses rares mais régulières visites, sans s'être fait annoncer, comme à son habitude.

— Restez assis, dit-il aux hommes présents qui s'étaient tous mis au garde-à-vous.

Pour ne pas se faire remarquer, Allan s'assit à tout hasard sur l'une des chaises libres autour de la table. Il se dit qu'en Amérique il fallait se comporter comme un Américain, et il valait mieux obtempérer quand un vice-président disait de s'asseoir.

Le vice-président demanda au chef physicien Oppenheimer de lui faire un rapport sur l'avancée des recherches. Ce dernier se releva et, sans réfléchir, annonça que monsieur Allan, assis à l'angle du bureau, venait sans doute de trouver la solution au problème qui les occupait tous ces derniers temps : comment contrôler l'explosion de la bombe atomique. L'idée de monsieur Allan n'avait pas encore été mise à l'essai, mais le chef physicien pensait pouvoir parler au nom de l'ensemble des personnes présentes en affirmant que le problème était désormais résolu et qu'on pourrait effectuer une explosion-test dans moins de trois mois.

Harry Truman fit un tour de table du regard et tous hochèrent la tête pour marquer leur approbation. Le lieutenant Lewis venait tout juste d'oser recommencer à respirer. Enfin le regard du vice-président se posa sur Allan.

— Il semble, monsieur Allan, que vous soyez le héros du jour. J'ai envie de manger un morceau avant de retourner à Washington. Voulez-vous me tenir compagnie ?

Allan se dit que les grands de ce monde avaient au moins un point commun : chaque fois qu'ils étaient contents pour une raison ou pour une autre, ils vous invitaient à déjeuner. Il garda ses pensées pour lui, remercia le vice-président pour son invitation et lui emboîta le pas. Le chef physicien Oppenheimer semblait à la fois soulagé et malheureux.

Le vice-président Truman avait réservé toutes les tables de son restaurant mexicain favori au centre de Los Alamos, et Allan et lui y déjeunèrent en tête à tête, si l'on exclut la dizaine de gardes du corps dispersés dans l'établissement.

Le responsable de la sécurité avait fait remarquer qu'Allan n'était pas citoyen américain et qu'il n'avait pas été fouillé avant d'être autorisé à se trouver seul avec le vice-président, mais Truman rejeta ces arguments en déclarant qu'Allan, tout étranger qu'il était, venait d'accomplir pour les États-Unis d'Amérique le geste le plus patriotique qu'on pût imaginer.

Le vice-président était d'excellente humeur. Il décida qu'aussitôt après le déjeuner il détournerait l'Air Force 2 vers la Géorgie, où le président Roosevelt séjournait dans une maison de repos pour soigner sa poliomyélite. Harry Truman était convaincu que le Président voudrait entendre cette nouvelle de vive voix.

— Je choisis les plats et vous choisissez les boissons, dit gaiement Truman à Allan en lui donnant la carte des vins.

Puis il se tourna vers le maître d'hôtel et lui passa une commande gargantuesque de tacos, d'enchiladas, de tortillas et de différentes sauces pour accompagner le tout.

— Que désirez-vous boire, monsieur ? demanda le maître d'hôtel.

— Mettez-nous deux bouteilles de tequila, répondit Allan.

Harry Truman éclata de rire et lui demanda s'il avait l'intention de le faire rouler sous la table. Allan lui répondit qu'il avait pu constater en effet que les Mexicains étaient capables de distiller une eau-de-vie presque aussi forte que la plus pure des eaux-de-vie suédoises, mais que monsieur le vice-président était libre de boire du lait avec son repas s'il trouvait ce breuvage plus convenable.

— Mais non, mais non, ce qui est dit est dit, répliqua le vice-président Truman en recommandant au serveur de ne pas oublier le citron et le sel.

Trois heures plus tard, les deux hommes se donnaient du Harry et du Allan, ce qui en dit long sur ce que deux bouteilles d'alcool sont capables de faire pour le rapprochement entre les peuples. En réalité, le vice-président n'avait pas saisi qu'Allan n'était pas le nom de son hôte, mais son prénom. Ce dernier avait eu le temps de lui raconter l'histoire de l'épicier qui avait explosé dans la carrière derrière sa ferme, et dans quelles circonstances il avait sauvé la vie du général Franco. Harry Truman, lui, avait diverti Allan en faisant une imitation désopilante du président Roosevelt essayant de se lever de son fauteuil.

Alors que l'ambiance battait son plein, le chef de la sécurité se rapprocha discrètement de son employeur.

— Puis-je vous parler, monsieur ?

— Parle donc, marmonna le vice-président.

— J'aimerais m'entretenir avec vous seul à seul, monsieur.

— C'est incroyable ce que ce type ressemble à Humphrey Bogart. T'as vu ça, Allan ?

— Monsieur… insista le chef de la sécurité, embarrassé.

— Bon, OK… C'est bon… De quoi s'agit-il ? grommela le vice-président, agacé.

— Monsieur, c'est à propos du président Roosevelt.

— Oui, qu'est-ce qu'il a, le vieux bouc ? gloussa le vice-président.

— Il est mort, monsieur.

10

Lundi 9 mai 2005

Hinken faisait le planton depuis maintenant quatre jours devant la supérette de Rottne, espérant tomber sur Bulten, sur un vieillard centenaire, sur une rouquine un peu moins avancée en âge, sur un gars dont il ne savait rien si ce n'est qu'il portait une queue-de-cheval, et sur une Mercedes. Ce n'était pas lui qui avait eu l'idée de faire le guet à cet endroit, mais le Chef lui-même. La nouvelle selon laquelle son petit frère et nouveau leader du gang The Violence de Braås était convaincu d'avoir vu un vieillard centenaire au milieu de la nuit devant un hôpital du Småland avait été rapportée en haut lieu. C'est pour cette raison que le Chef avait ordonné la surveillance de l'épicerie la plus fréquentée du secteur. Il avait calculé que quelqu'un qui se promène de nuit dans Rottne doit forcément résider dans le coin, et comme tout le monde a faim à un moment donné, tout le monde mange, et quand il n'y a plus rien à manger, il faut acheter de la nourriture. C'était logique. Ce n'était pas pour rien que le Chef était chef. Mais depuis quatre jours qu'il surveillait la supérette, Hinken commençait à douter.

Il n'était plus très concentré et ne remarqua pas tout de suite la femme rousse quand elle vint garer sa Volkswagen Passat rouge sur le parking, au lieu de la Mercedes gris métallisé à laquelle il s'était attendu. Comme elle eut la bonne idée de passer juste devant le nez de Hinken en entrant dans la supérette, il la repéra tout de même. Il ne pouvait pas être certain que ce soit la femme qu'il cherchait, mais elle se trouvait dans la bonne tranche d'âge et était indéniablement rousse.

Hinken appela le Chef à Stockholm, qui se montra beaucoup moins enthousiaste. C'était sur Bulten qu'il espérait remettre la main, ou à la rigueur sur le fichu centenaire.

Tant pis. Il ordonna à Hinken de relever le numéro d'immatriculation de la voiture, de filer discrètement la rouquine et de le rappeler pour lui faire son rapport.

L'inspecteur Aronsson avait passé les quatre derniers jours à l'hôtel à Åseda. Il pensait qu'en restant dans le secteur il localiserait les fuyards dès qu'un nouveau témoignage arriverait au centre d'appels.

Aucune nouvelle information ne lui étant parvenue, il s'apprêtait à rentrer chez lui quand ses collègues d'Eskilstuna se manifestèrent enfin. C'était la mise sur écoute de la ligne du voyou Per-Gunnar Gerdin du gang Never Again qui avait donné un résultat.

Gerdin, ou le Chef, comme on l'appelait, avait fait parler de lui quelques années auparavant quand *Svenska Dagbladet* avait révélé qu'il existait au sein même de la prison d'État Hall une organisation criminelle d'envergure connue sous le nom de Never Again. D'autres journaux avaient repris l'information, et Gerdin, le personnage principal de cette histoire, s'était retrouvé en première page de toute la presse du soir. Que le projet de Gerdin soit tombé à l'eau à cause des révélations de sa mère dans une lettre écrite à son fiston avait totalement échappé aux médias.

L'inspecteur Aronsson avait demandé quelques jours auparavant qu'on surveille Gerdin et qu'on mette sur écoute sa ligne téléphonique. Ils avaient enfin une touche. La conversation avait été enregistrée puis transcrite et faxée à l'inspecteur Aronsson à Åseda :

— *Allô ?*

— *Oui, c'est moi.*

— *Tu as du nouveau ?*

— *Peut-être bien. Je suis devant la supérette et il y a une rousse qui vient d'entrer.*

— *Elle était seule ? Tu n'as pas vu Bulten ? Ni le centenaire ?*

— *Non, juste la bonne femme. Et puis je sais même pas si...*

— *Elle était en Mercedes ?*

— *Euh, je n'ai pas eu le temps de voir, mais il n'y a pas de Mercedes sur le parking. Elle a pu arriver dans une autre voiture, non ?*

(Long silence.)

— *Allô ?*

— *Ouais, je suis là, je réfléchis, bon sang, il faut bien qu'il y en ait un qui réfléchisse.*

— *Ouais, j'sais bien, mais je...*

— *Il peut y avoir d'autres rousses dans la région…*

— *Quand même, elle a le bon âge d'après ce que…*

— *Bon, écoute-moi. Voilà ce que tu vas faire : tu vas suivre sa voiture, noter le numéro de sa plaque minéralogique, tu ne tentes rien, mais tu te débrouilles pour savoir où elle va. Et fais gaffe de ne pas te faire repérer. Ensuite tu me rappelles pour me faire ton rapport.*

(Cinq secondes de silence.)

— *Tu as pigé ou je recommence ?*

— *Ouais, j'ai pigé. Je te rappelle dès que j'ai du nouveau…*

— *Et la prochaine fois, tu m'appelles sur mon numéro de Mobicarte. Je t'ai déjà dit que tous les appels professionnels devaient être passés sur l'autre numéro !*

— *J'sais bien, mais c'est juste pour les affaires avec les Russes, non ? Je pensais que tu filtrais à cause de…*

— *Pauvre crétin.*

(Gerdin avait grogné puis raccroché.)

L'inspecteur plaça les nouveaux éléments dans son puzzle mental.

Il supposa que le « Bulten » cité par Gerdin était Bengt Bylund, un membre des Never Again connu des services de police, actuellement présumé mort. Et celui qui avait téléphoné à Gerdin était vraisemblablement Henrik « Hinken » Hultén, sur la piste de Bulten quelque part dans le Småland.

Aronsson avait maintenant la preuve qu'il ne s'était pas trompé. Il passa ses conclusions en revue : Allan Karlsson se trouvait quelque part dans le Småland, en compagnie de Julius Jonsson, de Benny Ljungberg et la Mercedes de ce dernier, ainsi que d'une femme rousse, d'un âge non déterminé mais sans doute pas toute jeune, vu qu'on l'appelait « la bonne femme ». Ce dernier point restait à vérifier, car on devait vite devenir une « bonne femme » aux yeux d'un type comme Hinken.

Dans le gang des Never Again à Stockholm, on pensait que Bulten se trouvait avec eux. Il aurait donc laissé tomber les membres de sa bande ? Sinon, pourquoi ne donnait-il pas de ses nouvelles ? Eh bien, parce qu'il était mort ! Ça, le Chef ne l'avait pas compris, et c'est pourquoi il croyait que Bulten se cachait au Småland en compagnie de… Mais qu'est-ce que cette rousse venait faire dans l'histoire ?

L'inspecteur demanda un état civil complet d'Allan, de Benny et de Julius. L'un d'entre eux avait peut-être une sœur ou une cousine avec cette couleur de cheveux habitant le Småland…

Bulten avait aussi déclaré : « Elle a le bon âge d'après ce que… » D'après quoi ? D'après un renseignement que quelqu'un lui aurait donné ? Quelqu'un qui les aurait croisés dans le Småland et aurait fait suivre l'information ? Dommage qu'ils n'aient pas tous été sur écoute dès le départ. À présent Hinken avait suivi la femme après ses courses et soit il avait laissé tomber parce qu'il ne s'agissait pas de la bonne rousse, soit… Hinken savait où se trouvaient Allan et ses amis. Et dans cette dernière hypothèse, le Chef était en route pour le Småland avec l'intention d'arracher à Allan et à sa bande la vérité sur ce qui était arrivé à Bulten et à sa valise.

Aronsson prit son téléphone et appela le procureur à Eskilstuna. Conny Ranelid ne s'était pas beaucoup mêlé de cette affaire depuis son commencement, mais à chaque nouveau rebondissement qu'Aronsson lui rapportait, son intérêt grandissait.

— Gardez un œil ouvert sur Gerdin et son garçon de courses, conseilla le procureur Ranelid.

Mabelle posa deux cartons remplis de nourriture et de divers autres articles dans le coffre de sa Volkswagen Passat et reprit la route de Sjötorp.

Hinken la suivait à distance raisonnable. Dès qu'ils furent engagés sur la nationale, il appela son chef sur sa carte prépayée (il avait un bon instinct de survie) et lui communiqua l'immatriculation de la voiture de la femme rousse. Puis il promit de redonner de ses nouvelles aussitôt qu'ils seraient arrivés à destination.

La Passat sortit de Rottne et tourna très rapidement dans un chemin de terre. Hinken savait précisément où il se trouvait, il avait pris ce chemin un jour lors d'un rallye automobile. C'était sa petite amie de l'époque qui faisait le copilote ; ils étaient arrivés à la moitié de la course quand elle s'était aperçue qu'elle tenait la carte à l'envers.

Le chemin était très sec et la rousse soulevait des tonnes de poussière en roulant. Hinken n'avait donc aucune difficulté à la suivre, mais soudain le nuage disparut. Hinken accéléra. Rien à l'horizon.

Il commença par paniquer, puis il se ressaisit. La bonne femme avait dû tourner quelque part. Il suffisait de faire demi-tour et de chercher la bifurcation.

À moins d'un kilomètre de là, Hinken crut avoir résolu le mystère. Il venait de découvrir une boîte aux lettres et un chemin qui partait sur la droite.

Hinken donna un coup de volant. Il s'engagea à grande vitesse dans l'allée sans savoir où elle conduisait. Dans son enthousiasme, il avait renoncé à toute idée de prudence et de discrétion.

En moins de temps qu'il ne faut pour l'écrire, Hinken se retrouva dans une cour de ferme. S'il avait roulé un tout petit peu plus vite, il n'aurait même pas eu le temps de freiner, et il aurait percuté le vieil homme qui se trouvait là, occupé à… nourrir un éléphant ?

Allan s'était tout de suite très bien entendu avec Sonja. Il est vrai qu'ils avaient une multitude de points communs. L'un avait un jour sauté par une fenêtre, donnant ainsi une nouvelle trajectoire à son existence, et l'autre avait fait exactement la même chose en sautant dans un lac. Tous les deux avaient eu le temps de parcourir le monde avant cela. En plus, Allan trouvait qu'avec toutes ses rides sur la tête Sonja ressemblait à un vieillard plein de sagesse.

Sonja ne faisait pas de numéros de cirque avec n'importe qui, mais ce vieux-là lui plaisait beaucoup. Il lui donnait des fruits, lui grattait la trompe et lui parlait gentiment. Elle ne comprenait pas grand-chose à ce qu'il lui disait, mais c'était sans importance. Sonja aimait bien Allan, et quand il lui demandait de s'asseoir, elle s'asseyait. S'il lui demandait de faire un tour sur elle-même, elle le faisait. Elle lui avait même montré sans qu'il le lui demande qu'elle savait se tenir debout sur ses pattes arrière. Le fait qu'il lui donne une pomme ou deux pour sa peine et un supplément de gratouilles sur la trompe n'était qu'un petit plus. Sonja n'était pas vénale.

Mabelle aimait bien s'asseoir sur la véranda en compagnie de Benny et Buster, avec une tasse de café pour les deux bipèdes et des friandises pour le chien. Ensemble, ils regardaient Allan et l'éléphante construire leur amitié jour après jour, pendant que Julius pêchait inlassablement des perches dans le lac.

Le printemps était chaud. Le soleil brillait depuis une semaine sans interruption et les prévisions météorologiques annonçaient que l'anticyclone allait se maintenir.

Benny, qui était également presque architecte, avait en un clin d'œil conçu un aménagement intérieur pour le nouveau car de Mabelle de façon à ce qu'il convienne à Sonja. Quand Mabelle sut que Julius n'était pas seulement voleur mais aussi ancien marchand de bois et qu'il se débrouillait bien avec un marteau et des clous, elle déclara à Buster qu'ils s'étaient trouvé tous les deux une bande de copains très utiles et qu'elle était bien contente qu'ils ne soient pas repartis le soir même de leur arrivée. Julius n'avait pas mis plus d'une journée à transformer l'autocar en suivant scrupuleusement les instructions de Benny. Sonja était plusieurs fois montée et descendue du véhicule avec l'aide d'Allan, son cornac, et avait semblé le trouver à son goût, même si elle avait du mal à comprendre l'intérêt de deux box au lieu d'un seul. Elle était un peu à l'étroit, en revanche elle disposait de deux mangeoires, une devant elle et une à sa gauche, et à sa droite elle avait de l'eau à volonté. Le plancher était surélevé et légèrement en pente, et une fosse à l'arrière avait été spécialement prévue pour recueillir ses excréments. La fosse était remplie de foin afin d'en absorber la plus grande partie pendant le voyage. Enfin, Benny avait ajouté un système de ventilation latérale consistant en une série de trous aménagés sur les deux flancs du car, ainsi qu'une vitre de séparation coulissante donnant sur la cabine et permettant à Sonja de voir sa mère nourricière pendant le trajet. Bref, l'autocar avait en quelques jours été transformé en camping-car de luxe pour éléphant.

Plus la bande se préparait à partir, moins ils en avaient envie. Ils s'étaient tous mis à apprécier la vie à Sjötorp, en particulier Mabelle et Benny, qui, dès la troisième nuit, avaient trouvé ridicule de salir des draps dans des chambres différentes alors qu'ils pouvaient très bien partager la même. Il y avait eu de longues et belles soirées devant la cheminée, passées à boire, à manger et à écouter les aventures extraordinaires d'Allan.

Le lundi matin, le réfrigérateur était aussi vide que le garde-manger et Mabelle dut retourner se ravitailler à Rottne. Par précaution, elle avait décidé de s'y rendre dans sa vieille Volkswagen Passat. La Mercedes était toujours garée derrière la grange.

Elle avait rempli un carton de nourriture pour elle et les garçons et un autre de pommes bien fraîches importées d'Argentine pour Sonja. En arrivant à la maison, Mabelle avait donné la caisse de pommes à Allan et rangé le reste des courses au frais dans la cuisine. Puis elle était allée rejoindre Benny et Buster sur la véranda. Julius était venu leur tenir compagnie, cessant de pêcher pour un court moment.

C'est à cet instant précis qu'une Ford Mustang, déboulant à fond de train dans la cour, avait failli percuter Allan et Sonja.

Sonja avait pris la chose avec flegme. Il faut dire que son ouïe et sa vue étaient totalement accaparées par ce qu'Allan lui demandait et la pomme qu'il lui promettait. Ou bien peut-être entendit-elle tout de même quelque chose, car elle s'immobilisa soudain au beau milieu d'une pirouette, le cul tourné vers Allan et le nouvel arrivant.

Allan garda son sang-froid lui aussi. Il avait frôlé la mort si souvent qu'il lui fallait plus qu'une Ford Mustang emballée pour le déstabiliser. Si elle s'arrêtait à temps, tant mieux. Elle s'arrêta.

La médaille de bronze du self-control revint à Buster, qui avait été très sévèrement dressé à ne pas sauter et aboyer sur les visiteurs. Il dressa les oreilles, l'œil aux aguets. La situation exigeait toute sa vigilance.

Mabelle, Benny et Julius, en revanche, bondirent de leur siège et s'appuyèrent à la balustrade pour suivre les événements.

Les choses se déroulèrent ainsi : Hinken, étonné, sortit en titubant de la Mustang et se mit à fouiller dans un sac tombé sous la banquette arrière pour y prendre son revolver. Il visa d'abord l'arrière-train de l'éléphante, puis se ravisa et dirigea l'arme sur Allan et les trois amis en rang d'oignons sur la véranda. Avec un manque total d'imagination, il cria :

— Les mains en l'air !

— Les mains en l'air ?

C'était la chose la plus bête qu'Allan ait entendue depuis longtemps et il se mit à disserter sur la question. Qu'est-ce que ce monsieur imaginait qu'il allait se passer s'ils ne s'exécutaient pas ? Craignait-il que lui, Allan, vénérable centenaire, ne l'attaque à coups de pommes ? Ou bien que la fragile demoiselle ici présente ne le mitraille de fraises belges ? Ou encore que…

— Ça va, ça va, mettez les mains où vous voulez, mais pas d'embrouilles, d'accord ?

— Des embrouilles ? Quel genre d'embrouilles ?

— Oh, la ferme, papy ! Dis-moi plutôt où est passée cette putain de valise. Et le gars qui était supposé y faire attention.

Et voilà, pensa Mabelle. Finie la belle vie. Personne ne répondit à la question qu'avait posée Hinken. Tous réfléchissaient, le cerveau en ébullition. À part peut-être l'éléphante qui, le dos tourné à l'action, eut soudain envie de vider ses intestins. Et quand un éléphant se soulage, gare à celui qui se trouve à proximité !

— Quelle horreur ! fit Hinken en s'éloignant de quelques pas. Mais putain, qu'est-ce que vous foutez avec un éléphant ?

Au même instant, Buster atteignit les limites de sa patience. Il sentait que quelque chose n'allait pas. Et il mourait d'envie d'aboyer sur cet étranger. Malgré sa connaissance des règles, il se permit un grognement sourd. Hinken remarqua alors le berger allemand. Instinctivement, il fit un pas en arrière et brandit son arme comme s'il allait tirer.

Une idée germa dans le cerveau centenaire d'Allan. C'était kamikaze, à moins d'être effectivement éternel. Il prit une profonde inspiration et tenta le coup. Souriant bêtement, il avança tout droit vers le type au revolver. Puis, de sa voix la plus chevrotante, il dit :

— Quel joli revolver tu as là ! C'est un vrai ? Je peux le toucher ?

Benny, Julius et Mabelle crurent que le vieux avait tout à coup perdu la tête.

— Arrête-toi, Allan ! s'écria Benny.

— Il a raison, tu ferais mieux de t'arrêter si tu ne veux pas que je te bute, déclara Hinken.

Allan continua à avancer en traînant des pieds. Hinken braquait le revolver sur le vieillard avec un air de plus en plus menaçant. Puis il fit très exactement ce qu'Allan espérait. Sans réfléchir, il fit un deuxième pas en arrière…

Celui qui a déjà eu l'occasion de marcher par mégarde dans la boue que forment les excréments d'un éléphant sait qu'il est tout à fait impossible d'y garder son équilibre. Hinken l'apprit à ses dépens. Il glissa, essaya de se rattraper en battant des bras, fit encore un pas en arrière et se retrouva les deux pieds dans la mouise. Il bascula et tomba mollement sur le dos.

— Assis, Sonja, assis, ordonna Allan, conformément au plan hasardeux qu'il avait imaginé.

— Non, Sonja, putain, non ! Pas assis ! hurla Mabelle, qui venait de comprendre ce qu'Allan avait en tête.

— Beurk ! fit Hinken qui était dans la merde.

Sonja, qui leur tournait toujours le dos, entendit l'ordre d'Allan. Il était si gentil, Allan. Elle avait envie de lui faire plaisir. En plus, elle avait entendu sa mère nourricière confirmer l'ordre (il faut savoir que le mot « pas » n'appartient pas au vocabulaire des pachydermes).

Sonja s'assit donc. Son derrière se posa en douceur dans quelque chose de chaud. On entendit un craquement sourd et un pépiement bref, suivi d'un lourd silence. Sonja était assise et, qui sait, peut-être aurait-elle droit à d'autres pommes ?

— Et de deux, dit Julius.

— Putain de bordel de merde, dit Mabelle.

— Aïe, dit Benny.

— Tiens, voilà une pomme pour toi, dit Allan.

Henrik « Hinken » Hultén ne dit rien.

Le Chef poireauta trois heures, attendant des nouvelles de Hinken. Et puis il se dit qu'il était arrivé quelque chose à cet incapable. Le Chef avait un mal fou à comprendre pourquoi les gens ne faisaient pas tout simplement ce qu'il leur disait de faire, et rien d'autre.

Il allait devoir prendre les choses en main, comme d'habitude. Il commença par rechercher les informations correspondant au numéro d'immatriculation que Hinken lui avait communiqué. Il ne lui fallut pas longtemps pour apprendre qu'il s'agissait d'une Volkswagen Passat rouge appartenant à une certaine Gunilla Björklund, de Sjötorp, à Rottne, dans le Småland.

11

1945 – 1947

Même s'il semble improbable de redevenir sobre comme un chameau en une seconde après avoir ingurgité un litre de tequila, c'est pourtant ce qui arriva à Harry Truman.

La défection subite du président Roosevelt obligea le vice-président à interrompre son sympathique déjeuner avec Allan. Il ordonna qu'on l'emmène au plus vite à la Maison Blanche, à Washington. Allan resta seul dans le restaurant et dut parlementer longuement avec le maître d'hôtel pour ne pas avoir à payer la note. Finalement, le maître d'hôtel se rangea aux arguments d'Allan, qui lui affirmait que le futur président des États-Unis d'Amérique était sans doute solvable, et qu'en outre le maître d'hôtel connaissait à présent l'adresse de monsieur Truman.

Allan retourna à pied à la base militaire et reprit sa place comme homme à tout faire des meilleurs physiciens, chimistes et mathématiciens d'Amérique. Ces derniers semblaient dorénavant mal à l'aise en sa présence. Au bout de quelques semaines, l'ambiance s'était tellement détériorée qu'Allan se dit qu'il était temps pour lui de changer de crémerie. Un coup de fil en provenance de Washington résolut le problème.

— Salut, Allan, c'est Harry.

— Harry qui ? demanda Allan.

— Truman, Allan. Harry S. Truman. Le Président, nom d'une pipe !

— Tiens, tiens, quel plaisir de vous entendre ! Merci pour l'autre jour, monsieur le Président. J'espère que vous n'avez pas pris le manche pour rentrer ?

Le Président n'avait pas pris le manche. Malgré la gravité de la situation, il avait fait une bonne sieste dans un des fauteuils de l'Air Force 2 et ne s'était réveillé qu'au moment de l'atterrissage, cinq heures plus tard.

Harry Truman avait hérité d'un certain nombre de problèmes à la suite de la disparition inopinée de son prédécesseur, et il allait avoir besoin des conseils d'Allan. Pourrait-il éventuellement se rendre disponible ?

Allan répondit que c'était envisageable, et dès le lendemain matin il quittait définitivement la base militaire de Los Alamos.

Le Bureau ovale était aussi ovale qu'Allan se l'était imaginé. Il écouta sagement ce que son compagnon de beuverie avait à lui dire.

Le Président avait des ennuis avec une femme qu'il ne pouvait pas, pour des raisons politiques, traiter en quantité négligeable. Elle s'appelait Song Meiling. Allan avait-il déjà entendu parler d'elle ? Jamais, vraiment ?

Elle était l'épouse du fameux Tchang Kaï-chek, le chef du parti nationaliste chinois, le Kuomintang. Elle était aussi fabuleusement belle et avait fait ses études aux États-Unis. Elle était la meilleure amie de madame Roosevelt, attirait des milliers de gens chaque fois qu'elle apparaissait en public et avait même pris la parole au Congrès. À présent, elle pourchassait littéralement le président Truman pour le forcer à tenir les promesses orales qu'elle prétendait avoir reçues du président Roosevelt en ce qui concernait la lutte contre le communisme.

— J'étais sûr qu'il allait encore être question de politique, dit Allan.

— C'est un sujet difficile à éviter quand on est président des États-Unis, remarqua Harry Truman.

Le conflit entre le Kuomintang et les communistes connaissait une accalmie, parce qu'ils faisaient actuellement cause commune en Mandchourie. Mais, dès que les Japonais se seraient retirés, la guerre civile reprendrait en Chine.

— Comment sais-tu que les Japonais vont se retirer ? demanda Allan.

— Ça, si quelqu'un est capable de le deviner, c'est bien toi ! répondit Truman avant de laisser tomber le sujet.

Le Président enchaîna avec une explication interminable sur l'évolution de la situation politique en Chine qui ennuya Allan. Les rapports des services secrets donnaient les communistes gagnants dans la guerre civile, et l'OSS – *Office of Strategic Services* – émettait quelques réserves sur la tactique militaire de Tchang Kaï-chek. Il cherchait visiblement à garder le pouvoir dans les villes sans se préoccuper de la propagation du communisme dans les campagnes. Le chef du parti communiste, Mao Tsé-toung, serait vite maîtrisé par les agents américains, mais il était à craindre que son idéologie n'ait eu le temps de trouver un écho parmi la population. Même l'épouse de Tchang Kaï-chek, la très agaçante Meiling, reconnaissait qu'il fallait agir. Elle menait sa propre stratégie militaire en parallèle de celle de son mari.

Allan avait cessé d'écouter. Il regardait distraitement le Bureau ovale, se demandant si les vitres étaient blindées, où menait la porte située sur la gauche, comment on procédait quand il fallait emporter au nettoyage le gigantesque tapis, qui devait être extrêmement lourd… Finalement, il interrompit le Président avant que ce dernier ne se mette à lui poser des questions sur ce qu'il avait compris.

— Excuse-moi, Harry, mais qu'est-ce que tu attends de moi au juste ?

— Song Meiling fait pression pour une assistance militaire supplémentaire et un armement plus important de la part des États-Unis.

— Et qu'attends-tu de moi ?

Le Président ne répondit pas tout de suite, comme s'il avait besoin de prendre son élan avant de continuer. Enfin, il lâcha :

— Je voudrais que tu ailles faire sauter des ponts en Chine.

— Pourquoi ne me l'as-tu pas dit tout de suite ? s'exclama Allan avec un grand sourire.

— Le plus de ponts possible : je veux que tu coupes autant de voies d'accès communistes que tu…

— Ça va être chouette de visiter un nouveau pays, dit Allan.

— Je veux que tu écrases Song Meiling de ta supériorité dans l'art de miner les ponts et que tu…

— Je pars quand ?

Certes, Allan était expert en explosifs, et il était devenu en très peu de temps et quelques verres un bon ami du futur président des États-Unis, mais il était suédois. Si Allan avait eu le moindre intérêt pour la politique, il aurait peut-être eu l'idée de demander au Président pourquoi c'était lui qui avait été choisi pour cette mission. Le Président avait une réponse toute prête à cette question ; il aurait expliqué à Allan que les États-Unis ne pouvaient pas décemment mener en même temps en Chine deux offensives militaires potentiellement contradictoires. Officiellement, les États-Unis soutenaient Tchang Kaï-chek et le Kuomintang. Désormais, on allait secrètement renforcer ce soutien par l'expédition d'une importante cargaison d'explosifs destinés à faire exploser des ponts sur une grande échelle. L'opération serait commandée et supervisée par Song Meiling, l'épouse de Tchang Kaï-chek, la ravissante (si l'on en croyait le président Truman) vipère à moitié américaine. Le pire était que Truman ne pouvait pas nier que tout cela s'était décidé autour d'une tasse de thé entre Song Meiling et Eleanor Roosevelt. Mon Dieu, quelle galère ! Maintenant, il ne restait au Président qu'à présenter Allan Karlsson à Song Meiling, et il pourrait passer à autre chose.

La tâche suivante à son ordre du jour n'était qu'une formalité, puisque sa décision était déjà prise. Il n'avait plus qu'à appuyer sur le bouton. L'équipage d'un B52 attendait le feu vert du Président sur une île à l'est des

Philippines. Tous les tests avaient été réalisés avec succès. Il n'y avait plus d'erreur possible.

On était la veille du 6 août 1945.

La joie d'Allan Karlsson à la perspective d'un nouveau tournant dans son existence fut un peu gâchée par sa première rencontre avec Song Meiling. Il avait eu pour consigne de se mettre en relation avec elle dans la suite d'hôtel qu'elle occupait à Washington. Après s'être frayé un chemin entre plusieurs rangées de gardes du corps, il se trouva nez à nez avec elle, tendit la main et se présenta :

— Bonjour, madame, je m'appelle Allan Karlsson.

Song Meiling ignora sa main et désigna le fauteuil qui se trouvait à côté de lui.

— Assis ! lui ordonna-t-elle.

Au cours de sa vie, on avait traité Allan Karlsson de fou et de fasciste et d'à peu près tout ce qui se situe entre les deux, mais on ne l'avait jamais traité comme un chien. Il envisagea un instant de répondre sur le même ton, mais se ravisa. Il était curieux de savoir ce qu'elle avait à lui dire, et le fauteuil semblait confortable.

Quand Allan fut assis, Song Meiling se lança dans ce qu'Allan exécrait le plus, c'est-à-dire un discours politique. Elle cita le président Roosevelt en lui donnant tout le crédit de l'action à venir, ce qu'Allan trouva un peu étrange, car il ne pensait pas qu'il fût possible de diriger une opération militaire depuis l'au-delà.

Song Meiling lui expliqua pourquoi il était urgent de stopper les communistes et d'empêcher cette lavette de Mao Tsé-toung de répandre son poison de province en province. Elle affirma que Tchang Kaï-chek ne comprenait rien au problème.

— Et ça se passe comment entre vous deux, affectivement, je veux dire ? lui demanda Allan.

Song Meiling l'informa que le sujet ne regardait pas l'insignifiant microbe qu'il était. Karlsson était désigné par le Président pour la servir dans cette opération et elle le priait de ne parler désormais que si on lui posait une question.

Allan ne se mettait jamais en colère, il en était tout simplement incapable, mais il avait de la répartie.

— La dernière fois que j'ai eu des nouvelles de monsieur Roosevelt, il était mort, et s'il y avait eu du nouveau à ce sujet, je pense que cela aurait été annoncé dans le journal. J'ai accepté de rendre service parce que le président Truman me l'a demandé. Mais si madame a l'intention de continuer à être désagréable, je crois que je vais laisser tomber. Je visiterai la Chine à une autre occasion, et j'ai déjà fait sauter assez de ponts pour en être blasé à vie.

Personne n'avait osé contrarier Song Meiling depuis l'époque où sa mère avait tenté d'empêcher son mariage avec un bouddhiste, ce qui ne datait pas d'hier. D'ailleurs, elle s'était excusée depuis, puisque, grâce à ce mariage, sa fille avait atteint le dessus du panier.

Song Meiling réfléchit. Elle avait apparemment commis une erreur de jugement. Jusqu'ici, tous les Américains qu'elle avait rencontrés en compagnie des Roosevelt, ses amis intimes, avaient tremblé en sa présence. Comment fallait-il prendre cet individu qui ne réagissait pas comme les autres ? Qui était réellement ce saboteur que Truman lui avait envoyé ?

Song Meiling n'était pas du genre à fraterniser avec n'importe qui, mais, la fin justifiant les moyens, elle changea d'angle d'approche :

— Nous ne nous sommes pas présentés, je crois, dit-elle en tendant la main à la mode européenne, mais mieux vaut tard que jamais, n'est-ce pas ?

Allan n'était pas rancunier. Il lui serra la main en souriant avec indulgence. Il lui dit toutefois qu'il n'était pas d'accord avec elle sur le fait qu'il valait mieux tard que jamais. Pour exemple, il cita son père qui avait rallié la cause du tsar Nicolas à la veille de la révolution russe.

Deux jours plus tard, Allan se retrouvait à bord d'un avion, en compagnie de Song Meiling et des vingt hommes qui constituaient sa garde rapprochée, à destination de Los Angeles. C'était là que les attendait le bateau qui devait les conduire à Shanghai avec leur chargement de dynamite.

Allan savait qu'il lui serait impossible d'éviter Song Meiling pendant toute la traversée du Pacifique ; le bateau était trop petit. Il accepta donc de dîner tous les soirs à la table du commandant. L'avantage était l'excellente nourriture qu'on y servait, l'inconvénient était qu'ils durent subir la compagnie quotidienne de Song Meiling, qui semblait incapable de parler d'autre chose que de politique.

À vrai dire, Allan y trouva un inconvénient encore plus grand : en guise d'alcool, on buvait à la table du commandant une horrible liqueur verte à base de banane. En garçon bien élevé, il ne refusa pas ce qu'on lui offrait, même s'il avait l'impression de boire quelque chose qui aurait dû être mangé. Les boissons alcoolisées sont supposées descendre dans la gorge et dans l'estomac, de préférence le plus rapidement possible, alors que cette boisson-là restait collée au palais.

Song Meiling, *a contrario*, semblait apprécier le breuvage, et plus elle en buvait, plus ses interminables discours devenaient fanatiques.

Un soir par exemple, Allan apprit que cette lavette de Mao Tsé-toung et ses communistes avaient de fortes chances de gagner la guerre civile, et que ce serait entièrement la faute de Tchang Kaï-chek, son mari, qui était un piètre commandant des forces armées. Il négociait d'ailleurs à ce moment précis un traité de paix avec Mao Tsé-toung dans la ville de Tchongking, dans le sud de la Chine. Monsieur le commandant et Herr Karlsson avaient-ils déjà entendu une chose aussi stupide ? Négocier avec un communiste, à quoi cela pourrait-il mener ?

Song Meiling était convaincue que les négociations allaient capoter. Ses agents de renseignements lui avaient révélé qu'une partie non négligeable de l'armée de Mao Tsé-toung attendait son chef dans les vallées accidentées de la province du Sichuan. Les excellents espions de Song Meiling pensaient, et elle partageait leur avis, que la lavette et ses hommes allaient poursuivre leur mission de propagande nationale vers le nord-est, en direction des provinces du Shaanxi et du Henan.

Allan prenait garde de ne faire aucun commentaire afin que l'exposé ne dure pas toute la soirée, mais le commandant, qui était bien élevé, posait question sur question tout en remplissant son verre de cette saleté verte et doucereuse à base de banane.

Il demanda entre autres à son invitée en quoi Mao Tsé-toung représentait une telle menace. Après tout, s'il avait bien compris, le Kuomintang avait à la fois l'appui des États-Unis et la supériorité militaire.

Sa question allongea le supplice d'Allan d'au moins une heure. Song Meiling répondit que sa demi-portion de mari avait l'intelligence et le charisme d'une vache à lait. Tchang Kaï-chek s'était mis dans la tête l'idée idiote qu'il fallait avant tout contrôler les villes.

Le plan qu'elle allait mettre à exécution avec l'aide d'Allan et de sa garde personnelle n'avait nullement l'ambition d'attaquer Mao Tsé-toung de front, ce qui était impossible. Comment vingt hommes mal armés, vingt et un en comptant monsieur Karlsson, pourraient-ils espérer faire le poids face à une armée entraînée, dans les régions montagneuses du Sichuan ? Non, son idée était beaucoup plus maligne.

Elle prévoyait dans un premier temps de limiter la mobilité de la lavette en rendant les déplacements de son armée infiniment plus difficiles, et dans un deuxième temps de faire comprendre à son imbécile de mari qu'il devait conduire ses troupes dans les villages également afin d'expliquer au peuple chinois qu'il avait besoin du Kuomintang pour le protéger du communisme et pas l'inverse. Song Meiling avait compris, et cette lavette de Mao Tsé-toung aussi, ce que Tchang Kaï-chek refusait d'admettre : il est plus facile de gouverner un peuple lorsqu'on l'a de son côté.

Cela dit, même une poule aveugle trouve une graine de temps en temps. Tchang Kaï-chek avait bien fait d'appeler à une négociation justement à Chongqing, car avec un peu de chance la lavette et ses troupes se trouveraient encore au sud du Yang Tsé-kiang après la rupture des négociations, du moins jusqu'à ce que sa garde personnelle et Karlsson arrivent sur place. Ce dernier n'aurait qu'à faire sauter quelques ponts et la lavette resterait coincée un bon moment dans les montagnes du Tibet.

Si par hasard Mao se trouvait déjà du mauvais côté du fleuve, il suffirait de changer d'angle d'attaque. Il y a cinquante mille fleuves en Chine et, quelle que soit la direction dans laquelle le parasite déciderait de se tourner, il trouverait toujours de l'eau sur son chemin.

Une lavette et un parasite, se dit Allan, en guerre contre un imbécile, un incapable et une demi-portion, doté du QI d'une vache à lait. Entre les deux, une vipère qui se soûle à la liqueur de banane.

— Ça va être intéressant, déclara-t-il sincèrement. Au fait, et bien que ça n'ait rien à voir, vous n'auriez pas une petite goutte de schnaps dans un coin, commandant ? Pour faire descendre la liqueur.

Non, le commandant n'avait malheureusement pas cet article en magasin. Il avait néanmoins plusieurs autres alcools si Karlsson avait envie de goûter de nouvelles saveurs : liqueur de citron, crème de liqueur, liqueur de menthe…

— Aucun rapport, encore une fois, mais… quand est-ce qu'on arrive à Shanghai ?

Le Yang Tsé-kiang n'est pas un cours d'eau comme les autres. Le fleuve s'étend sur des milliers de kilomètres et à certains endroits il fait plus d'un kilomètre de large. Il est suffisamment profond, à l'intérieur des terres, pour permettre la navigation de bâtiments de plusieurs milliers de tonnes.

C'est aussi un fleuve magnifique qui serpente entre champs, prairies et falaises escarpées.

C'est à bord d'un bateau fluvial qu'Allan Karlsson et les vingt hommes de Song Meiling approchèrent de la province du Sichuan avec l'intention de pourrir la vie du parvenu communiste Mao Tsé-toung. Leur périple commença le 12 octobre 1945, deux jours après l'échec annoncé des négociations de Tchongking.

Le voyage ne fut pas très rapide, car les gardes du corps voulaient s'amuser pendant deux ou trois jours chaque fois que le bateau arrivait dans un port (quand le chat décide de se mettre au vert dans sa maison de campagne à proximité de Taipei, les souris dansent). On fit donc escale à Nankin, Wuhu, Anking, Jiujiang, Huangshi, Wuhan, Yueyang, Yidu, Fengjie, Wanxian, Tchongking et Luzhou, avec au programme beuveries, prostituées et autres débordements.

Afin de couvrir les dépenses qu'engendre ce style de vie, la garde rapprochée de Song Meiling créa un nouvel impôt. Les paysans qui venaient décharger dans les ports durent payer une taxe de cinq yuans ou repartir avec leurs marchandises. Et s'ils n'étaient pas contents, ils prenaient une balle dans la tête.

L'argent ainsi récolté était immédiatement dépensé dans les quartiers les plus glauques des villes, qui se trouvaient justement, comme par un fait exprès, tout près des ports. Allan se disait que si Song Meiling était convaincue qu'il valait mieux avoir le peuple de son côté, elle aurait dû commencer par inculquer cette théorie à ses plus proches collaborateurs. Mais c'était son problème, pas celui d'Allan.

Il fallut deux mois au bateau pour atteindre la province du Sichuan, et quand ils arrivèrent enfin à destination, il y avait déjà bien longtemps que Mao Tsé-toung et ses troupes étaient partis vers le nord. En outre, l'armée communiste n'avait pas pris la route des montagnes comme prévu, mais celle qui passait dans la vallée, où elle s'était d'ailleurs battue avec la division du Kuomintang supposée tenir la ville de Yibin. Il s'en était fallu de peu que Yibin ne tombe entre les mains des communistes. Trois mille soldats du Kuomintang furent tués dans l'attaque, dont deux mille cinq cents parce qu'ils étaient trop soûls pour se battre. Les communistes perdirent trois cents hommes, tous à jeun.

La bataille de Yibin se solda tout de même par un succès pour le Kuomintang, car parmi les cinquante prisonniers communistes qu'ils firent se trouvait un diamant. Quarante-neuf soldats furent passés par les armes et jetés dans une fosse, mais le cinquantième, mmm ! le cinquantième n'était autre que la très belle Jiang Qing, l'actrice devenue marxiste-léniniste et, excusez du peu, troisième épouse de Mao Tsé-toung.

Une violente dispute éclata entre le commandement du Kuomintang à Yibin d'un côté et les gardes de Song Meiling de l'autre. Chacun revendiquait la responsabilité de la star prisonnière Jiang Qing. Le commandement s'était contenté jusque-là de la garder sous clé en attendant l'arrivée du bateau amenant les hommes de Song Meiling. Ils n'avaient pas osé faire autrement, pensant que Song Meiling serait à bord. Avec elle, on ne discutait pas.

Mais Song Meiling était à Taipei, ce qui laissait les coudées franches au commandement de la division de Yibin. Ils allaient d'abord violer Jiang Qing jusqu'à la moelle et ensuite, si elle n'était pas encore morte, ils la fusilleraient.

Les soldats de Song Meiling n'avaient rien contre le viol, ils auraient même été d'accord pour donner un coup de main, mais il ne fallait surtout pas que Jiang Qing meure, car ils devaient la ramener à Song Meiling ou à la rigueur à Tchang Kaï-chek pour que l'un ou l'autre décide de son sort. Il s'agissait d'une affaire hautement politique, affirmaient les gardes du corps du haut de leur supériorité en matière de politique internationale, face au petit chef de province qu'était le commandant de Yibin.

Le chef de la division de Yibin finit par se rendre à leurs arguments et promit à contrecœur qu'il rendrait le « diamant » dans l'après-midi. L'affaire était entendue et les soldats de Song Meiling décidèrent d'aller fêter leur victoire en ville. Ils se réjouissaient déjà à l'idée de tout le bon temps qu'ils allaient passer avec l'actrice au cours du voyage. La discussion avait eu lieu sur le pont du bateau qui avait amené Allan et les gardes du corps jusqu'à Yibin depuis la côte. Allan avait compris presque tout ce qui s'était dit. À chaque étape, pendant que les soldats faisaient la fête dans les ports, il avait appris le chinois avec Ah Ming, le jeune marmiton, qui s'était révélé un excellent pédagogue. En deux mois, celui-ci avait réussi à inculquer à Allan un chinois d'usage, surtout en ce qui concernait les grossièretés et les injures.

Allan avait appris tout jeune à se méfier des gens qui refusent un coup à boire. Il devait avoir à peine six ans quand son père lui avait posé une main sur l'épaule et lui avait dit : « Mon fils, méfie-toi des prêtres, et des gens qui ne boivent pas d'alcool. Les pires de tous sont les prêtres qui ne boivent pas d'alcool. »

Fidèle à ses convictions, le père d'Allan n'était pas à jeun le jour où il avait fait mourir d'une crise cardiaque un pauvre voyageur innocent, ce qui lui avait valu un renvoi sans préavis de la part de la compagnie nationale des chemins de fer suédois. L'épisode avait donné l'occasion à sa mère de lui inculquer un sage conseil : « Méfie-toi des ivrognes, Allan, c'est ce que j'aurais dû faire. »

Le petit garçon avait grandi et ajouté sa propre expérience à celle de ses parents. Il avait logé les prêtres et les politiciens à la même enseigne, qu'ils soient communistes, fascistes, capitalistes ou quoi que ce soit d'autre en « iste ». En revanche, il était d'accord avec son père au sujet des buveurs d'eau, et avec sa mère pour dire qu'il fallait savoir se tenir, même si on s'en jetait un petit derrière la cravate de temps en temps.

Allan avait peu à peu perdu l'envie d'aider Song Meiling et ses vingt pochards, pendant qu'il voyageait avec eux sur le Yang Tsé-kiang. Les vingt soldats n'étaient d'ailleurs plus que dix-neuf, l'un d'entre eux s'étant noyé en passant par-dessus bord un soir de cuite. Allan n'était pas non plus d'accord pour que les gardes s'en prennent à la prisonnière qui se trouvait dans la cale du bateau, simplement parce qu'elle était communiste et mariée à un homme plutôt qu'à un autre.

Allan décida de quitter le navire avec la prisonnière. Il fit part de son projet à son ami le marmiton et lui demanda humblement s'il accepterait de préparer un petit en-cas aux fugitifs. Ah Ming accepta à condition qu'ils l'emmènent avec eux.

Dix-huit soldats sur dix-neuf ainsi que le commandant et le cuisinier du bateau s'amusaient dans les quartiers chauds de Yibin. Le dix-neuvième soldat, qui avait tiré le mauvais numéro, boudait devant la porte de l'escalier qui conduisait à la cellule de Jiang Qing.

Allan vint lui tenir compagnie et lui proposa un petit verre. Le soldat répondit qu'on lui avait confié la garde de la prisonnière la plus importante du pays et qu'il ne pouvait vraiment pas se permettre de boire de l'alcool de riz maintenant.

— Je suis bien d'accord avec toi, dit Allan. Mais un seul petit verre ne peut pas nous faire de mal ! Qu'est-ce que tu en penses ?

— C'est vrai, admit le soldat, qu'un verre ne serait pas de refus.

Deux heures plus tard, Allan et le gardien finissaient la deuxième bouteille, pendant que le marmiton leur apportait des douceurs à grignoter. Allan était un peu gai ; le garde, lui, dormait à même le pont à défaut de pouvoir rouler sous une table.

— Et voilà, dit Allan en regardant le soldat chinois sans connaissance à ses pieds. Ça t'apprendra à faire un concours de boisson avec un Suédois alors que tu n'es ni finlandais ni russe.

L'expert en explosifs Allan Karlsson, le marmiton Ah Ming et la très reconnaissante Jiang Qing quittèrent le bateau à la faveur de la nuit et rejoignirent les montagnes où l'épouse du leader communiste avait déjà passé tant de temps en compagnie des troupes de son mari. Jiang Qing était célèbre parmi les nomades tibétains de la région, et les fuyards n'eurent aucune difficulté à manger à leur faim même une fois que les provisions préparées par Ah Ming furent épuisées. Que les Tibétains voient d'un œil favorable un haut dignitaire de l'armée de la libération n'avait rien d'étonnant. En effet, il était de notoriété publique que le Tibet obtiendrait son indépendance si les communistes gagnaient la guerre civile chinoise.

Jiang Qing pensait qu'ils avaient intérêt, Allan, Ah Ming et elle-même, à partir vers le nord au plus vite en faisant une grande boucle autour des territoires occupés par le Kuomintang. Après un voyage de plusieurs mois dans les montagnes, ils finiraient par arriver à Xi'an dans la province du Shaanxi, où elle savait pouvoir rejoindre son mari, si elle ne traînait pas trop en chemin.

Le marmiton Ah Ming fut enchanté quand Jiang Qing lui promit qu'à l'avenir il servirait Mao Tsé-toung lui-même. Choqué par le comportement des soldats de la garde de Song Meiling, il était secrètement devenu communiste, et il avait là une occasion de changer de camp tout en prenant du galon.

Allan, quant à lui, restait convaincu que la cause communiste saurait se passer de ses services. Il était temps pour lui de rentrer au pays. Jiang Qing n'était-elle pas de cet avis ?

Elle l'était. Mais, si elle avait bien compris, son pays était la Suède, et ça faisait une sacrée trotte. Comment monsieur Karlsson avait-il l'intention de s'y rendre ?

Allan répondit qu'il aurait trouvé pratique de faire le voyage en bateau ou en avion, mais les océans ayant été mal distribués, les aéroports étant désespérément peu nombreux au milieu des montagnes et ses moyens étant décidément limités, il allait devoir marcher un peu.

Le chef du village qui avait généreusement accueilli les trois fugitifs avait un frère globe-trotter. Il était allé au nord jusqu'à Oulan-Bator et à l'ouest jusqu'à Kaboul. Il avait aussi trempé ses pieds dans le golfe du Bengale lors d'un séjour en Inde. Il était maintenant rentré à la maison et le chef du village le fit appeler et le pria de dessiner une carte du monde pour que le sieur Allan Karlsson retrouve son chemin jusqu'en Suède. Le frère rapporta le fruit de son travail dès le lendemain.

Même en s'habillant chaudement, c'est une gageure de traverser l'Himalaya à l'aide d'une carte du monde approximative et de son seul sens de l'orientation. Allan aurait pu contourner la chaîne de montagnes par le nord puis passer au nord de la mer d'Aral et de la mer Caspienne, mais sa carte artisanale en décida autrement. Allan prit congé de Jiang Qing et d'Ah Ming et commença sa petite promenade d'un bout à l'autre du Tibet, vers l'Himalaya, les Indes britanniques, l'Afghanistan, l'Iran, la Turquie et l'Europe.

Après deux mois de marche, quelqu'un informa Allan qu'il avait pris le mauvais versant de la montagne et que le meilleur moyen d'atteindre sa destination était de faire demi-tour et de repartir du début. Quatre mois plus tard, Allan était arrivé du bon côté de la chaîne de l'Himalaya, mais il commençait à trouver le temps long. En s'aidant du langage des signes et du peu de chinois qu'il connaissait, il marchanda un chameau dans un petit village de montagne. Allan et le vendeur finirent par trouver un accord, une fois que ce dernier eut accepté de ne pas faire entrer sa fille dans la transaction.

Allan avait brièvement envisagé d'acheter la fille. Pas dans un but de copulation, puisqu'il n'avait plus d'appétit dans ce domaine. Il semblait l'avoir laissé dans la salle d'opération du docteur Lundborg. C'était la compagnie qui l'avait tenté. La vie sur les hauts plateaux tibétains pouvait parfois être un peu solitaire.

Mais la jeune fille en question ne parlait qu'un dialecte tibéto-birman auquel Allan ne comprenait rien et il s'était dit que sur le plan purement intellectuel il pouvait aussi bien faire la conversation à son chameau. En outre, il n'était pas exclu que la fille s'attende à consommer leur union. Allan avait eu l'impression de lire quelque chose de cet ordre dans son regard.

Allan Karlsson voyagea seul deux mois de plus, tanguant sur le dos de son chameau, jusqu'à ce qu'il rencontre trois étrangers, eux aussi juchés sur des chameaux. Allan les salua dans toutes les langues qu'il connaissait : chinois, espagnol, anglais et suédois. Par chance, l'anglais fonctionna.

L'un d'eux lui demanda qui il était et où il allait. Allan répondit qu'il était Allan et qu'il allait en Suède. Les voyageurs le regardèrent d'un air surpris. Avait-il vraiment l'intention de se rendre jusqu'en Europe du Nord à dos de chameau ?

— Oui, à part une petite traversée en bateau pour franchir l'Öresund, répondit Allan.

Les trois hommes ne savaient pas où se trouvait l'Öresund. Après s'être assurés qu'Allan n'avait pas prêté allégeance à ce valet britannico-américain de shah d'Iran, ils l'invitèrent à se joindre à leur petit groupe.

Ils lui racontèrent qu'ils s'étaient rencontrés pendant leurs études d'anglais à l'université de Téhéran. Contrairement aux autres étudiants, ils n'avaient pas choisi d'apprendre cette langue pour servir la couronne britannique. Leur diplôme en poche, ils étaient allés pendant deux ans chercher l'inspiration communiste à la source, en se rapprochant de Mao Tsé-toung, et à présent ils retournaient en Iran.

— Nous sommes marxistes, dit l'un d'eux. Nous luttons au nom du travailleur, et en son nom nous allons faire la révolution en Iran et dans le monde entier, nous allons anéantir le système capitaliste, nous allons bâtir une nouvelle société fondée sur l'égalité économique et sociale et sur l'utilisation des capacités individuelles de chacun. De chacun selon ses moyens, à chacun selon ses besoins.

— Vous m'en direz tant. Vous n'auriez pas un peu d'alcool dans vos bagages ?

Ils en avaient. La bouteille circula un moment de chameau en chameau et Allan trouva que ce voyage commençait à prendre bonne tournure.

Onze mois plus tard, les quatre hommes avaient réussi à se sauver la vie mutuellement au moins trois fois. Ils avaient échappé ensemble aux avalanches, aux voleurs de grands chemins, au froid et à la faim qui les tenaillait constamment. Deux de leurs chameaux s'étaient enfuis, ils avaient dû tuer le troisième pour le manger et le quatrième avait servi de bakchich pour passer la frontière afghane.

Allan n'avait jamais sous-estimé la traversée de l'Himalaya. Avec le recul, il avait même trouvé qu'il avait eu de la chance de tomber sur ces trois sympathiques communistes iraniens, car il aurait eu du mal à résister seul aux tempêtes de sable dans les vallées, aux rivières en crue et aux quarante degrés au-dessous de zéro qu'ils avaient eu à subir sur les sommets. D'ailleurs, ils avaient renoncé à affronter les quarante degrés au-dessous de zéro et avaient établi un campement à deux mille mètres d'altitude où ils avaient passé tout l'hiver 1946-1947.

Les trois communistes avaient fait leur possible pour amener Allan à « rejoindre la lutte », surtout après avoir eu vent de son petit talent particulier quand on lui confiait de la dynamite ou un autre explosif. Allan leur souhaitait bonne chance, mais il avait des choses à faire dans sa maison à Yxhult. Il avait complètement oublié qu'il avait fait sauter la maison en question dix-huit ans plus tôt.

Finalement, les trois révolutionnaires avaient renoncé à rallier Allan à leur cause et s'étaient résignés à le considérer comme un bon camarade, pas du genre à pleurnicher pour un petit flocon de neige. Il monta encore dans leur estime quand il mit à profit une période d'oisiveté due à l'attente de meilleures conditions climatiques pour fabriquer de l'alcool à partir de lait de chèvre. Les trois révolutionnaires ne comprirent jamais comment il s'y était pris, mais le lait se transforma en eau-de-vie bien corsée, grâce à laquelle le temps parut moins long et ils eurent moins froid.

Au printemps 1947, ils étaient enfin arrivés sur le versant sud de la plus haute chaîne de montagnes du monde. Plus ils approchaient de la frontière iranienne, plus nos trois compagnons s'enthousiasmaient en parlant des desseins merveilleux qu'ils avaient pour leur pays. L'heure était venue de chasser tous les étrangers de la terre iranienne. Les Britanniques avaient soutenu pendant des années le shah corrompu et c'était impardonnable. Mais quand le shah en avait eu assez d'être sous leur coupe et avait commencé à se révolter, les Anglais l'avaient tout simplement destitué et avaient mis son fils à sa place. Cette situation rappela à Allan Song Meiling et son mari Tchang Kaï-chek et il se dit que les grands de ce monde avaient une drôle de conception de la famille.

Apparemment, le fils se laissait plus facilement graisser la patte que le père, ce qui permettait aux Anglais et aux Américains de contrôler les gisements de pétrole iraniens. Nos trois communistes formés à l'école de Mao Tsé-toung allaient mettre fin à tout cela. Il y avait tout de même un problème : une autre faction de communistes iraniens se sentait plus inspirée par l'idéologie soviético-stalinienne, et d'autres encore venaient semer le trouble dans cette révolution en y mêlant la religion.

— Intéressant ! dit Allan alors qu'il pensait le contraire.

— Intéressant ! C'est un euphémisme. Nous allons vaincre ou périr !

Dès le lendemain, ce fut cette dernière option qui s'imposa, car les quatre voyageurs avaient à peine foulé le sol iranien qu'ils furent arrêtés par une patrouille de douaniers mobiles qui passait par là. Dans leurs bagages, les trois communistes avaient chacun leur exemplaire du *Manifeste du parti communiste*, écrit en persan de surcroît, ce qui leur valut d'être fusillés sur-le-champ. Allan s'en sortit parce qu'on ne trouva sur lui aucun écrit. De plus, il avait l'air étranger et bénéficia d'un complément d'enquête.

Le canon d'un fusil entre les omoplates, Allan retira son bonnet et dit au revoir et merci pour la compagnie aux trois communistes exécutés. Il ne s'habituerait jamais tout à fait à voir mourir ses copains sous ses yeux.

Allan n'eut pas le temps de faire son deuil. On lui attacha les mains dans le dos et on le jeta sur une paillasse à l'arrière d'un camion. Il demanda alors en anglais à être conduit à l'ambassade suédoise de Téhéran, ou à la rigueur à l'ambassade américaine si la Suède n'avait pas de représentant sur place.

« *Khafe sho* » fut tout ce qu'il obtint en guise de réponse.

Allan ne savait pas ce que cela signifiait, mais il comprit l'idée générale. Il valait sans doute mieux qu'il la ferme jusqu'à nouvel ordre.

De l'autre côté du globe, à Washington, le président Truman se débattait avec ses propres soucis. Les élections se profilaient à l'horizon, et ce n'était pas le moment de se tromper dans son programme. Son grand problème stratégique était de décider jusqu'à quel point il était prêt à caresser les Nègres dans le sens du poil dans les États du Sud. Il fallait à la fois se montrer moderne et ne pas être pris pour un faible. C'était comme ça qu'on gardait l'opinion publique de son côté.

Sur le plan international, il y avait le camarade Staline à gérer. Le président américain n'était pas prêt à faire des compromis. Staline avait réussi à en mettre quelques-uns dans sa poche, mais pas Harry S. Truman.

La Chine était déjà de l'histoire ancienne. Staline aidait Mao Tsé-toung tant qu'il pouvait, mais Truman ne pouvait pas continuer à faire la même chose pour cet amateur de Tchang Kaï-chek. Song Meiling avait obtenu tout ce qu'elle voulait jusqu'ici, mais là aussi il fallait que cela cesse. À ce propos, Harry Truman se demanda ce qu'était devenu Allan Karlsson… Un garçon bien sympathique.

Les détracteurs de Tchang Kaï-chek devenaient de plus en plus nombreux. Le plan de Song Meiling avait échoué, principalement à cause de la désertion de l'artificier Allan Karlsson et du fait qu'il s'était enfui avec la femme de la lavette.

Song Meiling avait sollicité nombre d'audiences avec le président Truman dans l'intention de lui tordre le cou pour lui avoir recommandé Allan Karlsson, mais Harry Truman n'avait jamais trouvé le temps de la recevoir. Les États-Unis avaient tourné le dos au Kuomintang ; la corruption, une inflation galopante et la famine, tout semblait jouer en faveur de Mao Tsé-toung. Finalement, Tchang Kaï-chek, Song Meiling et leurs sujets durent se réfugier à Taïwan. La Chine continentale était devenue un pays communiste.

12

Lundi 9 mai 2005

Nos amis de Sjötorp se dirent qu'il était grand temps de sauter dans le car et de filer. Mais, auparavant, ils avaient un certain nombre de problèmes à régler.

Mabelle enfila un imperméable à capuche et des gants de vaisselle, et brancha le tuyau d'arrosage pour rincer le corps du type que Sonja avait écrasé avec son derrière. Elle commença par lui enlever le revolver qu'il avait dans la main droite et le posa sur la véranda, où elle l'oublia ensuite. Elle avait dirigé le canon du pistolet vers un grand pin, car on ne savait jamais quand ces trucs-là se mettaient à tirer.

Lorsque le cadavre de Hinken fut débarrassé des excréments de l'éléphante, Julius et Benny l'installèrent sous la banquette arrière de sa Ford Mustang. Il aurait dû y être à l'étroit, mais, après ce qui lui était arrivé, il avait considérablement diminué de volume.

Julius partit au volant de la voiture du voyou, suivi par Benny qui conduisait la Passat de Mabelle. L'idée était de dénicher un endroit désert à une distance raisonnable de Sjötorp, d'arroser la voiture d'essence et d'y mettre le feu, comme l'auraient fait de vrais gangsters.

Il fallait donc un bidon d'essence. Julius et Benny s'arrêtèrent à Braås dans une station sur Sjösåsvägen. Benny en profita pour aller aux toilettes et Julius pour acheter quelques friandises.

Une Ford Mustang neuve avec un moteur V8 en ligne et trois cents chevaux devant un garage à Braås attire à peu près autant l'attention qu'un Boeing 747 garé sur Sveavägen à Stockholm. Il ne fallut pas plus d'une seconde au petit frère de Hinken et à l'un de ses collègues du gang The Violence pour saisir l'occasion. Le petit frère sauta dans la Mustang pendant que son collègue occupait le propriétaire présumé au rayon confiserie de la station-service. Quelle prise ! Et quel crétin ! Il avait même laissé les clés sur le contact !

Quand Benny et Julius ressortirent, l'un avec un bidon vide, l'autre avec un journal sous le bras et la bouche pleine de bonbons, la Mustang avait disparu.

— Dis donc, je ne m'étais pas garé ici ?

— Si, tu t'étais garé là.

— Est-ce qu'on a un problème alors ?

— Oui, on a un problème.

Ils montèrent dans la Passat, qui, elle, n'avait pas été volée, et retournèrent à Sjötorp. Le bidon vide l'était toujours. Et ça n'avait plus vraiment d'importance.

La Mustang était noire avec deux lignes aérodynamiques jaune clair sur le toit. Un vrai bijou avec lequel le petit frère de Hinken et ses camarades allaient se faire un joli paquet de fric. Cinq minutes après ce vol improvisé, le véhicule était déjà planqué dans le garage de The Violence.

Dès le lendemain, elle avait de nouvelles plaques et le petit frère l'avait confiée à un de ses complices qui la conduirait à son associé de Riga et rentrerait en bateau. En général, les véhicules, redevenus des voitures d'importation privée tout à fait légales en passant par le Lettland, étaient revendus ensuite à un membre de l'organisation avec une nouvelle carte grise.

Cette fois, les choses se passèrent différemment, car la Mustang suédoise entreposée dans le garage de Ziepniekkalns dans la banlieue de Riga se mit à sentir abominablement mauvais. Le garagiste découvrit alors le cadavre sous la banquette arrière. Il jura comme un charretier, arracha toutes les plaques et effaça tout ce qui pouvait permettre d'identifier la voiture. Ensuite, il vandalisa ce qui au départ était un très beau modèle de Ford Mustang, jusqu'à lui enlever toute valeur marchande. Pour finir, il soudoya le ferrailleur local avec quatre bouteilles de vin. L'épave fut broyée, et le cadavre avec.

Nos amis de Sjötorp étaient prêts à partir. Que la Mustang contenant le corps ait été volée était bien sûr préoccupant, mais, comme disait Allan, les choses sont ce qu'elles sont et seront ce qu'elles seront. Il y avait peu de risques que les voleurs préviennent les flics. Tenir la police à distance était dans la nature profonde d'un voleur de voitures.

Il était 17 h 30 et il valait mieux partir pendant qu'il faisait jour. Le car était large et les routes étroites et sinueuses.

Sonja était déjà embarquée dans son box sur roues, et toute trace de sa présence à la ferme avait été soigneusement effacée. Ils laissèrent sur place la Mercedes de Benny et la Passat ; aucun des deux véhicules n'avait été mêlé à quoi que ce soit d'illégal, et qu'en auraient-ils fait de toute façon ?

Enfin, ils se mirent en route. Mabelle avait pensé que ce serait elle qui prendrait le volant ; conduire un car ne lui faisait pas peur. Mais Benny était presque chauffeur routier et il avait tous les permis possibles et imaginables. On lui laissa le volant. Ils étaient déjà suffisamment dans l'illégalité comme cela.

Arrivé à la boîte aux lettres, Benny tourna à gauche, s'éloignant ainsi de Braås et de Rottne. D'après Mabelle, en passant par là, après quelques kilomètres un peu tortueux sur des chemins gravillonnés, ils devraient atteindre la ville d'Åby, et la nationale 30 qui passe au sud de Lammhult. Ils y seraient dans une demi-heure environ. Ne serait-ce pas une bonne idée d'utiliser ce laps de temps pour discuter de ce qu'ils allaient faire ensuite ?

Quatre heures auparavant, le Chef attendait avec impatience le seul de ses assistants à n'avoir pas encore disparu. Aussitôt que Caracas serait revenu, ils partiraient tous les deux vers le sud, mais sans moto et sans blouson du club. Ils avaient intérêt à faire profil bas.

De toute façon, ces derniers temps, le Chef avait commencé à remettre en question sa stratégie du port du blouson de motard avec l'inscription *Never Again* dans le dos. À l'origine, il avait voulu créer une identité et un sentiment d'appartenance, et également donner au gang une image extérieure qui inspirerait le respect. Mais ils étaient beaucoup moins nombreux dans cette organisation que prévu et à quatre, avec Bulten, Hinken et Caracas, la cohésion se faisait sans porter l'uniforme. Et puis les activités du groupe avaient pris une direction qui nécessitait plutôt de se faire oublier que d'être facilement identifiable. Au nom de la discrétion, le Chef avait dit à Bulten de se rendre en train à Malmköping pour effectuer la transaction, mais de porter le blouson du club avec l'inscription *Never Again*, pour signifier clairement au Russe à qui il avait affaire, s'il avait eu des velléités de chercher les embrouilles.

Maintenant Bulten s'était fait la belle… ou il lui était arrivé quelque chose. Et sur le dos il portait une inscription qui disait : *« Si vous avez un souci, appelez le Chef ! »*

Merde ! se disait le Chef. Quand cette affaire serait réglée, ils brûleraient ces fichus blousons. Mais où était passé Caracas ? Il fallait partir, maintenant !

Caracas débarqua huit minutes plus tard avec pour seule excuse le fait qu'il était allé acheter de la pastèque.

— Excellent et très désaltérant, expliqua Caracas.

— Excellent et très désaltérant ? La moitié de notre gang est en cavale avec un pactole de cinquante millions de couronnes, et toi tu vas acheter un fruit ?

— Pas un fruit, un légume. Une cucurbitacée, en fait.

Cette dernière remarque eut raison de la patience du Chef, qui attrapa la pastèque et la fit exploser sur la tête du pauvre Caracas. Du coup, celui-ci se mit à pleurer et annonça qu'il allait tout plaquer. Depuis la disparition de Bulten et de Hinken, le Chef n'avait pas arrêté de l'engueuler, comme si c'était sa faute à lui si tout ça était arrivé ! Il en avait marre, le Chef n'avait qu'à se débrouiller tout seul, Caracas allait appeler un taxi, se faire conduire à l'aéroport d'Arlanda et prendre le premier avion pour… Caracas. Là-bas au moins, on l'appellerait par son vrai nom.

— *¡ Vete a la mierda !* pleurnicha Caracas en partant.

Le Chef poussa un gros soupir. Cette histoire devenait de plus en plus embrouillée. Pour commencer, Bulten avait disparu, et le Chef avait passé ses nerfs sur Hinken et Caracas. Puis Hinken avait disparu à son tour, et il devait bien admettre qu'il avait déversé une bonne partie de sa bile sur Caracas. Ensuite Caracas était parti… acheter de la pastèque. Et le Chef reconnaissait volontiers qu'il s'était montré excessif et qu'il n'aurait jamais dû jeter la cucurbitacée à la tête de Caracas.

Maintenant il était tout seul pour retrouver… Qu'est-ce qu'il cherchait, d'ailleurs ? Bulten ? Est-ce que Bulten était parti avec la valise ? Avait-il été assez stupide pour faire une chose pareille ? Et Hinken ? Où était-il passé, celui-là ?

Le Chef partit en trombe dans sa BMW X5 dernier modèle qu'il conduisait toujours beaucoup trop vite. Dans la voiture de police banalisée qui l'avait pris en filature, les agents eurent tout le temps de surveiller sa conduite au cours des trois cents kilomètres que dura le trajet jusque dans le Småland. Ils calculèrent que l'homme au volant de la BMW ne récupérerait pas son permis avant quatre cents ans, si l'on devait retenir contre lui toutes les infractions au code de la route qu'il avait commises, ce que l'on ne ferait sans doute jamais.

Ils arrivèrent assez vite à Åseda, où l'inspecteur Aronsson prit la relève de ses collègues de Stockholm après les avoir chaleureusement remerciés et leur avoir affirmé qu'il s'en sortirait sans eux.

Grâce au GPS installé dans la BMW, le Chef n'eut aucun mal à trouver sa route jusqu'à Sjötorp. Plus il approchait du but, plus il était impatient. Sa vitesse, déjà importante, augmenta tant que l'inspecteur Aronsson ne réussit plus à le suivre. Il avait gardé une certaine distance pour que Per-Gunnar Gerdin ne s'aperçoive pas qu'on le filait, mais à présent il ne parvenait à le voir à l'horizon que sur les très longues lignes droites… et au bout d'un moment il ne le vit plus du tout.

Où Gerdin était-il passé ? Il avait dû tourner quelque part ! Aronsson ralentit, essuya son front couvert de sueur et commença à s'inquiéter.

Il y avait un embranchement à gauche, l'avait-il pris ? Ou bien avait-il continué tout droit vers Rottne ? Dans cette direction, la route était jalonnée de dos-d'âne, ce qui aurait normalement dû permettre à Aronsson de le rattraper ! À moins qu'il n'ait tourné juste avant.

Oui, c'était forcément ce qui s'était produit. Aronsson fit demi-tour et bifurqua là où il pensait que Gerdin venait de tourner. À présent, il s'agissait de garder l'œil ouvert, et le bon, car si Gerdin avait vraiment pris ce chemin, la destination finale était proche.

Quand le GPS lui indiqua soudain de tourner dans un chemin de terre et qu'il dut réduire sa vitesse de cent quatre-vingts à vingt kilomètres-heure, le Chef faillit s'y engager en dérapage contrôlé. Il n'était plus qu'à trois kilomètres sept cents de son but.

À deux cents mètres de la boîte aux lettres de Sjötorp, il y avait un dernier virage et le Chef vit alors l'arrière d'un gros autocar qui sortait apparemment de l'allée qu'il était supposé prendre. Que faire ? Qui y avait-il à bord de ce car ? Et qui était resté à Sjötorp ?

Le Chef décida de laisser filer l'autocar. Il prit l'allée, qui serpentait jusqu'à une cour de ferme. De part et d'autre de cette cour, il vit une maison d'habitation, une grange et un hangar à bateaux qui avait connu des jours meilleurs.

Il ne repéra ni Hinken, ni Bulten, ni vieillard, ni bonne femme rousse, et malheureusement aucune valise grise à roulettes.

Le Chef consacra encore quelques minutes à visiter les lieux. L'endroit était visiblement désert, mais deux voitures étaient garées derrière la grange : une Volkswagen Passat rouge et une Mercedes gris métallisé.

Il était à la bonne adresse, cela ne faisait aucun doute, mais il arrivait peut-être quelques minutes trop tard.

Il se lança à la poursuite du car. Trois ou quatre minutes d'avance sur un chemin de terre en zigzag : il le rattraperait sans problème.

Le Chef reprit la route en sens inverse et tourna à gauche en arrivant à la boîte aux lettres, exactement comme le car l'avait fait. Ensuite Gerdin mit les gaz et disparut dans un nuage de poussière. Il ne remarqua pas la Volvo qui arrivait au même moment du côté opposé.

L'inspecteur Aronsson fut content d'avoir retrouvé la trace de Gerdin, mais quand il vit à quelle allure ce dernier lançait son engin de mort à quatre roues sur le chemin, il perdit courage à nouveau. Il n'avait pas la moindre chance de le rejoindre. Il se dit qu'il ferait aussi bien de jeter un petit coup d'œil à cet endroit… Sjötorp, donc… où Gerdin était venu et d'où il était reparti… et qui appartenait, si l'on en croyait le nom sur la boîte aux lettres, à une certaine Gunilla Björklund.

— Je ne serais pas étonné si tu étais rousse, Gunilla, dit l'inspecteur Aronsson.

Il gara sa Volvo au même endroit que la Ford Mustang de Henrik Hultén, alias Hinken, neuf heures plus tôt et que la BMW de Per-Gunnar, dit « le Chef », quelques minutes auparavant.

Il constata, comme l'avait fait le Chef avant lui, que Sjötorp était désert, mais il consacra plus de temps à la recherche d'éventuels indices. Il trouva d'abord dans la cuisine un journal daté du jour même, ainsi qu'un certain nombre de légumes frais dans le réfrigérateur. Les habitants de la maison venaient donc de partir. Il vit lui aussi la Mercedes grise et la Passat rouge derrière la grange. Il avait beaucoup entendu parler de la première et supposa que l'autre appartenait à Gunilla Björklund.

L'inspecteur Aronsson trouva encore deux indices intéressants. Le premier était un revolver qui traînait au bout de la véranda en bois devant la maison. Que faisait-il là ? Et quelles empreintes allait-on trouver dessus ? Il paria sur Hultén et glissa précautionneusement l'objet dans une poche en plastique.

En repartant, Aronsson fit une deuxième découverte dans la boîte aux lettres : l'attestation de changement de propriétaire d'un Scania K113, modèle 1992.

— Vous ne seriez pas partis faire un tour en car, par hasard ?

L'autocar aménagé zigzaguait lentement sur le chemin. La BMW ne mit pas très longtemps à lui coller au train. Mais, sur la route étroite, le Chef n'avait d'autre choix que de rester derrière à se demander quels passagers il transportait, et si par hasard ceux-ci ne seraient pas en possession d'une valise grise à roulettes.

Inconscients du danger, nos amis faisaient des projets, et ils venaient de se mettre d'accord pour trouver une planque et se faire oublier pendant quelques semaines. C'était déjà ce qu'ils pensaient faire à Sjötorp, avant de recevoir la visite imprévue et désagréable du type sur lequel Sonja s'était assise.

Malheureusement, Allan, Julius, Benny et Mabelle avaient en commun une absence quasi totale d'amis ou de relations susceptibles d'accueillir à bras ouverts un autocar plein de gens et d'animaux de leur espèce.

Allan avait l'excuse d'avoir cent ans et d'avoir perdu tous ses amis en cours de route, de mort plus ou moins violente. Et, disait-il, ils seraient sans doute morts de vieillesse aujourd'hui, de toute façon. Il n'était pas donné à tout le monde de survivre à tout, éternellement.

Julius était plutôt spécialisé dans l'art de se faire des ennemis, mais il précisa qu'il se sentait prêt à construire une relation d'amitié durable avec Allan, Benny et Mabelle, ce qui ne résolvait pas leur problème immédiat, il voulait bien en convenir.

Mabelle admit être devenue assez sauvage pendant les années qui avaient suivi son divorce, et le fait qu'un éléphant clandestin soit venu s'installer chez elle n'avait pas favorisé ses relations avec l'extérieur. Elle ne voyait pas du tout à qui elle pourrait demander de l'aide.

Il restait Benny. Lui avait un frère. Un frère très en colère. Peut-être le frère le plus fâché du monde.

Julius demanda si par hasard il ne serait pas possible d'amadouer le frère en question avec de l'argent, et Benny s'illumina. Mais bien sûr, ils avaient des millions dans la valise ! Bosse ne se laisserait pas corrompre, car il était encore plus orgueilleux que cupide. Mais c'était une question de sémantique. Et Benny avait trouvé la solution. Il allait proposer à son frère de *réparer* le mal qu'il lui avait fait toutes ces années.

Aussitôt dit, aussitôt fait. Benny eut à peine le temps de se présenter au téléphone que déjà son frère lui répondait qu'il avait un fusil chargé et qu'il était le bienvenu s'il avait envie de recevoir une décharge de chevrotine dans le cul.

Cette perspective n'enchantait pas Benny outre mesure, mais il viendrait quand même, avec quelques amis à lui, car il souhaitait régler le différend financier qui les opposait depuis quelque temps. Il y avait eu, de toute évidence, une légère disproportion dans le partage de l'héritage de leur oncle Frasse.

Bosse demanda à son petit frère de remballer ses grandes phrases et alla droit au but :

— Tu as combien sur toi ?

— Que dirais-tu de trois millions de couronnes ?

Bosse resta muet pendant un petit moment. Il connaissait assez son frère pour savoir que Benny ne l'appellerait pas pour plaisanter sur un sujet pareil. Son petit frère avait tout simplement touché le jackpot ! Trois millions ! Fantastique ! Mais… qui ne risque rien n'a rien.

— Et toi, que dirais-tu de quatre ?

Comme Benny avait décidé une bonne fois pour toutes de ne plus se laisser manipuler par son grand frère, il répondit :

— On peut aussi aller à l'hôtel, si c'est trop de dérangement pour toi.

À cela, Bosse répondit que son petit frère ne le dérangeait jamais. Benny et ses amis pouvaient venir quand ils voulaient, et si Benny voulait enterrer une vieille querelle avec trois millions de couronnes, ou trois et demi s'il préférait, il n'y voyait pas d'inconvénient.

Il expliqua à Benny comment arriver jusque chez lui et ajouta qu'il les attendait dans quelques heures.

Tout semblait s'arranger pour le mieux. Et la route était à présent à la fois droite et large.

C'était ce que le Chef attendait pour agir. Il y avait dix minutes qu'il lambinait derrière l'autocar avec son ordinateur de bord qui lui réclamait de faire le plein. Gerdin n'avait pas mis d'essence dans le réservoir depuis son départ de Stockholm. Quand l'aurait-il fait ?

Le cauchemar aurait été de tomber en panne au beau milieu de la forêt et de voir l'arrière du car disparaître à l'horizon, avec peut-être à son bord Hinken, Bulten, la valise grise et il ne savait qui ou quoi encore.

Cette perspective fit réagir Gerdin avec l'efficacité qu'on est en droit d'attendre d'un chef de gang d'une grande capitale européenne. Pédale au plancher, il dépassa l'autocar jaune en moins d'une seconde, le devança de cent cinquante mètres, effectua un parfait dérapage contrôlé au frein à main et s'immobilisa en travers de la chaussée. Il prit le revolver qui se trouvait dans la boîte à gants et se prépara à attaquer le car.

Le Chef avait un cerveau plus développé que ses collaborateurs défunts ou émigrés. Il s'était arrêté au milieu de la route parce qu'il était sur le point de tomber en panne d'essence mais aussi parce qu'il pensait que le conducteur de l'autocar allait freiner. Les gens évitent en général de foncer délibérément les uns sur les autres dans la circulation afin de ne pas mettre en péril leur vie et celle de leurs concitoyens.

Comme prévu, le chauffeur du car mit le pied sur le frein.

Cependant, les dons de divination du Chef avaient leurs limites. Il n'avait pas envisagé que le car puisse transporter un éléphant de plusieurs tonnes et n'avait donc pu évaluer la distance de freinage dont le véhicule aurait besoin sur une route gravillonnée.

Benny fit son possible pour éviter la collision, mais il roulait encore à cinquante à l'heure quand il percuta la voiture imprudemment arrêtée sur son chemin, ce qui eut pour effet de propulser ladite voiture à trois mètres au-dessus du sol et vingt mètres plus loin, où elle stoppa violemment sa course contre le tronc d'un vénérable pin de quatre-vingts ans.

— Et de trois ! soupira Julius.

Tous les bipèdes du car sortirent à toute vitesse (certains avec un peu plus de difficultés que d'autres) pour aller inspecter l'épave de la BMW.

Couché sur son volant, présumé mort, un homme qu'aucun d'entre eux ne connaissait avait la main encore crispée sur une arme du même modèle que celle qui avait été braquée sur eux plus tôt dans la journée.

— C'est bien ce que je disais : et de trois ! Je me demande quand ça va s'arrêter…

Benny s'insurgea mollement contre la légèreté avec laquelle Julius prenait la chose. Tuer un voyou par jour lui semblait plus que suffisant, et là ils en étaient déjà à deux alors qu'il n'était pas encore 18 heures. Ils avaient le temps d'en liquider encore plusieurs avant la tombée de la nuit.

Allan suggéra de cacher le troisième cadavre, sachant qu'il n'était jamais bon de rester à proximité des gens qu'on assassine, à moins d'avoir l'intention d'avouer qu'on les a tués, ce qui ne semblait pas être le cas de ses nouveaux amis.

Sur ce, Mabelle se mit à engueuler le cadavre affalé sur son volant, lui disant qu'il fallait vraiment être le dernier des cons pour aller se mettre au milieu de la route de cette façon.

Le mort répondit par un léger tremblement de la jambe droite.

L'inspecteur Aronsson n'avait rien de mieux à faire que de continuer à rouler dans la direction où il avait vu partir Gerdin une demi-heure auparavant. Il n'avait bien sûr pas le moindre espoir de rattraper le leader des Never Again, mais il se disait qu'il trouverait peut-être d'autres indices intéressants en chemin. La ville de Växjö ne devait pas être très loin et il avait besoin de s'installer dans une chambre d'hôtel pour faire son rapport et prendre un peu de repos.

Au bout de quelques kilomètres, Aronsson tomba sur l'épave d'une BMW flambant neuve enroulée autour d'un pin. Il n'y avait rien d'étonnant à ce que Gerdin ait eu un accident, vu l'allure à laquelle il roulait quand il avait quitté Sjötorp. En y regardant de plus près, le policier comprit que les choses n'étaient peut-être pas aussi simples.

D'abord, la voiture était vide ; la place du conducteur était maculée de sang, mais le chauffeur avait disparu.

Ensuite, le flanc droit de la BMW était anormalement enfoncé et portait des traces visibles de peinture jaune. Un véhicule volumineux et de couleur jaune l'avait de toute évidence percuté.

— Un Scania K113 jaune, modèle 1992 par exemple, marmonna Aronsson.

C'était juste une intuition, mais quand il remarqua la plaque minéralogique avant de l'autocar imprimée dans l'aile arrière de la voiture, sa tâche en fut grandement simplifiée. Il n'avait plus qu'à comparer les lettres et les chiffres avec ceux qui figuraient sur le document de la préfecture pour être sûr de son fait.

Aronsson ne voyait toujours pas de schéma logique dans cette histoire. Mais une chose devenait de plus en plus évidente, aussi surprenante fût-elle : Allan Karlsson et sa bande tuaient des gens et faisaient disparaître leurs corps.

13

1947 – 1948

Allan avait connu des nuits plus douces que celle qu'il passa allongé sur le ventre, les mains attachées dans le dos, sur le plateau d'un camion en route pour Téhéran. En plus il avait froid et n'avait pas la moindre goutte de lait de chèvre trafiqué pour se réchauffer.

Il fut content d'arriver à destination. La matinée touchait à sa fin quand le camion s'arrêta devant l'entrée principale d'un grand bâtiment brun situé dans le centre-ville.

Deux soldats aidèrent l'étranger à se remettre sur ses pieds et à brosser le plus gros de la poussière sur ses vêtements. Puis ils détachèrent les cordes qui immobilisaient ses bras et braquèrent leurs fusils sur lui.

Si Allan avait maîtrisé le persan, il aurait pu lire où il se trouvait sur la plaque en laiton doré suspendue à la porte par laquelle on le fit entrer. Mais il n'avait pas encore appris cette langue-là et n'en avait pas envie. Il avait surtout envie de savoir si on allait bientôt lui servir un petit déjeuner. Ou un déjeuner. Ou les deux, si possible.

Les soldats savaient parfaitement à quel endroit ils conduisaient le communiste présumé. En poussant la porte, l'un d'eux fit un clin d'œil à Allan et lui dit en anglais :

— Adieu et bonne chance !

Allan le remercia chaleureusement, bien qu'il perçût une note d'ironie dans sa voix, et commença à se demander ce qui allait lui arriver.

Il fut confié, par une procédure en bonne et due forme, à l'homologue de l'officier qui l'avait arrêté en premier lieu. Une fois sa présence correctement inscrite dans les registres, on le mena à l'un des premiers cachots à droite dans le couloir.

Sa cellule était un véritable Shangri-La, en comparaison de tout ce qu'il avait connu ces derniers temps. Quatre lits alignés, deux couvertures par lit, une ampoule électrique au plafond, un lavabo avec de l'eau courante dans un angle de la pièce et une cuvette avec couvercle dans l'angle opposé. En prime, on avait donné à Allan une grande assiette de porridge pour le rassasier et un litre d'eau pour étancher sa soif.

Trois des lits étaient inoccupés ; sur le quatrième, il découvrit un homme étendu sur le dos, les mains jointes sur la poitrine, les yeux fermés. Lorsque Allan entra dans la cellule, l'homme se réveilla et se leva. Il était grand et maigre, et son habit noir était rehaussé d'un col blanc. Allan tendit la main pour se présenter, exprimant son regret de ne pas parler l'idiome local et espérant que le prêtre comprenait quelques mots d'anglais.

L'homme en noir maîtrisait assez bien la langue anglaise, car il était né, avait grandi et fait ses études dans la belle ville d'Oxford. Il se présenta sous le nom de Kevin Ferguson, pasteur anglican, venu en Iran douze ans auparavant pour poursuivre les hérétiques et les ramener dans la vraie foi. À ce propos, comment Allan voyait-il les choses de la religion ?

Allan répondit qu'il n'avait pas demandé à se trouver là, mais qu'il ne se sentait pas perdu pour autant. En ce qui concernait la foi, il avait toujours préféré croire aux choses qu'il pouvait voir.

Allan vit que le pasteur était sur le point de s'engouffrer dans la brèche et s'empressa de lui demander de respecter son vœu de ne pas devenir anglican, ni quoi que ce soit d'autre d'ailleurs.

Le pasteur Ferguson n'était pas du genre à prendre un non pour argent comptant. Pourtant, cette fois, il hésita. Le nouveau venu allait peut-être pouvoir le tirer du guêpier dans lequel il s'était fourré. Il fallait le ménager. Il lui proposa un compromis. Il ne lui parlerait que de la divine Trinité. La sainte Trinité n'était après tout que le premier des trente-neuf articles de la profession de foi anglicane.

Allan répondit au pasteur qu'il se fichait complètement de la sainte Trinité.

— Je pense même que, de toutes les trinités existant sur terre, la sainte Trinité est de loin celle qui m'intéresse le moins.

Le pasteur trouva cette dernière remarque tellement stupide qu'il promit de laisser monsieur Karlsson tranquille dorénavant en ce qui concernait la religion, même si le Seigneur avait forcément un dessein en les enfermant tous les deux dans le même cachot.

À la place, il se mit à expliquer à Allan dans quelle situation ils se trouvaient.

— Ça ne sent pas bon du tout, dit-il. Nous sommes peut-être l'un et l'autre sur le point de rencontrer notre

Créateur, et si je n'avais pas promis, je me permettrais d'ajouter que c'est le moment ou jamais pour monsieur Karlsson de se convertir à la vraie foi.

Allan gratifia son compagnon d'infortune d'un regard sévère et le laissa reprendre son explication. Ils étaient dans une des geôles des services de renseignements et de sécurité de l'État iranien. Allan trouvait sans doute cela très rassurant, mais il fallait qu'il comprenne qu'en réalité cette police de sécurité ne se préoccupait que de protéger le shah lui-même aux dépens du peuple iranien qu'elle réprimait dans un climat de peur et de respect, en cherchant à anéantir tout ce qui ressemblait de près ou de loin à un socialiste, un communiste, un islamiste ou tout autre fauteur de troubles.

— Comme un pasteur anglican, par exemple ? demanda Allan.

Le pasteur Ferguson répondit que les pasteurs anglicans n'avaient rien à craindre, car l'Iran autorisait la liberté de culte. Lui-même avait sans doute poussé un peu trop loin les limites de cette liberté.

— De manière générale, le pronostic n'est pas bon pour celui qui tombe entre les griffes des forces de sécurité iraniennes, et pour ma part je crains d'être arrivé à ma destination finale, déclara le pasteur avec un air soudain très abattu.

Allan eut pitié de son camarade de cellule. Il le consola en lui promettant qu'ils allaient bientôt sortir de là, et il s'enquit de ce qu'il avait fait pour se retrouver dans cette prison.

Le pasteur Kevin Ferguson renifla et se redressa. Ce n'est pas qu'il ait peur de la mort, expliqua-t-il, il trouvait juste qu'il avait encore beaucoup à accomplir sur cette terre avant de partir. Il remettait sa vie entre les mains de Dieu comme il l'avait toujours fait, mais si monsieur Karlsson, en attendant que Dieu se décide, pouvait leur trouver une issue à tous les deux, il était convaincu que Dieu ne lui en tiendrait pas rigueur.

Ferguson raconta son histoire. Dieu s'était adressé à lui en rêve alors qu'il venait tout juste d'être ordonné. « Tu dois partir comme missionnaire », lui avait déclaré le Seigneur. Le problème était qu'Il ne s'était jamais adressé à lui depuis lors, et il avait fallu qu'il se débrouille tout seul pour deviner où Dieu souhaitait qu'il se rendît.

Un abbé anglais de ses amis lui avait parlé de l'Iran, un pays dans lequel la liberté de culte était gravement bafouée. On pouvait compter sur les doigts d'une main la population anglicane alors que le pays regorgeait de chiites, de sunnites, de juifs et de gens qui se prévalaient d'appartenir à toutes sortes de religions farfelues et sorties de nulle part. Les quelques vrais chrétiens qu'on pouvait rencontrer étaient assyriens ou arméniens, et tout le monde savait que les Assyriens et les Arméniens n'avaient jamais rien compris au christianisme.

Allan avoua qu'il l'ignorait, mais qu'il était content de l'apprendre.

Le pasteur continua ses explications. L'Iran et la Grande-Bretagne étaient en bons termes et, grâce à certaines relations politiques haut placées de l'Église, le pasteur avait réussi à faire le voyage jusqu'à Téhéran à bord d'un avion diplomatique.

Il était arrivé dix ans auparavant, en 1935. Depuis lors, il s'était attaqué à toutes les religions, les unes après les autres, en décrivant des cercles autour de la capitale. Les premiers temps, il s'était infiltré au sein des lieux de culte des autres religions. Il avait fréquenté des mosquées, des synagogues et toutes sortes de temples et avait attendu le moment propice pour interrompre le service en cours et, avec l'aide d'un interprète, enseigner la vraie foi.

Allan dit à son nouvel ami qu'il le trouvait très courageux. Il lui demanda ensuite s'il n'était pas un peu fou, car sa méthode lui paraissait résolument vouée à l'échec.

Le pasteur Ferguson admit que, durant toutes ces années, elle n'avait jamais donné le moindre résultat. On les avait toujours jetés dehors, lui et son interprète, sans les laisser parler jusqu'au bout, et ils avaient tous deux été roués de coups dans la plupart des cas. Pourtant, rien de tout cela ne l'avait détourné de sa mission. Il savait qu'il plantait de petites semences d'anglicanisme dans tous ceux qu'il rencontrait.

Au bout d'un moment, sa réputation était devenue telle qu'il lui fut très difficile de trouver un interprète. Aucun d'entre eux ne l'avait accompagné une deuxième fois, et il les soupçonnait de se passer le mot.

Il avait finalement décidé de lever un peu le pied et de se concentrer sur l'apprentissage de la langue persane. Tout en étudiant, il réfléchissait à une façon d'améliorer sa tactique. Quand il se sentit suffisamment à l'aise dans cette nouvelle langue, il mit son plan à exécution.

Au lieu de prêcher dans les temples et durant les cérémonies, il s'installa au beau milieu des places publiques, juché sur un escabeau qu'il apportait avec lui, et chercha à attirer l'attention des passants, parmi lesquels il savait pouvoir trouver de nombreux représentants de cette errance spirituelle qu'il combattait de toutes ses forces.

Cette nouvelle façon de procéder lui valut certes moins de rossées qu'il n'en avait subi les premières années, mais le nombre d'âmes sauvées resta désespérément inférieur à ce qu'il avait espéré.

Allan lui demanda poliment combien de personnes le pasteur pensait avoir converties ; ce dernier lui répondit que cela dépendait de la façon dont on voyait les choses. En fait, le pasteur Ferguson avait réussi à convertir exactement un membre de chaque communauté religieuse qu'il avait approchée, c'est-à-dire en tout huit personnes. D'un autre côté, il commençait à se demander si, parmi ces huit personnes, il n'y avait pas très exactement huit espions envoyés par les services de la sécurité iranienne pour le surveiller.

— Bref, tu as réussi à convertir entre zéro et huit personnes ?

— Vraisemblablement plus près de zéro que de huit.

— En douze ans ?

Le pasteur admit que le maigre résultat était difficile à accepter quand il prenait en considération le mal qu'il s'était donné pour l'obtenir. Il savait aussi qu'il n'arriverait jamais à rien dans ce pays, dans la mesure où les Iraniens n'oseraient jamais se convertir même s'ils en avaient envie : la police était partout, et changer de religion impliquait d'être immédiatement fiché. Or, très peu de temps s'écoulait entre le moment où l'on était fiché et celui où l'on disparaissait purement et simplement.

Allan rétorqua qu'il y avait peut-être en Iran un tas de gens parfaitement satisfaits de leur religion. Est-ce que le pasteur avait réfléchi à cela ?

Ce dernier n'avait jamais entendu une ânerie pareille, mais il lui était impossible de réagir étant donné qu'Allan Karlsson lui avait interdit toute propagande anglicane. Monsieur Karlsson aurait-il l'amabilité de le laisser continuer à parler sans l'interrompre sans arrêt ?

Quand le pasteur Ferguson s'était rendu compte que la police avait infiltré sa mission, il avait décidé de voir les choses différemment, de voir les choses en grand.

Il avait commencé par se débarrasser de ses huit prétendus disciples, puis il avait contacté les mouvements communistes clandestins et s'était présenté comme un représentant britannique de la Vraie Foi, désireux de les rencontrer pour parler avec eux de l'avenir de l'humanité.

Il dut attendre un peu pour obtenir le rendez-vous. Finalement, il s'était retrouvé autour d'une table en compagnie de cinq hommes du comité directeur du parti communiste de la province du Khorasan. Il aurait bien aimé rencontrer les membres du parti communiste de Téhéran, qui étaient sans doute les plus influents, mais il se dit que cette réunion pouvait tout de même porter ses fruits.

Ou pas.

Le pasteur anglican avait exposé son idée. En gros, il suggérait aux communistes que sa religion devienne la religion d'État le jour où ils prendraient le pouvoir en Iran. S'ils voulaient bien marcher dans la combine, il leur promettait en contrepartie d'accepter le poste de ministre des Cultes et de faire en sorte qu'il y ait toujours assez de bibles. On construirait les églises au fur et à mesure, et en attendant on pourrait utiliser les synagogues et les mosquées désaffectées.

Ces messieurs les communistes pouvaient-ils lui dire à peu près quand ils avaient l'intention de faire la révolution ?

Les communistes n'avaient pas montré l'enthousiasme ni la curiosité escomptés. Ils étaient même allés jusqu'à lui expliquer qu'il devait faire entrer dans sa petite tête qu'il n'y aurait ni anglicanisme ni aucun autre nom en « isme » dans ce pays quand le grand jour viendrait. Ensuite, le pasteur Ferguson avait subi une sévère réprimande pour avoir sollicité cette entrevue sous de faux prétextes. Les membres du comité directeur du parti communiste n'avaient jamais autant eu l'impression de perdre leur temps.

À trois voix contre deux, il fut voté que le pasteur Ferguson serait passé à tabac avant d'être remis dans le train pour Téhéran, et à cinq voix contre zéro qu'il avait intérêt, s'il voulait rester en vie, à ne plus remettre les pieds dans le secteur.

Allan rit et déclara qu'il était certain à présent, avec tout le respect qu'il lui devait, que le pasteur était un peu cinglé. Essayer de passer un accord sur une question religieuse avec des communistes était totalement absurde. N'arrivait-il pas à comprendre cela ?

L'homme d'Église répliqua qu'un païen comme monsieur Karlsson ferait mieux de s'abstenir de juger de ce qui est fou et de ce qui ne l'est pas. Il était bien conscient que ses chances de réussir étaient infimes.

— Mais rendez-vous compte, monsieur Karlsson ! Imaginez si mon plan avait marché ! Essayez de vous représenter la tête de l'archevêque de Canterbury si je lui annonçais l'arrivée dans notre Église de cinquante millions d'anglicans supplémentaires d'un seul coup.

Allan dut admettre que la frontière entre la folie et le génie était parfois aussi fine qu'un cheveu de nourrisson.

Quoi qu'il en soit, la police du shah avait mis les communistes du Khorasan sur écoute, et le pasteur Ferguson avait à peine eu le temps de descendre du train en arrivant dans la capitale qu'on l'arrêtait pour le questionner.

— J'ai tout avoué et j'en ai même rajouté un peu, dit le pasteur, car mon corps chétif n'est pas bâti pour supporter la torture. Une bonne rossée est une chose, la torture en est une autre.

Après ces aveux spontanés et généreux, on avait jeté le pasteur Ferguson dans cette cellule où on le laissait tranquille depuis bientôt deux semaines, vu que le patron, le vice-Premier ministre, était en déplacement à Londres.

— Le vice-Premier ministre ?

— Oui. L'assassin en chef, si vous préférez.

On disait des forces de sécurité qu'il n'existait pas d'organisation plus hiérarchisée. Terroriser la population au quotidien, ou assassiner des communistes, des socialistes et des islamistes, ne nécessitait évidemment aucune bénédiction de la part d'une autorité supérieure. En revanche, dès qu'on sortait un peu des sentiers battus, il fallait demander son avis au vice-Premier ministre. Le shah lui avait donné ce titre, mais en fait ce type était tout simplement un criminel, si l'on en croyait le pasteur Ferguson.

— D'ailleurs, d'après le gardien de la prison, il vaut mieux enlever le préfixe « vice » quand on s'adresse à lui, si on a le malheur de devoir le rencontrer un jour, ce qui semble être notre cas à tous les deux.

Allan se dit que le pasteur avait eu le temps de rencontrer bien plus de communistes clandestins qu'il ne voulait l'avouer, car il poursuivit :

— La CIA américaine est présente en Iran depuis la fin de la guerre mondiale et c'est elle qui est à l'origine des services secrets qui assurent la sécurité du shah.

— La CIA ?

— Oui, c'est comme cela qu'ils s'appellent maintenant. Avant ils s'appelaient l'OSS, mais il s'agit de la même bande de salauds. Ce sont eux qui ont enseigné tout ce qu'elle sait à la police iranienne, y compris leurs méthodes de torture. Quelle sorte d'individu peut laisser la CIA commettre autant d'atrocités dans le monde ?

— Tu parles du président des États-Unis ?

— Oui. Harry Truman. Cet homme brûlera en enfer, crois-moi !

— Ah bon, tu crois ?

Les jours s'écoulaient tranquillement dans la prison de la sécurité de Téhéran. Allan avait raconté sa vie au pasteur Ferguson, sans rien omettre. Son récit avait réduit le pasteur au silence. Il n'avait plus adressé la parole à Allan à partir du moment où il avait compris les liens qui l'unissaient au président des États-Unis et surtout le rôle qu'il avait joué dans la fabrication des bombes qui étaient tombées sur le Japon.

Le pasteur Ferguson avait préféré se tourner vers Dieu et lui demander conseil. Était-ce vraiment lui qui avait envoyé Allan Karlsson pour lui venir en aide ? Ou bien était-ce au contraire l'œuvre du diable ?

Dieu lui répondit par le silence, une fâcheuse manie qu'il avait parfois et que le pasteur Ferguson percevait comme le signe qu'il devait réfléchir par lui-même. Les choses ne se passaient pas toujours très bien quand il agissait seul, mais ce n'était pas une raison pour se décourager.

Au bout de deux jours et deux nuits à peser le pour et le contre, le pasteur Ferguson décida finalement de se réconcilier avec son camarade de cellule. Il informa monsieur Allan qu'il était désormais disposé à lui parler de nouveau.

Allan lui répondit qu'il n'avait rien contre le silence, mais qu'à son avis rien ne valait le dialogue.

— D'ailleurs il est temps de s'organiser pour sortir de là, et de préférence avant que ce meurtrier en chef soit revenu de Londres. Alors on arrête de bouder, d'accord ?

Le pasteur était d'accord. Quand le chef de la sécurité serait de retour, il y aurait un court interrogatoire suivi d'une disparition inexplicable. Le pasteur avait entendu dire que cela se passait toujours comme ça.

La maison d'arrêt n'était pas une vraie prison avec tout ce que cela comporte de double mesure de sécurité partout. Il arrivait même que les gardiens oublient tout simplement de verrouiller les cellules. En revanche il y avait en permanence au moins quatre gardiens devant la porte d'entrée, qui était aussi une porte de sortie, et il était peu probable qu'ils les laissent faire si Allan et le pasteur décidaient tout à coup de s'en aller.

Allan se demandait s'il n'y aurait pas moyen de faire diversion en provoquant un tumulte d'une façon ou d'une autre et de s'échapper à la faveur de la confusion générale. La question valait la peine d'être examinée.

Il avait besoin de se concentrer. Il demanda au pasteur d'essayer de savoir auprès des gardes de combien de temps ils disposaient, c'est-à-dire dans combien de temps le chef de la sécurité allait rentrer ; car alors il serait trop tard, trop tard pour tout.

Le pasteur lui promit de poser la question dès qu'il en aurait l'occasion. Or, quelqu'un ouvrait la porte à cet instant précis. C'était le plus jeune des gardes, et le plus gentil aussi :

— Le Premier ministre est rentré d'Angleterre et on va vous interroger. Qui veut commencer ?

Le chef des renseignements et de la sécurité de l'État était assis à son bureau et il était de mauvaise humeur.

Il revenait d'un séjour à Londres où il s'était fait réprimander par les Britanniques. Lui, le Premier ministre, ou presque, détenteur de l'autorité absolue, l'un des personnages les plus éminents de la société iranienne, s'était fait réprimander par les Britanniques.

Le shah passait son temps à complaire à ces distingués anglais. Le pétrole était entre leurs mains, et son rôle était de nettoyer le pays de tous les éléments qui aspiraient à une autre organisation. Ce n'était pas chose facile, car finalement il n'y avait pas grand monde qui aimât le shah. Ni les islamistes, ni les communistes, et encore moins ceux qui travaillaient dans le pétrole et qui se tuaient à la tâche pour l'équivalent d'une livre sterling par semaine.

Et malgré tout le mal qu'il se donnait, au lieu de le féliciter, on lui faisait des reproches.

Le chef de la police savait bien qu'il avait récemment commis une petite bavure en s'attaquant à un provocateur venu on ne sait d'où. L'homme avait exigé qu'on le relâche parce que sa seule faute avait été de dire que la file d'attente à l'épicerie concernait tout le monde, y compris les fonctionnaires de police.

Lors de son interrogatoire, le trublion était resté les bras croisés et avait refusé de décliner son identité. Le chef de la police n'avait pas aimé son attitude, qu'il avait trouvée délibérément provocante, et avait décidé d'étrenner une des toutes nouvelles méthodes de torture employées par la CIA. Le chef de la sécurité avait toujours été fasciné par l'inventivité des services secrets américains. C'est alors seulement qu'il avait appris que le provocateur appartenait à l'ambassade du Royaume-Uni, ce qui était bien sûr terriblement ennuyeux.

Il avait fait faire un brin de toilette à l'agent d'ambassade, puis il l'avait relâché en s'arrangeant pour qu'il se fasse écraser par un camion qui disparut du lieu de l'accident. C'était le meilleur moyen de prévenir un conflit diplomatique. Le chef de la sécurité était très content de la façon dont il avait géré cette situation.

Mais les Britanniques avaient ramassé ce qui restait de l'agent d'ambassade, avaient envoyé le tout à Londres, où l'on avait examiné le cadavre à la loupe. On avait convoqué le chef de la police et on lui avait demandé d'expliquer pourquoi l'agent de l'ambassade britannique de Téhéran avait disparu pendant trois jours puis était soudainement réapparu dans une rue à proximité immédiate des bureaux de la sécurité, si salement écrasé qu'il était presque impossible de déterminer quelles tortures il avait subies avant de passer sous les roues du véhicule.

Le chef de la police avait soutenu *mordicus* qu'il n'avait rien à voir là-dedans, c'était ainsi que se traitaient les affaires diplomatiques. Mais cet assistant d'ambassade était apparemment le fils d'un lord qui était lui-même un ami proche de l'ex-Premier ministre Winston Churchill, et les Anglais avaient bien l'intention de marquer le coup.

Pour lui faire comprendre qu'on était mécontent de lui en haut lieu, on lui retira la responsabilité de la visite que Winston Churchill devait faire à Téhéran quelques semaines plus tard. Ces « amateurs » de la garde rapprochée du shah s'en chargeraient à sa place. La mission était largement au-dessus de leur compétence. C'était un sévère camouflet pour le chef de la police. Et qui n'allait pas améliorer sa relation avec le shah.

Afin de se distraire de ses pensées amères, le chef de la police avait fait appeler le premier des deux ennemis du régime qui attendaient au dépôt. Il avait prévu un court interrogatoire, une exécution rapide et une crémation immédiate du cadavre. Puis il irait déjeuner avant de disposer du deuxième prisonnier dans l'après-midi.

Allan Karlsson s'était porté volontaire pour passer le premier. Le chef de la police vint à sa rencontre sur le pas de la porte de son bureau, lui serra la main et lui proposa un café ou une cigarette.

Bien qu'il n'eût jamais rencontré de meurtrier en chef auparavant, Allan s'était imaginé dans cette fonction un personnage nettement moins sympathique que celui qu'il avait en face de lui. Il dit oui, merci pour le café, et refusa la cigarette, sans vouloir offenser monsieur le Premier ministre.

Le chef de la police essayait toujours de débuter ses séances d'interrogatoire le plus courtoisement possible. Ce n'était pas parce qu'on s'apprêtait à tuer quelqu'un qu'on devait se comporter comme un voyou. D'ailleurs, cela l'amusait de voir une lueur d'espoir éclairer le regard de sa victime. Les gens étaient si naïfs…

Cette victime-là n'avait pas l'air effrayée du tout. Pas encore, en tout cas. Et l'homme s'était adressé à lui exactement comme il appréciait qu'on le fasse. Intéressant.

Quand on lui demanda qui il était, Allan, à défaut d'une stratégie de survie élaborée, répondit par quelques morceaux choisis de son CV : par exemple qu'étant expert en explosifs, il avait été envoyé en Chine pour y combattre les communistes, une mission impossible que lui avait confiée le président Truman. Après quoi il avait entrepris le long voyage qui devait le ramener chez lui en Suède. Il regrettait infiniment que l'Iran se soit trouvé sur son chemin et encore plus désolé d'être entré dans le pays sans visa, mais promettait de le quitter dès que monsieur le Premier ministre voudrait bien le lui permettre.

Le chef de la police avait posé quelques questions subsidiaires, particulièrement sur le fait qu'il ait été arrêté en compagnie de trois communistes iraniens. Allan avait répondu franchement qu'il était tombé sur les trois communistes par hasard et qu'ils avaient décidé de s'entraider pour traverser la chaîne de l'Himalaya. Puis Allan ajouta que si le Premier ministre avait l'intention d'entreprendre une balade de ce genre, il ne devrait pas se montrer trop difficile quant au choix des gens à qui il demanderait de l'aide, car ces montagnes pouvaient parfois se montrer impitoyables.

Le chef de la sécurité n'avait nullement l'intention de traverser l'Himalaya à pied, ni de libérer la personne qui se trouvait devant lui, mais il venait d'avoir une idée. Il pourrait peut-être se servir de cet expert en explosifs riche d'une expérience internationale avant de le faire disparaître. Avec une voix un tantinet surexcitée, le chef de la police demanda à monsieur Allan Karlsson de quelle expérience il pouvait se prévaloir en matière d'assassinat discret de personnes très bien gardées.

Allan n'avait jamais de son plein gré et en connaissance de cause caressé l'idée d'éliminer son prochain comme on raye un pont de la carte. Et il n'en avait aucune envie. Mais il fallait réfléchir. Cet ambitieux de meurtrier en chef n'avait-il pas une idée derrière la tête ?

Allan fit semblant de chercher dans sa mémoire et ne trouva rien de mieux que :

— Glenn Miller.

— Glenn Miller ?

Allan venait de se rappeler le tollé qu'avait provoqué à la base de Los Alamos, au Nouveau-Mexique, l'annonce de la disparition de la jeune légende du jazz Glenn Miller quand son avion de l'US Army avait disparu au large des côtes anglaises.

— Lui-même, affirma Allan sur le ton de la confidence. J'avais ordre de faire croire à un accident, et j'ai réussi. J'ai fait en sorte que les deux réacteurs prennent feu, et il s'est abîmé quelque part dans la Manche. Personne ne l'a jamais revu. Une fin digne d'un transfuge nazi, si monsieur le ministre m'autorise un avis personnel.

— Glenn Miller était un nazi ?

Allan hocha la tête et demanda silencieusement pardon à tous les descendants du célèbre jazzman. De son côté, le chef de la sécurité était en train de digérer l'information : Glenn Miller, son idole, était garçon de courses pour Adolf Hitler !

Allan se dit qu'il était temps de reprendre le contrôle de cette conversation avant que l'assassin en chef se mette à demander un tas de précisions sur cette histoire de Glenn Miller.

— Si monsieur le Premier ministre le souhaite, je veux bien me charger d'éliminer qui il veut avec le maximum de discrétion, à condition que nous nous quittions bons amis ensuite.

Le chef de la police était encore déstabilisé par la triste révélation à propos de l'auteur de *Moonlight Serenade*, mais ce n'était tout de même pas une raison pour laisser qui que ce soit prendre le dessus sur lui. Il n'était pas prêt à négocier l'avenir d'Allan Karlsson.

— Si je décide que tu vas tuer quelqu'un, tu le feras, et ensuite seulement je déciderai si j'ai envie de te laisser vivre, rétorqua le chef de la sécurité en se penchant au-dessus de la table pour éteindre sa cigarette dans la tasse de café à moitié pleine d'Allan.

L'interrogatoire de la matinée avait pris une tournure inattendue. Au lieu de se débarrasser d'un opposant au régime, il avait ajourné la séance pour laisser décanter la situation dans sa tête. Allan Karlsson et le chef de la police se retrouvèrent après le déjeuner et complotèrent tous les deux.

Il s'agissait d'éliminer Winston Churchill pendant qu'il était sous la protection des gardes du corps du shah. Mais il fallait le faire sans que personne ne puisse remonter jusqu'au service de renseignements et de la sécurité de l'État et encore moins jusqu'à son chef. On pouvait compter sur les Anglais pour entreprendre une enquête très minutieuse, il ne fallait négliger aucun détail. Si la mission réussissait, le chef de la police devrait en tirer tous les bénéfices.

Il allait rabaisser leur caquet à ces prétentieux de Britanniques, qui avaient osé décharger le chef de la sécurité de la responsabilité de cette visite d'État. Après l'attentat, le shah demanderait sûrement à son chef de la police de remettre de l'ordre dans sa garde rapprochée. Et plus tard, quand l'affaire aurait été un peu oubliée, sa position serait renforcée, au lieu d'être affaiblie comme c'était le cas aujourd'hui.

Le chef de la police et Allan discutaient comme de vieux amis. Mais le chef de la police écrasait quand même sa cigarette dans la tasse d'Allan chaque fois que ce dernier devenait un peu trop familier.

Le chef de la sécurité révéla à Allan que la seule voiture blindée de l'État se trouvait dans le garage de l'hôtel de police à l'étage au-dessous. Il s'agissait d'une DeSoto Suburban spécialement aménagée. Elle était rouge bordeaux et très élégante, crut bon de préciser le chef de la police. La garde rapprochée du shah allait sans doute se manifester très prochainement pour récupérer la voiture, car ils en auraient besoin pour transporter Churchill de l'aéroport jusqu'à la résidence du shah.

Allan dit alors qu'une charge explosive adaptée et placée judicieusement ferait l'affaire. Et pour que le chef de la police reste totalement en dehors du coup, il convenait de prendre certaines mesures.

La première était d'utiliser pour la fabrication de la bombe exactement les mêmes ingrédients que ceux employés par les communistes de Mao Tsé-toung en Chine. Allan savait comment procéder pour faire croire à un attentat communiste.

L'autre mesure était de poser la charge sous l'avant du châssis et, à l'aide d'une télécommande qu'Allan savait également fabriquer, de la faire tomber sur la route quelques dixièmes de seconde avant qu'elle explose.

Au bout de ces quelques dixièmes de seconde, la bombe serait positionnée sous le troisième tiers de la DeSoto, à l'endroit précis où Churchill serait en train de téter son cigare. Elle arracherait le plancher de la voiture et expédierait Churchill tout droit dans l'éternité, mais ferait aussi un gros cratère dans la route.

Ainsi, les experts croiraient que la bombe était enterrée et non que la voiture était minée.

— Ce petit tour de passe-passe vous conviendrait-il, monsieur le Premier ministre ?

Le chef de la police trépignait de joie et d'enthousiasme et éteignit par mégarde une cigarette toute neuve dans la tasse de café qu'il venait à l'instant de servir à Allan. Ce dernier dit au chef de la sécurité qu'il était bien sûr libre de ce qu'il faisait avec ses cigarettes et le café de ses invités, mais que si c'était juste parce qu'il détestait le cendrier posé à côté de lui, il n'avait qu'à donner une petite permission à Allan, et il s'empresserait d'aller lui en acheter un autre.

Le chef de la police ignora les commentaires à propos du cendrier mais, très intéressé par tout ce qui avait précédé, il lui ordonna de lui dresser immédiatement une liste complète de tout ce dont il aurait besoin pour miner au plus vite la DeSoto.

Allan connaissait son sujet par cœur et lui donna de tête les dix ingrédients qui entraient dans la formule. Il en ajouta un onzième, la nitroglycérine, qui pourrait toujours servir. Et un douzième, un flacon d'encre.

Il demanda aussi à monsieur le Premier ministre de lui prêter son collaborateur le plus fiable afin qu'il lui serve d'assistant et de garçon de courses, ainsi que son camarade de cellule, le pasteur Ferguson, qui serait leur interprète.

Le chef de la police grommela qu'il aurait préféré en finir avec ce pasteur parce qu'il n'aimait décidément pas les prêtres, mais à la guerre comme à la guerre, il n'y avait pas de temps à perdre. Il écrasa une ultime cigarette dans la tasse d'Allan pour lui signifier que l'entretien était terminé et lui rappeler une dernière fois qui était le patron.

Les jours passèrent et tout se déroula comme prévu. Le chef de la garde rapprochée du shah contacta le chef de la police pour prévenir qu'il viendrait chercher la DeSoto le mercredi suivant. Le chef de la sécurité faillit exploser de rage. Le chef des gardes du corps l'avait *prévenu* qu'il viendrait chercher la voiture, il ne le lui avait pas *demandé.* Il se mit dans une telle colère qu'il oublia complètement que cela collait parfaitement avec leur plan. Car le chef des gardes du corps aurait pu ne pas appeler. De toute façon, il allait le payer bientôt.

Allan savait maintenant de combien de temps il disposait pour miner le véhicule. Malheureusement, le pasteur Ferguson avait eu vent du projet. Non seulement il allait participer à l'assassinat de l'ex-Premier ministre Winston Churchill, mais il y avait tout lieu de penser qu'il serait exécuté immédiatement après. Se présenter devant Dieu le Père tout de suite après avoir commis un meurtre ne lui paraissait pas une bonne idée.

Allan apaisa le pasteur en lui expliquant qu'il avait prévu un plan B pour l'un et l'autre de ses deux sujets d'inquiétude. Il pensait avoir trouvé le moyen de leur permettre à l'un et à l'autre d'échapper à la mort et par ailleurs il ne lui semblait pas obligatoire que leur survie dépende de l'explosion de monsieur Churchill.

Pour que son plan réussisse, il fallait que le pasteur fasse très exactement ce qu'Allan lui dirait. Levant les yeux au ciel, le pasteur promit. Monsieur Karlsson était sa seule chance de survie, puisque le Seigneur refusait de répondre à ses appels depuis presque un mois maintenant. Il était peut-être fâché contre lui parce qu'il voulait faire alliance avec les communistes.

Le mercredi arriva. La DeSoto était prête. La charge explosive fixée sous le châssis était largement suffisante pour faire sauter la voiture et ses passagers ; elle était aussi parfaitement invisible, au cas où quelqu'un aurait eu l'idée de vérifier le véhicule.

Allan montra au chef de la sécurité comment fonctionnait la télécommande et lui expliqua ce qui allait se passer quand la bombe exploserait. Le chef de la sécurité sourit et eut l'air satisfait. Ce qui ne l'empêcha pas d'éteindre sa dix-huitième cigarette de la journée dans la tasse d'Allan.

Ce dernier prit une autre tasse qu'il avait cachée derrière sa boîte à outils et la posa stratégiquement sur un guéridon qui se trouvait à côté d'une petite volée de marches conduisant au couloir, aux cellules et à l'entrée. Discrètement, il sortit du garage, entraînant le pasteur avec lui, pendant que le chef de la police faisait le tour de la DeSoto, pompant sur la dix-neuvième cigarette de la journée et se réjouissant d'avance.

Le pasteur comprit qu'ils allaient passer aux choses sérieuses en sentant la main ferme d'Allan sur son bras. L'heure était venue d'obéir au doigt et à l'œil à monsieur Karlsson.

Ils passèrent devant les cellules et la réception. Allan ne s'arrêta pas devant les gardes armés postés à l'entrée, continua à marcher avec assurance, ne relâchant pas son emprise sur le bras du pasteur.

Les vigiles s'étaient habitués à voir Allan et Ferguson ensemble et ne pensèrent pas tout de suite à une tentative de fuite. C'est presque sur un ton surpris qu'ils crièrent :

— Stop, où est-ce que vous allez, là ?

Allan s'arrêta avec le pasteur juste sur le seuil de la liberté et prit un air étonné.

— Mais nous sommes libres ! Le Premier ministre ne vous a rien dit ?

Le pasteur était terrorisé, mais il réussit à ne pas s'évanouir.

— Ne bougez pas de là ! dit le garde d'une voix ferme. Vous n'irez nulle part tant que je n'en aurai pas la confirmation par le Premier ministre lui-même.

Les trois gardes de service surveillèrent Allan et le pasteur pendant que le gardien-chef partait se renseigner. Allan fit un sourire d'encouragement au pasteur et lui dit que tout allait s'arranger dans un instant. Ou pas.

Comme le chef de la police n'avait absolument pas autorisé Allan et le pasteur à s'en aller et que de plus il n'en avait jamais eu l'intention, sa réaction fut assez violente.

— Qu'est-ce que tu dis ? Ils sont devant la porte et ils te mentent à la face ? Les salopards…

Le chef de la police jurait rarement. Il se targuait de garder toujours une certaine tenue. Mais là, il était fâché. Et comme toujours quand il était contrarié, il écrasa sa cigarette dans la tasse d'Allan avant de se lancer dans le petit escalier conduisant au corridor. En réalité, il n'arriva pas plus loin que le guéridon sur lequel se trouvait la tasse, car cette fois elle ne contenait pas de café, mais de la nitroglycérine mélangée à de l'encre noire. La mixture provoqua une telle déflagration que le Premier ministre et son gardien principal se dispersèrent façon puzzle. Un nuage de fumée blanche sortit du garage et s'engouffra dans le couloir en direction de la sortie où Allan, le pasteur et les trois autres gardiens attendaient toujours.

— Maintenant nous pouvons partir, dit Allan au pasteur.

Et ils s'en allèrent.

Les trois gardes étaient suffisamment intelligents pour se dire qu'ils devraient arrêter les deux fuyards, mais ils n'en eurent pas le temps. Le garage étant en flammes, la charge explosive de la DeSoto destinée à Winston Churchill partit elle aussi à peine dix secondes plus tard, prouvant à Allan que son dispositif aurait parfaitement fonctionné. L'immeuble tout entier s'écroulait et, les flammes ayant déjà attaqué le rez-de-chaussée, Allan dit au pasteur :

— Courons, voulez-vous ?

Deux des gardes avaient été projetés contre un mur par le souffle de l'explosion et leurs vêtements s'étaient enflammés. Le troisième, en état de choc, ne se lança pas à la poursuite des prisonniers. Il commença par se demander ce qui avait bien pu se passer, puis il prit ses jambes à son cou dans la direction opposée pour ne pas finir comme ses camarades.

Comme Allan les avait sortis tous les deux, à sa façon, des griffes de la police, c'était maintenant au tour du pasteur de se rendre utile. Il connaissait l'adresse de tous les centres administratifs de la ville et put conduire Allan directement à l'ambassade de Suède. En le quittant, il lui donna une accolade pleine de gratitude.

Allan lui demanda ce qu'il avait l'intention de faire. Et s'il savait aussi où se trouvait l'ambassade britannique.

Le pasteur répondit qu'elle n'était pas très éloignée, mais qu'il n'avait rien à faire là-bas puisqu'elle était déjà pleine d'anglicans. Il avait élaboré une nouvelle stratégie. Si les derniers événements lui avaient appris une chose, c'est que dans ce pays tout commençait et s'arrêtait dans le bureau des services de renseignements et de police. Il fallait donc qu'il infiltre ces autorités d'une façon ou d'une autre pour travailler de l'intérieur. Quand tous les fonctionnaires de la police de sécurité du royaume seraient devenus anglicans, la suite coulerait de source.

Allan lui proposa, si un jour il avait envie de se faire soigner, de lui donner l'adresse d'un excellent hôpital psychiatrique en Suède. L'homme d'Église lui répondit qu'il ne voulait pas se montrer ingrat, surtout pas, mais qu'il avait une mission à remplir et qu'il était maintenant temps de se quitter. Il souhaitait en tout premier lieu remettre la main sur le garde qui avait survécu et qui était parti dans la direction opposée à la leur au moment de l'explosion. Après tout, le garçon était gentil et d'un caractère plutôt doux ; il n'aurait sans doute aucun mal à le convertir à la seule vraie religion.

— Adieu ! dit-il avec une certaine emphase à son ancien camarade de prison, avant de s'en aller d'un air calme et décidé.

— Salut, répondit Allan.

Il le suivit longuement des yeux et se dit que le monde était tellement bizarre que le pasteur pourrait survivre à sa folle entreprise.

Il eut tort. Le pasteur trouva le garde errant dans le parc E-Shahr, au centre de Téhéran, les bras brûlés, portant sa carabine automatique chargée, la sécurité enlevée.

— Te voilà, mon fils, dit le pasteur en s'approchant de lui pour le prendre dans ses bras.

— Toi ? hurla le garde. C'est vraiment toi ?

Il tua le pasteur de vingt-deux balles dans la poitrine. Il en aurait tiré davantage s'il ne s'était pas trouvé à court de munitions.

Allan entra sans difficulté dans l'ambassade suédoise grâce à sa parfaite maîtrise de la langue. Les choses se compliquèrent ensuite, car il n'avait aucun papier prouvant son identité. L'ambassade ne pouvait donc ni lui délivrer de passeport ni le rapatrier. Le troisième secrétaire lui expliqua en outre que la Suède avait récemment instauré un système de numéros personnels d'identité, et que si Allan avait séjourné à l'étranger autant d'années qu'il le prétendait, il n'existait plus personne aujourd'hui, en Suède, répondant au nom d'Allan Karlsson.

Allan rétorqua que même si tous les Suédois avaient maintenant des numéros au lieu de noms, il était et resterait toujours Allan Karlsson de la commune d'Yxhult près de Flen. Il exigea que le troisième secrétaire veuille bien avoir l'amabilité de lui délivrer très vite des documents à ce nom, si ce n'était pas trop lui demander.

Le troisième secrétaire Bergqvist était ce jour-là le plus haut responsable présent à l'ambassade. Il était le seul à ne pas être parti pour la conférence de Stockholm qui avait lieu au même moment. Évidemment, il fallait que cela tombe sur lui. Non seulement une partie du centre de Téhéran brûlait depuis une petite heure, mais il fallait qu'il se retrouve avec sur les bras un étranger qui prétendait être suédois sans pouvoir le prouver. Certes, plusieurs détails semblaient confirmer ses dires, mais il devait respecter les règles s'il ne voulait pas que sa carrière s'arrête là. Le troisième secrétaire Bergqvist resta donc ferme dans sa résolution de ne pas délivrer de passeport à monsieur Karlsson tant qu'il n'avait pas de preuve formelle de son identité.

Allan dit au troisième secrétaire Bergqvist qu'il le trouvait drôlement têtu, mais qu'il pensait pouvoir arranger les choses s'il acceptait de lui prêter un téléphone.

C'était possible mais, comme le téléphone coûtait cher, le troisième secrétaire avait besoin de savoir vers quelle destination monsieur Karlsson entendait passer un appel.

Allan commençait à en avoir assez de ce troisième secrétaire pointilleux et répondit par une question :

— C'est toujours Per Albin, le Premier ministre, chez nous ?

— Comment ? Euh, non, répondit le troisième secrétaire, surpris. Il s'appelle Erlander. Tage Erlander. Le Premier ministre Hansson a démissionné l'année dernière. Mais pourquoi…

— Si tu veux bien te taire un petit peu, je vais me renseigner.

Allan prit le combiné, composa le numéro de la Maison-Blanche à Washington, se présenta et parla à une femme qui était chef de cabinet du Président. Elle se souvenait très bien de monsieur Karlsson, dont le Président lui avait dit le plus grand bien. S'il s'agissait d'une urgence, elle allait voir si elle pouvait réveiller le Président. Il n'était pas encore tout à fait 8 heures à Washington et le président Truman n'était pas très matinal.

Allan et le président Truman, qui avait été tiré du lit, eurent une conversation fort sympathique au cours de laquelle ils se racontèrent tout ce qui leur était arrivé depuis la dernière fois. Ensuite seulement, Allan lui exposa la raison de son appel : Harry Truman pouvait-il avoir la gentillesse de passer un coup de fil au nouveau Premier ministre suédois Tage Erlander, et lui parler d'Allan de façon qu'Erlander se mette en relation avec le troisième secrétaire Bergqvist à l'ambassade suédoise de Téhéran et lui demande de délivrer un passeport à Allan dans les plus brefs délais ?

Harry Truman promit de s'en occuper immédiatement et demanda à Allan de lui épeler le nom du troisième secrétaire pour être sûr de transmettre le message correctement.

— Le président Truman voudrait savoir comment s'orthographie ton nom, dit Allan au troisième secrétaire Bergqvist. Ça ne t'ennuierait pas de le prendre en direct ?

Quand le troisième secrétaire Bergqvist, en transe, eut fini d'épeler son nom au président des États-Unis d'Amérique, il raccrocha le combiné et ne dit plus un mot pendant au moins huit minutes. Il fallut exactement le même laps de temps au ministre Tage Erlander pour rappeler l'ambassade de Suède à Téhéran et ordonner au troisième secrétaire Bergqvist :

1. de délivrer immédiatement un passeport diplomatique à Allan Karlsson ;
2. d'organiser le rapatriement vers la Suède de monsieur Karlsson.

— Mais il n'a même pas de numéro d'identité, bêla le troisième secrétaire Bergqvist.

— Je suggère à monsieur le troisième secrétaire de résoudre ce problème, dit le Premier ministre Erlander. À moins que vous ne briguiez un poste de quatrième ou de cinquième secrétaire ?

— Mais il n'y a pas de poste de quatrième secrétaire, ni de cinquième secrétaire !

— Et qu'en déduisez-vous ?

Le héros de guerre Winston Churchill perdit de façon assez surprenante les élections de 1945 et son poste de Premier ministre. Les Anglais sont des ingrats.

Churchill avait l'intention de prendre sa revanche et parcourait le monde en attendant. L'ex-Premier ministre craignait surtout de voir ce saboteur de travailliste qui dirigeait maintenant la Grande-Bretagne distribuer l'Empire britannique à des gens incapables de le gérer, tout en mettant en place son économie planifiée au niveau national.

Les Indes britanniques étaient déjà en train d'éclater en morceaux. Les hindouistes et les musulmans ne parvenaient pas à se mettre d'accord et entre les deux il y avait ce satané Mahatma Gandhi, assis en tailleur, qui cessait de s'alimenter dès que quelque chose le contrariait. Tu parles d'une stratégie guerrière ! Winston Churchill aurait bien aimé le voir affronter les bombes nazies au-dessus de l'Angleterre.

La situation n'était guère plus brillante dans les colonies anglaises d'Afrique de l'Est, et les Nègres n'allaient sûrement pas tarder à demander leur indépendance.

Winston Churchill était un homme capable de comprendre que le monde évoluait. Les Anglais avaient besoin d'être dirigés par un chef qui sache leur dire haut et fort quels étaient les véritables enjeux, et pas d'un socialiste aux pieds tendres à la Clement Attlee. Pour Winston, le socialisme n'était bon qu'à jeter aux orties.

En Inde, il était trop tard. La bataille était perdue, Churchill l'avait compris. Le changement couvait depuis des années, et il avait fallu promettre à plusieurs reprises leur indépendance aux Indiens afin de ne pas se retrouver avec une guerre civile sur les bras alors qu'on se battait déjà pour survivre.

Dans d'autres régions du monde, il était encore temps de freiner le processus. À l'automne, Churchill pensait se rendre au Kenya afin de prendre la température sur place. Auparavant, il ferait un crochet par Téhéran pour boire une tasse de thé avec le shah.

Il arriva là-bas en plein chaos. La veille, quelqu'un avait fait sauter le bureau des services de renseignements et de sécurité de l'État. Le bâtiment tout entier avait brûlé. Cet imbécile de chef de la sécurité, qui s'était récemment fait taper sur les doigts pour avoir commis une bavure à l'encontre d'un membre de l'ambassade britannique, avait péri dans l'incendie.

Jusque-là rien de très grave, hormis le fait que l'unique voiture blindée du royaume avait été détruite également, ce qui écourta considérablement la visite prévue entre le shah et l'ex-Premier ministre. La réunion eut d'ailleurs lieu à l'aéroport, pour des raisons de sécurité.

Ce fut une bonne chose que les deux hommes d'État se rencontrent malgré tout. Selon le shah, la situation politique du pays était sous contrôle. L'attentat contre les bureaux des renseignements généraux était ennuyeux, bien sûr, et jusqu'ici personne ne savait qui en était l'auteur. Néanmoins, que le chef de la sécurité en ait été victime était un mal pour un bien, car il était dangereux.

Le climat politique du pays pouvait maintenant se stabiliser. Un nouveau chef de la sécurité allait être nommé. Et les bilans de l'Anglo-Iranian Oil battaient tous les records. Le pétrole enrichissait scandaleusement à la fois l'Iran et l'Angleterre. Enfin, surtout l'Angleterre, à vrai dire, mais ce n'était que justice, puisque, après tout, la seule contribution de l'Iran dans l'exploitation du pétrole était une main-d'œuvre bon marché. Et la matière première, bien sûr.

— Tout va donc pour le mieux en Iran, résuma Winston Churchill en saluant l'attaché militaire à qui on avait attribué à la dernière minute un siège dans l'avion qui repartait pour Londres.

— Je suis heureux d'apprendre que monsieur Churchill est satisfait, répondit Allan, et surtout en bonne santé.

Après une escale à Londres, Allan atterrit enfin à l'aéroport de Bromma où il foula le sol suédois après onze ans d'absence. C'était l'automne de l'année 1947 et le temps était de saison.

Un jeune homme attendait Allan. Il se présenta comme l'assistant du Premier ministre Erlander et l'informa que ce dernier souhaitait rencontrer monsieur Karlsson sans délai si c'était possible.

Allan n'y voyait pas d'inconvénient et suivit le jeune homme qui l'invita fièrement à s'installer à l'arrière de la toute nouvelle voiture présidentielle, une Volvo PV 444 noir métallisé.

— Monsieur Karlsson a-t-il déjà vu une voiture qui ait plus de classe que celle-ci ? claironna l'assistant, qui devait être un passionné de mécanique. Quarante-quatre chevaux !

— J'ai vu une assez belle DeSoto la semaine dernière, lui répondit Allan, mais la tienne est en bien meilleur état.

Sur le trajet entre Bromma et Stockholm, Allan regarda autour de lui avec intérêt. Il n'était pas fier de l'avouer, mais il n'avait jamais mis les pieds dans la capitale de sa vie. Une jolie ville au demeurant, avec de l'eau partout et des ponts en parfait état.

Quand ils furent arrivés au siège du gouvernement, on conduisit Allan à travers les nombreux couloirs jusqu'au bureau du Premier ministre. Ce dernier salua Allan d'un cordial :

— Monsieur Karlsson, bonjour ! J'ai tellement entendu parler de vous !

Il renvoya son assistant et ferma la porte derrière lui.

Allan, quant à lui, avait entendu le nom de Tage Erlander la veille pour la première fois. Il ignorait même si le Premier ministre était de gauche ou de droite. Il était forcément l'un ou l'autre, car l'expérience avait appris à Allan que les gens s'obstinaient toujours à croire à une chose ou à son contraire.

Enfin, après tout, le Premier ministre pouvait bien être du bord qu'il voulait, à présent il s'agissait de savoir ce qu'il avait à lui dire.

Il s'avéra que le Premier ministre avait rappelé le président Truman un peu plus tard dans la journée pour avoir avec lui une assez longue conversation à propos d'Allan. Et maintenant il savait tout sur…

Le Premier ministre s'arrêta net. Il n'y avait qu'un an qu'il occupait ce poste, il avait encore beaucoup à apprendre. Mais il était sûr d'une chose : dans certaines situations, il vaut mieux feindre l'ignorance.

Les informations que le président Truman lui avait communiquées à propos d'Allan restèrent donc à jamais un secret entre les deux hommes d'État. Le Premier ministre en vint directement au fait :

— Je crois savoir que tu ne possèdes rien ici, en Suède, pour te permettre de retomber sur tes pieds. C'est pourquoi je me suis arrangé pour débloquer en ton nom une petite subvention pour services rendus à la nation, en quelque sorte… Quoi qu'il en soit, voici une somme de dix mille couronnes en liquide.

Le Premier ministre tendit à Allan une grosse enveloppe remplie de billets de banque et un reçu en bonne et due forme qu'il lui demanda de signer.

— Ça, c'est drôlement gentil, monsieur le ministre, et je vous remercie beaucoup. Avec cet argent, je vais pouvoir aller m'acheter quelques vêtements et des draps propres pour dormir à l'auberge cette nuit. Je vais peut-être même pouvoir me brosser les dents pour la première fois depuis août 1945.

Le Premier ministre coupa Allan dans son élan au moment où il allait lui décrire l'état de son caleçon, et lui précisa que ce cadeau n'exigeait de sa part aucune contrepartie. Toutefois, monsieur Karlsson devait savoir qu'il existait en Suède une activité liée à l'énergie atomique, sur laquelle le Premier ministre aimerait bien qu'il trouve le temps de donner son avis.

La vérité était que le Premier ministre Erlander ne comprenait rien à certaines questions qui lui étaient tombées dessus lorsque le cœur de Per Albin avait subitement cessé de battre à l'automne de l'année précédente. L'une d'elles concernait la position que la Suède devait adopter au sujet de la bombe atomique. Le général Jung lui affirmait que le pays devait se protéger contre les communistes, et pour le moment il n'y avait que la toute petite Finlande pour servir de bouclier entre la Suède et Staline.

Il y avait là un dilemme. Il était de notoriété publique que le général Jung avait rencontré une femme bien née et fait un bon mariage, et qu'il sirotait son whisky avec le vieux monarque tous les vendredis soir. Le social-démocrate Erlander ne supportait pas l'idée que Gustave V puisse s'imaginer qu'il avait encore une influence sur les affaires militaires suédoises.

D'un autre côté, Erlander ne pouvait pas nier que le général et le roi étaient dans le vrai. On ne pouvait pas faire confiance à Staline et aux communistes, et s'il leur venait tout à coup l'idée d'étendre leur zone d'influence vers l'ouest, la Suède se trouverait dangereusement exposée.

L'armée venait justement de transférer son balbutiant programme atomique sur une toute nouvelle compagnie nucléaire civile, l'AB Atomenergi. Tous les experts s'étaient mis au travail au sein de cette nouvelle structure pour essayer de comprendre ce qui s'était passé à Nagasaki et à Hiroshima. Leur mission officielle était d'« analyser l'avenir nucléaire dans une perspective suédoise ». Cela n'avait jamais été clairement exprimé dans ces termes, mais le Premier ministre avait bien compris que leur véritable mission aurait dû s'intituler : « Comment allons-nous fabriquer nous aussi cette fichue bombe atomique s'il s'avère nécessaire que nous l'ayons ? »

La réponse à cette question était là, assise juste en face du Premier ministre. Tage Erlander le savait, mais il ne voulait surtout pas que l'autre sache qu'il le savait. La politique est l'art de faire attention où on met les pieds.

Le Premier ministre Erlander s'était mis en relation la veille avec le directeur de la recherche chez AB

Atomenergi, le docteur Sigvard Eklund, et lui avait demandé d'accorder un entretien d'embauche à Allan Karlsson afin de déterminer si monsieur Karlsson pourrait se rendre utile auprès d'AB Atomenergi. À condition bien entendu que monsieur Karlsson soit intéressé par cette proposition.

Le docteur Eklund n'était pas du tout enchanté de voir le Premier ministre se mêler de son recrutement dans le cadre du projet atomique. Il soupçonnait même Allan Karlsson d'être un espion social-démocrate envoyé par le gouvernement. Il promit toutefois de recevoir Allan Karlsson, bien que le Premier ministre n'ait absolument donné aucune information sur les qualifications de ce candidat, ce qui était tout de même assez étrange. Erlander s'était contenté de répéter à plusieurs reprises l'adverbe « soigneusement ». Le docteur Eklund devait *soigneusement* s'enquérir du passé d'Allan Karlsson.

De son côté, Allan dit qu'il ne voyait aucun inconvénient à rencontrer ce docteur Eklund, ni quelque autre docteur que ce soit, si cela pouvait faire plaisir au Premier ministre.

Dix mille couronnes était une somme d'argent presque indécente aux yeux d'Allan, et il s'empressa de prendre une chambre dans l'hôtel le plus cher qu'il trouva.

Le concierge du grand hôtel regarda d'abord avec méfiance le client sale et mal habillé qui se présentait à la réception ; il changea d'attitude lorsque Allan lui eut présenté son passeport diplomatique.

— Bien sûr qu'il reste une chambre pour monsieur l'attaché militaire, minauda-t-il. Monsieur préfère-t-il payer comptant ou souhaite-t-il que nous envoyions la facture au ministère des Affaires étrangères ?

— Un paiement comptant fera très bien l'affaire. Voulez-vous que je règle ma chambre maintenant ?

— Mais voyons, bien sûr que non, monsieur l'attaché militaire, répondit obséquieusement le concierge.

S'il avait eu le don de prévoir l'avenir, le pauvre concierge aurait certainement accepté d'être payé d'avance.

Le lendemain, le docteur Eklund reçut dans son bureau de Stockholm un Allan Karlsson fraîchement douché et à peu près bien habillé. Il lui offrit une chaise, une tasse de café et une cigarette, exactement comme l'avait fait le tueur en chef à Téhéran, à part que le docteur Eklund préférait jeter les cendres de sa cigarette dans un cendrier.

Il était toujours aussi contrarié que le ministre vienne se mêler de ses affaires. Ici, on était dans un domaine qui concernait les scientifiques et pas les politiques, et encore moins quand ils étaient sociaux-démocrates !

D'ailleurs, le docteur Eklund avait eu le temps de joindre son supérieur au téléphone, et ce dernier l'avait assuré de son soutien moral. En bref, si le candidat envoyé par le Premier ministre n'était pas compétent, il ne serait pas embauché, point final !

Allan sentit tout de suite les mauvaises vibrations qui régnaient dans la pièce, et la situation lui rappela sa rencontre avec Song Meiling quelques années auparavant. Tout le monde avait le droit d'être de mauvaise humeur, mais Allan trouvait inutile de se fâcher si on pouvait faire autrement.

L'entretien entre les deux hommes fut bref :

— Le Premier ministre m'a demandé d'examiner soigneusement si vous conviendriez pour un poste au sein de notre entreprise, et c'est ce que je vais faire, avec votre autorisation, bien sûr, monsieur Karlsson.

Allan Karlsson trouvait tout à fait normal que le docteur souhaite en savoir plus sur son compte, et le soin était à son avis une vertu. Il ne fallait donc surtout pas que le docteur se prive de poser à Allan autant de questions qu'il le jugerait utile.

— Parfait. Je propose que vous commenciez par me parler de vos études…

— Pas de quoi fanfaronner dans ce domaine, dit Allan. Trois ans seulement.

— Trois ans ? s'exclama le docteur Eklund. En trois années d'université, on ne devient ni mathématicien, ni physicien, ni chimiste, monsieur Karlsson !

— Non, je veux dire trois ans en tout. J'ai arrêté l'école à neuf ans.

Le docteur Eklund eut besoin d'un petit instant pour se ressaisir. Ce garçon n'avait pas fait d'études ? Savait-il seulement lire et écrire ? Pourquoi le Premier ministre lui avait-il demandé de le…

— Monsieur Karlsson peut-il se prévaloir de quelque compétence qui lui permette d'espérer jouer un rôle dans l'activité que nous avons au sein d'AB Atomenergi ?

— C'est le moins qu'on puisse dire, répondit Allan. J'ai travaillé aux États-Unis, à la base de Los Alamos au Nouveau-Mexique.

Le visage du docteur Eklund s'éclaira soudain. Erlander n'était peut-être pas complètement fou après tout. Les travaux de Los Alamos étaient de notoriété publique à présent. Quelle avait été la contribution d'Allan Karlsson à cette réussite ?

— Je servais le café, répondit Allan.

— Vous serviez le café ?

Le visage du scientifique se ferma à nouveau.

— Oui. Et du thé de temps en temps. J'étais serveur et homme à tout faire.

— Vous étiez serveur à la base de Los Alamos… Avez-vous participé à quelque décision que ce soit dans le domaine de la fission de l'atome ?

— Non, pas que je sache… Peut-être que j'y ai été mêlé indirectement le jour où j'ai fait un commentaire alors que j'étais supposé me taire.

— Vous avez fait un commentaire au lieu de servir le café… Et que s'est-il passé ensuite ?

— Eh bien, nous avons été interrompus et après on m'a fait sortir de la pièce.

Le docteur Eklund regardait Allan bouche bée. Qui était ce type que le Premier ministre lui avait envoyé ? Erlander pensait-il vraiment qu'un garçon qui avait quitté l'école à l'âge de neuf ans allait se mettre du jour au lendemain à fabriquer des bombes atomiques pour l'État suédois ? Même pour un social-démocrate, il devait y avoir des limites à la théorie de l'égalité des chances, non ?

Le docteur Eklund commença par se dire que ce serait un miracle si ce Premier ministre fraîchement élu gardait son poste une année entière, puis il dit à monsieur Allan Karlsson que, s'il n'avait rien à ajouter, en ce qui le concernait cet entretien était terminé. Le docteur Eklund ne pensait pas avoir de situation à offrir à monsieur Karlsson dans l'immédiat. La jeune femme prénommée Greta qui faisait actuellement le café pour les scientifiques d'AB Atomenergi n'avait certes jamais travaillé à Los Alamos, mais elle donnait toute satisfaction dans cette tâche, et de surcroît il lui arrivait de faire un brin de ménage, ce qui devait être considéré comme un plus.

Allan resta silencieux quelques secondes, se demandant s'il allait révéler au docteur Eklund que, à la différence de ses scientifiques et vraisemblablement de la dénommée Greta, lui savait comment on fabriquait une bombe atomique.

Finalement, il décida que le docteur Eklund ne méritait pas qu'on lui donne un coup de main, vu qu'il n'était même pas capable de poser les bonnes questions. Sans compter que le café de Greta était un vrai jus de chaussette.

Allan ne fut pas embauché par AB Atomenergi, ses connaissances ayant été jugées insuffisantes. Il était très content quand même, assis sur un banc devant le Grand Hôtel, qui offrait une vue magnifique sur le château royal, de l'autre côté de la baie. Il se disait qu'il avait beaucoup de chance. Il disposait toujours de la majeure partie de la somme que le Premier ministre lui avait si généreusement allouée, il était logé dans un palace, mangeait tous les soirs dans les meilleurs restaurants, et en ce jour de janvier, un timide soleil de fin d'après-midi lui réchauffait le corps et l'âme.

Il avait quand même un peu froid aux fesses sur ce banc, et il fut d'autant plus surpris de voir un homme s'asseoir à côté de lui.

— Bonsoir, lui dit poliment Allan.

— *Good afternoon, Mr Karlsson*, lui répondit son voisin de banc.

14

Lundi 9 mai 2005

Quand l'inspecteur Aronsson rapporta au procureur Conny Ranelid à Eskilstuna les derniers rebondissements de l'affaire, ce dernier lança immédiatement un mandat d'arrêt contre Allan Karlsson, Julius Jonsson, Benny Ljungberg et Gunilla Björklund.

Aronsson et le procureur avaient été régulièrement en contact l'un avec l'autre depuis le jour où le centenaire avait sauté par la fenêtre et disparu, et l'intérêt du procureur n'avait cessé de croître. À présent, il réfléchissait à la possibilité d'inculper Allan Karlsson pour meurtre ou au moins pour homicide involontaire, bien que le cadavre restât introuvable. Il avait connaissance de quelques précédents dans l'histoire pénale de la Suède et se disait que cela pourrait marcher. Il aurait besoin de preuves irréfutables. Son talent ferait le reste. Pour ce qui était des preuves, il avait l'intention de construire une chaîne d'indices dont le premier maillon serait le plus fort et les suivants juste assez résistants pour ne pas céder.

L'inspecteur Aronsson était déçu par la tournure que prenait cette affaire. Il aurait préféré sauver un centenaire des griffes d'une organisation criminelle plutôt que de voir de vulgaires truands victimes de la folie meurtrière d'un vieillard.

— Pouvons-nous vraiment relier Allan Karlsson aux décès de Bylund, Hultén et Gerdin sans avoir trouvé un seul corps ? demanda Aronsson, espérant une réponse négative.

— Tu ne vas pas te décourager, Göran ? lui répondit le procureur. Dès que tu m'auras trouvé ce vieil homme et que tu me l'auras amené, je te parie qu'il avouera tout. Et si lui est trop sénile pour nous fournir une explication, les autres se contrediront tellement que la vérité éclatera.

Ranelid reprit toute l'affaire depuis le début avec l'inspecteur. Il lui expliqua ensuite sa stratégie. Il ne pensait pas pouvoir inculper toute la bande d'assassinat, cependant il restait l'homicide, la complicité de meurtre, l'intention de donner la mort, le recel de malfaiteur. Il avait aussi pensé au désordre sur la voie publique, mais pour cela il allait devoir réfléchir encore un peu. Plus les acteurs étaient arrivés tardivement dans l'histoire, plus il serait difficile de les accuser de crimes graves, à part s'ils avouaient spontanément, bien sûr. C'est pourquoi il allait concentrer toute son enquête sur celui avec qui tout avait commencé, le centenaire Allan Karlsson.

— En ce qui le concerne, je compte bien obtenir la perpétuité, sans remise de peine, plaisanta-t-il.

Le vieux avait un mobile pour tuer d'abord Bylund, puis Hultén et Gerdin. Il devait les tuer avant qu'ils ne le tuent. Démontrer que les trois membres de l'organisation Never Again étaient des hommes violents serait facile. Le procureur Ranelid disposait de témoignages récents et, si cela s'avérait nécessaire, il irait en chercher dans leur passé.

Pour autant, le vieillard ne pourrait pas plaider la légitime défense, car, entre lui et les trois victimes, il y avait cette valise dont pour l'instant on ignorait le contenu. Toute l'histoire semblait d'ailleurs tourner autour d'elle. Le centenaire aurait donc pu éviter de devenir un meurtrier en ne volant pas cette valise ou en tout cas en la rendant à son propriétaire s'il l'avait prise par erreur.

Le procureur pouvait aussi arguer de diverses connections géographiques entre monsieur Karlsson et les victimes. La première victime était descendue exactement au même arrêt d'autocar – Gare de Byringe –, même si ce n'était pas à la même heure. Comme Allan Karlsson, la première victime avait circulé à bord d'une draisine, et ils avaient été vus ensemble sur le véhicule en question. À la différence d'Allan Karlsson et de son compagnon Julius Jonsson, la première victime n'avait pas refait surface après son trajet en draisine. En revanche, « quelqu'un » y avait laissé une odeur de cadavre, et l'identité de ce « quelqu'un » ne faisait aucun doute, Allan Karlsson et Julius Jonsson ayant tous deux été vus vivants plus tard le même jour.

La connexion géographique entre Karlsson et la deuxième victime était moins évidente. Par exemple, ils n'avaient jamais été vus ensemble. Mais la Mercedes gris métallisé et le revolver prouvaient au procureur Ranelid et bientôt à la cour d'assises qu'Allan Karlsson et la victime du nom de Hultén, alias Hinken, s'étaient trouvés tous les deux à Sjötorp dans le Småland. On n'avait pas encore retrouvé les empreintes digitales de Hultén sur le revolver, mais ce n'était qu'une question de temps.

La présence du revolver était un cadeau du ciel. Outre le fait que l'arme allait permettre d'établir un lien entre Hinken et Sjötorp, elle donnait au centenaire une bonne raison pour commettre le deuxième meurtre.

En ce qui concernait Karlsson, on disposait du fabuleux indice de l'ADN. Le vieillard en avait dispersé un peu partout dans la Mercedes et dans cette ferme du Småland. CQFD : Hinken + Karlsson = Sjötorp !

L'ADN allait aussi déterminer avec certitude que le sang trouvé dans la BMW appartenait à la troisième victime, Per-Gunnar Gerdin, alias le Chef. On effectuerait une analyse méticuleuse de l'épave de la BMW qui révélerait forcément des traces de Karlsson et de ses copains. Sinon, comment auraient-ils fait pour sortir le cadavre de la voiture ?

Le procureur disposait donc à la fois d'indices et de connexions dans le temps et dans l'espace entre Allan Karlsson et les trois voyous décédés.

L'inspecteur se permit de demander au procureur comment il pouvait être sûr que les trois victimes étaient effectivement décédées ? Le procureur renifla avec mépris et répondit que, en ce qui concernait la première et la troisième victime, la mort ne faisait aucun doute ; quant au décès de la deuxième, il n'aurait aucune difficulté à en persuader le tribunal. Si on considérait que la première et la troisième étaient bien parties *ad patres*, la deuxième devenait juste un maillon dans sa chaîne d'indices.

— Vous pensez peut-être, cher inspecteur, que la deuxième victime a de son plein gré donné son revolver aux meurtriers de son ami, avant de prendre poliment congé de ces derniers, sans attendre l'arrivée de son chef quelques heures plus tard ? demanda le procureur Ranelid, ironique.

— Non, probablement pas, répondit l'inspecteur, sur la défensive.

Le procureur admit que tout cela pouvait paraître un peu mince, mais, comme il le lui avait expliqué, c'était la chaîne d'indices qui faisait la force de son dossier. Le procureur manquait de cadavres et il manquait d'armes du crime, si l'on faisait abstraction de l'autocar jaune. Il fallait faire tomber Karlsson pour le premier meurtre. Les preuves n'étaient pas suffisantes pour l'inculper du troisième, ni *a fortiori* du deuxième, mais elles étayaient les charges contre Karlsson dans le premier crime. Il ne tomberait peut-être pas pour assassinat, mais...

— Je pourrai au moins le mettre derrière les barreaux pour homicide ou complicité de meurtre. Et quand j'aurai fait tomber le vieux, les autres seront cuits également, avec des peines plus légères, mais ils tomberont, je vous le garantis !

Le procureur ne pouvait évidemment pas inculper des gens simplement parce qu'ils avaient donné des versions différentes d'un même fait lors de leur interrogatoire, mais il avait hâte de les avoir sous la main. Après tout, c'étaient tous des amateurs. Un centenaire, un petit délinquant, un vendeur de hot dogs et une femme. Ils n'avaient aucune chance face à un homme comme lui dans une salle d'interrogatoire.

— Allez donc à Växjö, Aronsson, et prenez une chambre dans un petit hôtel discret. Je vais faire circuler l'information que le centenaire est soupçonné d'être une véritable machine à tuer lâchée dans la nature, et demain matin vous aurez tellement de tuyaux sur l'endroit où il se trouve que je peux vous promettre que vous l'aurez cueilli avant le déjeuner.

15

Lundi 9 mai 2005

— Voici, mon cher frère, tes trois millions de couronnes. Je tiens également à te faire mes excuses pour la façon dont je me suis comporté avec l'héritage de notre oncle Frasse.

Benny n'y alla pas par quatre chemins en revoyant son frère pour la première fois après trente ans de séparation. Il lui remit une boîte en carton pleine de billets de banque avant même qu'ils aient eu le temps de se serrer la main. Et il parla, le plus calmement du monde, pendant que son grand frère était encore en train d'essayer de se remettre de sa surprise.

— Il faut que je te dise deux choses. La première est que nous avons vraiment besoin de ton aide, car nous nous sommes mis dans un sacré pétrin. La deuxième est que l'argent que je viens de te donner t'appartient et que tu l'as bien mérité. Si tu veux nous chasser, c'est ton droit le plus strict, tu garderas l'argent quand même.

Les deux frères étaient éclairés par le seul phare de l'autocar encore en état de marche, devant l'entrée de la grande maison de Bosse. Sa propriété s'appelait

Klockaregård et se trouvait dans la plaine du Västergötland à un peu moins de dix kilomètres au sud-ouest de Falköping. Bosse rassembla ses pensées tant bien que mal et dit qu'il avait quelques questions à poser, si Benny n'y voyait pas d'inconvénient. En fonction des réponses qu'il recevrait, il verrait ce qu'il déciderait en matière d'hospitalité. Benny hocha la tête et promit de répondre sincèrement à toutes les questions que son frère jugerait bon de lui poser.

— Alors, allons-y, dit Bosse. L'argent qui se trouve dans cette boîte a-t-il été gagné honnêtement ?

— Absolument pas, dit Benny.

— La police est-elle à vos trousses ?

— Probablement, et les gangsters aussi, dit Benny. Surtout les gangsters, en fait.

— Qu'est-il arrivé à ce car ? Il est complètement défoncé à l'avant.

— Nous sommes rentrés de plein fouet dans la voiture de l'un des gangsters.

— Il est mort ?

— Non, malheureusement pas. Il est couché dans le car. Il a un traumatisme crânien, plusieurs côtes cassées, une fracture au bras droit et une plaie assez importante à la cuisse droite. Son état est grave mais stabilisé, comme on dit.

— Vous l'avez amené ici ?

— Eh oui !

— Il y a autre chose que je devrais savoir ?

— Oui, peut-être faut-il que je te dise que nous avons tué deux autres gangsters en route, des copains de celui qui est à l'intérieur du car et qui est à moitié mort seulement. Ils s'entêtent tous à essayer de récupérer les cinquante millions de couronnes qui sont tombés entre nos mains par hasard.

— Cinquante millions ?

— Cinquante millions. Moins quelques frais de fonctionnement. Entre autres, l'achat du car que tu vois là.

— Pourquoi est-ce que vous voyagez en car ?

— Parce que nous transportons un éléphant.

— Un éléphant ?

— D'Asie.

— Un éléphant ?

— Un éléphant.

Bosse fit une pause avant de demander :

— L'éléphant aussi a été volé ?

— Non, je ne dirais pas ça.

Bosse fit encore une pause. Puis il dit :

— Poulet grillé et pommes de terre sautées pour le dîner. Ça vous va ?

— Ce sera parfait, dit Benny.

— Tu aurais quelque chose à boire aussi ? demanda une voix très âgée venant de l'intérieur de l'autocar.

Quand ils s'étaient rendu compte que le mort était toujours en vie dans l'épave de sa voiture, Benny avait envoyé Julius chercher fissa la boîte de premiers secours derrière le siège conducteur de l'autocar. Benny admettait qu'il avait un peu tendance à jouer les G.O. au sein du groupe, mais en l'occurrence il avait, en tant que presque médecin, une presque éthique médicale à respecter. Il était donc tout à fait exclu qu'il laisse le blessé se vider de son sang.

Dix minutes plus tard, ils étaient repartis en direction de la plaine du Västergötland. Le mourant avait été désincarcéré de ce qui restait de son automobile, Benny l'avait examiné, avait posé le diagnostic et prodigué les premiers soins ; avant tout, il avait stoppé une importante hémorragie à la cuisse droite du blessé et posé une attelle à l'avant-bras fracturé.

Allan et Julius avaient dû rejoindre Sonja à l'arrière pour permettre au mourant de s'allonger sur la couchette avant. Mabelle faisait office d'infirmière. Avant de lui injecter de la morphine pour s'assurer qu'il dormirait malgré la douleur, Benny avait contrôlé son pouls et sa tension.

Aussitôt que nos amis furent certains qu'ils étaient les bienvenus chez Bosse, Benny examina de nouveau son patient. Le mourant dormait encore profondément grâce à la morphine et Benny décida de ne pas le changer de place pour l'instant.

Il alla rejoindre les autres dans l'immense cuisine de Bosse. Pendant que leur hôte préparait le dîner, chacun des membres de la petite bande fit un résumé des derniers événements. Allan commença, suivi par Julius, et enfin Benny avec quelques commentaires de Mabelle. Benny reprit la parole quand ils abordèrent le sujet de la collision avec la BMW de leur troisième poursuivant.

Bien que Bosse les ait entendus raconter en détail comment deux personnes avaient perdu la vie et comment ils étaient devenus des hors-la-loi, une seule chose semblait l'intéresser vraiment :

— Donc, si j'ai bien tout compris… vous avez une éléphante à l'arrière de cet autocar ?

— Oui, mais on la fera sortir demain, dit Mabelle.

À part cela, Bosse ne trouvait pas qu'il y avait de quoi fouetter un chat. Souvent la loi disait une chose et la morale une autre, il n'avait pas besoin de chercher plus loin que dans sa propre entreprise. Il fallait parfois savoir contourner un peu la loi tout en marchant droit dans ses bottes.

— En fait, tu as géré notre héritage comme je gère ma boîte, mais à l'envers.

— Dis donc ! Lequel de nous deux a vandalisé la moto de l'autre ? riposta Benny.

— C'était pour me venger parce que tu avais arrêté la formation de soudeur, dit Bosse.

— J'ai arrêté ce cours parce que tu passais ton temps à me commander, dit Benny.

Bosse semblait avoir une réponse toute prête à la réponse qu'avait faite Benny à sa réponse précédente, mais Allan interrompit les deux frères en leur disant que s'il y avait une chose qu'il avait apprise en parcourant le monde, c'était que les plus insolubles conflits de la planète avaient démarré de cette façon : « T'es bête ! – Non, c'est toi qui es bête ! – Non, c'est toi ! » La solution était bien souvent de partager une bouteille d'une contenance minimale de soixante-quinze centilitres, puis de regarder vers l'avenir. Le problème était que Benny ne buvait pas d'alcool. Allan pouvait boire sa part d'eau-de-vie, mais ce ne serait pas pareil.

— Alors tu penses que soixante-quinze centilitres d'alcool pourraient résoudre le conflit entre Israël et la Palestine ? lui demanda Bosse. L'histoire remonte quand même jusqu'à l'époque de la Bible !

— Pour ce conflit-là, il faudrait peut-être augmenter la dose, mais le principe reste le même.

— Et ça ne marche pas si je prends autre chose à boire ? demanda Benny.

Il avait soudain la désagréable impression d'être un trouble-fête, avec son abstinence.

Allan était content de lui. Il avait réussi à faire cesser la dispute entre les deux frères. Il le leur fit remarquer et ajouta que l'alcool pouvait aussi servir à autre chose qu'à arrondir les angles.

Le schnaps attendrait, suggéra Bosse, car le dîner était prêt. Du poulet grillé avec des pommes de terre cuites au four ; de la bière pour tout le monde et de la grenadine pour son petit frère.

Au moment où ils allaient se mettre à table, Per-Gunnar Gerdin se réveilla. Il avait mal à la tête, mal quand il respirait. Il supposa qu'il avait un bras cassé puisque celui-ci était maintenu par une attelle, et le sang coulait du pansement qu'il avait à la cuisse droite quand il descendit de la couchette de l'autocar. Il fut surpris de trouver son revolver dans la boîte à gants du car. Il se demanda pourquoi tout le monde à part lui était complètement idiot.

Il était encore sous l'effet de la morphine, ce qui rendait sa douleur supportable mais l'empêchait de se concentrer. Il fit le tour de Klockaregård en boitant, regardant par toutes les fenêtres. Il put ainsi constater que tous les habitants de la maison, y compris le berger allemand, étaient rassemblés dans la cuisine, dont la porte, donnant sur le jardin, était ouverte. Le Chef entra, très déterminé, son revolver dans la main gauche, et annonça sans préambule :

— Enfermez tout de suite ce chien dans le cellier ou je l'abats. Ensuite il me restera cinq balles, une pour chacun.

Le Chef se surprit lui-même d'être autant maître de lui dans sa colère. Mabelle eut l'air plus triste qu'effrayée en enfermant Buster dans le garde-manger. Buster parut surpris et un peu inquiet, mais surtout enchanté. Enfermé dans un garde-manger ? Peut-on imaginer plus belle aubaine pour un chien ?

Nos cinq larrons étaient alignés, écoutant sagement le Chef en train de leur expliquer que la valise, là-bas dans le coin, lui appartenait, et qu'il avait l'intention de l'emporter avec lui en partant. Certains d'entre eux seraient peut-être encore vivants à ce moment-là, en fonction des réponses qu'il obtiendrait aux questions qu'il allait maintenant leur poser et de la somme qu'il trouverait dans la valise.

Allan annonça qu'il restait encore quelques millions de couronnes dans la valise et que Revolverman avait tout lieu d'être content, car deux de ses collègues étaient morts et le magot serait donc beaucoup plus gros puisqu'il n'aurait pas à le partager.

— Hinken et Bulten sont morts ? dit le Chef.

— Bon Dieu, le Brochet ! Mais c'est bien toi ? Ça fait un sacré bail, dis donc ! s'exclama soudain Bosse.

— C'est pas vrai ! Bosse Bus ? lui répondit Per-Gunnar Gerdin, dit le Brochet, estomaqué.

Et Bosse Bus tomba dans les bras de Gerdin le Brochet, au beau milieu de la cuisine.

— Je crois que c'est bien parti pour que je m'en sorte encore cette fois-ci, commenta Allan.

Buster fut libéré du garde-manger, Benny changea le pansement sanglant de Gerdin le Brochet, et Bosse rajouta un couvert à table.

— Mets-moi juste une fourchette, je ne peux pas me servir de ma main droite.

— Pourtant, si je me rappelle bien, tu savais te servir d'un couteau dans le temps ! plaisanta Bosse Bus.

Le Brochet et Bosse Bus avaient été les meilleurs amis du monde, et aussi collègues dans le secteur de l'agroalimentaire. Le Brochet était le plus impatient des deux, celui qui voulait toujours aller de l'avant. Finalement, ils étaient partis chacun de leur côté quand Gerdin avait eu l'idée d'importer des boulettes de viande des Philippines, en leur injectant du formol afin qu'elles se conservent trois mois au lieu de trois jours. Elles auraient même pu se conserver trois ans si on ne se montrait pas trop regardant sur le formol. Mais Bosse avait dit non. Il n'avait pas envie d'empoisonner les consommateurs. Le Brochet lui avait répondu qu'il dramatisait. Les gens n'allaient pas mourir pour quelques produits chimiques dans leur nourriture ; le formol pourrait même avoir l'effet inverse, allez savoir.

Les deux amis s'étaient quittés sans se fâcher. Bosse avait abandonné ses parts, et il était parti vivre dans le Västergötland, pendant que le Brochet débutait dans un nouveau secteur qui marcha si bien qu'il arrêta l'importation de boulettes pour de bon et devint gangster à plein temps.

Au début, ils étaient restés en contact et se donnaient des nouvelles une ou deux fois par an, puis de moins en moins souvent, et finalement ils s'étaient perdus de vue, jusqu'à aujourd'hui où le Brochet s'était soudain retrouvé en train d'agiter son pistolet au milieu de la cuisine de Bosse, l'air aussi agressif qu'au bon vieux temps quand il se mettait en colère contre son copain Bosse Bus.

La colère du Brochet avait fondu comme neige au soleil quand il s'était retrouvé nez à nez avec son vieux camarade, et il se mit à table avec Bosse Bus et ses amis. Ils avaient tué Hinken et Bulten, et ce qui était fait ne pouvait être défait. Il serait toujours temps demain d'aborder ce sujet, ainsi que la question de la valise. À présent, il fallait faire honneur à la bière et au repas.

— *Skål !* dit Per-Gunnar Gerdin, dit le Brochet, avant de s'écrouler le nez dans son assiette.

On lui nettoya le visage, on le transporta dans une chambre d'amis et on le borda. Benny, qui avait acquis le statut de médecin-chef, lui administra une nouvelle dose de morphine pour le faire dormir jusqu'au lendemain matin.

Enfin, Benny et les autres purent déguster le poulet et les pommes de terre. Ils se régalèrent.

— Ce poulet a vraiment un goût de volaille ! s'extasia Julius en prétendant qu'il n'en avait jamais dégusté de semblable. Quel est ton secret ?

Bosse expliqua qu'il importait des poulets vivants de Pologne, pas des poulets de batterie, de la bonne volaille élevée en liberté ; ensuite, il gavait chaque poulet manuellement avec un litre de son eau spécialement aromatisée. Pour finir, il emballait le tout, et comme la plus grande partie du boulot avait été effectuée dans la plaine du Västergötland, il leur donnait l'appellation « poulets suédois ».

— Deux fois meilleurs à cause des aromates, deux fois plus lourds grâce à l'eau, et deux fois plus prisés du fait de leur provenance ! résumait Bosse.

Tout à coup, il s'était trouvé à la tête d'une véritable affaire. Tout le monde adorait ses poulets. Il faisait juste attention de ne pas en vendre aux grossistes de la région, qui auraient pu s'étonner de ne pas voir un seul poulet en train de picorer dans la cour de sa ferme.

C'était ce qu'il avait voulu dire quand il parlait de composer avec la loi. Il ne voyait pas pourquoi les Polonais seraient moins doués pour élever des poulets que les Suédois. Pourquoi la qualité aurait-elle quelque chose à voir avec la nationalité ?

— Les gens sont stupides, soutint Bosse. En France, la viande française est la meilleure ; en Allemagne, c'est la viande allemande. Et c'est la même chose en Suède. Finalement, c'est pour le bien des consommateurs que je garde certaines informations pour moi.

— C'est très malin de ta part, le complimenta Allan avec sincérité.

Bosse expliqua qu'il faisait à peu près la même chose avec les pastèques qu'il importait d'Espagne et du Maroc. Il les appelait toutes pastèques espagnoles, car personne n'aurait accepté de croire qu'elles avaient été cultivées à Skövde. Mais avant de les mettre sur le marché, il leur injectait à chacune un litre de sirop de sucre.

— Elles doublent de poids, un plus pour moi, et elles sont trois fois meilleures, un plus pour le consommateur !

— Ça aussi, c'est drôlement malin de ta part ! commenta Allan, toujours sans ironie.

Mabelle se dit qu'il y avait peut-être des gens qui, pour des raisons médicales, n'avaient pas envie qu'on leur fasse ingurgiter un litre de sirop de sucre, mais elle s'abstint de tout commentaire. Elle n'était pas mieux placée que les autres personnes autour de cette table pour faire la morale. D'ailleurs, elle devait bien admettre que la pastèque était aussi délicieuse que le poulet de tout à l'heure.

L'inspecteur Aronsson dégustait au même moment un poulet cordon bleu, à une table du restaurant de l'hôtel Royal Corner à Växjö. Le poulet, qui ne venait pas du Västergötland, était sec et sans saveur. Aronsson le faisait descendre avec une bouteille de bon vin.

À l'heure qu'il était, le procureur avait probablement déjà glissé quelques informations à l'oreille d'un journaliste quelconque, et dès le lendemain toute la presse s'arracherait de nouveau l'affaire. Ranelid allait révéler où se trouvait l'autocar à l'avant enfoncé. Aronsson n'avait rien de mieux à faire que de patienter. De toute façon, personne ne l'attendait nulle part : il n'avait pas de famille, pas d'amis, pas même un hobby en dehors de son boulot. Quand cette étrange chasse à l'homme serait terminée, il donnerait sa démission.

L'inspecteur Aronsson termina la soirée avec un gin tonic, qu'il but en s'apitoyant sur son sort tout en fantasmant qu'il dégainait soudain son arme de service et tirait sur le pianiste du bar. S'il s'était donné un peu de mal ce soir-là et s'il avait réfléchi à tous les éléments dont il disposait, la suite de cette histoire aurait été très différente.

Au même moment, à la rédaction du journal *Expressen*, on débattait avec passion de la une du lendemain. Finalement, le directeur de l'information déclara qu'on pouvait parler de meurtre quand on avait affaire à un mort, de double meurtre quand il y en avait deux, mais qu'il refusait de laisser ses journalistes parler de tueur en série sous prétexte qu'il y avait peut-être un troisième meurtre. Le gros titre ne manqua pas de puissance pour autant :

LE CENTENAIRE DISPARU
SOUPÇONNÉ DE TRIPLE MEURTRE

La soirée battait son plein à Klockaregård et personne n'avait envie d'aller se coucher. Les histoires amusantes se succédaient. Bosse remporta un franc succès quand il alla chercher une bible et annonça qu'il avait dû la lire d'un bout à l'autre. Allan demanda qui avait bien pu inventer un moyen de torture aussi pervers. En fait, personne n'avait forcé Bosse à le faire, c'était sa propre curiosité qui l'y avait poussé.

— Je ne suis pas très curieux, alors ! commenta Allan.

Julius demanda à Allan de ne pas couper le narrateur tout le temps, s'il voulait entendre l'histoire un jour, et Allan obéit.

Bosse raconta.

Il y a quelques mois, il avait eu une discussion avec un employé de la déchetterie qui se trouvait à la sortie de Skövde. Ils se connaissaient déjà pour s'être rencontrés sur le champ de courses d'Axevalla où ils voyaient chaque fois leurs rêves se briser quand les résultats s'affichaient au tableau. Son compagnon d'infortune avait pu constater que Bosse ne s'encombrait pas de scrupules et qu'il était sans cesse à la recherche de nouvelles sources de revenus.

Il s'avérait qu'un type venait d'apporter cinq cents kilos de livres destinés à être incinérés, étant donné qu'ils ne méritaient pas le titre d'œuvres littéraires mais tout au plus de matière combustible. L'ami de Bosse avait eu la curiosité de vérifier quels livres pouvaient ainsi être voués à la destruction, et il avait ouvert l'emballage pour se retrouver avec une pile de bibles alors qu'il avait espéré tout autre chose, il faut bien l'avouer.

— Mais il ne s'agissait pas de bibles ordinaires, dit Bosse en faisant tourner l'exemplaire pour illustrer son propos. Là, je vous parle d'une bible avec couverture en cuir véritable, dorée sur tranche et tout le toutim… Regardez-moi ça : liste des personnages, cartes en couleur, index…

— Sacrée putain de bible, dit Mabelle, impressionnée.

— C'est une façon un peu particulière de le dire, mais je suis d'accord.

Le type de la déchetterie avait été épaté aussi, et au lieu de mettre le feu au stock, il avait appelé Bosse et lui avait proposé de racheter le tout pour disons… un billet de mille couronnes.

Bosse avait accepté tout de suite et, l'après-midi du même jour, il avait cinq cents kilos de bibles empilées dans sa grange. Il avait eu beau tourner les livres dans tous les sens, il n'était pas parvenu à leur trouver le moindre défaut. Cela le rendait fou de ne pas comprendre. Alors, un soir, il s'était installé dans son salon, devant sa cheminée, et avait entrepris de lire une des bibles, depuis « Au commencement Dieu créa le ciel et la terre… ». Il avait sa propre bible, qui lui avait été offerte lors de sa confirmation, pour comparer. Il y avait forcément une faute de frappe quelque part, sinon pourquoi quelqu'un aurait-il voulu détruire quelque chose d'aussi beau et d'aussi… sacré ?

Bosse lisait soir après soir – l'Ancien puis le Nouveau Testament –, comparait avec sa bible d'adolescent et ne trouvait aucune erreur. Et puis un soir il parvint au dernier chapitre, à la dernière page, au dernier verset.

Elle était là, l'impardonnable et incompréhensible erreur d'impression qui avait poussé le propriétaire des livres à vouloir les faire incinérer.

Bosse distribua un exemplaire à chacune des personnes assises autour de la table et tous éclatèrent de rire en lisant la dernière page.

Si Bosse avait été heureux de trouver l'erreur, il ne s'était jamais demandé pourquoi elle s'y trouvait. Sa curiosité avait été satisfaite, en prime il s'était remis à lire, ce qu'il n'avait plus eu l'occasion de faire depuis qu'il avait quitté l'école, et il était devenu un peu religieux au passage. Pas au point de laisser le bon Dieu donner son avis sur la conduite de son affaire à Klockaregård, ni regarder par-dessus son épaule pendant qu'il remplissait sa déclaration d'impôts, mais dans l'ensemble Bosse avait à partir de ce jour-là placé son destin entre les mains de Dieu, de Jésus et du Saint-Esprit. Il ne pensait pas que ces trois-là verraient un inconvénient à ce que Bosse vende sur les marchés du sud de la Suède des bibles comprenant une légère erreur d'impression. Après tout, quatre-vingt-dix-neuf couronnes le volume, c'était une affaire !

Si Bosse avait mené une enquête, il aurait eu l'histoire suivante à ajouter à la première.

Un typographe de la banlieue de Rotterdam traversait une crise existentielle. Recruté quelques années auparavant par les Témoins de Jéhovah, ceux-ci l'avaient jeté dehors parce qu'il s'était aperçu et avait fait remarquer un peu trop fort que le retour du Christ avait été annoncé pas moins de quatorze fois entre 1799 et 1980, et que la prédiction s'était révélée fausse à chaque fois.

Le typographe avait ensuite rejoint les pentecôtistes. Il aimait bien leur emphase, il voulait adhérer à l'idée du triomphe final de Dieu sur le mal, il voulait croire en la résurrection sans pour autant qu'on lui en annonce la date à l'avance, et il était content de savoir que la plupart des gens qu'il avait connus dans son enfance allaient brûler en enfer, et tout particulièrement son père.

Sa nouvelle communauté le renvoya également. Cette fois, ce fut à cause de la malencontreuse disparition de la collecte mensuelle alors même qu'elle se trouvait sous la garde du typographe, qui avait affirmé n'y être pour rien. D'ailleurs, le christianisme n'était-il pas avant tout une religion du pardon ? Et comment eût-il pu faire autrement ? Sa voiture avait rendu l'âme et il avait été obligé d'en acheter une autre pour garder son emploi.

Le typographe était plein d'amertume quand il s'était mis au travail ce jour-là. L'ironie du sort avait voulu qu'il s'agisse justement d'imprimer deux mille bibles ! Pour couronner le tout, la commande provenait de Suède, le pays où habitait son père depuis qu'il avait abandonné sa famille alors que son fils n'avait pas encore six ans.

Les yeux pleins de larmes, le typographe composa tous les chapitres l'un après l'autre. Quand il fut parvenu au dernier, le livre de l'Apocalypse, il craqua. Comment Jésus pourrait-il revenir un jour sur terre ? Le Malin avait pris le contrôle partout ! Le Mal avait triomphé du Bien sur toute la ligne, comment trouver encore un sens à l'existence ? La Bible… était une grosse farce !

C'est ainsi que le typographe en pleine dépression nerveuse ajouta un verset au dernier chapitre de la bible en suédois qui partait pour l'impression. Le typographe n'avait pas retenu beaucoup de mots dans la langue de son père, mais il se souvenait d'une comptine qui irait très bien dans le contexte. Les deux derniers versets et le verset ajouté furent donc imprimés comme suit :

20. Celui qui en témoigne rapporte ces mots : « Oui, je viens bientôt. » Amen, viens, Seigneur Jésus.

21. Que la Grâce du Seigneur soit toujours avec vous.

22. Par cett' histoir' si mirifique
On voit qu'en faisant d'la musique
On peut d'venir roi du Congo
Do si la sol fa mi ré do

La nuit était bien avancée à Klockaregård. L'alcool et la fraternité avaient coulé à flots et auraient continué jusqu'au petit matin si Benny l'abstinent ne s'était pas rendu compte de l'heure tardive. Il mit fin aux réjouissances et informa la compagnie qu'il était grand temps d'aller au lit. Une grosse journée les attendait, ils avaient tous intérêt à être bien reposés.

— Si j'étais curieux de nature, je me demanderais de quelle humeur va être au réveil le gars qui a piqué du nez dans son assiette tout à l'heure, conclut Allan.

[illegible] ... sourire et [illegible]
[illegible]

16

1948 – 1953

L'homme qui s'était assis à côté d'Allan sur le banc lui avait dit : « *Good afternoon, Mr Karlsson.* »

Allan en déduisit deux choses : il n'était pas suédois, sinon il l'aurait certainement salué dans cette langue ; il connaissait son identité, sinon il ne l'aurait pas appelé par son nom.

L'homme, vêtu avec soin, portait un chapeau gris à ruban noir, un manteau anthracite et des chaussures noires. Il aurait pu passer pour un homme d'affaires. Il avait l'air gentil et semblait avoir une idée derrière la tête. Allan lui répondit en anglais :

— Est-ce que par hasard ma vie serait sur le point de prendre un nouveau tournant ?

L'homme répondit que ce n'était pas impossible, mais ajouta avec courtoisie que ce serait à Allan lui-même d'en décider. Quoi qu'il en soit, ceux qui l'avaient missionné souhaitaient rencontrer Allan Karlsson et lui proposer du travail.

Allan répondit qu'il était parfaitement satisfait de son existence en ce moment, mais qu'il ne pouvait pas passer le restant de ses jours assis sur un banc. Il demanda tout de même à l'homme s'il aurait l'amabilité de lui révéler quels étaient ses commanditaires. Allan pensait qu'il était plus facile de dire oui ou non à une proposition quand on savait à qui on répondait oui ou non. Monsieur n'était-il pas de cet avis ?

L'homme était d'accord en théorie, mais son chef était un peu spécial et préférait se présenter lui-même.

— En revanche, je suis prêt à conduire Mr Karlsson auprès de la personne en question sans attendre, si Mr Karlsson m'y autorise.

Pourquoi pas ? songea Allan. L'homme l'informa que leur destination n'était pas toute proche et qu'il attendrait Allan dans le hall de son hôtel, s'il voulait bien aller récupérer ses effets personnels. Sa voiture se trouvait à quelques dizaines de mètres de là.

C'était une belle voiture, un coupé Ford rouge dernier cri. Et avec chauffeur ! Du genre pas bavard et l'air beaucoup moins aimable que l'homme au chapeau.

— On peut laisser tomber l'hôtel, proposa Allan. J'ai l'habitude de voyager léger.

— Parfait, dit l'homme aimable avant de donner une tape sur l'épaule du chauffeur pour lui signifier de démarrer.

Ils se rendirent à Dalarö, à une bonne heure au sud de Stockholm, par des routes sinueuses. Allan et l'homme aimable bavardèrent de choses et d'autres pendant le trajet. L'homme parla de l'infinie grandeur de la musique d'opéra, et Allan lui expliqua comment traverser l'Himalaya sans mourir de froid.

La nuit était tombée quand le coupé rouge entra dans la petite commune, envahie l'été par les touristes venus visiter Skärgården, et aussi déserte et sombre qu'un endroit peut l'être quand venait l'hiver.

— Je vois, c'est donc là que vit votre mystérieux patron, dit Allan.

— Pas exactement, fit l'homme aimable.

Le beaucoup moins aimable chauffeur, lui, ne dit rien. Il se contenta de déposer ses deux passagers près du port de Dalarö avant de redémarrer. L'homme aimable avait eu le temps de prendre dans le coffre de la Ford un manteau de fourrure qu'il posa gentiment sur les épaules d'Allan en s'excusant de lui faire subir une petite promenade hivernale.

Allan n'était pas du genre à s'inquiéter inutilement des surprises, bonnes ou mauvaises, que lui réservait l'existence. Les choses qui devaient arriver arriveraient de toute façon, et il ne servait à rien de se poser trop de questions avant.

Allan fut malgré tout un peu surpris quand l'homme le pria de le suivre, loin du centre de Dalarö, sur le fjord gelé, dans la nuit noire comme du cirage de l'archipel de Skärgården.

Ils marchaient d'un bon pas. De temps à autre, l'homme allumait une lampe de poche, la faisait clignoter dans la nuit puis vérifiait la direction avec sa boussole. Il n'adressa pas la parole à Allan une seule fois, mais compta ses pas à voix haute dans une langue qu'Allan n'avait jamais entendue.

Après quinze minutes d'une marche rapide dans l'obscurité, l'homme annonça qu'ils étaient arrivés. Il jugea bon d'informer Allan que la lueur vacillante qu'ils distinguaient au sud-est de l'endroit où ils se trouvaient venait de l'île de Kymmendö, qui à sa connaissance était un lieu célèbre dans l'histoire littéraire de la Suède. Allan ignorait ce détail et ils n'eurent pas le temps d'approfondir le sujet, car soudain la glace se déroba sous leurs pieds.

L'homme avait peut-être fait une erreur de calcul. Ou bien le capitaine du sous-marin avait été moins précis que prévu. Quoi qu'il en soit, le bâtiment d'une longueur de quatre-vingt-dix-sept mètres rompit la glace beaucoup trop près d'Allan et de son guide. Tous deux basculèrent en arrière et il s'en fallut de peu qu'ils ne tombent l'un et l'autre dans l'eau glacée. Heureusement, tout rentra rapidement dans l'ordre et Allan se retrouva au chaud.

— J'ai une fois de plus la confirmation qu'il ne sert à rien de commencer sa journée en essayant d'imaginer ce qui va se passer, dit Allan. À votre avis, j'aurais donné combien de réponses fausses avant d'avoir bon à cette devinette-là ?

L'homme aimable décida qu'il n'était plus utile de faire des mystères. Il raconta qu'il s'appelait Iouli Borisovitch Popov, qu'il travaillait pour l'Union des républiques socialistes soviétiques, qu'il était physicien et non militaire ou homme politique, et qu'on l'avait envoyé en Suède pour ramener Allan Karlsson à Moscou. Iouli Borisovitch avait été choisi pour cette mission parce qu'on s'attendait à une certaine réticence de la part d'Allan Karlsson et qu'on espérait qu'en sa qualité de physicien Iouli Borisovitch aurait plus de chances de trouver les mots justes pour convaincre un confrère.

— Mais je ne suis pas physicien !

— C'est possible, mais la personne qui m'a envoyé vers toi m'a dit que tu sais quelque chose que j'aimerais apprendre.

— Ah bon, et qu'est-ce que ça peut bien être ?

— La bombe, monsieur Karlsson, la bombe.

Iouli Borisovitch et Allan Emmanuel avaient tout de suite sympathisé. Que quelqu'un puisse accepter de suivre un parfait inconnu sans savoir où, ni pourquoi on le lui demandait avait fortement impressionné Iouli Borisovitch parce que cela dénotait une insouciance dont lui-même était tout à fait dépourvu. Allan, de son côté, appréciait de discuter pour une fois avec un homme qui ne cherchait pas à lui inculquer ses idées politiques ou religieuses.

Ils avaient aussi en commun une passion pour l'eau-de-vie, même si l'un des deux l'appelait de la vodka. Iouli Borisovitch avait eu la veille l'occasion de goûter la version suédoise du breuvage pendant qu'il espionnait Allan Karlsson dans la salle de restaurant du Grand Hôtel. Iouli Borisovitch avait tout d'abord trouvé l'alcool trop sec ; il lui manquait la douceur de la vodka russe. Au bout de quelques verres, il s'était habitué. Et après deux de plus, il avait laissé échapper un « *Jovars* » appréciateur.

— Mais je maintiens que ça, c'est meilleur, dit Iouli Borisovitch en brandissant un litre de Stolichnaya alors qu'ils se trouvaient tous les deux seuls au mess des officiers. On va se chercher deux verres, qu'est-ce que tu en penses ?

— Bonne idée ! L'air marin, ça ouvre l'appétit.

Dès le premier verre, Allan apporta quelques modifications à leur façon de s'adresser l'un à l'autre. Il ne pouvait pas continuer à dire « Iouli Borisovitch » à Iouli Borisovitch chaque fois qu'il avait besoin d'attirer son attention. Et lui n'avait pas envie d'être appelé Allan Emmanuel. La dernière personne à l'avoir appelé comme ça était le pasteur d'Yxhult qui l'avait baptisé.

— Alors, à partir de maintenant, tu seras Iouli et moi Allan. Sinon, je saute tout de suite de ce navire.

— Je te le déconseille, car nous naviguons à deux cents mètres de profondeur en plein golfe de Finlande, répondit Iouli. Tu ferais mieux de boire un coup.

Iouli Borisovitch était un socialiste convaincu et il n'avait pas de plus grand souhait que de travailler au nom du socialisme soviétique. Le camarade Staline avait mauvais caractère, crut bon de révéler Iouli, mais celui qui servait loyalement et avec conviction la cause n'avait rien à craindre de lui. Allan répondit qu'il n'avait nulle intention de servir quelque cause que ce soit, mais qu'il voulait bien donner deux ou trois tuyaux à Iouli s'il était dans l'impasse en ce qui concernait la bombe atomique. Mais d'abord il voulait déguster cette vodka au nom imprononçable tant qu'ils étaient encore à jeun. Et puis il fallait que Iouli lui jure de continuer comme il avait commencé, c'est-à-dire sans parler de politique.

Iouli remercia chaleureusement Allan et lui avoua sans détour que son supérieur hiérarchique, le maréchal Beria, avait prévu de remettre à l'expert venant de Suède une somme forfaitaire de cent mille dollars américains, à condition que l'aide apportée par Allan contribue à la fabrication d'une bombe en état de marche.

— Ça, ce n'est pas un problème, dit Allan.

Le contenu de la bouteille continua de diminuer pendant qu'Allan et Iouli abordaient tous les sujets possibles, hormis la politique et la religion, bien sûr. Ils abordèrent aussi la problématique de la bombe A et, bien que ce fût le programme des jours à venir, Allan commença même à donner à son nouvel ami, en toute simplicité, quelques conseils.

— Hmm, fit le chef physicien Iouli Borisovitch Popov. Je crois que je commence à comprendre.

— Pas moi, dit Allan. Tu ne veux pas me réexpliquer l'opéra ? J'ai l'impression qu'ils ne font rien d'autre que gueuler autant qu'ils peuvent.

Iouli éclata de rire, prit une grosse gorgée de vodka, se leva et se mit à chanter. Dans son ébriété, il ne se lança pas dans un banal chant populaire, non, il attaqua carrément l'aria « Nessun Dorma » du *Turandot* de Puccini.

— Nom de Dieu ! s'exclama Allan quand Iouli eut fini de chanter.

— *Nessun dorma !* dit Iouli avec recueillement. Personne ne dort !

Allan et Iouli s'endormirent quand même, chacun sur une couchette, au beau milieu du mess des officiers. Quand ils se réveillèrent, le sous-marin était déjà à l'amarre dans le port de Leningrad. Une voiture garée sur le quai devait les conduire au Kremlin, où les attendait le maréchal Beria.

— Saint-Pétersbourg, Petrograd, Leningrad… vous n'allez pas bientôt vous décider ? dit Allan.

— Bonjour à toi aussi, lui répondit Iouli.

Iouli et Allan prirent place à l'arrière d'une limousine Humber Pullman pour un trajet d'une journée, de Leningrad à Moscou. Une vitre blindée séparait la cabine du chauffeur du… salon où Allan et son nouvel ami étaient installés. Un salon sur roues équipé d'un réfrigérateur contenant de l'eau et diverses boissons rafraîchissantes et plus d'alcool qu'il n'en fallait pour l'heure aux deux passagers à bord. Il y avait aussi un grand bol de gelée à la framboise et des confiseries à base de vrai chocolat. La voiture et son intérieur auraient pu témoigner du génie des ingénieurs soviétiques si l'ensemble n'avait pas été importé du Royaume-Uni.

Iouli raconta une partie de sa vie à Allan, notamment qu'il avait fait ses études auprès du prix Nobel de physique Ernest Rutherford, le légendaire physicien atomique néo-zélandais. C'est pour cette raison que Iouli Borisovitch parlait si bien anglais. Allan relata ses aventures en Espagne, en Amérique, en Chine, dans l'Himalaya et en Iran à un Iouli de plus en plus surpris.

— Qu'est-il arrivé au pasteur anglican, finalement ? demanda Iouli.

— Je n'en sais rien, répondit Allan. Soit il a réussi à anglicaniser toute la Perse, soit il est mort. La seule chose improbable dans son cas serait une hypothèse intermédiaire.

— C'est un peu comme s'il venait défier Staline en Union soviétique, observa Iouli. Le pronostic de survie pour qui commet un crime contre la révolution est rarement bon.

Ce jour-là, Iouli se montra d'une franchise totale vis-à-vis d'Allan. Il dit sans détour ce qu'il pensait du maréchal Beria, le chef de la sécurité nationale qui avait, subitement et de façon fort regrettable, été nommé responsable du projet de fabrication de la bombe atomique. Parce qu'il faut appeler un chat un chat, Beria était un monstre sans scrupule. Un sadique qui exploitait les femmes et les enfants sexuellement, et envoyait en camps de travail tous les individus qui s'opposaient au régime, quand il ne les tuait pas tout simplement.

— Comprends-moi bien, Allan : je ne dis pas qu'il ne faut pas se débarrasser le plus vite possible des éléments perturbateurs, mais uniquement si ce sont des ennemis de la révolution ! Ceux qui ne servent pas les intérêts socialistes doivent être éliminés, mais éliminer des gens juste parce qu'ils ne servent pas les intérêts du maréchal Beria, là je dis non ! Le maréchal Beria n'est pas un vrai représentant de la révolution. Mais on ne peut pas en vouloir au camarade Staline. Je n'ai jamais eu l'honneur de le rencontrer, mais je sais qu'il est très occupé. Il est responsable de toute une nation, presque de tout un continent. Si dans la précipitation le camarade Staline a donné au maréchal Beria plus de responsabilités que le maréchal Beria n'est capable d'en assumer… c'est regrettable ! Et maintenant, cher Allan, je vais t'annoncer une merveilleuse nouvelle. Toi et moi avons rendez-vous cet après-midi non seulement avec le maréchal Beria, mais également avec le camarade Staline en personne ! Je pense même qu'il va nous inviter à dîner.

— Je m'en réjouis d'avance, dit Allan. Jusque-là, qu'est-ce qui est prévu ? On ne va tout de même pas se contenter de manger de la gelée de framboise, si ?

Iouli fit arrêter la limousine dans un petit village afin d'acheter quelques sandwichs pour Allan. Puis ils se remirent en route, tout en continuant leur intéressante conversation.

En mangeant, Allan pensait à ce maréchal Beria qui, d'après la description qu'en faisait Iouli, semblait avoir bon nombre de points communs avec feu le chef de la sécurité qu'il avait récemment croisé à Téhéran.

Iouli essayait de cerner la personnalité de son collègue suédois. Cet homme venait d'apprendre qu'il allait dîner dans quelques heures avec Staline, et il avait exprimé de la joie à cette idée... Le Russe ne put s'empêcher de lui demander si c'était le repas qui le réjouissait ou la rencontre avec le grand homme.

— Il faut manger, sinon on meurt, répondit Allan avec diplomatie avant de vanter la qualité des sandwichs soviétiques. J'aimerais bien, si cela ne t'ennuie pas, te poser une ou deux questions.

— Bien entendu, cher Allan. Pose-moi toutes les questions que tu veux, je te répondrai du mieux que je pourrai.

Allan avoua franchement n'avoir pas très bien écouté quand Iouli avait fait son exposé politique tout à l'heure, parce que la politique n'était pas son sujet préféré. De plus, si sa mémoire était bonne, il lui semblait qu'ils étaient convenus la veille de ne pas s'engager sur ce terrain.

En revanche, Allan avait retenu le passage sur les travers du maréchal Beria. Il pensait avoir déjà eu l'occasion de rencontrer des hommes de ce genre et c'est sur ce sujet qu'il avait besoin d'explications. Si Allan avait bien compris, le maréchal Beria était un homme brutal et sans scrupule ; pourtant, il s'était mis en quatre pour réserver le meilleur accueil à Allan, avec la limousine et tout le tintouin.

— Ce que je ne parviens pas à comprendre, c'est qu'il ne m'ait pas tout simplement kidnappé, après quoi il aurait pu obtenir par la violence les renseignements dont il a besoin. Il aurait ainsi économisé la gelée de framboise, les chocolats, cent mille dollars et un tas d'autres choses.

Iouli lui répondit que son analyse avait malheureusement un accent de vérité. Le maréchal Beria était connu pour avoir, à de nombreuses reprises, au nom de la révolution bien sûr, torturé des victimes innocentes afin d'obtenir ce qu'il voulait. Mais voilà… Iouli hésita un peu avant de poursuivre. Il ouvrit le minibar et se servit une bière fraîche, bien qu'il ne fût pas plus de midi. Le maréchal avait très récemment essuyé un échec en employant la méthode qu'Allan venait de décrire. Un expert d'Europe de l'Ouest avait été enlevé en Suisse et conduit auprès du maréchal Beria, mais tout était allé de travers. Iouli s'excusa auprès d'Allan de ne pas lui raconter l'histoire pour le moment et lui demanda de le croire sur parole. Après cette malheureuse expérience, il avait été décidé que les connaissances nucléaires dont la Russie aurait besoin seraient désormais achetées aux pays occidentaux, conformément à la si vulgaire loi de l'offre et de la demande.

Le programme nucléaire de l'armée soviétique démarra avec une lettre écrite par le physicien atomique Gueorgui Nikolaïevitch Fliorov au camarade Staline, dans laquelle il lui faisait remarquer qu'on n'avait plus rien lu dans les publications professionnelles ni entendu dans les milieux spécialisés sur la technique de la fission de l'atome depuis qu'elle avait été découverte en 1939. Staline n'était pas né de la dernière pluie et il avait pris suffisamment de raclées de la part de son père quand il était petit pour avoir développé un sentiment de méfiance. Il admit qu'un tel silence, pendant trois années entières, sur une découverte de l'importance de la fission de l'atome ne pouvait signifier qu'une seule chose : il y avait justement beaucoup à dire sur le sujet. Par exemple, que quelqu'un fabriquait une bombe qui mettrait la Russie échec et mat en un seul coup, pour parler en termes imagés.

Il n'y avait pas de temps à perdre, surtout si l'on considérait que Hitler et son armée nazie envahissaient justement certaines parties de l'Union soviétique, en fait toutes les régions à l'ouest de la Volga, où se trouvaient Moscou, ce qui était déjà embêtant, mais surtout Stalingrad.

Staline prit la bataille de Stalingrad très à cœur. Elle coûta la vie à un million et demi de personnes, mais l'Armée rouge triompha et commença à repousser Hitler, petit à petit, jusqu'à son bunker de Berlin.

Il n'osa croire à un avenir pour lui-même et son pays que lorsque les troupes allemandes reculèrent enfin, et c'est à ce moment que la recherche sur la fission commença réellement, comme une version moderne de l'assurance-vie connue sous le nom de pacte Ribbentrop-Molotov.

Mais une bombe atomique n'est pas un jouet qu'on fabrique en un après-midi, surtout si la bombe en question n'a pas encore été inventée. Les chercheurs soviétiques travaillaient sur l'atome, sans faire de découverte primordiale, depuis quelques années déjà quand la première bombe explosa au Nouveau-Mexique : les Américains avaient gagné la course, ce qui n'était pas tellement étonnant, puisqu'ils étaient partis beaucoup plus tôt. Après le premier essai dans le désert du Nouveau-Mexique, il y eut deux explosions « pour de vrai » : l'une à Hiroshima, l'autre à Nagasaki. Truman avait fait un énorme pied de nez à Staline et lui avait montré qui portait la culotte. Il n'était pas besoin de connaître très bien Staline pour deviner qu'il n'allait pas se laisser faire.

« Démerdez-vous ! » commanda le camarade Staline au maréchal Beria.

Ce dernier savait que ses propres physiciens, chimistes et mathématiciens avaient séché sur le problème, et que cela ne ferait pas avancer les choses d'en envoyer la moitié au goulag. Il n'avait pas non plus l'impression que ses agents de terrain aient réussi à s'infiltrer dans la base de Los Alamos, aux États-Unis. Il semblait impossible pour l'instant de voler la formule aux Américains.

Le seul moyen était donc d'importer du savoir-faire, afin de suppléer aux compétences déjà rassemblées au centre de recherches nucléaires de la ville secrète de Sarov, à quelques heures de voiture au sud de Moscou. Comme Beria ne se contentait que du meilleur, il ordonna au chef des services secrets internationaux :

— Amenez-moi Albert Einstein.

— Mais… Albert Einstein… bredouilla le chef des services secrets, en état de choc.

— Albert Einstein est le scientifique le plus brillant du monde. Tu as l'intention de faire ce que je te dis ou tu as envie de mourir ?

Le chef des services secrets venait tout juste de rencontrer la femme de sa vie, et aucune femme au monde ne sentait aussi bon que cette femme-là ; il avait donc plus que jamais envie de vivre. Alors qu'il était sur le point de répondre, le maréchal Beria l'interrompit en hurlant :

« Démerdez-vous ! »

Il n'était pas si simple d'aller cueillir Albert Einstein et de l'envoyer par colis postal à Moscou. Il fallait d'abord le localiser. Né en Allemagne, il avait vécu en Italie puis en Suisse avant de s'installer en Amérique. Depuis, il ne cessait de se rendre dans toutes sortes d'endroits, pour toutes sortes de raisons.

Actuellement, il était supposé vivre dans le New Jersey, mais, d'après les agents sur place, sa maison semblait abandonnée. De toute façon, le maréchal Beria voulait que le kidnapping ait lieu si possible en Europe. C'était trop compliqué de faire sortir en fraude des gens célèbres des États-Unis et de leur faire traverser l'Atlantique.

Où pouvait-il bien être ? Il ne prévenait jamais personne de ses déplacements et il était connu pour être capable d'arriver à ses rendez-vous avec plusieurs jours de retard.

Le chef des services secrets dressa une liste de lieux qui étaient d'une façon ou d'une autre reliés au personnage, et posta un agent à chacun de ces endroits. Il y en avait bien sûr un devant sa maison du New Jersey et un devant la maison de son meilleur ami à Genève. L'agence de relations publiques d'Einstein à Washington fut également mise sous surveillance, ainsi que les domiciles de deux autres de ses amis, l'un à Cleveland, dans l'Ohio, et l'autre à Bâle, en Suisse.

Il fallut s'armer de patience. Enfin, la longue attente porta ses fruits. Un jour, un homme en pardessus gris, col relevé et chapeau se dirigea vers la villa de Genève où habitait le meilleur ami d'Albert Einstein, Michele Besso. Il sonna à la porte et fut chaleureusement accueilli par Besso lui-même et par un couple âgé dont l'identité restait à vérifier. L'agent posté devant la maison appela son homologue de Bâle à deux cent cinquante kilomètres de là et, après plusieurs heures de surveillance des fenêtres et d'étude comparée de l'individu avec le catalogue photo dont ils disposaient, les deux agents furent d'accord pour affirmer que c'était bien Albert Einstein qui était venu rendre visite à son meilleur ami. Le couple âgé était vraisemblablement Maja, la sœur d'Albert Einstein, et son mari. Une vraie petite réunion de famille.

Albert passa deux jours sous haute surveillance avant d'enfiler à nouveau son manteau, ses gants et son chapeau, et de repartir aussi discrètement qu'il était arrivé.

À peine atteignait-il le coin de la rue qu'il était ceinturé et jeté sur la banquette arrière d'une voiture où on l'endormit avec du chloroforme. On lui fit traverser l'Autriche et la Hongrie, un pays qui était en assez bons termes avec la République socialiste soviétique pour ne pas poser trop de questions quand un avion russe demanda l'autorisation d'atterrir sur l'aéroport militaire de Pécs afin de faire le plein de kérosène et de récupérer deux concitoyens soviétiques et un homme très fatigué, avant de redécoller immédiatement vers une destination inconnue. Le lendemain, l'interrogatoire d'Albert Einstein eut lieu dans les locaux des services secrets à Moscou en la présence du maréchal Beria. La question était de savoir si Einstein accepterait de coopérer pour le bien de tous ou s'il allait se révolter, ce qui ne serait souhaitable pour personne.

Malheureusement, il choisit la deuxième option. Albert Einstein refusa d'admettre qu'il eût quoi que ce soit à voir avec la technique de fission de l'atome, alors qu'il était de notoriété publique qu'il avait communiqué les résultats de ses travaux au président Roosevelt en 1939, ce qui avait donné le signal de départ du « projet Manhattan ». En fait, Albert Einstein refusait même d'admettre qu'il était Albert Einstein. Il prétendait avec obstination qu'il était son jeune frère, Herbert Einstein. Le problème était qu'Albert Einstein n'avait qu'une sœur. Il ne fallait tout de même pas prendre le maréchal Beria et ses agents pour des imbéciles ! Ils étaient sur le point d'avoir recours à des méthodes plus musclées quand une chose étrange se produisit à New York, sur la Septième Avenue, à plusieurs milliers de kilomètres de là.

Albert Einstein donna une conférence scientifique sur la théorie de la relativité, au Carnegie Hall, devant deux mille huit cents invités éminents, parmi lesquels se trouvaient au moins trois espions russes.

Deux Albert Einstein, ça faisait un de trop pour le maréchal Beria, même si l'un des deux était de l'autre côté de l'Atlantique. Il n'était pas difficile de comprendre que celui du Carnegie Hall était le bon. Qui diable était celui qu'ils avaient sous les yeux ?

Sous la menace d'avoir à subir ce qu'aucun être humain ne voudrait subir, le faux Albert Einstein promit de tout expliquer au maréchal Beria.

« Monsieur le maréchal va tout comprendre dans un instant s'il ne me coupe pas la parole, parce que ça me fait perdre mes moyens. »

Le maréchal Beria promit de ne pas interrompre le faux Einstein sauf par une balle dans la tempe, ce qu'il ferait aussitôt qu'il en aurait assez de l'entendre débiter ses mensonges.

« Tu peux y aller. Surtout ne te dérange pas pour moi », dit le maréchal Beria en enlevant la sécurité de son arme.

L'homme qui prétendait être le petit frère caché d'Albert Einstein prit une profonde respiration et… continua à prétendre qu'il l'était. Le coup faillit partir à ce moment-là.

Suivit une histoire qui, si elle était vraie, était si triste que même le maréchal Beria hésita à exécuter le conteur sur-le-champ.

Herbert Einstein raconta que Hermann et Pauline Einstein avaient effectivement eu deux enfants : d'abord un fils, Albert, puis une fille, Maja. Jusque-là, le maréchal avait raison. Le problème était que papa Einstein avait le plus grand mal à contrôler ses mains et d'autres parties de son anatomie dès qu'il se trouvait en présence de la très jolie mais très stupide secrétaire qui travaillait pour lui à l'usine d'électrochimie qu'il dirigeait à Munich. Herbert était le fruit de ces égarements, le frère secret et illégitime d'Albert et de Maja.

Comme les agents du maréchal l'avaient constaté, il était la copie conforme d'Albert, à part qu'il avait treize ans de moins. Ce qui n'était pas visible de l'extérieur, c'est qu'il avait malheureusement hérité de l'intelligence de sa mère, ou plutôt de l'absence totale de neurones en état de marche de cette dernière.

Quand Herbert eut deux ans, en 1895, la famille Einstein quitta Munich pour Milan. Herbert était du voyage, mais pas sa mère. Papa Einstein lui avait évidemment proposé un arrangement, mais elle n'avait pas eu envie de troquer les saucisses contre les spaghettis, et l'allemand contre… la langue qu'on parlait en Italie. De toute façon, ce bébé ne lui avait apporté que des ennuis : il passait son temps à réclamer à manger et à faire sous lui. Si quelqu'un avait envie d'emmener Herbert ailleurs, grand bien lui fasse, elle resterait en Allemagne quoi qu'il arrive.

La mère de Herbert toucha une belle pension de la part de papa Einstein et vécut à l'abri du besoin. D'après ce qu'il avait entendu, elle rencontra ensuite un authentique baron qui la convainquit d'investir son argent dans un élixir de vie capable de guérir toutes les maladies du monde. Le baron avait ensuite disparu sans laisser de traces et il avait dû emporter l'élixir avec lui, car la mère, ruinée, mourut quelques années plus tard, de tuberculose.

Herbert grandit donc avec son frère Albert et sa sœur Maja. Afin d'éviter le scandale, son père avait décidé de le faire passer pour son neveu plutôt que pour son fils. Herbert ne s'était jamais senti très proche de son frère, mais il nourrissait un amour sincère pour sa sœur, bien qu'il fût contraint de l'appeler « ma cousine ».

« En résumé, j'ai été abandonné par ma mère, renié par mon père et doté de l'intelligence d'un sac de pommes de terre. Je n'ai pas travaillé un seul jour de ma vie, je me suis contenté de vivre de l'héritage de mon père, et personne ne m'a jamais entendu émettre une idée sensée. »

En écoutant le récit de l'homme qui se faisait appeler Herbert Einstein, le maréchal Beria avait baissé son arme et remis la sécurité. L'histoire avait tout l'air d'être vraie, et il se sentait presque admiratif de la lucidité de cet imbécile sur sa propre personne.

Et maintenant, qu'allait-il faire ? Le maréchal se leva de sa chaise, songeur. Au nom de la révolution, il avait cessé de se préoccuper de la question du bien et du mal. Et puis il avait assez de problèmes comme ça, inutile de s'en créer de nouveaux. Ainsi soit-il. Le maréchal se tourna vers les deux gardes et leur dit :

« Débarrassez-vous de lui. »

Puis il quitta la salle des interrogatoires.

Il n'allait pas être facile d'expliquer à Staline la boulette Herbert Einstein, mais Beria était un veinard : au moment où il allait se faire taper sur les doigts, il y eut une fuite en provenance de la base de Los Alamos.

Plus de cent trente mille personnes avaient été engagées au cours de ces dernières années pour le « projet Manhattan », et un certain nombre d'entre elles étaient loyales envers la Révolution socialiste. Mais, jusqu'ici, aucune n'avait réussi à franchir les portes qui auraient permis à l'Union soviétique de percer le secret de la bombe atomique.

Mais à présent on savait quelque chose de presque aussi important. On avait appris que c'était un Suédois qui avait trouvé la solution du problème, et on savait comment il s'appelait !

Après avoir mis en branle tout le réseau des espions basés en Suède, il n'avait pas fallu plus d'une demi-journée pour découvrir qu'Allan Karlsson séjournait actuellement à Stockholm, au Grand Hôtel, et qu'il n'avait strictement rien à faire depuis que le chef du programme suédois de recherche en matières d'armes nucléaires (une entreprise fortement infiltrée par les agents soviétiques) lui avait annoncé qu'on se passerait de ses services.

Je me demande si le record du monde de la bêtise revient à la mère de Herbert Einstein ou au chef du programme nucléaire suédois… s'interrogea le maréchal Beria.

Cette fois, Beria adopta une nouvelle méthode. Au lieu d'avoir recours à la violence pour forcer Allan Karlsson à apporter sa contribution, il allait le soudoyer avec une somme substantielle en dollars américains. Pour mieux le convaincre, il allait envoyer un scientifique comme lui, et pas un pauvre maladroit d'agent secret. Par mesure de précaution, un agent secret conduirait la voiture et se ferait passer pour le chauffeur de Iouli Borisovitch Popov, le très sympathique et néanmoins compétent physicien, membre de l'équipe de recherche nucléaire du maréchal Beria.

Il venait justement d'apprendre que tout s'était passé comme prévu et que Iouli Borisovitch était sur le chemin du retour en compagnie d'Allan Karlsson, qui semblait avoir l'intention de coopérer.

Le bureau du maréchal Beria se trouvait à l'intérieur des murs du Kremlin, selon la volonté du camarade Staline. Le maréchal vint lui-même accueillir Allan Karlsson et Iouli Borisovitch à leur arrivée.

— Je vous souhaite la bienvenue, monsieur Karlsson, dit le maréchal Beria en lui serrant chaleureusement la main.

— Je vous remercie, monsieur le maréchal, dit Allan.

Le maréchal Beria n'était pas du genre à rester assis à papoter de tout et de rien *ad vitam aeternam*. Il trouvait la vie trop courte pour cela. Il était d'ailleurs totalement asocial. Il dit à Allan :

— Si ce qu'on m'a rapporté est exact, monsieur Karlsson, vous avez accepté d'assister l'Union des républiques socialistes soviétiques dans ses recherches nucléaires en échange d'une rétribution d'un montant de cent mille dollars.

Allan répondit qu'il n'avait pas réfléchi à la question d'argent mais qu'il donnerait volontiers un conseil ou deux à Iouli Borisovitch s'il en avait besoin, ce qui semblait être le cas. En revanche, il demanda au maréchal si la question nucléaire pouvait attendre le lendemain, car le voyage avait été long.

Le maréchal Beria répondit qu'il comprenait qu'Allan Karlsson soit fatigué, mais qu'il se sentirait sans doute mieux après avoir dîné en compagnie du camarade Staline et passé une bonne nuit dans la plus belle chambre d'amis dont disposait le Kremlin.

Le camarade Staline ne lésinait pas sur la nourriture. Il leur offrit des œufs de saumon et des harengs, de la salade de concombre et des pelmenis sibériens, des blinis avec du caviar, de la truite de rivière, de la salade de viande, des roulades de jambon et des côtelettes d'agneau, des légumes grillés, du bortsch et des pirojkis avec de la glace. Le tout était accompagné de vins de toutes les couleurs et bien sûr de vodka, de beaucoup de vodka.

À table étaient assis Staline, Allan Karlsson d'Yxhult, le physicien nucléaire Iouli Borisovitch Popov, le chef du comité pour la sécurité de l'État soviétique, le maréchal Lavrenti Pavlovitch Beria, ainsi qu'un minuscule jeune homme quasi invisible apparemment dépourvu de nom, à qui on ne donna ni à manger ni à boire. Simple interprète, il était traité en quantité négligeable.

Dès le début du repas, Staline fut d'excellente humeur. On pouvait décidément toujours compter sur Lavrenti Pavlovitch ! Staline avait bien sûr eu vent du cafouillage avec Einstein, mais c'était de l'histoire ancienne. Après tout, Einstein, le vrai, n'avait que son cerveau ; Karlsson, lui, détenait la connaissance précise et détaillée ! Et ça ne gâchait rien qu'Allan Karlsson soit d'une nature aussi sympathique. Il avait raconté son passé au camarade Staline, sans entrer dans les détails. Son père avait été militant socialiste en Suède, après quoi il avait émigré vers la Russie pour la même cause.

Un parcours remarquable ! Allan, quant à lui, avait combattu pendant la guerre civile en Espagne et Staline n'avait pas eu l'indélicatesse de lui demander dans quel camp. Ensuite, il était allé en Amérique – Staline supposa qu'il s'y était rendu en avion – et le hasard avait voulu qu'il se retrouve aux côtés des Alliés… ce qu'on pouvait excuser. D'une certaine manière, Staline avait pris le même parti à la fin de la guerre.

On avait commencé les plats de résistance depuis quelques minutes à peine que Staline entonnait déjà en suédois « *Helan går* [1], *sjunghoppfaderallanlallanlej* » chaque fois qu'il levait son verre. Allan le complimenta d'ailleurs sur son organe, occasion pour Staline de préciser qu'il avait jadis chanté dans une chorale et même comme soliste à divers mariages. Pour appuyer ses dires, il se leva et se mit à gesticuler sur le plancher, lançant ses bras et ses jambes dans tous les sens sur une chanson qui sonnait presque comme une chanson… indienne… Ce n'était pas mal quand même.

Allan ne savait pas chanter, d'ailleurs il n'avait aucun talent dans quelque domaine artistique ou culturel que ce soit. Pourtant, il se sentit obligé de contribuer à l'ambiance générale par quelque chose de plus convaincant que *Helan går*, et tout ce qu'il trouva fut le poème de Verner von Heidenstam que l'instituteur qu'il avait eu pendant ses deux premières années passées à l'école communale faisait apprendre par cœur à tous ses élèves.

1. *Helan går* pourrait se traduire par « cul sec ». Chanson à boire très populaire en Suède.

Staline alla s'asseoir et Allan se leva pour déclamer :

Suède, Suède, ma patrie
Mon cher pays, mon foyer ici-bas
Des sources fredonnent
au milieu des flammes,
là où jadis luttaient tes soldats
quand de leurs exploits
ils écrivaient notre histoire.
Et pourtant main dans la main
ton peuple te fait encore allégeance.

Allan n'y avait rien compris quand il avait huit ans et, en le récitant à présent, bien qu'il y mît beaucoup de sentiment, il se rendit compte que trente-cinq ans plus tard il n'y comprenait toujours rien. Il avait déclamé le poème en suédois, et l'interprète resta immobile et silencieux sur sa chaise, plus falot que jamais, au lieu de traduire. Du coup, Allan jugea bon, aussitôt que les applaudissements se furent calmés, de préciser que ces vers étaient de Verner von Heidenstam. Allan se serait certainement abstenu de fournir cette information s'il avait pu prévoir la réaction de Staline.

Staline était poète, et même un très bon poète. Les circonstances avaient voulu qu'il devienne leader révolutionnaire, ce qui était nettement moins poétique. Mais il avait gardé une passion pour la poésie et avait lu les œuvres des meilleurs poètes de son temps.

Malheureusement pour Allan, Staline connaissait parfaitement Verner von Heidenstam. Et contrairement à lui, il savait que Verner von Heidenstam était un fervent admirateur de… l'Allemagne. Qui plus est, ce sentiment était réciproque : le bras droit de Hitler,

Rudolf Hess, avait rendu une visite à Heidenstam dans les années trente et, peu après, le poète s'était vu proposer une chaire d'honneur à l'université de Heidelberg.

L'humeur du camarade Staline s'altéra de façon spectaculaire.

— Est-ce que monsieur Karlsson se permettrait d'insulter l'hôte qui l'a reçu chez lui les bras ouverts ? demanda Staline, menaçant.

Allan affirma qu'il ne lui serait jamais venu à l'idée de faire une chose pareille. Si c'était Heidenstam qui avait contrarié monsieur Staline, Allan en était désolé. Le fait que le dénommé Heidenstam soit mort depuis de nombreuses années pouvait-il constituer une consolation ?

— Et ce *sjunghoppfaderallanlallanlej*, est-ce un mot que tu as forcé Staline à prononcer parce qu'il en ignorait la signification ? demanda Staline, qui parlait toujours de lui-même à la troisième personne quand il était bouleversé.

Allan répondit qu'il lui faudrait un peu de temps pour trouver une traduction de *sjunghoppfaderallanlallanlej* en anglais, mais que monsieur Staline ne s'inquiète surtout pas, car ce n'était qu'une exclamation enthousiaste.

— Une exclamation enthousiaste ? vociféra Staline. Monsieur Karlsson trouve-t-il que le camarade Staline a l'air enthousiaste ?

Allan commençait à en avoir assez de la susceptibilité du petit père des peuples. Ce dernier avait les joues rouges tellement il était énervé, sans aucun motif, en plus. Staline continua :

— Et d'ailleurs, dis-m'en un peu plus sur ta participation à la guerre civile en Espagne. Je devrais peut-être demander à monsieur l'admirateur de Heidenstam dans quel camp il se battait…

Merde ! Il a un sixième sens en plus ? se dit Allan. De toute façon, Staline ne pouvait pas se mettre plus en colère qu'il ne l'était déjà, alors autant lui dire la vérité.

— En réalité, je ne me suis pas vraiment battu, monsieur Staline. Au début, j'ai donné un petit coup de main aux républicains, mais vers la fin je me suis retrouvé de l'autre côté et je suis devenu par hasard un bon ami du général Franco.

— Du général Franco ? hurla Staline en se levant si brusquement de sa chaise qu'elle se renversa.

Il ne semblait pas y avoir de limites à sa capacité d'énervement. On avait souvent hurlé contre Allan, mais il n'avait encore jamais hurlé en retour, et ce n'était pas aujourd'hui, face au camarade Staline, qu'il allait commencer. Ce qui ne signifiait pas qu'il était indifférent à ce qui se passait. Il s'était mis à haïr cordialement le petit braillard qui l'avait invité à dîner. Il décida de contre-attaquer. À sa façon.

— Attendez, ce n'est pas tout, monsieur Staline. Je suis aussi allé en Chine avec le projet de combattre Mao Tsé-toung, mais finalement j'ai atterri en Iran où j'ai déjoué un attentat contre Churchill.

— Churchill ? Ce gros porc ? gueula Staline.

Il se tut un instant pour digérer ces informations et en profita pour avaler un grand verre de vodka. Allan l'observa avec envie ; il aurait bien aimé boire encore un petit coup, lui aussi, mais le moment était mal choisi pour réclamer.

Le maréchal Beria et Iouli Borisovitch ne disaient rien. Leurs visages avaient des expressions très différentes. Alors que Beria fixait Allan d'un air méchant, Iouli paraissait juste malheureux.

Staline s'ébroua, comme pour dissiper l'effet de la vodka, et se remit à parler d'une voix presque normale et d'autant plus inquiétante qu'il était toujours très en colère.

— Est-ce que Staline a bien entendu ? Tu es sympathisant de Franco, tu as combattu le camarade Mao, tu as sauvé la vie du cochon londonien et tu as mis l'arme la plus dangereuse de la planète entre les mains des capitalistes aux États-Unis ?

— Le camarade Staline a peut-être un peu schématisé, mais en gros c'est ça. Mon père a également rallié la cause du tsar avant de tirer sa révérence, si monsieur Staline souhaite ajouter cela à mon dossier.

— Ça, je n'en ai rien à foutre, grommela Staline, si énervé qu'il en oublia de parler à la troisième personne. Et maintenant tu es ici, prêt à te vendre à l'URSS ? Cent mille dollars, c'est là le prix de ton âme ? Ou bien tes tarifs ont-ils augmenté au cours de cette soirée ?

Allan venait de perdre l'envie de rendre service. Certes, Iouli était toujours un brave homme et en fin de compte c'était lui qui avait besoin de son aide. Mais on ne pouvait pas ignorer que le résultat du travail de Iouli finirait entre les mains du camarade Staline, et Allan trouvait qu'il n'avait rien d'un camarade. Il commençait à le trouver franchement déséquilibré, et se disait qu'il valait peut-être mieux ne pas lui mettre un jouet comme la bombe entre les mains.

— En réalité, ça n'a jamais été une question d'arg…

Allan ne put aller plus loin, Staline explosa à nouveau :

— Mais pour qui te prends-tu, misérable petit rat ? Penses-tu vraiment que toi, un vulgaire représentant du fascisme, du répugnant capitalisme à l'américaine, de tout ce que Staline méprise si intensément sur cette terre, que toi, *toi*, tu peux te permettre de venir au Kremlin, au *Kremlin*, marchander avec Staline ? *Marchander avec Staline ?*

— Pourquoi dis-tu toujours les choses deux fois ? demanda Allan pendant que Staline poursuivait.

— La Russie est sur le point de se remettre en guerre, le sais-tu ? Il y aura la guerre, la guerre est inévitable tant que l'impérialisme américain ne sera pas anéanti.

— Ah bon, tu crois ? fit Allan.

— Nous avons besoin de cette fichue bombe atomique pour nous battre et pour gagner ! Nous avons besoin d'âmes et de cœurs dévoués au socialisme ! Celui qui se pense invincible devient invincible !

— À part si quelqu'un lui lâche une bombe atomique sur la tête, fit remarquer Allan.

— Je vais détruire le capitalisme, tu m'entends ? Je vais détruire chaque capitaliste qui vit sur cette planète ! Et je vais commencer par toi, chien, si tu ne nous aides pas à fabriquer cette bombe !

Allan constata qu'il avait réussi à être à la fois un rat et un chien en moins d'une minute. Staline devait être fou s'il pensait encore obtenir son aide. De toute façon, il en avait assez de se faire insulter. Il était venu à Moscou pour rendre service, pas pour se faire engueuler. Staline n'avait qu'à se débrouiller tout seul.

— J'ai pensé à un truc, dit Allan.

— Ah oui ? Quoi donc ? demanda Staline, furieux.

— Tu ne trouves pas que tu devrais raser cette moustache ?

La soirée se termina sur cette question. L'interprète avait perdu connaissance.

Le programme changea à toute vitesse. Allan ne fut pas installé dans la plus belle chambre d'amis, mais dans une cellule sans fenêtre située dans la cave du bâtiment où se trouvaient les services secrets du pays. Le camarade Staline avait subitement décidé que son pays disposerait de la bombe atomique soit grâce à ses experts qui finalement réussiraient à trouver la formule, soit à l'aide d'un honnête travail d'espionnage. Jamais plus il ne ferait kidnapper de gens dans les pays de l'Ouest, ni ne marchanderait avec des fascistes ou des capitalistes, ou des gens qui étaient les deux à la fois.

Iouli avait beaucoup de peine. Pas seulement d'avoir entraîné le sympathique Allan jusqu'en Union soviétique où l'attendait désormais une mort certaine, mais aussi d'avoir constaté chez le camarade Staline une telle faiblesse de caractère. Le grand leader était intelligent, cultivé, c'était un bon danseur et il avait une belle voix, mais l'homme était complètement cinglé ! Juste parce que Allan avait eu le malheur de citer le mauvais poète, un dîner convivial s'était transformé en une véritable catastrophe.

Au péril de sa vie, Iouli tenta prudemment, très prudemment, de parler au maréchal Beria de l'exécution prochaine d'Allan et de lui demander si par hasard il n'y aurait pas moyen de trouver une autre solution.

Iouli avait mal jugé le maréchal. Certes, il était capable de violenter des femmes et des enfants, il n'hésitait pas à torturer et à tuer des coupables aussi bien que des innocents. Mais, si atroces que fussent ses méthodes, le maréchal agissait toujours uniquement pour le bien de l'Union soviétique.

— Ne t'en fais pas, cher Iouli Borisovitch, monsieur Karlsson ne va pas mourir.

Le maréchal Beria expliqua à Iouli Borisovitch qu'il gardait Allan Karlsson sous le coude pour le cas où Iouli Borisovitch et ses confrères chercheurs échoueraient dans la fabrication de la bombe atomique pendant plus longtemps qu'il ne lui paraîtrait acceptable. Le maréchal Beria avait mis dans son explication une menace sous-jacente, et il fut très satisfait de lui-même.

Dans l'attente de son procès, Allan se morfondait dans l'une des nombreuses geôles du KGB. Ses seules distractions dans la vacuité des ses journées étaient le morceau de pain, les trente grammes de sucre et les trois plats quotidiens qu'on lui apportait : soupe de légumes, soupe de légumes et soupe de légumes.

La nourriture aurait sûrement été meilleure au Kremlin qu'elle ne l'était à la prison. Mais Allan se disait qu'au moins il pouvait avaler sa soupe tranquillement, sans qu'on lui hurle dessus.

Six jours passèrent avant que le conseil spécial des services secrets se rassemble en session extraordinaire. Le tribunal se trouvait dans les mêmes locaux que la cellule d'Allan, c'est-à-dire dans le grand immeuble du KGB sur la Lubjankatorget, quelques étages plus haut.

Allan fut installé sur une chaise en face d'un juge assis derrière un pupitre. À droite de celui-ci se trouvait le procureur, un homme à l'air renfrogné, et à la droite d'Allan, son avocat, un autre homme à l'air maussade.

Tout d'abord, le procureur prononça quelque chose en russe qu'Allan ne comprit pas. Puis l'avocat prononça quelque chose en russe qu'Allan ne comprit pas non plus. Le juge hocha la tête avec un air de profonde réflexion et feuilleta par acquit de conscience quelques papiers placés devant lui. Enfin, il annonça le verdict :

— La commission spéciale a jugé qu'Allan Emmanuel Karlsson, citoyen suédois, est un élément dangereux pour l'URSS, et décide de le condamner à trente ans de travaux forcés dans le camp de redressement de Vladivostok.

Le juge informa Allan qu'il pouvait faire appel de ce jugement ; cet appel devrait être déposé auprès du Soviet suprême dans un délai de trois mois à compter de ce jour. L'avocat d'Allan Karlsson répondit en son nom qu'un tel appel n'était pas d'actualité. Allan Karlsson remerciait au contraire le tribunal pour sa clémence.

Personne ne demanda à Allan s'il était reconnaissant ou non, mais le jugement rendu avait ses bons côtés. Il avait la vie sauve, ce qui était apparemment fort rare quand on était considéré comme un ennemi du peuple. Et il allait être envoyé dans un goulag à Vladivostok, l'endroit de Sibérie où le climat était connu pour être le plus supportable. La température là-bas n'était guère plus froide que dans la région du Södermanland, chez lui en Suède, alors que plus au nord et à l'intérieur des terres il pouvait faire jusqu'à cinquante, soixante ou soixante-dix degrés au-dessous de zéro.

Allan avait donc eu de la chance, et il fut embarqué dans un wagon plein de courants d'air, avec une trentaine d'autres dissidents chanceux qui venaient d'être jugés comme lui. Les prisonniers de ce convoi bénéficiaient de trois couvertures par personne, privilège qu'ils devaient au physicien nucléaire Iouli Borisovitch Popov qui avait arrosé le gardien et son supérieur direct d'une grosse poignée de roubles. Le chef des déportations avait trouvé étrange qu'un membre aussi éminent de la communauté scientifique s'intéresse à un simple transport vers le goulag, et il avait un instant envisagé d'en référer à ses supérieurs. Mais comme il avait lui-même accepté de l'argent, il valait peut-être mieux ne pas faire trop de vagues.

Allan eut du mal à trouver quelqu'un pour lui faire la conversation parmi les prisonniers, dont la plupart ne parlaient que le russe. Il finit par repérer un homme de cinquante-cinq ans parlant italien ; Allan communiqua avec lui en espagnol, et ils réussirent à se comprendre à peu près. Suffisamment en tout cas pour qu'Allan apprenne que le type était profondément malheureux et qu'il se serait suicidé si, en plus de tout le reste, il n'avait pas été un épouvantable lâche. Allan le consola du mieux qu'il put, lui disant que, quoi qu'il décide, le résultat serait sûrement le même parce que, à l'intérieur des terres de Sibérie, trois couvertures pourraient ne pas suffire si la météo en décidait ainsi. L'Italien renifla et se redressa, avant de remercier Allan de son soutien et de lui serrer la main. Il n'était pas italien, en réalité, mais allemand. Il s'appelait Herbert. Il préféra taire son nom de famille.

Herbert Einstein n'avait jamais eu de chance. À cause d'une erreur de l'administration, il avait été condamné à passer trente ans en camp de redressement au lieu d'être condamné à mort comme il en rêvait.

Il ne mourut pas davantage de froid dans la toundra sibérienne, grâce aux couvertures supplémentaires. Sans compter que le mois de janvier 1948 fut le plus doux jamais enregistré. Allan lui promit qu'il aurait d'autres occasions à l'avenir. Après tout, ils allaient dans un goulag. Il pourrait toujours se tuer au travail s'il en avait envie. Herbert soupira et dit qu'il était bien trop fainéant pour ça. D'ailleurs, il n'aurait même pas su comment s'y prendre, vu qu'il n'avait jamais travaillé de sa vie.

Allan le rassura en lui disant qu'il voyait là la clé de tous ses problèmes. Dans un camp de travail, on ne laissait pas les gens flemmarder à leur guise. Les gardes se chargeraient de lui casser la figure.

Herbert ne détestait pas l'idée et en même temps elle l'effrayait. Se faire casser la figure ? Ça devait faire mal, quand même !

Allan Karlsson n'attendait rien d'extraordinaire de l'existence. Il voulait un lit pour dormir, de la nourriture à volonté, de quoi s'occuper, et un bon coup à boire de temps à autre. Si tout cela lui était acquis, il se sentait capable de supporter presque n'importe quoi. Le camp de travail de Vladivostok offrait le lit, la nourriture et des occupations, mais pas le petit coup à boire.

Le port de Vladivostok comportait une partie entourée d'une clôture haute de plus de deux mètres, à l'intérieur de laquelle se trouvait le camp de travail du goulag avec ses quarante baraquements alignés sur quatre rangées. La clôture descendait jusqu'au quai. Les bateaux qui devaient être déchargés ou chargés par les prisonniers du goulag amarraient à l'intérieur, les autres à l'extérieur. La plupart des bateaux étaient pris en charge par les forçats, à part quelques petites embarcations de pêcheurs et un ou deux gros pétroliers.

Les journées au camp de redressement de Vladivostok se ressemblaient toutes, à quelques exceptions près. On sonnait le réveil à 6 heures. Un quart d'heure plus tard, petit déjeuner. La journée de travail durait douze heures, entre 6 h 30 et 18 h 30, avec une pause de trente minutes à midi. Le travail terminé, les prisonniers dînaient et on les enfermait à nouveau jusqu'au lendemain matin.

La nourriture était copieuse. On mangeait beaucoup de poisson, rarement sous forme de soupe. Les gardiens n'étaient pas particulièrement aimables, mais ils ne tuaient pas sans raison. Même Herbert Einstein était resté en vie. Certes, il travaillait le moins possible, mais comme il était toujours près d'Allan, qui, lui, travaillait sans relâche, cela passait inaperçu.

Cela ne dérangeait pas Allan d'abattre le travail de deux personnes. En revanche, il avait exigé de Herbert qu'il arrête de pleurnicher sur sa pauvre existence, car il avait bien compris ce qu'il en était et avait une excellente mémoire. Répéter sans cesse la même chose ne servait donc à rien.

Herbert avait obtempéré et depuis tout allait pour le mieux.

À part le problème de l'alcool. Allan supporta la privation pendant exactement cinq ans et trois semaines. Et puis un jour il annonça :

— Maintenant, j'ai envie de boire un coup. Et ici il n'y a rien à boire. Alors on s'en va.

17

Mardi 10 mai 2005

Le soleil printanier brillait pour la neuvième journée consécutive et, bien que la matinée fût un peu fraîche, Bosse sortit sur la véranda pour déjeuner.

Benny et Mabelle avaient fait descendre Sonja de l'autocar et l'avaient emmenée sur la pelouse derrière la maison. Allan et Gerdin le Brochet, assis tous deux sur la balancelle, bavardaient paisiblement. L'un avait cent ans et l'autre l'impression d'en avoir au moins autant. Sa tête était douloureuse, ses côtes cassées l'empêchaient de respirer librement et il souffrait de sa plaie à la cuisse droite. Benny vint y jeter un coup d'œil et lui proposa de changer son bandage un peu plus tard dans la journée. Il lui indiqua qu'il allait désormais se contenter de lui administrer des antalgiques pendant la journée, et garder la morphine pour le soir, si nécessaire.

Benny rejoignit Mabelle et Sonja, laissant Allan et le Brochet seuls. Allan pensait qu'il était temps d'avoir une conversation d'homme à homme. Il commença par exprimer ses regrets pour la mort de… quel était son nom, déjà ? Bulten… dans cette forêt du Södermanland, et aussi pour le fait que… Hinken… se soit retrouvé peu de temps après sous les fesses de Sonja. Mais aussi bien Hinken que Bulten s'étaient montrés franchement menaçants, ce qui constituait tout de même une circonstance atténuante, non ?

Gerdin répondit qu'il était fort triste d'apprendre la mort des deux jeunes gens, mais qu'il n'était pas surpris qu'un centenaire ait eu le dessus, car ils étaient aussi stupides l'un que l'autre. Le seul à pouvoir rivaliser avec eux en termes de bêtise était le quatrième membre du club, le dénommé Caracas, qui venait de quitter le pays et devait être arrivé chez lui à présent, quelque part en Amérique du Sud. Le Brochet n'avait jamais très bien compris où il était né exactement.

Soudain la voix du Brochet se brisa. Il se mit à s'apitoyer sur lui-même. Il venait de se rendre compte que Caracas était le seul à pouvoir négocier avec les vendeurs de cocaïne en Colombie ; à présent, il n'avait plus ni interprète ni hommes de main pour traiter ses petites affaires. Il était là, cassé de partout, sans la moindre idée de ce qu'il allait faire de son existence.

Allan le consola comme il put, lui disant qu'il trouverait bien une autre substance à vendre. Allan ne s'y connaissait pas beaucoup en drogue, mais n'existait-il pas une variété que le Brochet et Bosse Bus pourraient cultiver dans le coin ?

Le Brochet répondit que Bosse Bus était le meilleur ami qu'il eût jamais eu, mais aussi le plus désespérément encombré de scrupules. Sans eux, Bosse et lui seraient aujourd'hui les rois incontestés de la boulette en Europe.

Bosse vint interrompre ce quart d'heure mélancolique en annonçant que le déjeuner était servi. Le Brochet allait enfin goûter au poulet le plus savoureux au monde, et manger en dessert une pastèque digne des dieux du Walhalla.

Après le déjeuner, Benny nettoya la plaie de Gerdin et changea son pansement.

Voici quel fut le programme des pensionnaires de Klockaregård pendant les heures qui suivirent.

Benny et Mabelle réaménagèrent la grange pour offrir à Sonja une demeure plus confortable.

Julius et Bosse allèrent faire des courses à Falköping et prirent en même temps connaissance des gros titres des journaux, qui parlaient tous d'un centenaire en pleine folie meurtrière parcourant le pays avec sa bande.

Allan se réinstalla sur la balancelle avec la ferme intention de ne rien faire. Buster se coucha à ses pieds.

Le Brochet alla faire la sieste.

Quand Julius et Bosse furent de retour, ils convoquèrent immédiatement tout le monde dans la cuisine. Même Gerdin fut tiré du lit pour assister à la réunion.

Julius commença par raconter ce qu'il avait vu sur les affichettes en ville et à la une des journaux, qu'il avait d'ailleurs rapportés. S'ils le souhaitaient, ils pourraient les lire tranquillement pour se faire eux-mêmes une opinion, une fois la réunion terminée. Pour résumer, toutes les personnes présentes dans la pièce étaient recherchées, sauf Bosse qui n'était cité nulle part et le Brochet qui était mort, si l'on en croyait la presse.

— Cette information-là n'est pas totalement exacte, mais elle n'est pas non plus tout à fait fausse, commenta Gerdin le Brochet.

Julius trouvait tout de même grave d'être soupçonné de meurtre, même si en fin de compte on appellerait peut-être ça autrement. Il demanda aux autres ce qu'ils en pensaient. Ne valait-il pas mieux appeler la police, lui révéler où ils se cachaient et laisser la justice suivre son cours ?

Le Brochet les prévint aussitôt qu'ils devraient passer sur ce qui restait de son corps avant qu'il laisse qui que ce soit se rendre à la police.

— Si c'est comme ça, je reprends mon revolver. Vous en avez fait quoi, au fait ?

Allan répondit qu'il l'avait mis en lieu sûr, à cause de toutes les substances bizarres que Benny lui injectait dans le corps. Monsieur Gerdin ne trouvait-il pas que ce pistolet était aussi bien là où il était pour le moment ?

Mouais, Allan avait peut-être raison. Gerdin suggéra qu'ils laissent tomber les formules de politesse.

— Je me présente, on m'appelle le Brochet, dit-il en serrant la main du centenaire.

— Et moi, c'est Allan. Heureux de faire ta connaissance.

Le Brochet avait en quelques secondes, sous la menace d'une arme qu'il n'avait pas, obtenu que personne n'aille voir les autorités. L'expérience lui avait montré que la justice était rarement aussi juste qu'on serait en droit de s'y attendre. Les autres se rangèrent à son avis, surtout en pensant à ce qui pourrait leur arriver si pour une fois la justice faisait son travail.

En conséquence de cette courte assemblée générale, on gara l'autocar jaune dans l'un des hangars industriels de Bosse, où était entreposée une montagne de pastèques non traitées. Il fut également décidé que seul Bosse Bus serait désormais autorisé à quitter la ferme, puisqu'il était le seul à n'être ni recherché ni présumé mort.

D'un commun accord, on remit à plus tard la question de la valise et de son contenu. Le Brochet l'exprima ainsi :

— Ça me fait mal à la tête d'y penser, et mal dans la poitrine de dire que ça me fait mal à la tête d'y penser. Là, je serais prêt à payer cinquante millions de couronnes pour une aspirine.

— Tiens, en voilà deux, fit Benny. Et elles sont gratuites, soit dit en passant.

L'inspecteur Aronsson avait fort à faire. Grâce au coup de projecteur de la presse, il était submergé de tuyaux sur l'endroit où pouvaient se cacher le triple meurtrier et ses compagnons. La seule information à laquelle le policier décida de prêter foi fut celle qui émanait du commissaire principal de Jönköping, Gunnar Löwenlind. Il avait croisé un autocar aménagé de marque Scania et de couleur jaune sur l'autoroute E4 au sud de Jönköping, à la hauteur du village de Råslätt. Le car, endommagé à l'avant, n'avait qu'un seul phare en état de marche. Si son petit-fils ne s'était pas mis à pleurer à ce moment-là dans son siège pour bébé, Löwenlind aurait tout de suite appelé ses collègues de la police routière, mais l'inspecteur Aronsson savait ce que c'était, n'est-ce pas ?

L'inspecteur Aronsson se retrouvait pour la deuxième soirée de suite assis au piano-bar de l'hôtel Royal Corner de Växjö, et pour la deuxième fois il avait la mauvaise idée d'analyser la situation avec de l'alcool dans le sang.

L'E4 en direction du sud ? réfléchissait l'inspecteur. Vous repartez vers le Södermanland ou quoi ? Ou alors vous avez l'intention de vous cacher à Stockholm, peut-être ?

Il décida de quitter l'hôtel le lendemain et de rentrer chez lui dans son trois-pièces déprimant à Eskilstuna. Le vendeur de billets Ronny Hulth à Malmköping avait au moins un chat à caresser. Moi je n'ai rien du tout, s'apitoya Göran Aronsson en finissant son verre.

18

1953

En l'espace de cinq ans et trois semaines, Allan avait appris à parler russe. Il avait aussi rafraîchi son chinois. Le port était un endroit très animé et Allan avait fait la connaissance de nombreux marins qui le tenaient informé des nouvelles du monde.

Entre autres choses, il savait que l'URSS avait fait sauter sa propre bombe atomique un an et demi après qu'Allan eut rencontré Staline, Beria et le sympathique Iouli Borisovitch. À l'Ouest, on avait parlé d'espionnage parce que la bombe semblait être construite très exactement sur le même principe que celle de Trinity. Allan essaya de se remémorer ce qu'il avait dit à Iouli Borisovitch dans le sous-marin quand ils s'étaient mis tous les deux à boire la vodka au goulot. Je crois que tu maîtrises l'art d'écouter tout en buvant, mon cher Iouli ! conclut-il *in petto*.

Allan avait appris aussi que les États-Unis, la France et la Grande-Bretagne s'étaient alliés et avaient fondé une sorte de confédération allemande. Staline, furieux, avait aussitôt riposté en fondant sa propre Allemagne, ainsi l'Ouest et l'Est avaient chacun la sienne et Allan trouva que c'était une bonne idée.

Le roi de Suède était mort. Allan l'avait lu dans un quotidien britannique. Pour une raison ou pour une autre, le journal avait atterri entre les mains d'un marin chinois qui avait pensé que cette information intéresserait le prisonnier suédois avec qui il bavardait de temps en temps lorsqu'il était de passage à Vladivostok, et il le lui avait apporté. Le roi était mort depuis presque un an quand Allan reçut la nouvelle, mais cela n'avait pas beaucoup d'importance. De toute façon, on en avait tout de suite mis un autre à la place.

Les marins du port parlaient beaucoup de la guerre en Corée. Ce qui n'avait rien d'étonnant, puisque la Corée se trouvait environ à deux cents kilomètres de là.

D'après ce qu'Allan avait pu comprendre, les choses s'étaient passées de la manière suivante : la péninsule coréenne avait tout simplement été sacrifiée dès la fin de la Seconde Guerre mondiale. Staline et Truman s'étaient partagé fraternellement le pays et avaient proposé arbitrairement de faire du trente-huitième parallèle la ligne de partage Nord-Sud. Il y avait eu ensuite d'interminables négociations afin de parvenir à un accord sur l'indépendance de la Corée, mais comme Truman et Staline n'avaient pas du tout les mêmes opinions politiques, l'histoire s'était terminée comme en Allemagne. Les États-Unis avaient fondé la Corée du Sud et l'URSS avait riposté en créant la Corée du Nord. Ensuite, les Américains et les Russes avaient laissé les Coréens se débrouiller entre eux.

Ça ne s'était pas très bien passé. Kim Il-sung au nord et Syngman Rhee au sud pensaient l'un et l'autre être le candidat idéal pour gouverner la péninsule. Et ils s'étaient déclaré la guerre pour se départager.

Après trois ans, et à peu près quatre millions de morts, la situation était exactement au même point. Le Nord était le Nord et le Sud, le Sud. Et le trente-huitième parallèle les divisait toujours.

Pour en revenir à cette idée de s'échapper du goulag de Vladivostok pour aller boire un coup, la solution la plus simple aurait été de sauter à bord de l'un des navires qui venaient charger ou décharger leur cargaison au port. Au moins sept compagnons de captivité d'Allan avaient pensé à cette solution au cours des dernières années. Tous avaient été rattrapés et exécutés. Chaque fois que c'était arrivé, les autres pensionnaires du baraquement avaient eu du chagrin, surtout Herbert Einstein. Seul Allan savait qu'en réalité Herbert était malheureux de ne pas être à leur place. Il n'était pas facile d'embarquer sur un bateau incognito, à cause de la tenue de forçat à rayures noires et blanches. Les passerelles d'accès étaient jalousement surveillées et des chiens policiers bien dressés contrôlaient chaque conteneur qui était hissé à bord des navires à l'aide d'une grue.

Et même si un fugitif parvenait à monter à bord d'un navire, la partie n'était pas gagnée pour autant. Beaucoup de chargements partaient pour la Chine continentale, d'autres pour Wonsan, sur le littoral nord-coréen. Il y avait de fortes raisons de penser qu'un capitaine de vaisseau chinois ou nord-coréen découvrant un prisonnier du goulag dans ses cales hésiterait entre le ramener à Vladivostok et le jeter par-dessus bord. Avec le même résultat, mais moins de paperasserie dans le deuxième cas.

Non, décidément, la voie maritime était hasardeuse si on voulait s'en sortir vivant, ce qui était le but pour certains. La fuite par la route était tout aussi périlleuse. Partir vers le nord de la Sibérie et le vrai froid n'était pas une option envisageable. Aller jusqu'en Chine en passant par l'ouest non plus.

Il restait la possibilité d'aller vers la Corée du Sud, où on accueillerait sans doute à bras ouverts un homme échappé du goulag et vraisemblablement ennemi du régime communiste. Quel dommage qu'il faille traverser la Corée du Nord pour y arriver !

Allan avait bien conscience, avant même d'avoir entrepris une ébauche de projet, que son chemin serait semé d'embûches. Mais s'il renonçait maintenant, il n'avait aucune chance de goûter de l'eau-de-vie à nouveau.

Allait-il partir seul ou accompagné ? S'il emmenait quelqu'un, ce serait Herbert, qui était si malheureux. Ce dernier pourrait lui être utile pour les préparatifs. Et ce serait plus rigolo d'être en cavale à deux que tout seul.

— S'enfuir ? s'étonna Herbert Einstein. Par la route ? Jusqu'en Corée du Sud ? En passant par la Corée du Nord ?

— C'est à peu près ça, dit Allan. Sur le papier, du moins.

— Les chances que nous nous en sortions doivent être infimes, non ? demanda Herbert.

— Effectivement, dit Allan.

— Alors, je suis d'accord, conclut Herbert.

Après cinq ans de goulag, tout le monde savait qu'il n'y avait pas beaucoup de neurones actifs dans le crâne du prisonnier numéro 133 et que ceux qui l'étaient avaient tendance à s'emmêler les pinceaux.

Du coup, les gardiens étaient beaucoup plus tolérants avec Herbert Einstein qu'avec les autres détenus, ce qui présentait certains avantages.

Par exemple, si un prisonnier ne restait pas à sa place dans la file d'attente pour aller chercher son repas, au mieux il se faisait réprimander ou prenait un coup de crosse dans l'estomac, au pire c'était tout simplement au revoir et merci.

Herbert, au bout de cinq ans, confondait encore les baraquements. Ils avaient tous la même taille et la même couleur, ce qui le plongeait dans une profonde confusion. La nourriture était toujours distribuée entre le treizième et le quatorzième baraquement, mais le prisonnier numéro 133 pouvait aussi bien errer autour du baraquement numéro sept. Ou dix-neuf. Ou vingt-cinq.

— Mais bon Dieu, Einstein, disaient les gardiens. C'est là-bas, la queue pour la bouffe. Pas par là. *Par là !* Elle a toujours été là, bon sang !

À présent, sa réputation de grand distrait allait leur être utile. On pouvait très bien s'enfuir en costume de bagnard. Ce qui était compliqué, c'était de rester en vie plus de quelques minutes. Allan et Herbert avaient besoin de deux uniformes de soldat. Et le seul prisonnier du camp à pouvoir s'approcher du dépôt sans être immédiatement abattu était le pensionnaire 133, Herbert Einstein.

Allan expliqua à son ami ce qu'il attendait de lui. Il fallait qu'il se « trompe » de chemin au moment du repas de midi, puisque à cette heure-là le personnel de la réserve d'uniformes faisait aussi une pause pour déjeuner. Pendant cette demi-heure, le dépôt n'était surveillé que par le soldat posté avec sa mitrailleuse dans le quatrième mirador. Comme tout le monde, il était habitué aux petites particularités du prisonnier 133 : s'il l'apercevait, il commencerait par l'admonester avant de le truffer de plomb. Et si Allan se trompait sur ce point, ce ne serait pas trop grave, au regard de l'éternel désir de mort de Herbert.

Ce dernier trouva l'idée d'Allan formidable. C'était quoi, déjà, ce qu'il devait faire ?

Évidemment, tout alla de travers. Herbert se perdit pour de bon, et pour une fois il atterrit dans la file d'attente de la cantine, ce qui n'était pas arrivé depuis longtemps. Allan, qui s'y trouvait déjà, soupira et essaya de pousser gentiment Herbert dans la direction du dépôt. Ce fut peine perdue, il se trompa de nouveau et se retrouva devant la lingerie. Et que découvrit-il en arrivant là ? Je vous le donne en mille ! Un stock d'uniformes fraîchement lavés et repassés.

Il en attrapa deux au hasard, les cacha sous son grand manteau et repartit entre les baraquements. Il fut bien sûr repéré par le vigile posté dans le quatrième mirador, qui ne se donna même pas la peine de crier. Le simplet semblait se diriger vers son propre baraquement.

— Incroyable, grommela-t-il avant de retourner à ce qu'il faisait auparavant, c'est-à-dire rien.

Allan et Herbert disposaient à présent de deux uniformes qui les transformeraient instantanément en fières recrues de l'Armée rouge. Il fallait passer à la suite du plan.

Allan avait remarqué ces derniers temps une augmentation considérable des bateaux en partance pour Wonsan, en Corée du Nord. L'Union soviétique n'était pas officiellement engagée dans la guerre au côté des Nord-Coréens, mais depuis quelques semaines arrivaient à Vladivostok des trains entiers de matériel militaire, qui était ensuite chargé sur des navires ayant tous une seule et même destination. Celle-ci ne figurait nulle part, bien entendu, mais certains marins pouvaient se montrer bavards, et Allan savait poser les questions. Quelquefois, il arrivait même à voir la nature du chargement, par exemple quand il s'agissait de jeeps militaires ou carrément de tanks. En général, c'étaient surtout des caisses en bois d'apparence banale.

Allan avait pensé organiser une manœuvre de diversion, du genre de celle de Téhéran six ans auparavant. Un petit feu d'artifice pour fêter leur départ. Et c'est là que les conteneurs en partance pour Wonsan auraient un rôle à jouer. Allan ne pouvait pas en être sûr, mais il était en droit d'imaginer que certains renfermaient des matières explosives. Si l'une de ces caisses pouvait soudain exploser dans la zone portuaire et provoquer quelques petites détonations par-ci par-là, Herbert et Allan trouveraient peut-être un moment et un coin tranquille pour se déguiser en soldats soviétiques, puis ils voleraient un véhicule qui aurait un réservoir plein et la clé sur le contact, et dont le propriétaire serait parti faire un tour. Ensuite, les barrières des postes de garde s'ouvriraient sur l'ordre d'Allan et de Herbert, ils arriveraient à bonne distance du goulag et du port sans que quiconque s'aperçoive de leur disparition et de celle de la voiture, si bien que personne ne se lancerait à leur poursuite. Ils n'auraient plus qu'à se soucier de la façon dont ils entreraient sans encombre en Corée du Nord, en ressortiraient vivants et enfin atteindraient la Corée du Sud.

— Je sais bien que je suis un peu lent, mais il me semble que ton plan contient quelques incertitudes.

— Mais non, tu n'es pas lent, protesta Allan. Enfin, si, peut-être un peu, mais en ce qui concerne mon plan, tu as tout à fait raison. Pourtant, plus j'y pense, plus je me dis que je ne vais rien y changer, et tu verras que les choses sont ce qu'elles sont et qu'elles seront ce qu'elles seront, parce que en général c'est comme ça que ça se passe. Presque toujours.

La première et seule étape connue du projet d'évasion consistait à mettre le feu au bon conteneur. Pour cela, il fallait :

1. un conteneur adéquat ;
2. quelque chose qui leur permettre d'y mettre le feu.

En attendant l'arrivée du bateau sur lequel serait chargé le conteneur, Allan envoya Herbert l'étourdi en mission spéciale. Il réussit cette fois à cacher dans son pantalon une fusée éclairante avant qu'un garde le découvre dans un endroit où il n'était absolument pas supposé se trouver. Au lieu de passer le prisonnier 133 par les armes, ou au moins de le fouiller, celui-ci se mit à lui faire la morale, lui disant qu'au bout de cinq ans il serait peut-être temps qu'il apprenne à circuler dans le camp sans se perdre systématiquement. Herbert s'excusa platement et s'en alla d'un pas incertain, dans la mauvaise direction afin de coller à son personnage.

— Ton baraquement se trouve vers la *gauche*, Einstein ! cria le gardien dans son dos. Ce n'est pas possible d'être aussi empoté !

Allan félicita Herbert d'avoir si bien joué son rôle et celui-ci rougit sous le compliment tout en minimisant son mérite. Il dit avec modestie qu'il n'était pas difficile de se faire passer pour un idiot quand on l'était réellement. Allan n'était pas d'accord avec son ami, parce que tous les imbéciles qu'il avait rencontrés dans sa vie essayaient de se faire passer pour le contraire.

Arriva le jour qui semblait être le bon. C'était un matin glacé, le 1er mars 1953. Un train, composé de tant de wagons que ni Herbert ni Allan ne parvinrent à les compter, arriva en gare de Vladivostok. C'était un convoi militaire, et tout ce qu'il transportait devait être chargé à bord de trois navires en partance pour la Corée du Nord. Le chargement comprenait huit tanks T34, qui pouvaient difficilement passer inaperçus. Le reste de la livraison était soigneusement emballé dans de gros conteneurs en bois ne portant aucune indication sur leur contenu. En revanche, les planches étaient suffisamment disjointes pour qu'on puisse glisser une fusée éclairante à l'intérieur. Et c'est précisément ce que fit Allan, dès que l'occasion se présenta, après avoir patienté une demi-journée.

La fusée dégagea un peu de fumée, mais heureusement elle n'éclata qu'au bout de quelques secondes, ce qui donna le temps à Allan de s'éloigner et lui évita d'être immédiatement soupçonné. Le conteneur s'enflamma rapidement malgré les quinze degrés au-dessous de zéro. Il était prévu qu'il explose quand le feu aurait atteint les caisses de grenades qui devaient se trouver à l'intérieur. Les gardiens se mettraient à courir comme des poules affolées, alors Allan et Herbert pourraient se glisser dans leur baraquement et se changer.

L'explosion attendue ne se produisit pas. En revanche, le nuage de fumée devint énorme et augmenta encore quand les gardiens, qui n'osaient pas approcher, envoyèrent les prisonniers arroser le conteneur en flammes.

Trois forçats profitèrent du manteau de fumée pour sauter par-dessus la palissade de deux mètres de haut et passer du côté libre du port. Le soldat posté dans le mirador numéro deux vit ce qui se passait et se mit immédiatement à mitrailler les fugitifs à travers le rideau de fumée. Comme il utilisait des balles traçantes, il atteignit sans difficulté les trois fuyards. S'ils n'avaient pas été tués sur le coup, ils l'auraient été de façon certaine une seconde plus tard, car le vigile avait tiré non seulement sur les trois hommes mais également sur le conteneur qui se trouvait à gauche de celui auquel Allan avait mis le feu. Celui d'Allan contenait mille cinq cents couvertures militaires, celui d'à côté mille cinq cents grenades à main. Les balles traçantes contenant du phosphore, dès que l'une d'elles eut atteint une grenade, celle-ci explosa, entraînant avec elle en un dixième de seconde ses mille quatre cent quatre-vingt-dix-neuf petites sœurs. L'explosion fut si violente que les quatre conteneurs suivants furent soulevés du sol et atterrirent entre trente et quatre-vingts mètres plus loin, à l'intérieur du camp.

Le conteneur numéro cinq recelait sept cents mines terrestres. La deuxième explosion fut aussi forte que la première et pulvérisa quatre caisses supplémentaires.

Allan et Herbert avaient espéré créer la confusion, ce fut le chaos le plus total. Et cela alla en empirant, car les conteneurs s'enflammèrent les uns après les autres. L'un d'eux contenait du gas-oil et de l'essence, qui en général ne servent pas à éteindre le feu. Un autre était rempli de munitions qui se mirent à vivre leur propre vie. Deux miradors et huit baraquements brûlaient déjà avant que les missiles ne s'en mêlent. Le premier abattit le troisième mirador, le deuxième emporta le poste de garde à l'entrée du goulag, avec la barrière, la clôture et le reste.

Quatre navires attendaient leur chargement dans le port ; les missiles suivants les embrasèrent.

Un nouveau conteneur de grenades explosa, déclenchant une réaction en chaîne qui détruisit jusqu'au dernier conteneur. Il s'agissait d'une nouvelle caisse de missiles, qui s'envolèrent dans la direction opposée, c'est-à-dire vers la zone ouverte du port où un pétrolier transportant soixante-cinq mille tonnes de pétrole arrivait justement à quai. Un premier tir atteignit le pont de commandement, trois autres crevèrent la coque, provoquant un brasier plus important que tous ceux qui grondaient déjà.

Le supertanker en flammes se mit à dériver le long du quai en direction du centre de la ville. Au cours de son ultime voyage, il mit le feu à plusieurs maisons le long du front de mer, sur une distance de deux kilomètres deux cents. Pour couronner le tout, ce jour-là soufflait un vent de sud-est. Il ne fallut pas plus de vingt minutes pour que toute la ville de Vladivostok soit la proie des flammes.

Le camarade Staline terminait de dîner avec ses valets, Beria, Malenkov, Boulganine et Khrouchtchev dans sa résidence de Krylatskoïe, quand il reçut l'annonce de la destruction quasi totale de la ville de Vladivostok, à la suite d'un départ de feu dans un conteneur de couvertures militaires.

Staline resta… hébété.

Son nouveau favori, le très efficace Nikita Sergueïevitch Khrouchtchev, lui demanda s'il pouvait se permettre un petit conseil, et Staline répondit mollement qu'il l'en priait instamment.

— Cher camarade Staline, déclara Khrouchtchev, je suggère que vous fassiez comme si ce qui vient d'arriver n'était jamais arrivé. Je suggère que Vladivostok soit pour l'instant rayé de la carte du monde, et que nous reconstruisions patiemment la ville pour en faire le port d'attache de notre flotte sur l'océan Pacifique, comme le camarade Staline a toujours eu l'intention de le faire. Mais surtout : *ce qui est arrivé n'est jamais arrivé*, car dans le cas contraire nous montrerions à la face du monde une faiblesse que nous ne pouvons pas nous permettre. Le camarade Staline comprend-il ce que je veux dire ? Le camarade Staline est-il d'accord avec ce que je propose ?

Staline était toujours hébété. Un peu ivre, aussi. Il hocha la tête et ordonna à Khrouchtchev de faire en sorte que ce qui était arrivé… ne soit jamais arrivé. Puis il annonça qu'il était temps à présent pour le camarade Staline de se retirer, car il ne se sentait pas très bien.

Vladivostok, se disait le maréchal Beria. N'est-ce pas là que j'ai envoyé cet expert fasciste que je voulais garder sous le coude au cas où nous ne trouverions pas tout seuls la formule pour fabriquer nous-mêmes la bombe ? Je l'avais complètement oublié, celui-là. J'aurais dû l'éliminer dès que le camarade Iouli Borisovitch Popov a résolu l'énigme. Enfin, il est probablement mort brûlé. Mais il n'était pas obligé de mettre le feu à toute la ville par la même occasion.

À la porte de sa chambre, Staline prévint qu'il ne voulait être dérangé sous aucun prétexte. Puis il s'enferma, s'assit au bord de son lit et déboutonna lentement sa chemise en réfléchissant.

Vladivostok, la ville que Staline avait choisie comme port sur le Pacifique pour sa flotte navale. Vladivostok, qui devait jouer un rôle si important dans la guerre de Corée et l'offensive qui se préparait. Vladivostok… n'existait plus !

Staline se demanda comment un conteneur de couvertures pouvait prendre feu tout seul par moins quinze ou moins vingt degrés. Quelqu'un était forcément responsable… Et ce salopard allait… allait…

Staline s'écroula sur son tapis. Crise cardiaque. Il resta là vingt-quatre heures, car on ne dérangeait pas le camarade Staline quand celui-ci avait demandé à ne pas être dérangé.

Le baraquement d'Allan et Herbert fut un des premiers à brûler, et les deux amis durent renoncer à y entrer pour revêtir leurs uniformes.

Mais les postes de contrôle du camp s'étaient déjà écroulés et du coup il n'y avait pas de gardiens en faction. Ce n'était donc pas un problème de sortir du goulag. Le problème était de savoir ce qui allait se passer après. On ne pouvait plus voler un véhicule de l'armée, puisqu'ils étaient tous en flammes. Se rendre en ville afin de trouver une voiture était exclu également : pour une raison ou pour une autre, l'incendie s'était propagé dans tout Vladivostok.

La plupart des forçats qui avaient survécu au feu et aux explosions s'étaient rassemblés en troupeau sur la route, à bonne distance des grenades, des missiles et des divers projectiles non identifiés qui continuaient à voler dans tous les sens. Quelques optimistes s'étaient mis en route, vers le nord-ouest, la seule direction envisageable pour un Russe. À l'est, il n'y avait que de l'eau, au sud, la guerre de Corée faisait rage, à l'ouest se trouvait la Chine, et au nord, il n'y avait plus qu'une ville en train de se consumer d'un bout à l'autre. Il ne restait qu'une seule option : marcher tout droit vers le vrai froid sibérien. Les soldats survivants avaient évidemment suivi le même raisonnement et, avant la fin de la journée, ils avaient rattrapé et envoyé au royaume éternel tous les fuyards.

Enfin, presque tous. Allan et Herbert avaient réussi à trouver une cachette, au *sud-est* de Vladivostok. Ils s'arrêtèrent à cet endroit pour se reposer un peu et constater l'étendue des dégâts.

— Costaud, la fusée ! commenta Herbert.

— Oui, une bombe atomique aurait eu à peine plus d'effet, dit Allan.

— Et maintenant, on fait quoi ? demanda Herbert, qui commençait à avoir froid et en venait presque à regretter le camp disparu.

— Maintenant, on va en Corée du Nord, mon ami, dit Allan. Et comme il n'y a pas de voiture à notre disposition, on va y aller à pied. Ça nous réchauffera.

Kirill Afanassievitch Meretskov était l'un des généraux les plus décorés de l'Armée rouge. Il avait notamment reçu la médaille de « héros de l'Union soviétique » et avait été récompensé de l'ordre de Lénine pas moins de sept fois.

En tant que chef de la IVe armée, il s'était battu vaillamment contre les Allemands à Leningrad et, au bout de neuf cents terribles journées de lutte, avait libéré la ville. Rien de surprenant donc à ce que Meretskov fût nommé « maréchal de l'Union soviétique », en plus de tous ses autres titres honorifiques, ordres et médailles.

Quand Hitler eut été repoussé pour de bon, Meretskov était parti vers l'est en train, un voyage de neuf mille six cents kilomètres. On avait besoin de lui pour prendre le commandement de la lointaine Ire armée sur le front de l'Est afin de chasser les Japonais de Mandchourie. Là encore il avait réussi, ce qui n'avait surpris personne.

La guerre terminée, Meretskov était complètement rincé. Comme personne ne l'attendait à Moscou, il avait décidé de rester dans l'Est, et s'était retrouvé derrière un bureau à Vladivostok. Un beau bureau, cela dit. En teck massif.

À la fin de l'hiver 1953, il avait cinquante-six ans et était toujours derrière son bureau. Depuis ce poste, il contrôlait la non-ingérence soviétique dans la guerre de Corée. Tant Meretskov que Staline pensaient qu'il était de la plus haute importance stratégique que la Russie n'entre pas en conflit direct avec les soldats américains à ce moment précis de l'histoire. Bien sûr, les deux puissances disposaient maintenant de la bombe, mais les Américains avaient quand même une longueur d'avance. Chaque chose en son temps. Actuellement, il ne fallait surtout pas les provoquer. Ce qui ne voulait pas dire qu'on ne devait pas gagner la guerre de Corée.

Le maréchal avait fait ses preuves et estimait avoir le droit de se reposer de temps en temps. Il possédait un relais de chasse près de Kraskino, à deux heures de route au sud de Vladivostok. Il y allait le plus souvent possible, surtout en hiver. De préférence tout seul, en faisant abstraction de son adjudant, car, si un maréchal se met à conduire lui-même sa voiture, où va-t-on ?

Le maréchal Meretskov et son adjudant roulaient sur la route sinueuse qui longe la côte entre Kraskino et Vladivostok ; ils étaient encore à une heure de leur destination quand ils virent au nord une colonne de fumée noire. Que se passait-il ? Y avait-il un incendie quelque part ?

La distance était trop grande pour que la longue-vue soit d'une quelconque utilité. Le maréchal Meretskov ordonna à son adjudant de mettre le pied au plancher et de faire en sorte de trouver dans une vingtaine de minutes un poste d'observation qui offre une vue dégagée sur la baie. Qu'avait-il bien pu se passer ? Quelque chose brûlait, cela ne faisait aucun doute…

Allan et Herbert avaient déjà fait un bon bout de chemin quand ils virent approcher une élégante voiture militaire vert kaki, qui venait du sud. Ils se cachèrent derrière une congère. Le véhicule ralentit et s'arrêta à moins de cinquante mètres d'eux. Un officier couvert de décorations et son adjudant en descendirent. Ce dernier sortit une longue-vue du coffre de la Pobeda et la tendit à son chef. Puis ils s'éloignèrent tous les deux de la voiture afin de trouver un endroit qui leur permette de voir toute la baie jusqu'à l'autre rive, où se trouvait encore récemment la ville de Vladivostok.

Allan et Herbert avaient la voie libre pour s'approcher discrètement de la voiture et s'emparer du revolver de l'officier ainsi que du fusil automatique de l'adjudant. Allan se chargea de leur annoncer qu'ils s'étaient mis dans une situation délicate :

— Messieurs, je vous prie de bien vouloir retirer vos vêtements.

Le maréchal Meretskov fut indigné. Ce n'était pas une façon de traiter un maréchal de l'Union soviétique, même de la part d'un prisonnier du goulag. Ces messieurs imaginaient-ils une seconde que le maréchal Kirill Afanassievitch Meretskov allait retourner à Vladivostok à pied et en caleçon ? Allan admit qu'il aurait du mal, vu que Vladivostok était quasiment réduite à un tas de cendres à l'heure qu'il était. Ce détail mis à part, c'était à peu près ainsi qu'il avait imaginé les choses. Enfin, ces messieurs pouvaient enfiler des pyjamas de bagnard rayés noir et blanc, s'ils préféraient ; de toute façon, plus ils allaient approcher de Vladivostok, si on pouvait encore nommer ainsi le tas de ruines et le nuage noir à l'horizon, plus il ferait chaud.

Allan et Herbert revêtirent les uniformes volés et laissèrent leurs tenues de forçats en tas par terre. Allan se dit qu'il valait mieux qu'il conduise, et laissa à Herbert le rôle du maréchal. Herbert s'installa sur le siège du passager et Allan prit le volant. Au moment de partir, il recommanda au maréchal de ne pas prendre un air aussi contrarié, car cela ne changerait rien à la situation. En plus, c'était bientôt le printemps, et le printemps à Vladivostok… enfin… bon. Allan conseilla aussi au maréchal d'essayer la pensée positive, mais ajouta qu'il était bien sûr libre de penser ce qu'il voulait. S'il tenait absolument à se promener en caleçon en broyant du noir, c'était son droit.

— Allez, salut, maréchal. Et je vous salue aussi, adjudant, dit Allan.

Le maréchal ne répondit pas. Il semblait toujours fâché quand Allan fit faire demi-tour à la Pobeda pour rouler vers le sud et sa prochaine étape : la Corée du Nord.

Le passage de la frontière entre l'Union soviétique et la Corée du Nord fut une simple formalité et se passa en un temps record. Les douaniers russes se mirent au garde-à-vous et les Nord-Coréens firent de même. Les barrières s'ouvrirent devant le maréchal soviétique (Herbert) et son adjudant (Allan) sans qu'un seul mot ait été échangé. Le plus dévoué des deux douaniers nord-coréens eut même les larmes aux yeux en voyant à quel point le haut commandement soviétique se montrait concerné par la situation. La Corée ne pouvait pas imaginer de meilleur voisin que l'URSS. Le maréchal était sûrement en route vers Wonsan pour s'assurer que les livraisons d'armes et de matériel militaire arrivaient à bon port.

Évidemment, il se trompait. Ce maréchal-là se moquait éperdument du bien-être de la Corée du Nord. Il n'était même pas certain qu'il sache dans quel pays il se trouvait. Il était concentré sur le système d'ouverture de la boîte à gants, qu'il ne parvenait pas à comprendre.

Allan avait appris par les marins du port de Vladivostok que la guerre de Corée était dans l'impasse. Les deux parties étaient retournées chacune de leur côté du trente-huitième parallèle. Il avait tenté d'expliquer la situation à Herbert, qui avait en vain essayé de se représenter le passage du nord au sud. Dans son esprit, il s'agissait de prendre son élan et de faire un grand saut, en espérant que ce trente-huitième parallèle n'était pas trop large. Il y avait évidemment un risque de se faire tirer dessus pendant qu'on était en l'air, mais l'idée n'était pas pour lui déplaire.

À plusieurs kilomètres de la frontière, la guerre faisait rage. Des avions américains sillonnaient l'espace aérien et semblaient avoir décidé de bombarder tout ce qu'ils voyaient. Allan comprit qu'une voiture russe de grand luxe, couleur vert armée, constituait une excellente cible, et décida de quitter la route principale, toujours vers le sud et sans demander la permission à son maréchal. Pour rejoindre l'intérieur du pays, il s'engagea sur des routes plus petites qui offraient des abris plus nombreux pour se cacher chaque fois que la circulation devenait trop dense au-dessus de leurs têtes.

Au bout d'un moment, Allan bifurqua vers le sud-ouest, pendant que Herbert le distrayait en lui faisant à haute voix l'inventaire du portefeuille du maréchal, qu'il avait trouvé dans la poche de poitrine de son uniforme. Il contenait une somme importante en roubles, mais aussi divers papiers concernant l'identité du maréchal, ainsi que quelques lettres qui donnaient une idée de ce qu'il fabriquait à Vladivostok quand la ville existait encore.

— Je me demande s'il n'avait pas quelque chose à voir avec le chargement qui est arrivé par train, dit Herbert.

Allan complimenta Herbert pour cette astucieuse remarque, et Herbert rougit. C'était amusant de dire des choses astucieuses de temps en temps.

— Penses-tu pouvoir te souvenir du nom du maréchal Kirill Afanassievitch Meretskov, au fait ? Ce serait assez pratique dans les jours qui viennent.

— Je suis tout à fait sûr d'en être incapable, répondit Herbert.

Quand la nuit tomba, Allan et Herbert entrèrent dans la cour d'une ferme qui leur sembla faire partie d'une exploitation prospère. Le paysan, sa femme et leurs deux enfants se mirent aussitôt en rang devant la porte pour accueillir ces invités de marque dans leur belle voiture. L'adjudant Allan s'excusa en russe et en chinois, en son nom et en celui du maréchal, de venir ainsi à l'improviste, et leur demanda si par hasard ils pourraient leur offrir de quoi se restaurer. Il précisa qu'ils seraient dédommagés, à condition qu'ils acceptent les roubles, car c'était tout ce qu'ils avaient sur eux.

Le fermier et sa femme ne comprirent pas un mot de ce que leur avait dit Allan. Mais le plus grand des enfants, un garçon de douze ans, étudiait le russe à l'école et se chargea de la traduction. Quelques minutes après, le maréchal Herbert et son adjudant Allan étaient conviés à partager le repas familial.

Quatorze heures plus tard, Allan et Herbert étaient prêts à reprendre la route. Il y avait d'abord eu le dîner avec le paysan, sa femme et leurs enfants, composé de haricots et de porc à l'ail avec du riz accompagné d'alcool de riz coréen. Alléluia ! L'eau-de-vie coréenne n'avait pas le même goût que la suédoise, mais, après cinq ans et trois semaines d'abstinence forcée, elle leur parut excellente.

Après le dîner, le maréchal et son adjudant furent invités à rester pour la nuit. Le maréchal Herbert s'installa dans le lit du couple pendant que ces derniers allaient coucher dans la chambre de leurs enfants. L'adjudant Allan dormit par terre dans la cuisine.

Quand le jour se leva, ils déjeunèrent de légumes cuits à la vapeur, de fruits séchés et de thé, puis le fermier fit le plein de la voiture du maréchal avec de l'essence qu'il gardait dans une cuve à l'intérieur de l'une des granges.

Le paysan refusa la liasse de roubles que lui tendait le maréchal, jusqu'à ce que Herbert se mette à hurler en allemand :

— Tu vas prendre ce fric, crétin de péquenot !

Le fermier eut si peur qu'il accepta l'argent sans avoir compris ce que Herbert lui avait dit.

Puis tout le monde se dit au revoir, et le voyage continua par une petite route sinueuse en direction du sud-ouest, sans rencontrer âme qui vive, avec en bruit de fond le grondement menaçant des bombardiers.

En approchant de Pyongyang, Allan réfléchissait à un nouveau plan. Le premier ne paraissait plus très adapté. Il semblait exclu d'atteindre la Corée du Sud depuis l'endroit où Herbert et lui se trouvaient.

La nouvelle idée qui s'imposa à lui fut de prendre contact avec le Premier ministre Kim Il-sung. Après tout, Herbert était un maréchal soviétique !

Herbert s'excusa de se mêler de la planification, mais il ne voyait pas l'intérêt qu'il y aurait à rencontrer Kim Il-sung.

Allan ne savait pas encore, mais promit d'y réfléchir. Une chose était certaine, plus on s'approchait de ces messieurs du pouvoir, meilleure était la nourriture. L'eau-de-vie aussi, d'ailleurs.

Allan savait que tôt ou tard Herbert et lui se feraient arrêter sur la route et devraient faire face à un vrai contrôle d'identité. Même un maréchal ne pouvait pas se promener dans la capitale d'une nation en guerre sans se voir poser un minimum de questions. Allan avait passé des heures à expliquer à Herbert ce qu'il aurait à dire. Une seule chose en fait, mais essentielle : « Je suis le maréchal Meretskov de l'Union soviétique, amenez-moi à votre dirigeant ! »

Pyongyang était protégée à cette époque par une ceinture militaire positionnée à l'extérieur et une deuxième division à l'intérieur. La première, basée à vingt kilomètres de la ville, était composée de canons de défense antiaérienne et d'un double poste de contrôle routier, alors que la ceinture intérieure était une véritable barricade, une ligne de front destinée à repousser une éventuelle attaque terrestre. Allan et Herbert furent donc arrêtés dans un premier temps à l'un des postes frontières par un soldat nord-coréen dans un état d'ébriété avancé, qui portait en travers de la poitrine une mitrailleuse sans sécurité. Le maréchal Meretskov avait répété son unique réplique maintes et maintes fois et il déclama :

— Je suis le dirigeant, conduisez-moi… en Union soviétique.

Heureusement, le soldat ne comprenait pas le russe. Comme il comprenait le chinois, l'adjudant Allan put donc faire l'interprète pour son maréchal et traduire tous les mots, dans le bon ordre.

Le soldat avait une telle quantité d'alcool dans le sang qu'il n'avait pas la moindre idée de la mesure à prendre en la circonstance. Quoi qu'il en soit, il fit entrer Allan et Herbert à l'intérieur du poste de garde et téléphona à son collègue qui se trouvait à un deuxième poste de contrôle deux cents mètres plus loin. Puis il s'assit dans un vieux fauteuil très usé et sortit de sa poche sa troisième bouteille d'alcool de riz de la journée. Il en prit une gorgée et se mit à fredonner une mélodie. Ses yeux vitreux et totalement inexpressifs regardaient au-delà de ses deux hôtes soviétiques, pour aller se perdre très loin dans le néant.

Le comportement qu'avait eu Herbert devant le garde inquiétait Allan, qui se dit qu'avec lui dans le rôle du maréchal, en moins de deux minutes face à Kim Il-sung, ils seraient tous les deux arrêtés. Allan voyait par la fenêtre l'autre garde approcher. Il fallait faire vite.

— Donne-moi tes vêtements, Herbert.

— Pourquoi ?

— Tout de suite.

En un temps record, le maréchal devint adjudant et l'adjudant, maréchal. Le regard du soldat ivre mort glissa vaguement sur eux et il gargouilla quelques mots en coréen.

Dix secondes plus tard, le deuxième soldat entra dans le poste de contrôle et se mit instantanément au garde-à-vous quand il vit quels éminents visiteurs l'attendaient. Le soldat numéro deux parlait également le chinois et Allan réitéra, dans son nouveau rôle de maréchal, le souhait de rencontrer le Premier ministre Kim Il-sung. Avant que le deuxième soldat ait eu le temps de répondre, son collègue l'interrompit avec le même gargouillement que précédemment.

— Qu'est-ce qu'il dit ? demanda Allan.

— Il dit que vous venez de vous mettre nus tous les deux et qu'ensuite vous vous êtes rhabillés, répondit sans ambages le soldat numéro deux.

— Ah ! L'alcool ! commenta Allan en secouant la tête.

Le soldat numéro deux les pria d'excuser le comportement du soldat numéro un. Quand il jura à nouveau qu'Allan et Herbert venaient de se déshabiller, l'autre lui donna un coup de poing dans le nez et lui ordonna de se taire une bonne fois pour toutes s'il ne voulait pas avoir droit à un rapport pour ivrognerie.

Le soldat numéro un se tut et reprit une petite gorgée. Le deuxième passa un ou deux coups de fil avant de rédiger un laissez-passer en coréen, qu'il signa et tamponna en deux endroits et qu'il remit au maréchal Allan en disant :

— Vous présenterez ceci au prochain poste de contrôle, maréchal. Là-bas, il y aura quelqu'un qui vous conduira au bras droit du bras droit du Premier ministre.

Allan le remercia, lui adressa un salut militaire et retourna à la voiture, poussant un peu Herbert devant lui.

— C'est toi l'adjudant maintenant, alors il va falloir que tu conduises.

— Intéressant, fit Herbert. Je n'ai pas conduit une voiture depuis que la police suisse m'a interdit de tenir un volant… à vie.

— Je préfère ne plus rien entendre, dit Allan.

— J'ai un petit problème avec cette histoire de gauche et de droite, ajouta Herbert.

— Je te le répète, je préfère ne plus rien entendre.

Ils repartirent avec Herbert à la place du conducteur, et cela se passa beaucoup mieux qu'Allan ne l'avait craint. De surcroît, le laissez-passer leur permit d'arriver sans encombre jusqu'au centre de la ville et même d'accéder au palais du Premier ministre. Là, le bras droit du bras droit les reçut et leur dit que le bras droit leur accorderait une audience dans trois jours. En attendant, ils pouvaient s'installer dans les chambres d'amis du palais. Le dîner était servi à 20 heures.

— Et voilà ! dit Allan à Herbert sur un ton triomphant.

Kim Il-sung naquit en avril 1912 dans une famille chrétienne de la banlieue de Pyongyang. Sa famille, comme toutes les autres familles coréennes d'ailleurs, dépendait du gouvernement japonais. Depuis des années, les Japonais agissaient à leur guise avec les habitants de la colonie. Des centaines de milliers de femmes et de petites filles coréennes étaient réduites en esclavage pour satisfaire les caprices sexuels des soldats de l'empereur. Les hommes de Corée, recrutés de force dans l'armée, devaient se battre pour cet empereur qui les obligeait à prendre des noms japonais et faisait tout ce qu'il pouvait pour que la culture et la langue coréennes disparaissent.

Le père de Kim Il-sung était un pharmacien sans histoire ; c'était aussi un homme qui n'hésitait pas à dire haut et fort ce qu'il pensait du comportement des Japonais, si bien qu'il dut fuir en Mandchourie chinoise avec sa famille.

Là-bas, tout alla très bien jusqu'en 1931, année où l'armée japonaise s'attaqua à cette région également. Son père était déjà mort, mais sa mère convainquit Kim Il-sung de rejoindre la guérilla, espérant qu'il contribuerait à chasser les Japonais de Mandchourie, et pourquoi pas de Corée.

Kim Il-sung fit carrière au sein de la guérilla communiste chinoise. Il fut vite remarqué pour son esprit d'initiative et son courage et fut nommé capitaine d'une importante division. Il se battit avec témérité contre les Japonais, et malgré cela toute son unité fut décimée, lui et quelques hommes exceptés. C'était en 1941, en pleine guerre mondiale, et Kim Il-sung fut obligé de se réfugier en Union soviétique.

Là aussi il fit carrière. Il devint capitaine de l'Armée rouge et se battit sous le drapeau russe jusqu'en 1945.

À la fin de la guerre, le Japon se retira enfin de Corée. Kim Il-sung revint d'exil, avec une aura de héros national. Il n'y avait plus qu'à construire le nouvel État, et Kim Il-sung devint tout naturellement son chef.

Les deux vainqueurs de la guerre, la Russie et les États-Unis, s'étaient partagé le pays en fonction de leurs intérêts personnels, et en Amérique on ne trouvait pas du tout que ce fût une bonne idée d'avoir à la tête de toute la péninsule un *communiste avéré*. Ils mirent donc en place au sud du pays un chef d'État à leur convenance, un autre Coréen en exil. Kim Il-sung aurait dû se contenter de la partie nord, ce qu'il ne fit pas. Il préféra déclencher la guerre de Corée. S'il avait réussi à expulser les Japonais, il n'aurait aucun mal à se débarrasser des Américains et de tous leurs pions de l'ONU.

Kim Il-sung s'était battu sous le drapeau chinois, puis sous le drapeau russe. Maintenant il se battait pour son propre compte. Et s'il avait appris une chose, c'est qu'il ne fallait faire confiance à personne d'autre qu'à soi-même.

Il était prêt à faire une unique exception à cette règle, et cette unique exception était devenue son bras droit.

Celui qui souhaitait s'entretenir avec le Premier ministre Kim Il-sung devait d'abord solliciter un entretien avec ce bras droit, qui n'était autre que son fils.

Kim Jong-il.

Âgé de onze ans.

— Et tu devras toujours faire attendre tes visiteurs pendant au moins soixante-douze heures avant de les recevoir. C'est ainsi qu'on assoit son autorité, mon fils, lui avait expliqué Kim Il-sung.

— Je crois comprendre, père, avait menti Kim Jong-il.

Après quoi il était allé vérifier dans le dictionnaire les mots qu'il ne connaissait pas.

Cela ne dérangea pas du tout Herbert et Allan d'attendre pendant trois jours. Au palais du Premier ministre, la nourriture était bonne et les lits moelleux. Enfin, il était rare que les bombardiers américains s'approchent de Pyongyang, car il y avait des cibles beaucoup plus simples à atteindre.

Le jour de l'audience finit tout de même par arriver. Le bras droit du bras droit du Premier ministre vint chercher Allan et le conduisit jusqu'au bureau du bras droit en traversant d'interminables couloirs. Allan savait déjà que le bras droit n'était en fait qu'un gamin.

— Je suis Kim Jong-il, le fils du Premier ministre. Je suis aussi son bras droit.

Kim Jong-il donna au maréchal une poignée de main ferme, bien que sa main disparût entièrement dans la grosse pogne d'Allan.

— Et moi, je suis le maréchal Kirill Afanassievitch Meretskov, dit Allan. Je remercie le jeune monsieur Kim d'avoir bien voulu me recevoir. Monsieur m'autorise-t-il à lui exprimer ma requête sans détour ?

Monsieur Kim autorisa, et Allan continua à mentir : le maréchal était porteur d'un message personnel à l'intention du Premier ministre qui lui avait été confié par le camarade Staline à Moscou. Comme il courait certains bruits selon lesquels les États-Unis, ces hyènes capitalistes, auraient infiltré les services secrets soviétiques (le maréchal préférait ne pas entrer dans les détails, si le jeune monsieur Kim voulait bien le lui pardonner), le camarade Staline avait décidé que le message serait transmis de vive voix. Cet immense honneur était échu au maréchal ici présent et à son adjudant que, pour des raisons de sécurité, il avait préféré laisser dans la chambre.

Kim Jong-il regarda le maréchal d'un air soupçonneux ; il semblait presque lire dans les pensées d'Allan quand il répondit que son rôle était de protéger son père en toutes circonstances, ce qui consistait avant tout à ne faire confiance à personne. C'était ce que son père lui avait enseigné, expliqua-t-il. C'est pourquoi il n'avait pas l'intention de conduire le maréchal auprès de son père le Premier ministre avant d'avoir contrôlé son histoire avec le Soviet. Il allait téléphoner à Moscou afin de vérifier si le maréchal avait été envoyé par l'oncle Staline ou pas.

Voilà qui n'arrangeait pas Allan. Il fallait faire en sorte d'empêcher ce coup de fil.

— Ce n'est évidemment pas le rôle d'un simple maréchal de vous contredire, mais je me permets de faire remarquer qu'il ne serait peut-être pas très prudent d'employer le téléphone pour demander s'il est vrai qu'il n'est pas prudent d'employer le téléphone.

Le jeune monsieur Kim entendit ce que le maréchal Allan venait de lui dire. Mais les mots de son père résonnaient dans sa tête. *« Ne fais confiance à personne, mon fils. »* Finalement, le garçon trouva une solution. Il allait téléphoner au camarade Staline et lui parler en langage codé. Le jeune Kim avait rencontré l'oncle Staline à de nombreuses reprises et l'oncle Staline l'appelait toujours « le petit révolutionnaire ».

— Je vais appeler l'oncle Staline, me présenter comme « le petit révolutionnaire », et puis je lui demanderai s'il a envoyé quelqu'un pour parler à mon père. Comme ça, je n'en aurai pas trop dit, même si les Américains écoutent. Qu'en pense monsieur le maréchal ?

Le maréchal était en train de se dire que ce gamin était un coquin fort rusé. Quel âge pouvait-il avoir ? Dix ans ? Allan était lui aussi devenu adulte très vite. À l'âge de Kim Jong-il, il portait déjà à plein temps des caisses de dynamite chez Nitroglycerin AB à Flen.

L'affaire était mal engagée. Enfin, c'était comme pour tout, il verrait bien.

— Je crois que monsieur Kim est un garçon très intelligent qui a un grand avenir devant lui, dit Allan, laissant le destin s'occuper du reste.

— J'ai l'intention de reprendre le travail de mon père après lui, et monsieur le maréchal a raison quant à mon intelligence. Je vais vous laisser boire tranquillement une tasse de thé pendant que je téléphone à l'oncle Staline.

Le jeune monsieur Kim se dirigea vers le bureau marron dans l'angle de la pièce, pendant qu'Allan se servait du thé en se demandant s'il ne devrait pas essayer de sauter par la fenêtre. Il abandonna vite cette idée. Le bureau de Kim Jong-il était au quatrième étage du palais ministériel, et il ne pouvait pas laisser tomber son copain. Herbert aurait sûrement sauté, s'il avait osé, mais pour l'instant il n'était pas là.

Allan fut soudainement interrompu dans ses pensées. Kim Jong-il venait d'éclater en sanglots. Il reposa le combiné et se précipita vers Allan.

— L'oncle Staline est mort ! L'oncle Staline est mort !

Allan se dit qu'il avait vraiment une chance incroyable.

— Allons, allons, jeune monsieur Kim. Venez là, que votre oncle le maréchal vous fasse un gros câlin. Allons, allons…

Quand le jeune monsieur Kim fut à peu près consolé, il n'était plus le même petit garçon trop sérieux. Comme s'il n'avait plus la force de jouer à être adulte. Entre deux reniflements, il parvint à expliquer que l'oncle Staline avait eu une attaque deux jours auparavant et que d'après la tante Staline, comme il l'appelait, il était décédé quelques minutes avant l'appel de monsieur Kim.

Le jeune monsieur Kim pelotonné sur ses genoux, Allan raconta avec émotion sa dernière entrevue avec le camarade Staline. Ils avaient partagé un repas de fête et l'ambiance avait été aussi bonne qu'elle pouvait l'être entre de bons amis. Le camarade Staline avait dansé et chanté toute la soirée. Allan fredonna la comptine avec laquelle Staline les avait divertis juste avant de « péter les plombs », et le jeune monsieur Kim reconnut la chanson ! L'oncle Staline la lui avait chantée à lui aussi. À partir de ce moment, tous les doutes de Kim Jong-il furent balayés. L'oncle maréchal était celui qu'il prétendait être. Le jeune monsieur Kim allait faire en sorte que le Premier ministre le reçoive dès le lendemain. Mais d'abord il voulait encore un gros câlin.

Le Premier ministre ne gouvernait pas son demi-pays dans un bureau. C'eût été s'exposer à de trop gros risques. Non. Pour rencontrer Kim Il-sung, il fallait faire un petit voyage qui par mesure de sécurité s'effectuait dans un SU-122, une voiture-canon d'infanterie légère, d'autant plus que le bras droit du Premier ministre était du voyage.

Le trajet ne fut pas confortable – le confort n'est pas ce qu'on attend en priorité d'une automitrailleuse. Allan eut tout le temps de réfléchir. Il se demandait ce qu'il allait pouvoir raconter à Kim Il-sung, et aussi où il voulait en venir.

Il avait prétendu devant le bras droit du Premier ministre, qui était aussi son fils, qu'il était porteur d'une importante nouvelle émanant du camarade Staline, et jusque-là tout s'était bien passé, puisque ce dernier n'était plus là pour le contredire. Le faux maréchal avait maintenant les coudées franches. Allan décida d'annoncer à Kim Il-sung que Staline souhaitait lui fournir deux cents chars supplémentaires afin de soutenir sa lutte communiste en Corée. Ou trois cents. Plus il y en aurait, plus le Premier ministre serait content.

Et lui, qu'attendait-il de cette entrevue ? Il avait modérément envie de retourner en Union soviétique après avoir rempli sa fausse mission auprès de Kim Il-sung. Mais demander au Premier ministre de les aider, Herbert et lui, à passer en Corée du Sud ne semblait pas très judicieux. Le voisinage de Kim Il-sung allait devenir malsain, au fur et à mesure que les jours s'écouleraient sans voir l'arrivée des chars promis.

La Chine pouvait-elle constituer une solution de repli ? Quand Allan et Herbert portaient un costume rayé noir et blanc, la réponse était non, mais ce n'était plus le cas. De « menace », le puissant voisin de la Corée était devenu « promesse » depuis qu'Allan s'était métamorphosé en maréchal soviétique. Surtout s'il réussissait à obtenir une jolie lettre d'introduction écrite par Kim Il-sung.

Sa prochaine étape serait donc la Chine. Ensuite… S'il n'avait pas d'autre idée entre-temps, il pourrait toujours traverser l'Himalaya une deuxième fois.

Allan trouva qu'il avait assez réfléchi comme ça. Il allait d'abord offrir trois cents chars à Kim Il-sung, ou quatre cents. Aucune raison de se montrer radin. Puis il demanderait humblement au Premier ministre de lui procurer un moyen de transport et un visa pour la Chine, sachant qu'il avait également une démarche à effectuer auprès de Mao Tsé-toung. Allan fut satisfait de ce plan qui lui semblait sans faille.

Le char d'artillerie et ses passagers, Allan, Herbert et le jeune Kim Jong-il, pénétrèrent à la tombée de la nuit dans ce qui sembla à Allan être une ville de garnison.

— Tu crois que nous sommes en Corée du Sud ? demanda Herbert, plein d'espoir.

— S'il y a un endroit où je suis certain que Kim Il-sung ne se trouve pas, c'est en Corée du Sud, rétorqua Allan.

— Non, bien sûr… c'est ce que je me disais aussi.

Le véhicule à dix chenilles s'arrêta brusquement. Les trois passagers s'extirpèrent de la cabine et descendirent sur la terre ferme. Ils se trouvaient sur un terrain d'aviation militaire, devant ce qui était sans doute le bâtiment de l'état-major.

Le jeune monsieur Kim tint la porte ouverte pour Allan et Herbert, et repassa ensuite devant eux sur ses petites jambes pour leur ouvrir la porte suivante. Ils virent un immense bureau jonché de documents, devant un mur sur lequel était affichée une grande carte de la Corée. À droite de la pièce se trouvait un coin salon. Le Premier ministre Kim Il-sung était assis dans l'un des canapés et il n'était pas seul. Deux soldats au garde-à-vous et armés de pistolets-mitrailleurs se tenaient immobiles contre le mur opposé.

— Bonsoir, monsieur le Premier ministre, dit Allan. Je suis le maréchal Kirill Afanassievitch Meretskov d'Union soviétique.

— Faux, dit tranquillement Kim Il-sung. Je connais très bien le maréchal Meretskov.

— Aïe, fit Allan.

Les soldats quittèrent instantanément leur position et mirent en joue le faux maréchal et son faux adjudant. Kim Il-sung garda son calme, mais son fils éclata en sanglots… et de colère en même temps. C'est peut-être à cet instant précis que mourut ce qui restait d'enfance en lui. *« Tu ne dois faire confiance à personne ! »* Il s'était laissé aller sur les genoux d'un faux maréchal. *« Tu ne dois faire confiance à personne ! »* Il ne ferait plus jamais confiance à quiconque pour le restant de ses jours.

— Tu vas mourir ! hurla-t-il à Allan entre deux sanglots. Et toi aussi ! cria-t-il à Herbert.

— Effectivement, vous allez mourir bientôt, dit Kim Il-sung sur le même ton posé, mais d'abord vous allez nous raconter qui vous a envoyé.

Ça ne sent pas bon du tout, se dit Allan.

Chouette, on va mourir, se disait Herbert au même moment.

Le vrai maréchal Kirill Afanassievitch Meretskov n'avait pas eu d'autre choix que de faire la route à pied avec son adjudant en direction de ce qui restait de Vladivostok.

Après plusieurs heures, ils étaient arrivés à un camp de tentes que l'Armée rouge avait édifié à l'extérieur de la ville détruite. L'humiliation du maréchal avait atteint son comble quand on les avait pris pour des prisonniers évadés qui se seraient ravisés. Heureusement, on l'avait reconnu très vite et il avait eu droit aux égards dus à son grade.

Le maréchal Meretskov n'avait qu'une fois dans sa vie laissé un affront impuni, c'était quand le bras droit de Staline, Beria, l'avait fait arrêter et torturer pour rien, et l'aurait sans doute tué si Staline en personne n'était pas venu le libérer. Meretskov aurait dû à ce moment-là se venger de Beria, mais il y avait une guerre mondiale à gagner et Beria était trop fort ; il avait donc abandonné cette idée. Mais Meretskov s'était juré que plus jamais il ne se laisserait humilier. Il avait hâte de retrouver et de punir les deux hommes qui l'avaient délesté de sa voiture et de son uniforme.

Meretskov ne pouvait pas se mettre en chasse sans son uniforme de maréchal. Il n'était pas facile de trouver un tailleur dans un campement de fortune, et quand enfin il en eut déniché un, un problème des plus triviaux se posa : comment se procurer du fil et une aiguille dans une ville en ruine ?

Au bout de quatre jours, l'uniforme fut enfin prêt. Sans décorations toutefois, puisqu'elles ornaient la poitrine du faux maréchal. Mais il en fallait plus pour arrêter Meretskov.

La plupart des véhicules militaires avaient été détruits dans l'incendie ; le maréchal Meretskov réussit tout de même à mettre la main sur une nouvelle Pobeda, qu'il réquisitionna. Il partit vers le sud cinq jours après le début de ses malheurs. Arrivé à la frontière avec la Corée du Nord, il constata que ses craintes étaient justifiées. Un autre maréchal, vêtu comme lui, était passé dans une Pobeda identique à la sienne et avait poursuivi sa route vers le sud. Les douaniers ne pouvaient pas lui en dire plus.

Le maréchal Meretskov se fit la même réflexion qu'Allan avant lui : ce serait un suicide de continuer en direction du front. Il bifurqua vers Pyongyang et eut rapidement confirmation qu'il avait pris la bonne décision. L'un des deux soldats affectés à la surveillance du premier poste de garde de la ville lui apprit qu'un maréchal Meretskov accompagné de son adjudant avait demandé audience au Premier ministre Kim Il-sung, et qu'il avait été reçu par le bras droit du bras droit du Premier ministre. Sur ce, les deux gardes s'étaient mis à se disputer. Si le maréchal avait compris le coréen, il aurait entendu le premier soldat dire qu'il savait bien que ces types qui avaient échangé leurs vêtements n'étaient pas clairs, et il aurait entendu l'autre lui répondre que s'il était à jeun une fois de temps en temps au-delà de 10 heures, on pourrait peut-être commencer à ajouter foi à ses désirs. Le garde numéro un et le garde numéro deux étaient encore occupés à se traiter mutuellement de débile borné quand le maréchal et son adjudant reprirent leur route vers Pyongyang.

Le vrai maréchal Meretskov fut autorisé à rencontrer le bras droit du bras droit du Premier ministre le jour même après déjeuner. Avec l'autorité qui est l'apanage d'un vrai maréchal, il parvint à convaincre le bras droit du bras droit que le Premier ministre et son fils étaient en danger, et que le bras droit du bras droit devait absolument, et sans délai, le conduire au quartier général du Premier ministre. La situation étant grave, le trajet se ferait à bord de la Pobeda, un véhicule quatre fois plus rapide que le char dans lequel les criminels et Kim Jong-il avaient voyagé.

— Bon, fit Kim Il-sung sur un ton condescendant mais curieux. Qui êtes-vous, qui vous a envoyé ici et quel était le but de cette petite supercherie ?

Allan n'eut pas le temps de répondre. La porte s'ouvrit brusquement sur le véritable maréchal Meretskov, qui bondit dans la pièce en hurlant qu'il s'agissait d'un attentat et que les deux individus qui se trouvaient actuellement au centre du tapis étaient des criminels évadés du goulag.

Pendant une seconde, il y eut un peu trop de maréchaux et d'adjudants dans la pièce pour les deux soldats et leurs pistolets-mitrailleurs.

Une fois qu'ils eurent compris que le nouveau maréchal était le bon, ils purent se concentrer sur les deux usurpateurs.

— Calme-toi, cher Kirill Afanassievitch, dit Kim Il-sung. J'ai la situation en main.

— Tu vas mourir, lança le maréchal Meretskov, survolté, en voyant Allan dans son uniforme, la poitrine couverte de médailles.

— Oui, tout le monde le dit, répondit Allan. D'abord le jeune Kim, ensuite le Premier ministre, et maintenant vous, monsieur le maréchal. Le seul qui ne m'ait pas encore condamné à mort, c'est vous, dit Allan en se tournant vers l'invité du Premier ministre. Je ne sais pas qui vous êtes, mais il serait sans doute présomptueux de ma part d'espérer que vous ayez un autre avis sur la question ?

— Effectivement, jeune homme, dit l'invité en souriant. Je suis Mao Tsé-toung, le président de la République populaire de Chine, et je vous avoue ne pas avoir beaucoup d'indulgence pour qui mettrait la vie de mon camarade Kim Il-sung en danger.

— Mao Tsé-toung ! s'exclama Allan. Quel honneur ! Même si on va très bientôt mettre fin à mes jours, je voudrais que vous transmettiez mes amitiés à votre ravissante épouse.

— Vous connaissez mon épouse ? dit Mao Tsé-toung, très surpris.

— Oui, si monsieur Mao ne l'a pas remplacée récemment, comme il en avait l'habitude dans le temps. J'ai rencontré Jiang Qing dans la province du Sichuan il y a quelques années. Nous avons fait un peu de randonnée dans la montagne avec un jeune homme qui s'appelait Ah Ming.

— Vous êtes Allan Karlsson ? dit Mao Tsé-toung étonné. L'homme qui a sauvé la vie de ma femme ?

Herbert Einstein ne comprenait plus grand-chose, mais il était sûr à présent que son ami Allan avait neuf vies et que leur mort allait être différée une fois de plus. Il ne fallait surtout pas que cela arrive ! Herbert réagit soudain, dans l'urgence et en état de choc.

— Je m'enfuis, je m'enfuis, tirez-moi dessus, tirez-moi dessus ! cria-t-il en traversant le bureau au pas de course et en ouvrant une porte qui donnait dans la réserve, où il se prit les pieds dans un seau et une serpillière.

— Dis-moi, Allan… fit remarquer Mao Tsé-toung. Ton ami, là… ça n'a pas l'air d'être Einstein !

— Ne dites pas ça, répondit Allan. Ne dites pas ça.

Que Mao Tsé-toung se trouvât par hasard dans ce bureau n'avait rien d'étonnant, car Kim Il-sung avait installé son quartier général en Mandchourie chinoise, tout près de Shenyang dans la province du Liaoning, à environ cinq cents kilomètres au nord-ouest de la ville nord-coréenne de Pyongyang. Mao se sentait bien, lui aussi, dans cette région où il avait toujours bénéficié du soutien de la population. Et il appréciait la compagnie de son ami nord-coréen.

Cela prit tout de même un bon moment de démêler tout ce qu'il y avait à démêler et de convaincre ceux qui voulaient la tête d'Allan sur un plateau d'y renoncer.

Le maréchal Meretskov fut le premier à tendre la main en signe de réconciliation. Après tout, Allan avait eu lui aussi à subir la folie de Beria. Il avait prudemment omis de mentionner que c'était lui qui avait détruit Vladivostok par le feu. Quand il suggéra d'échanger leurs vestes, afin que le vrai maréchal puisse récupérer ses décorations, la colère de l'officier fondit comme neige au soleil.

Kim Il-sung ne voyait pas non plus pourquoi il resterait fâché. Allan n'avait jamais eu le projet de lui nuire. La seule inquiétude de Kim Il-sung était que son fils se sentît trahi.

Le jeune Kim pleurait et criait toujours, exigeant la mort immédiate, et de préférence violente, d'Allan. Finalement Kim Il-sung lui colla une bonne gifle et lui ordonna de se taire, sous peine d'en prendre une deuxième.

Allan et le maréchal Meretskov furent conviés à s'asseoir dans le canapé de Kim Il-sung, où un Herbert Einstein découragé vint les rejoindre quand il se fut extirpé de son placard à balais.

L'identité d'Allan fut définitivement établie lorsqu'on fit venir le jeune chef cuisinier de Mao Tsé-toung. Celui-ci laissa Allan serrer longtemps Ah Ming dans ses bras avant de le renvoyer en cuisine leur préparer un plat de nouilles pour le souper.

La gratitude de Mao à l'égard d'Allan pour avoir sauvé la vie de Jiang Qing n'avait pas de limites. Il déclara qu'il était prêt à tout pour venir en aide aux deux amis. Il leur proposa même de rester en Chine, où il leur promettait une vie confortable et sans souci.

Allan répondit que pour le moment, s'il pouvait se permettre d'être aussi franc, le communisme lui restait un peu en travers de la gorge, et qu'il avait besoin de décompresser dans un endroit où il pouvait boire un coup sans être obligé d'écouter un discours idéologique.

Mao affirma qu'il ne tiendrait pas rigueur à monsieur Karlsson de sa franchise, mais qu'il lui conseillait de ne pas nourrir trop d'espoir d'échapper au communisme, qui progressait partout et aurait bientôt conquis le monde entier.

Allan demanda à ces messieurs s'ils avaient une idée de l'endroit où le communisme mettrait le plus de temps à arriver, où il y aurait aussi du soleil, des plages de sable blanc et où l'on pouvait espérer boire autre chose que de la liqueur de banane verte.

— En fait, je crois que j'ai surtout besoin de vacances.

Mao Tsé-toung, Kim Il-sung et le maréchal Meretskov se mirent à discuter tous les trois de la question. L'île de Cuba, dans les Caraïbes, fut évoquée, ces messieurs ayant du mal à imaginer un endroit plus capitaliste. Allan remercia du tuyau, mais estima que la mer des Caraïbes était beaucoup trop loin ; d'ailleurs il venait de se souvenir qu'il n'avait ni passeport ni argent, ce qui allait l'obliger à mettre la barre un peu moins haut.

En ce qui concernait l'argent et le passeport, il n'avait pas à s'inquiéter. Mao Tsé-toung s'engageait à fournir à monsieur Karlsson et à son ami de faux papiers qui leur permettraient de se rendre où ils voudraient. Il leur donnerait aussi un tas de dollars, car il en avait à revendre. C'était de l'argent que le président des États-Unis Harry Truman avait envoyé au Kuomintang et que le Kuomintang avait oublié dans sa précipitation quand il s'était enfui à Taïwan. Mais évidemment on ne pouvait pas nier que Cuba se trouvât de l'autre côté de la planète, et qu'il valait peut-être mieux trouver une autre idée.

Pendant que les trois communistes continuaient à disserter sur l'endroit où l'homme qui était allergique à leurs idées allait passer ses vacances, Allan remerciait en pensée Harry Truman pour l'argent.

Il fut question des Philippines, mais la destination fut jugée trop instable politiquement. Finalement, Mao proposa Bali. Allan s'était plaint de la liqueur de banane indonésienne, ce qui avait amené Mao à penser justement à l'Indonésie. Ce n'était pas un pays communiste, même si le communisme guettait dans les rizières, là comme partout ailleurs – sauf peut-être à Cuba –, et Mao était certain qu'on pouvait se faire servir autre chose à Bali que de la liqueur de banane.

— Alors, d'accord pour Bali, dit Allan. Tu viens avec moi, Herbert ?

Herbert avait fini par se faire à l'idée de vivre encore un peu, et il acquiesça en soupirant. Il partirait avec Allan, qu'avait-il de mieux à faire de toute façon ?

19

Mercredi 11 mai – mercredi 25 mai 2005

Les individus recherchés et le mort présumé de Klockaregård vivaient toujours terrés à l'abri du monde. La ferme était située à deux cents mètres de la route et, quand on la voyait de cet angle, la maison d'habitation et la grange dans son prolongement formaient un paravent, entre autres pour Sonja. Elle bénéficiait ainsi d'un petit paddock allant de la dépendance à la forêt, et pouvait se dégourdir les jambes sans être vue.

La vie à la ferme était principalement oisive. Benny refaisait le pansement du Brochet et lui administrait les médicaments adéquats. Buster aimait les grandes étendues de la plaine de Västgötta, et Sonja se sentait bien partout, du moment qu'elle mangeait à sa faim et que sa mère d'adoption venait de temps à autre lui dire une parole gentille ou deux. Ces derniers temps, elle avait trouvé un nouvel ami en la personne du vieux, et c'était encore mieux.

Pour Benny et Mabelle, le soleil brillait toujours, quel que soit le temps, et s'ils n'avaient pas été obligés de vivre cachés, ils auraient sûrement déjà fait des projets de mariage. À un âge mûr, on sait mieux ce qui nous convient.

Benny et Bosse n'avaient jamais été de meilleurs frères l'un pour l'autre. Dès que Benny eut réussi à faire comprendre à Bosse qu'il était adulte, même s'il préférait le sirop à l'alcool, leurs relations s'améliorèrent. Bosse était impressionné par tout ce que son petit frère savait faire. Benny n'avait peut-être pas totalement perdu son temps à l'université... C'était comme si le cadet était devenu l'aîné, et cela plaisait bien à Bosse.

Allan ne faisait pas grand-chose. Il passait ses journées sur la balancelle, malgré le temps qui, ces derniers jours, était conforme à ce qu'on peut attendre d'un mois de mai en Suède. Le Brochet venait parfois s'asseoir à côté de lui pour bavarder.

Au cours de l'une de leurs conversations, ils s'aperçurent qu'ils se faisaient la même idée du nirvana. Le summum de l'harmonie était pour l'un comme pour l'autre une chaise longue sous un parasol, dans un climat chaud et ensoleillé, avec du personnel pour leur servir des boissons rafraîchissantes. Allan raconta au Brochet les moments merveilleux passés à Bali à l'époque où il était parti en vacances avec l'argent donné par Mao Tsé-toung.

Il n'y avait que sur le contenu des verres qu'Allan et le Brochet n'étaient pas d'accord. Le centenaire aimait la vodka Coca ou à la rigueur la vodka pamplemousse. Les jours de fête, il optait pour la vodka vodka. Le Brochet, pour sa part, avait une prédilection pour les boissons un peu plus colorées. De préférence dans les jaunes tirant sur l'orangé, un peu comme un coucher de soleil. Et puis il devait y avoir un petit parasol. Allan ne voyait pas du tout l'intérêt du parasol, puisqu'on ne pouvait pas le boire. Le Brochet répondait que même si Allan avait fait le tour du monde et connaissait beaucoup plus de choses qu'un simple repris de justice de Stockholm, il y avait là une chose qu'il ne pouvait pas comprendre.

Et puis ils se remettaient à disserter sur le thème du nirvana. L'un avait le double de l'âge de l'autre, et l'autre le double de la taille de l'un, mais ils s'entendaient bien.

À mesure que les jours et les semaines passaient, les journalistes eurent de plus en plus de mal à entretenir la légende du triple meurtrier et de ses complices. Les quotidiens du matin et la télévision cessèrent d'en parler, conformément au vieux principe selon lequel il vaut mieux se taire quand on n'a rien à dire.

Les journaux du soir pressèrent le citron un peu plus longtemps. Si l'on n'avait rien à dire, on pouvait toujours publier des interviews de gens qui ne se rendaient pas compte qu'ils n'avaient rien à dire. Le quotidien *Expressen* renonça tout de même à l'idée de trouver la cachette d'Allan à l'aide de cartes de tarot. On arrêta de parler d'Allan Karlsson. Il fallait préserver l'appétit des lecteurs pour le prochain sujet croustillant, quelque chose qui puisse faire palpiter le pays tout entier. En attendant, la presse pouvait toujours se rabattre sur les régimes amaigrissants.

Tous les médias enterraient le mystère Allan Karlsson, sauf un. Dans le *Courrier d'Eskilstuna*, on continuait à diffuser régulièrement de petites informations locales en rapport avec la disparition du centenaire. Par exemple, on pouvait y lire un article sur la nouvelle porte blindée qui avait été installée au guichet de la gare routière, et une interview de sœur Alice déclarant qu'Allan Karlsson avait désormais perdu les droits sur sa chambre, qui allait être attribuée à quelqu'un d'autre – une personne capable d'apprécier le dévouement et la chaleur humaine du personnel de la maison de retraite.

Chaque article incluait un court résumé des événements qui, d'après la police, avaient découlé du saut effectué par le centenaire par-dessus le rebord de la fenêtre à la maison de retraite de Malmköping.

Il est vrai que le *Courrier d'Eskilstuna* avait pour rédacteur en chef un vieil original qui continuait à défendre l'idée désuète selon laquelle un citoyen restait innocent tant qu'on n'avait pas prouvé sa culpabilité. C'est pour cela aussi que les journalistes du *Courrier* ne publiaient les noms des acteurs du drame qu'avec la plus grande prudence. Allan Karlsson restait dans leurs articles Allan Karlsson, mais Julius Jonsson était toujours mentionné comme « le sexagénaire » et Benny Ljungberg comme « le vendeur de hot dogs ambulant ».

Un jour, un homme en colère appela l'inspecteur Aronsson à son bureau. Il souhaitait rester anonyme, mais il connaissait parfaitement Allan Karlsson, le présumé meurtrier introuvable, et il détenait à son sujet des informations qui pourraient se révéler utiles.

L'inspecteur Aronsson répondit que les informations utiles étaient justement ce qui lui manquait et qu'il ne voyait aucun inconvénient à ce que l'informateur reste anonyme.

L'homme avait lu tous les articles publiés par le *Courrier d'Eskilstuna* ces derniers mois et il avait bien réfléchi à ce qui avait pu se passer. Il admit qu'il disposait de moins d'indices que l'inspecteur lui-même, mais, d'après ce qu'il avait lu, il lui semblait que la police n'avait pas assez cerné l'étranger.

— Je suis sûr que c'est lui le vrai coupable.

— L'étranger ?

— Oui, je ne sais pas s'il s'appelle Ibrahim ou Mohammed, parce que le journal le désigne toujours comme « le vendeur de hot dogs ambulant », comme si on n'était pas capable de deviner que c'est un Turc ou un Arabe ou un musulman ou un truc dans ce genre. Ça ne peut pas être un Suédois en tout cas, un Suédois ne vend pas des saucisses dans la rue. Surtout pas dans une ville comme Åkers Styckebruk. Ce genre d'affaire ne peut être rentable que pour un étranger qui ne paye pas d'impôts.

— Eh bien, dit Aronsson, vous n'y allez pas de main morte. Mais je me permets juste de préciser qu'on peut être turc et musulman, ou arabe et musulman, c'est tout à fait compatible.

— Ah bon, il est turc et musulman ? C'est pire ! Alors, qu'est-ce que vous attendez pour le coincer ? Lui et tous les membres de sa famille ! Ils doivent être une centaine, à toucher des allocations familiales et le chômage et tout ça !

— Pas une centaine. En fait, il a juste un frère…

Et c'est alors qu'une idée commença à prendre forme dans le cerveau de l'inspecteur. Aronsson avait demandé quelques semaines auparavant qu'on fasse une recherche de filiation pour Allan Karlsson, Julius Jonsson et Benny Ljungberg. Il avait espéré trouver une sœur ou une cousine, une fille ou une petite-fille, rousse de préférence, habitant le Småland. C'était avant qu'on identifie Gunilla Björklund. Le résultat avait été peu probant. Un seul nom en était sorti, qui ne présentait pas le moindre intérêt sur le moment. Les choses étaient peut-être différentes aujourd'hui… Car le frère de Benny Ljungberg habitait justement dans la région de Falköping. Se pouvait-il qu'ils soient tous planqués là-bas ? Les pensées de l'inspecteur furent interrompues par son interlocuteur anonyme :

— Combien payent-ils d'impôts, ces types-là ? Ils viennent ici assassiner notre belle jeunesse suédoise, il faut arrêter l'immigration massive ! Vous m'entendez ?

Aronsson dit qu'il avait parfaitement entendu, qu'il le remerciait du tuyau, même si en l'occurrence le vendeur de hot dogs s'appelait Ljungberg et qu'il était tout ce qu'il y a de plus suédois, donc ni turc ni arabe. L'inspecteur ne pouvait bien sûr pas affirmer que Ljungberg n'était pas musulman. D'ailleurs, cela lui était complètement égal.

L'homme répondit qu'il avait perçu la note sarcastique qui pointait dans la réponse mensongère de l'inspecteur et qu'il reconnaissait là une attitude typiquement sociale-démocrate.

— Mais nous sommes nombreux et nos rangs grossissent tous les jours, tu verras ça aux prochaines élections ! claironna l'interlocuteur anonyme.

Aronsson craignait qu'il n'ait raison sur ce dernier point. La pire chose à faire quand on était une personne cultivée et lucide était d'envoyer promener ce genre de types et leur raccrocher au nez. Il fallait au contraire élever le débat. Aronsson en avait bien conscience quand il envoya le type promener et qu'il lui raccrocha au nez.

Aronsson passa un coup de fil au procureur Ranelid pour l'informer qu'avec son autorisation il allait se rendre dans le Västergötland afin de suivre une piste fraîche qu'on venait de lui communiquer dans l'affaire du centenaire et de ses compagnons de route. Il ne lui semblait pas indispensable de révéler qu'il avait eu connaissance de l'existence du frère de Benny Ljungberg plusieurs semaines auparavant. Le procureur Ranelid lui souhaita bonne chance et se sentit de nouveau tout excité à l'idée qu'il risquait bientôt de rejoindre le cercle très fermé des magistrats qui avaient réussi à faire comparaître un prévenu pour meurtre ou meurtre aggravé, ou au moins complicité de l'une ou l'autre de ces charges, bien qu'aucune des victimes n'ait encore été retrouvée. Ce serait d'ailleurs la première fois dans l'histoire criminelle qu'il y aurait plusieurs cadavres manquants à la fois. Bien sûr, il fallait d'abord que Karlsson et ses complices refassent surface, mais il savait que ce n'était qu'une question de temps. Aronsson allait peut-être tomber par hasard sur la bande dès le lendemain.

Il était presque 17 heures, le procureur rassemblait ses affaires en sifflotant, laissant ses pensées divaguer. Il devrait peut-être écrire un livre sur cette affaire. *La Plus Grande Victoire de la justice.* Pas mal comme titre ? Trop pompeux, peut-être ? *La Grande Victoire de la justice.* Mieux. Et plus humble. Plus en adéquation avec la personnalité de l'auteur.

20

1953 – 1968

Mao Tsé-toung procura à Allan et à Herbert de faux passeports britanniques sans expliquer comment il s'était débrouillé. Ils prirent l'avion jusqu'à Shenyang, via Shanghai, Hong Kong et la Malaisie. En un temps record, les anciens fugitifs du goulag se retrouvèrent allongés sous un parasol, planté à quelques mètres de l'océan Indien, sur une plage de sable blanc.

La situation aurait été parfaite si la serveuse pleine de zèle n'avait pas passé son temps à tout mélanger. Quoi qu'Allan et Herbert commandent à boire, elle apportait systématiquement autre chose, dans le meilleur des cas. Parfois elle n'apportait rien du tout parce qu'elle s'était perdue sur la plage. Le jour où Allan lui demanda un cocktail vodka Coca-Cola, avec un peu plus de vodka que de Coca, et qu'elle lui servit un Pisang Ambon, une liqueur de banane très très verte, ce fut la goutte qui fit déborder le vase.

— Maintenant ça suffit, dit Allan, je vais aller voir le directeur de l'établissement et demander à être servi par quelqu'un d'autre !

— Surtout pas ! fit Herbert. Elle est absolument adorable !

La serveuse s'appelait Ni Wayan Laksmi, elle avait trente-deux ans et aurait dû être mariée depuis longtemps. Elle était jolie, mais ne venait pas d'une famille très aisée. Elle n'avait pas de dot et il était notoire qu'elle avait autant de bon sens qu'un kodok, une variété balinaise de grenouille. Pour toutes ces raisons, Ni Wayan Laksmi était restée sur la touche quand les garçons faisaient leur choix parmi les filles de l'île et vice versa (quand on ne choisissait pas pour eux).

Ça ne la dérangeait pas tellement, car elle s'était toujours sentie mal à l'aise en compagnie d'un homme. En compagnie d'une femme aussi, d'ailleurs. En compagnie de qui que ce soit, en fait. Jusqu'à ce jour. Car il y avait quelque chose de tout à fait spécial chez l'un des deux Blancs qui séjournaient à l'hôtel en ce moment. Il s'appelait Herbert et elle avait l'impression qu'ils avaient… des tas de choses en commun. Il avait au moins trente ans de plus qu'elle, mais cela ne la dérangeait pas, parce qu'elle était tombée amoureuse. Et lui aussi. Herbert n'avait encore jamais rencontré quelqu'un d'aussi maladroit que lui.

Pour son quinzième anniversaire, le père de Ni Wayan Laksmi lui avait offert un manuel pour apprendre le néerlandais, car à l'époque l'Indonésie était une colonie hollandaise. Après qu'elle se fut bagarrée pendant quatre ans avec le livre, la famille avait reçu un invité de Hollande. Ni Wayan Laksmi avait pour la première fois osé mettre en pratique la langue qu'elle s'était donné tant de mal à apprendre, pour découvrir que c'était en fait de l'allemand. Le père, qui ne devait pas être bien futé non plus, s'était trompé de manuel.

Aujourd'hui, dix-sept ans plus tard, l'erreur était devenue un avantage, car elle permit à Ni Wayan Laksmi et à Herbert de se parler et de s'avouer leur amour.

Herbert, riche de la moitié des dollars que Mao Tsé-toung avait donnés à Allan, se présenta devant le père de Ni Wayan Laksmi pour lui demander la main de sa fille aînée. Le père crut à une blague. Il recevait la visite d'un étranger, un Blanc, un nanti aux poches pleines de billets, qui venait lui demander la main de la plus stupide de ses filles ! Même le fait qu'il frappe à sa porte était incompréhensible. La famille de Ni Wayan Laksmi faisait partie de la caste des shudra, la plus basse des quatre castes existant à Bali.

— Es-tu bien sûr de ne pas t'être trompé de maison ? demanda le père. Et de vouloir ma fille aînée et pas une autre ?

Herbert Einstein répondit qu'il lui arrivait parfois de se tromper, mais qu'en l'occurrence il était sûr de lui.

Deux semaines plus tard, ils étaient mariés. Herbert s'était entre-temps converti à la religion… Il avait oublié laquelle, mais elle semblait amusante, avec des têtes d'éléphants et des trucs comme ça.

Herbert essaya pendant quelques semaines de mémoriser le nom de son épouse et finit par y renoncer.

— Chérie, lui dit-il un jour, je ne parviens pas à me rappeler comment tu t'appelles. Ça ne t'ennuie pas si je te prénomme Amanda ?

— Pas du tout, cher Herbert. C'est joli, Amanda. Mais pourquoi Amanda ?

— Je ne sais pas, dit Herbert. Tu as une meilleure idée ?

Ni Wayan Laksmi n'avait pas d'idée et devint donc Amanda Einstein à partir de ce jour-là.

Herbert et Amanda s'achetèrent une maison dans la ville de Sanur, pas très loin de l'hôtel et de la plage où Allan passait toutes ses journées. Amanda cessa de travailler comme serveuse. Elle se dit qu'il valait mieux qu'elle donne sa démission avant qu'on ne la renvoie à cause de tout ce qu'elle faisait de travers. Maintenant, il ne restait qu'à décider de ce que Herbert et Amanda allaient faire de leur avenir.

Exactement comme son nouveau mari, Amanda avait la fâcheuse habitude de confondre la gauche et la droite, le haut et le bas, « ici » et « là »... C'est pour cela qu'elle n'avait jamais fait d'études. Il aurait déjà fallu qu'elle trouve chaque jour le chemin de l'école !

Maintenant que Herbert et Amanda possédaient un gros paquet de dollars, les choses allaient forcément s'arranger. Car, comme Amanda l'expliqua à son mari, elle manquait cruellement d'intelligence, mais elle n'était pas stupide !

Elle raconta ensuite à Herbert qu'en Indonésie tout pouvait s'acheter, ce qui était très pratique quand on avait de l'argent. Herbert ne comprenait pas très bien où sa femme voulait en venir et, comme Amanda savait d'expérience ce que cela signifiait de ne pas comprendre quelque chose, elle n'essaya pas de lui expliquer. Elle lui dit plutôt :

— Cite-moi quelque chose qui te plairait, cher Herbert.

— Je ne vois pas ce que tu veux dire. Enfin... comme... conduire une voiture ?

— Exactement !

Puis elle lui demanda de l'excuser parce qu'elle avait des choses à faire. Elle promit d'être rentrée pour le dîner.

Trois heures plus tard elle était de retour. Elle avait à la main un beau permis de conduire tout neuf au nom de Herbert. Ce n'était pas tout. Elle avait aussi un diplôme au nom de son mari indiquant qu'il était moniteur d'auto-école, ainsi que le titre de propriété de l'auto-école locale, qu'elle avait déjà rebaptisée et qui s'appelait désormais « Ecole de conduite Herbert Einstein ».

Bien sûr, Herbert trouva tout cela absolument merveilleux, mais argua qu'il n'était pas devenu meilleur conducteur pour autant.

Si, affirma sa femme. Puisqu'il avait toute autorité en matière de conduite automobile sur l'île, c'était maintenant lui qui allait décider ce qu'on entendait par bien conduire. Ce qui est bien dans la vie n'est pas obligatoirement ce qui est bien, mais ce que la personne qui a l'autorité en la matière définit comme étant bien.

Le visage de Herbert s'illumina : il avait compris !

L'auto-école de Herbert fut un succès. Presque tous ceux qui voulaient passer leur permis de conduire voulurent apprendre avec le sympathique Visage pâle. Herbert joua parfaitement son rôle. Il donnait lui-même les cours de code, pendant lesquels il expliquait le plus sérieusement du monde qu'il ne fallait pas rouler trop vite sur les routes si on ne voulait pas percuter une autre voiture. Qu'il ne fallait pas non plus rouler trop lentement pour ne pas gêner la circulation. Les élèves hochaient la tête et prenaient des notes. L'instructeur semblait savoir de quoi il parlait.

Au bout de six mois, toutes les autres auto-écoles avaient fait faillite, et Herbert se retrouva en situation de monopole. Il raconta l'histoire à Allan lors de l'une de ses visites hebdomadaires sur la plage.

— Je suis fier de toi, Herbert, dit Allan. Qui aurait pensé que toi, tu puisses devenir instructeur d'auto-école ! Avec la conduite à gauche et tout ça…

— La conduite à gauche ? fit Herbert. On conduit à gauche en Indonésie ?

Amanda n'était pas restée inactive pendant que Herbert faisait prospérer son affaire. Elle commença par faire des études pour devenir comptable. Cela lui prit plusieurs semaines et lui coûta une jolie somme, mais enfin elle eut son diplôme en main. Avec mention, et le cachet d'une des plus grandes universités de Java.

Ayant terminé ses études, elle fit une longue promenade sur la plage et se mit à réfléchir, réfléchir et encore réfléchir. Que pourrait-elle faire de sa vie de femme mariée ? Comptable ou pas, elle ne savait toujours pas compter au-delà du strict nécessaire. Mais peut-être qu'elle pourrait… Est-ce qu'elle ne pourrait pas… Il suffit de… Mais c'est évident, se dit Amanda Einstein. Et elle s'écria :

— Je vais faire de la politique !

Amanda Einstein créa le parti libéral des démocrates libres ; elle trouvait que les mots « libéral », « démocrate » et « libre » allaient bien ensemble. Elle eut immédiatement six mille adhérents fictifs, qui tous estimaient qu'elle devait se présenter au poste de gouverneur pour les prochaines élections. Le gouverneur sortant allait de toute façon se retirer en raison de son grand âge, et il n'avait qu'un seul successeur possible avant qu'Amanda prenne sa décision. Maintenant, ils étaient deux. L'un était un pandit, l'autre une shudra. En toute logique, l'issue aurait dû être en la défaveur d'Amanda, si cette dernière n'avait pas été à la tête d'un gros paquet de dollars.

Herbert ne voyait pas d'inconvénient à ce que sa femme se lance en politique, mais il savait qu'Allan, sous son parasol, détestait la politique, et qu'après ces années passées au goulag, il avait particulièrement horreur du communisme.

— Nous allons devenir communistes ? demanda Herbert, inquiet.

Non, Amanda ne pensait pas qu'ils seraient communistes, en tout cas ce mot-là ne figurait pas dans le nom qu'elle avait choisi pour son parti. Mais si cela faisait plaisir à Herbert, elle voulait bien le rajouter.

— Parti libéral des communistes démocrates, énonça Amanda pour entendre comment cela sonnait. C'est un peu long, mais ça pourrait marcher.

Ce n'était pas ce que Herbert voulait dire. C'était même exactement l'inverse. Il aurait bien aimé que leur parti fasse le moins de politique possible.

Ils abordèrent ensuite la question du financement de la campagne. Selon Amanda, après la campagne, ils ne seraient plus à la tête d'un si gros paquet de dollars, parce que gagner coûtait très cher. Elle demanda à Herbert ce qu'il en pensait.

Herbert lui répondit qu'elle était la mieux placée de la famille pour répondre à cette question. Il est vrai qu'elle n'avait pas beaucoup de concurrence.

— Parfait, dit Amanda. Alors, nous allons investir un tiers de notre argent dans ma campagne électorale, un deuxième tiers pour graisser la patte des chefs de chaque bureau de vote, un troisième tiers pour salir l'image de notre principal adversaire, et nous garderons le dernier tiers pour vivre au cas où nous perdrions les élections. Qu'est-ce que tu en penses ?

Herbert se grattait le nez et ne pensait pas. Quand il raconta les projets d'Amanda à Allan, ce dernier poussa un gros soupir à l'idée qu'une personne incapable de distinguer la liqueur de banane d'une vodka Coca puisse imaginer devenir gouverneur. Enfin, Mao Tsé-toung leur avait fait cadeau d'un gros paquet de dollars, et la part qui restait à Allan lui suffisait largement. Il promit à Herbert et à Amanda de remettre la main à la poche après les élections. Mais ils devraient s'engager à ne plus se lancer dans des projets auxquels ils ne comprenaient rien ni l'un ni l'autre.

Herbert le remercia de son offre. Allan était vraiment un type en or.

Finalement, ils n'eurent pas besoin de son aide. Amanda gagna les élections haut la main. Elle obtint le poste de gouverneur avec presque quatre-vingts pour cent des voix, contre vingt-deux pour cent pour son adversaire. Celui-ci fit remarquer qu'un total de cent deux pour cent de votants était la preuve d'une tricherie électorale. L'argument fut rapidement balayé par un tribunal qui menaça de surcroît le mauvais perdant de sévères représailles s'il continuait à salir la réputation de madame le gouverneur Einstein. Amanda et le juge avaient siroté ensemble une tasse de thé avant l'annonce des résultats.

Pendant qu'Amanda prenait lentement mais sûrement le pouvoir dans l'île, son mari continuait à apprendre aux gens à conduire, en étant lui-même au volant le moins souvent possible. Quant à Allan, il buvait toujours des cocktails sur sa chaise longue au bord de l'eau. Depuis qu'Amanda était occupée à autre chose qu'à servir les touristes, le contenu des verres était toujours conforme à ce qu'il avait commandé.

À part rester allongé là où il restait allongé et boire ce qu'il buvait, Allan passait son temps à lire la presse internationale qu'on lui apportait tous les jours, mangeait quand il avait faim et allait faire la sieste dans sa chambre quand il en avait assez de faire tout le reste.

Les semaines se transformèrent en mois, les mois en années, et Allan ne se lassait toujours pas d'être en vacances. Au bout d'une décennie et demie, il lui restait toujours un gros paquet de dollars. D'abord parce qu'il avait un très gros paquet de dollars au départ et puis parce que, depuis quelque temps, l'hôtel où il séjournait était devenu la propriété d'Amanda et de Herbert Einstein, qui avaient tout de suite fait d'Allan leur invité.

Allan avait soixante-trois ans et il agissait le moins possible. Le pouvoir politique d'Amanda s'étendait de plus en plus. Elle était très populaire chez les gens du peuple, d'après les études auxquelles procédait régulièrement l'institut de sondage appartenant à l'une de ses sœurs. Bali avait été désignée comme la région la moins corrompue de tout le pays par une organisation internationale. Amanda avait graissé la patte de tous les membres de l'organisation en question.

La lutte contre la corruption était l'un des trois chevaux de bataille d'Amanda Einstein à son poste de gouverneur. Elle avait mis en place des cours de sensibilisation contre la corruption dans les écoles de Bali. Le directeur d'un établissement à Denpasar avait essayé de s'y opposer, estimant que l'initiative pourrait avoir l'effet inverse. Amanda le nomma porte-parole de l'académie et doubla son salaire. On n'entendit plus parler de lui.

Le deuxième combat d'Amanda était la lutte contre le communisme. Sa haine des communistes s'exprima juste avant les élections à la fin de son premier mandat. Elle déclara hors la loi le parti communiste local, qui lui semblait sur le point de prendre suffisamment d'importance pour constituer un obstacle à sa réélection. Cette manœuvre lui permit aussi de dépenser beaucoup moins que prévu pour sa campagne électorale.

Le troisième point de son programme lui avait été soufflé par Herbert et Allan. Ils lui avaient appris qu'il ne faisait pas trente degrés toute l'année dans une grande partie du reste du monde. Il faisait particulièrement frais dans un endroit qu'ils appelaient l'Europe, et plus encore au nord, dans le pays d'où Allan était originaire. Amanda se dit qu'il devait y avoir tout un tas de riches frigorifiés un peu partout dans le monde, et qu'il faudrait les inciter à venir à Bali se dégeler les orteils.

Elle travailla donc au développement du tourisme, en accordant quelques permis pour construire des hôtels de luxe sur divers terrains qu'elle venait justement d'acquérir.

Elle s'occupa de sa famille aussi. Son père, sa mère, ses sœurs, ses oncles, ses tantes, ses cousins et ses cousines obtinrent tous des postes lucratifs dans la communauté balinaise. Amanda fut réélue deux fois de suite au poste de gouverneur. La seconde fois, on put même constater une nette augmentation des voix en sa faveur.

Au cours de ces années-là, Amanda trouva aussi le temps de mettre au monde deux fils : Allan Einstein, en hommage à Allan, à qui Herbert et elle devaient presque tout, suivi peu de temps après par Mao Einstein, à cause du gros paquet de dollars.

Et puis un jour, tout devint très compliqué. Cela commença par l'éruption du volcan Gunung Agung, d'une hauteur de trois mille mètres. La conséquence immédiate pour Allan, qui se trouvait à soixante-dix kilomètres de là, fut que la fumée obscurcit le soleil. Pour d'autres, ce fut plus ennuyeux. Des milliers de personnes moururent, et celles qui survécurent durent quitter l'île en toute hâte. Le jusque-là très populaire gouverneur de Bali ne prit aucune mesure digne de ce nom. Elle ne savait même pas qu'on attendait d'elle qu'elle en prenne.

Le volcan finit par se calmer, mais l'île continua à trembler, économiquement et politiquement, comme le faisait le pays tout entier d'ailleurs. À Djakarta, Suharto succéda à Sukarno, et le nouveau dirigeant, contrairement à l'ancien, prit son rôle très à cœur. Pour commencer, il s'attaqua aux communistes, et aux présumés communistes, à ceux qui étaient soupçonnés d'être communistes, aux peut-être communistes, à ceux qui étaient sûrement sur le point de le devenir, et à quelques innocents. En très peu de temps, il avait fait tuer entre deux cent mille et deux millions de personnes. Les chiffres n'étaient pas très précis, car beaucoup d'individus d'origine chinoise furent tout simplement expulsés d'Indonésie avec l'étiquette de communistes et durent se réfugier en Chine où ils furent traités de capitalistes.

Quoi qu'il en soit, quand l'orage fut calmé, il ne restait plus un seul communiste sur les deux cents millions d'habitants que comptait l'Indonésie. Par précaution, une loi fut édictée faisant de l'idéologie communiste un crime contre l'État. Mission accomplie pour Suharto qui invita ensuite les États-Unis et quelques autres pays occidentaux à venir se partager les richesses du pays. Cette initiative fit bouger les choses très vite, la population se mit à vivre mieux, Suharto encore mieux qu'eux, il devint même infiniment riche. Le soldat qui avait commencé sa carrière en faisant de la contrebande de sucre s'était drôlement bien débrouillé.

Amanda ne trouvait plus très amusant d'être gouverneur. Le nouveau président avait mis tant d'enthousiasme à convaincre le peuple de penser comme lui que quatre-vingt mille Balinais en étaient morts.

Herbert était sur le point de prendre sa retraite et Amanda envisageait sérieusement de faire la même chose bien qu'elle n'ait pas encore quarante-trois ans.

Le couple avait du patrimoine et des hôtels, et le gros paquet de dollars qui leur avait permis de démarrer s'était transformé en un encore plus gros paquet de dollars. Il était temps de se retirer, et d'ailleurs elle ne voyait pas très bien ce qu'elle pourrait faire d'autre.

— Que dirais-tu de devenir ambassadeur d'Indonésie à Paris ? lui demanda Suharto de but en blanc juste après s'être présenté au téléphone.

Suharto avait remarqué le travail accompli par Amanda Einstein à Bali et son obstination à interdire le communisme sur l'île. En outre, il tenait à maintenir la parité aux postes élevés de la diplomatie à l'étranger et si Amanda Einstein acceptait sa proposition, elle serait à 1 pour 24.

— Paris ? répondit Amanda. C'est où ?

Allan pensa tout d'abord que l'éruption du volcan était un signe du destin lui indiquant qu'il était temps de partir. Mais le soleil réapparut derrière le nuage de fumée, puis le nuage se dissipa et tout redevint comme avant, avec juste un petit début de guerre civile dans les rues. Si le destin ne lui envoyait pas de signe plus lisible, alors tant pis. Allan resta allongé sur sa chaise longue quelques années de plus.

S'il finit par faire ses valises, ce fut à cause de Herbert. Son ami lui annonça un jour qu'Amanda et lui partaient s'installer à Paris. Si Allan avait envie de les accompagner, il lui procurerait un faux passeport indonésien pour remplacer le faux passeport britannique périmé qu'il utilisait actuellement. La future madame l'ambassadeur lui fournirait en même temps un poste à l'ambassade, non pas qu'Allan soit obligé de travailler, mais les Français avaient la réputation d'être pointilleux quand il s'agissait d'accueillir des étrangers chez eux.

Allan accepta. Il pensait être assez reposé maintenant. En plus, Paris se trouvait dans une région calme et stable de la planète, exempte de manifestations du genre de celles qui s'étaient déclarées à Bali ces derniers temps, y compris autour de son hôtel.

Le départ devait avoir lieu deux semaines plus tard. Amanda prenait ses fonctions le 1er mai.

On était en 1968.

21
Jeudi 26 mai 2005

Per-Gunnar Gerdin faisait la grasse matinée quand l'inspecteur Göran Aronsson arriva à Klockaregård et vit à sa grande surprise Allan Emmanuel Karlsson installé tranquillement sur une balancelle sur la longue terrasse en bois de la ferme.

Benny, Mabelle et Buster étaient occupés à installer l'eau courante dans la nouvelle stalle de Sonja à l'intérieur de la grange. Julius s'était fait pousser la barbe et, grâce à cela, avait eu l'autorisation d'accompagner Bosse à Falköping. Allan dormait et ne se réveilla que lorsque l'inspecteur lui signala sa présence.

— Allan Karlsson, je suppose ?

Allan ouvrit les yeux et répondit qu'il le supposait aussi. En revanche, il ignorait à qui il avait affaire. Monsieur l'inconnu pouvait-il avoir l'amabilité de l'éclairer sur ce point ?

L'inconnu expliqua qu'il s'appelait Aronsson, qu'il était inspecteur de police, qu'il cherchait monsieur Karlsson depuis un certain temps déjà et qu'il y avait un mandat d'arrêt contre lui pour le meurtre de plusieurs personnes. Les amis de monsieur Karlsson, messieurs Jonsson et Ljungberg ainsi que madame Björklund, étaient recherchés également. Monsieur Karlsson pouvait-il lui indiquer où se trouvaient toutes ces personnes ?

Allan demanda un petit délai avant de répondre, il fallait qu'il réfléchisse, il venait juste de se réveiller, et il espérait que l'inspecteur pouvait comprendre cela. On ne livrait pas ses amis comme ça sans peser le pour et le contre. L'inspecteur n'était-il pas de cet avis ?

L'inspecteur n'avait pas de conseil à donner à ce sujet, hormis celui de dire rapidement ce qu'il savait. Pour le reste, l'inspecteur n'était pas particulièrement pressé.

Allan l'en remercia et lui proposa de s'asseoir sur la balancelle pendant qu'il allait dans la cuisine leur préparer un bon café.

— Vous prenez du sucre dans votre café ? Du lait, peut-être ?

L'inspecteur Aronsson n'avait pas pour habitude de laisser un délinquant se promener à sa guise, même jusqu'à une cuisine située à quelques mètres. Mais, il ne savait pas pourquoi, ce criminel-là avait un côté rassurant. De toute façon, depuis la terrasse, il pouvait surveiller la cuisine et les agissements de Karlsson.

— Du lait, merci, pas de sucre, dit-il en s'asseyant.

Allan s'activait dans la cuisine.

— Une petite pâtisserie, peut-être ? cria-t-il.

Göran Aronsson se demanda comment il en était arrivé là. Au départ, il avait vu un vieux tout seul sur la véranda de la ferme et l'avait pris pour le père de Bosse Ljungberg. Il s'était dit que le père le conduirait au fils, qui lui dirait que les fugitifs n'étaient pas dans le secteur et que ce déplacement jusqu'au Västergötland n'avait servi à rien. En approchant de la véranda, il avait constaté que c'était Allan Karlsson lui-même qui dormait sur la balancelle. Son tir dans le brouillard avait tapé dans le mille !

L'attitude d'Aronsson envers Allan Karlsson avait été calme et professionnelle, si l'on peut encore parler de professionnalisme quand on laisse un homme soupçonné d'un triple meurtre partir tranquillement dans une cuisine pour préparer du café. En fait, à cet instant précis, l'inspecteur Aronsson avait vraiment le sentiment d'être un amateur. Allan Karlsson, centenaire, n'avait pas l'air dangereux du tout, mais qu'arriverait-il si les trois autres débarquaient tout à coup, en compagnie de Bosse Ljungberg, qu'il allait devoir arrêter lui aussi pour recel de malfaiteurs ?

— Vous aviez bien dit du lait et pas de sucre ? lança Allan depuis la cuisine. On oublie si vite les choses, à mon âge.

Aronsson confirma puis sortit son téléphone pour demander du renfort à ses collègues de Falköping. Il vaudrait mieux qu'ils envoient deux voitures.

Il n'eut pas le temps de composer le numéro. Son portable sonnait. Aronsson répondit. C'était le procureur Ranelid, qui avait des nouvelles sensationnelles à lui annoncer.

22

Mercredi 25 mai – jeudi 26 mai 2005

Le marin égyptien qui avait nourri les poissons de la mer Rouge avec les restes de Bengt « Bulten » Bylund était enfin arrivé à Djibouti, où il avait trois jours de permission.

Dans sa poche arrière se trouvait le portefeuille de Bulten, qui contenait notamment huit cents couronnes suédoises en liquide. Le marin n'avait aucune idée de la valeur de cette somme, mais il était de nature optimiste et se mit en quête d'un bureau de change.

La capitale Djibouti porte de façon peu originale le même nom que le pays, et c'est une ville jeune et pleine d'animation. Animée parce qu'elle se trouve stratégiquement située dans la Corne de l'Afrique, à l'extrémité méridionale de la mer Rouge. Et jeune parce qu'on ne vit pas très vieux à Djibouti. Atteindre l'âge de cinquante ans là-bas est une performance.

Le marin égyptien s'arrêta à la criée, avec l'idée de manger de la friture avant de se remettre à chercher le bureau de change. Il y avait à côté de lui un indigène en nage qui trépignait, le regard vague et fébrile. Le marin ne trouva rien d'étonnant à ce que l'homme transpire, vu que la température devait avoisiner les trente-cinq degrés à l'ombre et qu'il était vêtu d'un sarong en double épaisseur et de deux chemises superposées. Son fez était soigneusement enfoncé sur son crâne.

L'homme en sueur avait vingt-cinq ans et il n'avait pas l'intention de vieillir un jour de plus. Il était en pleine tempête intérieure. Pas parce que la moitié de la population était sans travail, pas parce qu'un habitant sur cinq était atteint du sida ou au moins porteur du VIH, pas en raison du manque désespérant d'eau potable, pas parce que le désert gagnait sur le pays et dévorait le peu de terres agraires qu'il restait. Non, le jeune homme était en colère parce que les États-Unis venaient d'installer un camp militaire dans le pays.

Il est vrai que les États-Unis n'étaient pas seuls dans ce cas. La Légion étrangère française était là avant eux. Les relations entre la France et Djibouti étaient étroites. La république de Djibouti s'était appelée Somalie française avant de proclamer son indépendance dans les années soixante-dix.

Les États-Unis avaient obtenu l'autorisation d'installer une base militaire juste à côté de celle de la Légion étrangère, à distance raisonnable du golfe Persique et de l'Afghanistan, et en plein cœur de quelques tragédies centrafricaines.

Les Américains trouvaient que c'était une excellente idée et la majeure partie des Djiboutiens s'en fichait royalement : ils étaient très occupés à essayer de survivre.

L'un d'entre eux en revanche avait bien réfléchi à l'incidence de la présence américaine dans le secteur.

Ou alors c'était juste qu'il était un peu trop préoccupé par sa religion pour son propre bien-être.

Quoi qu'il en soit, il était parti se promener en ville à la recherche d'une bande de soldats américains en permission. Tout en marchant, il tripotait nerveusement le cordon qu'il allait tirer au moment adéquat, afin d'envoyer les méchants GI directement en enfer pendant que lui-même s'en irait dans la direction opposée.

Mais, nous l'avons dit plus haut, il faisait chaud et humide, comme c'est souvent le cas à Djibouti. Notre promeneur souffrait encore plus de la chaleur du fait de la ceinture d'explosifs scotchée autour de son torse, et de la double épaisseur de vêtements qu'il portait pour la dissimuler. Tant et si bien que l'homme finit par tripoter un peu trop le cordon.

Il fut instantanément déchiqueté, de même que le passant innocent qui se trouvait près de lui. Trois Djiboutiens moururent pendant leur transport à l'hôpital et dix furent grièvement blessés.

Aucune des victimes n'était américaine. Mais, apparemment, l'homme qui se trouvait juste à côté du kamikaze au moment de l'explosion était européen. La police retrouva son portefeuille en parfait état au milieu des morceaux dispersés de son corps. Il contenait huit cents couronnes suédoises, un passeport et un permis de conduire.

Le consul honoraire de Suède à Djibouti fut informé dès le lendemain par le maire que tout poussait à croire que le citoyen suédois Bengt Bylund avait été la malheureuse victime de la folie meurtrière d'un fanatique, au milieu du marché aux poissons.

La dépouille de Bylund ne pourrait pas être restituée, en raison de son état. Ses restes avaient été incinérés dans le respect des usages.

Le consul honoraire récupéra le portefeuille et le passeport mais pas l'argent, qui disparut à un stade de la procédure. Le maire exprima ses regrets que ce ressortissant suédois n'ait pas été épargné, cependant il se voyait obligé d'aborder avec le consul une question délicate.

Le problème était que le dénommé Bylund se trouvait à Djibouti sans visa valable. Le maire avait abordé cette question un nombre incalculable de fois avec les Français ainsi qu'avec le président Guelleh. Si les Français voulaient envoyer leurs légionnaires directement à leur base, c'était leur problème. Mais à partir du moment où un légionnaire se déplaçait à titre privé à l'intérieur de la ville de Djibouti – le maire disait « dans ma ville » –, il devait être en règle. Le maire était convaincu que Bylund était un légionnaire, car la Légion était la seule à se comporter ainsi. Les Américains remplissaient toujours les formalités sans discuter, alors que les Français se croyaient encore en Somalie.

Le consul honoraire remercia le maire pour ses condoléances et lui fit la promesse mensongère d'aborder à la première occasion cette question de visa avec l'ambassade de France.

Arnis Ikstens, le pauvre type qui avait la responsabilité de la presse à la casse automobile située dans la banlieue sud de Riga, vécut une expérience peu ragoûtante. Alors qu'il était en train de broyer le dernier véhicule de la journée, il vit soudain un bras humain dépasser du cube de ferraille compressée.

Arnis téléphona aussitôt à la police et rentra chez lui en plein milieu de l'après-midi. La vision de ce bras mort allait le hanter longtemps. Comment savoir si ce gars était mort avant qu'il écrase la voiture ?

Le commissaire principal de Riga informa personnellement l'ambassadeur de Suède que l'un de ses concitoyens, un dénommé Henrik Mikael Hultén, venait d'être retrouvé mort à l'intérieur d'une Ford Mustang à la casse auto du sud de la ville.

Il n'avait pas encore la preuve formelle qu'il s'agissait bien de lui, mais le contenu de son portefeuille semblait l'indiquer.

À 11 h 15 le jeudi 26 mai, le ministère des Affaires étrangères à Stockholm reçut une télécopie de son consul honoraire à Djibouti, à propos d'un ressortissant suédois décédé. Huit minutes plus tard, un autre fax arriva, annonçant le même type d'information, cette fois en provenance de l'ambassade de Suède à Riga.

Le fonctionnaire en place reconnut immédiatement les noms et les photographies des deux hommes, car il avait lu récemment un article les concernant dans le quotidien *Expressen*. L'attaché d'ambassade trouva étrange que ces hommes soient allés mourir aussi loin de chez eux. Ça ne collait pas du tout avec la version du journal. Mais, après tout, c'était le problème de la police et du procureur chargé de l'affaire. Le fonctionnaire scanna les deux télécopies et rédigea un mail contenant toutes les informations qu'il put rassembler sur les deux victimes. Il envoya une copie du courriel à la police d'Eskilstuna. Un autre fonctionnaire en prit connaissance, haussa les sourcils et fit suivre au procureur.

La vie du procureur Conny Ranelid s'écroulait. Le cas du triple meurtre perpétré par le centenaire était la grande percée professionnelle que Ranelid attendait depuis longtemps et qu'il estimait lui être due.

Or il apparaissait que la première victime, qui était morte dans le Södermanland, était morte une seconde fois à Djibouti trois semaines plus tard. Et que la deuxième victime, qui était morte dans le Småland, avait fait la même chose à Riga.

Le procureur Ranelid dut prendre plusieurs grandes goulées d'air frais à la fenêtre de son bureau avant que son cerveau se remette à fonctionner normalement. Il faut que j'appelle Aronsson, se dit Ranelid. Et il faut qu'Aronsson retrouve la troisième victime. Il y avait forcément un lien ADN entre le centenaire et les trois victimes. C'était indispensable.

Dans le cas contraire, Ranelid était perdu.

Quand l'inspecteur Aronsson entendit la voix du procureur Ranelid au téléphone, il lui raconta tout de suite qu'il venait de localiser Allan Karlsson et que celui-ci était en garde à vue, même si sa garde à vue se passait en fait dans la cuisine, à préparer du café et des biscuits pour Aronsson.

— En ce qui concerne les autres, je crois qu'ils sont dans le secteur, mais je pense qu'il serait plus prudent que je demande du renfort pour…

Le procureur Ranelid l'interrompit et lui raconta d'une voix blanche que la première victime avait été retrouvée morte à Djibouti, la deuxième à Riga, et que du même coup toute la chaîne d'indices était en train de tomber en morceaux.

— Djibouti ? C'est où ça ? demanda l'inspecteur Aronsson.

— Je ne sais pas, répondit le procureur Ranelid, mais étant donné que cela se trouve à plus de vingt kilomètres d'Åkers Styckebruk, cela affaiblit considérablement mon dossier. Il faut absolument que tu retrouves la troisième victime, tu m'entends, Göran ? Retrouve-la-moi !

À cet instant précis, Per-Gunnar Gerdin, qui venait tout juste de se réveiller, sortit sur la véranda. Il hocha la tête poliment en direction de l'inspecteur Aronsson, qui le fixait avec des yeux comme des soucoupes.

— Je crois que la troisième victime vient justement de me retrouver, annonça-t-il au procureur Ranelid.

23

1968

Le travail d'Allan à l'ambassade d'Indonésie à Paris n'avait rien d'épuisant à première vue. Le nouvel ambassadeur, madame Amanda Einstein, lui donna sa propre chambre avec un lit et indiqua à Allan qu'il pouvait occuper son temps comme bon lui semblait.

— Ce serait gentil de ta part, cependant, de me servir d'interprète, si par malheur j'étais obligée de faire la conversation à des gens venant d'autres pays.

Allan lui répondit qu'elle ne devait pas exclure tout à fait cette éventualité, étant donné la fonction qu'elle était supposée occuper. D'ailleurs, s'il était bien renseigné, elle allait devoir rencontrer le premier étranger dès le lendemain.

Amanda jura quand elle se souvint qu'elle devait se rendre au palais de l'Élysée pour sa nomination. La cérémonie ne prendrait pas plus de deux minutes, mais c'étaient déjà deux minutes de trop pour qui a la mauvaise habitude de faire des gaffes et de dire des bêtises, ce qui était, on le sait, l'un des travers d'Amanda.

Allan admit qu'il pouvait arriver à Amanda de dire une chose pour une autre, mais il lui promit qu'elle s'en tirerait très bien face au général de Gaulle si elle se contentait de sourire aimablement et de ne parler qu'en indonésien pendant ces deux minutes.

— Comment m'as-tu dit qu'il s'appelait ? demanda Amanda.

— Laisse tomber ! Contente-toi de parler indonésien. Ou, mieux encore, balinais.

Sur ce conseil, Allan partit se promener dans la capitale française. D'une part il se disait que cela ne lui ferait pas de mal de se dégourdir les jambes après quinze années passées sur une chaise longue, d'autre part il venait de voir son reflet dans un miroir à l'ambassade et de se rappeler qu'il n'avait ni coupé ses cheveux ni rasé sa barbe depuis l'éruption volcanique de 1963.

Il ne trouva pas un seul salon de coiffure ouvert. Tout semblait fermé, d'ailleurs. Les magasins avaient été barricadés, presque tout le monde était en grève, la foule occupait les bâtiments administratifs, manifestait dans la rue, renversait des voitures, hurlait et jurait en se jetant des choses à la figure. En travers des rues avaient été dressées des barricades derrière lesquelles Allan dut s'accroupir pour sa sécurité.

Cela ressemblait à l'île de Bali qu'il venait juste de quitter. À part la température, un peu plus fraîche. Allan renonça à sa promenade et retourna s'enfermer à l'ambassade.

Il fut accueilli par une ambassadrice dans tous ses états. On venait de l'appeler de l'Élysée pour lui dire que la cérémonie de deux minutes s'était transformée en un véritable déjeuner auquel madame l'ambassadrice était chaleureusement conviée avec son mari et, bien entendu, son interprète. Le président de Gaulle avait prévu d'inviter son ministre de l'Intérieur Fouchet et, cerise sur le gâteau, le président Lyndon B. Johnson en personne.

Amanda était bouleversée. Elle aurait pu donner le change et ne pas être immédiatement renvoyée dans son pays si elle avait eu à passer deux minutes avec le Président, mais pas trois heures avec deux présidents à la même table.

— C'est une catastrophe, Allan. Comment en suis-je arrivée là ? Qu'est-ce qu'on va faire ?

Le changement de programme dépassait également l'entendement d'Allan. Et tenter de comprendre l'incompréhensible n'était pas dans sa nature.

— Ce qu'on va faire ? Je crois qu'on va aller chercher Herbert et boire un coup tous ensemble. C'est déjà l'après-midi, de toute façon.

Avec le président de Gaulle, la cérémonie d'accréditation de l'ambassadeur d'une nation éloignée et sans importance durait en général une soixantaine de secondes, à peine le double si l'ambassadeur en question était bavard.

Qu'il en ait été autrement pour l'ambassadeur d'Indonésie était lié à des raisons hautement politiques.

En fait, le président Lyndon B. Johnson se trouvait justement à l'ambassade américaine à Paris et avait un sérieux besoin de remonter sa cote de popularité. Le mouvement de protestation qui avait déferlé contre la guerre du Viêtnam et qui s'était étendu partout avait maintenant la puissance d'un ouragan, et l'homme qui en était le symbole, le président Johnson, était détesté de tous. Johnson avait déjà renoncé à être réélu au mois de novembre, mais il aurait bien aimé être appelé autrement qu'« assassin » et autres noms d'oiseaux qu'on entendait de toutes parts. C'est pourquoi il avait commencé par ordonner un cessez-le-feu à Hanoi, puis réussi à organiser une conférence pour la paix. Il n'avait pas prévu que la ville dans laquelle il souhaitait tenir cette conférence serait justement en état de guerre, mais pour être franc il trouva cela assez comique. Bien fait pour de Gaulle !

Le président Johnson considérait de Gaulle comme un salaud à la mémoire courte qui avait oublié ceux qui avaient remonté leurs manches pour libérer son pays des Allemands. Mais le jeu politique exige que deux présidents se trouvant dans la même ville au même moment soient obligés de prendre au moins un repas ensemble.

Une invitation officielle avait donc été lancée et il allait falloir l'accepter. En plus, les Français s'étaient trompés, ce qui ne surprenait pas du tout Johnson, et avaient pris deux rendez-vous en même temps pour le président. C'est pour cette raison que l'ambassadeur d'Indonésie – qui était une femme ! – allait être présent à ce déjeuner. Le Président n'y voyait aucun inconvénient, au contraire. À table, il pourrait lui faire la conversation au lieu de parler à ce maudit de Gaulle.

En réalité, il ne s'agissait pas d'une erreur d'agenda. De Gaulle avait décidé à la dernière minute qu'il ferait comme si c'était le cas. De cette façon, le déjeuner redeviendrait une épreuve supportable, puisqu'il pourrait parler à l'ambassadeur d'Indonésie – qui était une femme ! – au lieu d'être obligé de discuter avec ce satané Johnson.

Le président de Gaulle n'aimait pas Johnson, pour des raisons plus historiques que personnelles. Les États-Unis avaient essayé à la fin de la guerre de mettre la France sous protectorat militaire. Ils avaient tout bonnement envisagé de lui voler son pays ! Comment de Gaulle pourrait-il un jour pardonner un pareil affront, même si l'actuel Président n'y était pour rien ? Le Président actuel… Johnson ? Oui, il s'appelait juste Johnson. Ces Américains n'avaient vraiment aucune classe !

Voilà ce que se disait Charles André Joseph Pierre-Marie de Gaulle.

Après en avoir rapidement discuté, Amanda et Herbert avaient décidé qu'il ferait mieux de rester à la maison plutôt que d'aller déjeuner au palais de l'Élysée avec les deux présidents. Cela réduisait exactement de moitié le risque que les choses se terminent mal. Allan n'était-il pas d'accord avec ce calcul ?

Allan réfléchit un instant, envisagea plusieurs réponses et finit par dire :

— Reste donc à la maison, Herbert.

Les convives étaient rassemblés et attendaient leur hôte qui, lui, attendait dans son bureau juste pour le plaisir de les faire attendre. Il avait d'ailleurs l'intention de continuer à attendre encore quelques minutes, dans l'espoir que cela mettrait ce satané Johnson de mauvaise humeur.

Il entendait au loin le bruit des manifestations qui faisaient rage dans son cher Paris. La Ve République branlait sur ses fondations, tout à coup et sans explication. Cela avait commencé avec les étudiants qui, s'il avait bien compris, étaient pour l'amour libre et contre la guerre du Viêtnam, et qui pour ces deux raisons remettaient en cause tout le système. Jusque-là, le Président n'était pas inquiet. Les étudiants avaient toujours trouvé des raisons de se plaindre.

Mais les manifestations étaient devenues plus nombreuses, plus importantes et plus violentes, et tout à coup les syndicats s'en étaient mêlés et avaient menacé de mettre dix millions d'ouvriers en grève. Dix millions ! C'était le pays tout entier qui s'arrêterait de fonctionner.

Les ouvriers voulaient de plus hauts salaires pour moins d'heures de travail. Ils voulaient aussi la démission du président de Gaulle. Ils avaient tort sur toute la ligne selon le président, qui avait mené et gagné des combats autrement plus difficiles. Ses conseillers au ministère de l'Intérieur gardaient l'oreille collée au rail et conseillaient au président de se montrer ferme. Ils ne pensaient pas que la situation soit vraiment grave. Ce n'était pas comme si on était en face d'une tentative de l'Union soviétique pour prendre le pouvoir dans le pays. Mais ce satané Johnson allait sans doute suggérer quelque chose de ce genre au moment du café, si on le laissait faire. Les Américains voyaient des communistes à chaque coin de rue. À tout hasard, de Gaulle avait convié le ministre de l'Intérieur Fouchet et son très compétent conseiller ministériel. C'était à eux qu'était échue la mission de gérer la situation chaotique qui régnait actuellement dans le pays, et si ce satané

Johnson devenait insolent, ils sauraient lui rabaisser son caquet.

— Non mais alors ! dit le président de Gaulle en se levant de sa chaise.

Il ne pouvait pas repousser ce déjeuner plus longtemps.

La garde rapprochée du président avait fait preuve d'un zèle particulier en contrôlant l'interprète barbu et chevelu de madame l'ambassadeur d'Indonésie. Mais ses papiers étaient en règle et il n'était pas armé. En outre, l'ambassadeur – une femme ! – se portait garant de lui. Le barbu eut donc sa place à table lui aussi, entre un très décoratif interprète américain et le jeune traducteur français qui était sa copie conforme.

Ce fut le barbu indonésien qui eut le plus de travail. Les présidents Johnson et de Gaulle posaient des questions à l'ambassadrice au lieu de se parler mutuellement.

Le président de Gaulle commença par demander à Amanda Einstein quel avait été son parcours professionnel. Amanda répondit qu'en fait elle était totalement stupide et qu'elle était devenue gouverneur de Bali en versant des pots-de-vin, après quoi elle avait gagné les élections deux fois de suite en graissant la patte aux uns et aux autres. Elle raconta qu'elle avait bien profité des avantages du job avec toute sa famille pendant toutes ces années, jusqu'à ce que le nouveau président Suharto l'appelle tout à coup pour lui proposer le poste d'ambassadeur d'Indonésie à Paris.

— Je ne savais même pas où se trouvait Paris et je croyais que c'était un pays et pas une ville. Faut-il être bête ! s'exclama Amanda Einstein en riant.

Elle avait dit tout cela dans sa langue natale et l'interprète barbu et très chevelu avait traduit en anglais. Il avait fait bien attention, évidemment, de presque tout censurer au passage.

Quand le déjeuner se termina, les deux présidents étaient enfin d'accord sur un point. Tous deux trouvaient l'ambassadeur Amanda Einstein à la fois amusante, cultivée, intéressante et intelligente, bien qu'elle manquât de goût pour choisir ses interprètes, car celui-là avait vraiment l'air d'un sauvage.

Le conseiller particulièrement compétent du ministre de l'Intérieur Fouchet, Claude Pennant, était né à Strasbourg en 1928. Ses parents étaient des communistes convaincus et fanatiques qui se rendirent en Espagne pour combattre les fascistes quand la guerre civile éclata en 1936. Ils emmenèrent avec eux leur jeune fils.

Toute la famille survécut à la guerre et s'enfuit vers la Russie par des chemins compliqués. À Moscou, ils proposèrent leurs services au Komintern et ils présentèrent leur fils Claude, qui avait alors onze ans, précisant qu'il parlait déjà trois langues : l'allemand, le français du temps de leur vie à Strasbourg, et maintenant l'espagnol. Ses connaissances pourraient-elles à terme servir la révolution ?

Sans aucun doute. Le talent du jeune Claude pour les langues fut soigneusement évalué, ainsi que son quotient intellectuel, à l'aide de divers tests. Il intégra une école mêlant l'apprentissage des langues à l'endoctrinement idéologique et avant l'âge de quinze ans il parlait le français, l'allemand, le russe, l'espagnol, l'anglais et le chinois.

Quand il eut dix-huit ans, juste après la Seconde Guerre mondiale, Claude entendit son père et sa mère émettre quelques doutes sur la tournure que prenait la révolution sous l'égide de Staline. Il rapporta les propos de ses parents à ses supérieurs. Michel et Monique Pennant furent arrêtés et exécutés pour attitude antirévolutionnaire. Claude reçut sa première décoration, la médaille du meilleur élève pour l'année 1945-46.

Après 1946, Claude fut formé pour travailler à l'étranger. Le projet était de le faire passer à l'Ouest et de le laisser s'infiltrer dans les dédales du pouvoir, comme agent dormant pendant plusieurs dizaines d'années si nécessaire. Claude était désormais sous l'aile protectrice de l'aigle Beria, et on fit bien attention de le maintenir en dehors de tout événement officiel afin de ne pas risquer de voir son visage immortalisé sur une photo. Le jeune Claude se vit confier exclusivement quelques missions d'interprétariat, toujours sous la surveillance de Beria.

En 1949, Claude Pennant fut envoyé en France, à Paris cette fois. On l'autorisa à garder sa véritable identité, mais on modifia intégralement son curriculum vitae. Il commença son ascension en passant par la Sorbonne.

Dix-neuf ans plus tard, en mai 1968, il avait réussi à faire son chemin jusqu'à la proximité immédiate du président de la République française. Il était depuis quelques années le bras droit du ministre de l'Intérieur Christian Fouchet et, sous cette couverture, il servait la révolution mieux que jamais. Son conseil au ministre de l'Intérieur, et par extension au président, dans le contexte de la révolte des étudiants et des travailleurs était de lutter œil pour œil et dent pour dent. Par précaution, il fit aussi en sorte que le porte-parole du parti communiste français pousse de faux cris d'orfraie, affirmant que le PCF n'avait rien à voir avec les revendications des étudiants et des travailleurs. La révolution communiste était aux portes de la France, et ni Fouchet ni de Gaulle n'étaient au courant.

Après le déjeuner, tout le monde alla se dégourdir les jambes en attendant que le café soit servi au salon. Les présidents de Gaulle et Johnson furent contraints d'échanger quelques formules de politesse. C'était ce qu'ils faisaient quand le traducteur barbu et chevelu s'immisça dans leur conversation.

— Pardonnez-moi de vous importuner, messieurs les présidents, mais je dois transmettre une information à monsieur le président de Gaulle sans tarder.

Le président de Gaulle faillit appeler ses gardes du corps, car un président de la République française ne frayait pas avec n'importe qui. Mais le barbu chevelu s'était exprimé de façon correcte, et il ne fut pas éconduit.

— Eh bien, dites-nous ce que vous avez à nous dire, s'il est indispensable que vous le fassiez ici et maintenant. Vous voyez bien que je suis actuellement occupé avec quelqu'un de plus important qu'un simple interprète.

Allan comprenait très bien et promit de ne pas être trop long. Il trouvait juste que le président méritait de savoir que le très compétent conseiller du ministre de l'Intérieur était un espion.

— Pardon ? Qu'est-ce que vous racontez ? demanda le président de Gaulle à haute voix mais pas assez fort pour être entendu par Fouchet et son conseiller qui se trouvaient sur la terrasse un peu plus loin.

Allan expliqua que, vingt ans auparavant exactement, il avait eu le plaisir discutable de dîner avec ces messieurs Staline et Beria, et que le très compétent secrétaire de monsieur le ministre Fouchet était à cette époque et sans nul doute possible l'interprète de Staline.

— Certes, l'histoire remonte à vingt ans, mais il n'a pas changé du tout. Moi, en revanche, j'ai beaucoup changé. Je n'avais pas de barbe et mes cheveux ne partaient pas dans tous les sens. C'est pourquoi je reconnais l'espion alors que lui ne me reconnaît pas, vu que j'ai moi-même eu le plus grand mal à me reconnaître quand je me suis vu dans la glace.

Le président de Gaulle devint écarlate, pria ses interlocuteurs de l'excuser et demanda à parler en privé à son ministre de l'Intérieur.

— J'ai dit en privé, pas en présence de votre secrétaire particulièrement compétent ! Maintenant !

Le président Johnson et l'interprète indonésien se retrouvèrent tous les deux en tête à tête. Johnson avait l'air de beaucoup s'amuser. Il serra la main au traducteur en guise de remerciement pour avoir réussi à faire perdre momentanément son arrogance au président français.

— Ravi de vous rencontrer, dit le président Johnson. Comment vous appelez-vous, déjà ?

— Je m'appelle Allan Karlsson. J'ai fait jadis la connaissance du prédécesseur du prédécesseur de votre prédécesseur, le président Truman.

— Voyez-vous cela ! s'exclama le président Johnson. Harry aura bientôt quatre-vingt-dix ans, mais il est en vie et il va bien. Nous sommes bons amis.

— Vous lui ferez mes amitiés, dit Allan.

Puis il se fit excuser pour aller informer Amanda de ce qu'elle était censée avoir dit à la table des présidents.

Le déjeuner avec les deux présidents s'acheva brusquement et tout le monde retourna à ses propres affaires. Allan et Amanda eurent tout juste le temps d'arriver à l'ambassade avant que Johnson passe un coup de fil pour inviter Allan à dîner à l'ambassade américaine le jour même à 20 heures.

— Ça tombe bien, je cherchais justement un moyen de manger à ma faim ce soir ; on peut dire ce qu'on veut de la cuisine française, mais une chose est sûre : on a beau vider son assiette, on n'est pas rassasié.

La remarque amusa le président Johnson et il se fit une joie à la perspective de cette soirée.

Le président Johnson avait au moins trois bonnes raisons d'inviter Allan Karlsson. Il voulait en savoir plus sur cet espion russe et la rencontre d'Allan avec Staline et Beria. Harry Truman venait de lui raconter au téléphone ce qu'Allan Karlsson avait fait à Los Alamos en 1945. Ce point à lui seul valait un dîner.

Enfin, Johnson était enchanté de la façon dont s'était déroulé le déjeuner au palais de l'Élysée. C'est à Allan qu'il devait d'avoir été aux toutes premières loges pour voir ce maudit de Gaulle perdre la face.

— Je vous souhaite la bienvenue, monsieur Karlsson, dit le président Johnson en gratifiant Allan d'une chaleureuse poignée de main. Je vous présente monsieur Ryan Hutton… qui est… en fait monsieur Hutton a une fonction un peu secrète au sein de l'ambassade. Je pense qu'on peut lui donner le titre de conseiller juridique.

Allan salua le conseiller secret, et tous les trois se mirent à table. Le Président avait demandé qu'on serve de la bière et de l'aquavit à table, car le vin français lui évoquait les Français et il voulait que ce soir soit un soir de fête.

Pendant l'entrée, Allan raconta certains épisodes de son histoire jusqu'à cette fameuse soirée au Kremlin qui avait si mal tourné. C'était à cette occasion que le futur conseiller du ministre de l'Intérieur Fouchet s'était évanoui plutôt que de traduire les dernières révélations d'Allan à un Staline déjà bouleversé.

Au moment où arriva le plat de résistance, le président Johnson trouvait déjà beaucoup moins drôle l'histoire de l'espion russe infiltré dans l'entourage du président français. Il avait appris entre-temps par Ryan Hutton que le très compétent monsieur Pennant donnait aussi très clandestinement des informations à la CIA. En fait, Pennant était la principale source de la CIA quand l'agence prétendait que la révolution communiste n'était pas une menace en France, malgré l'importance du parti communiste français. À présent, l'agence de renseignements allait être obligée de revoir sa copie.

— Ce que je viens de vous dire est évidemment hautement confidentiel, dit le président Jonhson, mais je suppose que monsieur Karlsson est capable de tenir sa langue.

— Ça, je n'en serais pas si sûr si j'étais vous ! dit Allan.

Pour illustrer sa remarque, il raconta le voyage en sous-marin et la cuite qu'il avait prise avec cet homme incroyablement sympathique qui était aussi un des plus grands physiciens nucléaires soviétiques, et qui s'appelait Iouli Borisovitch Popov. Pendant cette traversée, ils avaient beaucoup trop parlé de questions nucléaires.

— Tu n'as quand même pas dit à Staline comment on fabrique une bombe atomique ? s'inquiéta Johnson. Je croyais justement que tu avais été envoyé en camp de travail parce que tu avais refusé de le lui expliquer.

— Je n'ai rien dit à Staline. De toute façon, il n'aurait rien compris. Mais, la veille, je crains d'avoir donné trop de renseignements à ce sympathique physicien. Ce sont des choses qui arrivent quand on force un peu sur l'alcool, monsieur le Président. Et je ne pouvais pas savoir comment était ce Staline, avant de le rencontrer le lendemain.

Le président Johnson retira la main de son front et la passa dans ses cheveux en se disant que donner la recette de la bombe atomique n'était pas juste « une chose qui arrive », quelle que soit la quantité d'alcool qu'on a ingurgitée. Allan Karlsson était… un traître ? Évidemment, il n'était pas américain… mais qu'est-ce que cela changeait ? Le président Johnson avait besoin d'un moment pour réfléchir.

— Que s'est-il passé ensuite ? finit-il par demander.

Allan décida de ne rien cacher au Président. Il parla de Vladivostok, du maréchal Meretskov, de Kim Il-sung, de la mort providentielle de Staline, de Mao Tsé-toung, du gros paquet de dollars que Mao avait eu la gentillesse de lui donner, de la vie de pantouflard qu'il avait menée à Bali, de la vie un peu moins tranquille qu'il avait eue à Bali et finalement de son arrivée à Paris.

— Je pense que c'est à peu près tout, dit Allan. C'est affreux comme j'ai la gorge sèche, à présent.

Le Président commanda d'autres bières en faisant remarquer d'un air acide qu'un homme capable de divulguer des informations à tort et à travers sur la bombe atomique quand il avait bu devrait envisager l'abstinence. Il resta un moment silencieux pendant qu'il se refaisait en pensée l'incroyable récit de la vie d'Allan. Quand il reprit la parole, ce fut pour dire :

— Tu viens de passer quinze ans de vacances aux frais de Mao Tsé-toung ?

— Oui. Enfin, pas tout à fait. C'était l'argent de Tchang Kaï-chek, qui lui-même l'avait reçu de notre ami commun Harry Truman. Maintenant que vous m'y faites penser, monsieur le Président, je devrais peut-être passer un coup de fil à Harry pour le remercier !

Le président Johnson avait un mal fou à assimiler le fait que l'individu barbu et chevelu assis en face de lui avait donné la bombe à Staline, et qu'il s'était payé du bon temps avec l'argent américain de l'aide au développement. Pour couronner le tout, on entendait devant l'ambassade la foule parisienne qui scandait : « *US go home ! US go home !* » Johnson resta muet, l'air abattu.

Allan finissait son verre en étudiant le visage tourmenté du président américain.

— Je peux faire quelque chose pour vous, monsieur le Président ?

— Pardon ? répondit celui-ci, perdu dans ses pensées.

— Je vous demandais si je pouvais faire quelque chose pour vous ? répéta Allan. Je trouve que monsieur le Président n'a pas bonne mine. Peut-être a-t-il besoin d'aide ?

Le Président fut sur le point de demander à Allan de gagner la guerre du Viêtnam pour lui, mais il redescendit sur terre et, devant lui, il voyait toujours l'homme qui avait donné la bombe à Staline.

— Oui, dit-il d'une voix très lasse. Tu peux t'en aller d'ici.

Allan remercia pour le dîner et s'en alla. Le président Johnson et le directeur de la CIA pour l'Europe Ryan Hutton restèrent en tête à tête.

Lyndon B. Johnson était triste de la tournure qu'avait prise sa rencontre avec Allan Karlsson. Tout avait si bien commencé… et puis tout à coup Karlsson avait révélé qu'il n'avait pas seulement donné la bombe aux États-Unis mais aussi à Staline. Staline ! Le plus communiste de tous les communistes !

— Dis-moi, Hutton, commença le président Johnson. Est-ce qu'il faut rattraper ce satané Karlsson et le tremper dans l'huile bouillante ?

— C'est une bonne idée. Mais nous pourrions aussi nous servir de lui.

Le très secret Hutton n'était pas un simple agent secret, il était aussi le meilleur stratège de la CIA. Il connaissait parfaitement le curriculum vitae du physicien avec qui Allan avait passé de si agréables moments à bord du sous-marin qui les avait conduits de Suède jusqu'à Leningrad. Depuis 1949, Iouli Borisovitch Popov avait fait carrière. Sa première percée professionnelle était peut-être due aux informations qu'Allan lui avait livrées, c'était même très probable. À présent, Popov avait soixante-trois ans et il était responsable technique de l'ensemble de l'arsenal nucléaire de l'Union soviétique. Cette position faisait de lui le détenteur d'informations si essentielles pour les États-Unis qu'il était même impossible de les évaluer.

Si les Américains parvenaient à découvrir ce que Popov savait et obtenaient ainsi la confirmation de la supériorité militaire de l'Ouest sur l'Est en matière d'armement nucléaire, alors le président Johnson pourrait prendre l'initiative d'un désarmement unilatéral. Et le meilleur moyen d'obtenir cette information était de se servir d'Allan Karlsson.

— Tu veux faire d'Allan Karlsson un agent secret américain ? demanda le Président tout en pensant qu'un petit désarmement redorerait son blason pour la postérité, avec ou sans guerre du Viêtnam.

— Exactement, dit le très secret Hutton.

— Et qu'est-ce qui pourrait bien le pousser à accepter ?

— Eh bien… le fait qu'il soit… ce qu'il est. Et puis il vous a bien proposé son aide tout à l'heure avant de partir.

— Oui, effectivement.

Le Président resta un long moment silencieux avant de déclarer :

— Je crois que j'ai besoin de boire un verre.

L'intransigeance du gouvernement français face au mécontentement général conduisit comme prévu à une paralysie totale du pays. Des millions de Français se mirent en grève. Le port de Marseille fut fermé ainsi que tous les aéroports internationaux, le réseau ferroviaire et d'innombrables chaînes de grande distribution.

La vente de carburant fut interrompue ainsi que l'enlèvement des ordures. Tout le monde avait des revendications. On réclamait des augmentations de salaire mais aussi une réduction du temps de travail, la sécurité de l'emploi, et son mot à dire dans l'entreprise.

On voulait réformer l'enseignement, et on voulait une nouvelle société ! La Ve République menaçait de s'effondrer.

Des centaines de milliers de Français étaient descendus dans la rue, pas toujours avec des intentions pacifiques. On voyait partout des voitures brûlées, des arbres abattus, des chaussées éventrées et des barricades dressées. Il y avait des gendarmes, des brigades spéciales d'intervention antiémeute, du gaz lacrymogène et des boucliers.

24

Jeudi 26 mai 2005

Maintenant il ne restait plus au procureur Ranelid qu'à sauver ce qui restait de sa carrière et de sa dignité. Conformément à l'adage qui dit qu'il vaut mieux prévenir que guérir, il organisa une conférence de presse pour l'après-midi même, afin d'annoncer qu'il avait levé les charges à l'encontre des trois hommes et de la femme impliqués dans l'affaire de la disparition du centenaire.

Le procureur était brillant dans beaucoup de domaines, mais pas quand il s'agissait de confesser ses propres erreurs et insuffisances, un défaut qui apparut clairement lors de sa conférence de presse. Il tenta d'expliquer de façon alambiquée qu'Allan Karlsson et ses camarades n'étaient plus recherchés, que d'ailleurs ils avaient été retrouvés aujourd'hui dans le Västergötland, et qu'ils étaient sûrement coupables, comme le procureur l'avait toujours dit, mais que de nouveaux éléments étaient apparus qui l'obligeaient pour l'instant à lever tous les chefs d'accusation.

Les journalistes voulurent évidemment savoir quels étaient ces nouveaux éléments, et le procureur Ranelid rapporta, à son corps défendant, la nouvelle de la découverte simultanée des cadavres de Bylund et de Hultén à Djibouti et à Riga. Le procureur conclut en ajoutant que parfois le bon fonctionnement de la machine judiciaire demandait qu'on lève provisoirement les charges contre un ou plusieurs suspects, aussi choquant que cela puisse paraître dans certains cas.

Le procureur Ranelid n'était pas sûr d'avoir été très clair. Il en eut la confirmation quand le reporter de *Dagens Nyheter* le regarda par-dessus ses lunettes de lecture et se lança dans un monologue contenant une longue série de questions embarrassantes.

— Si j'ai bien compris, tu crois toujours Allan Karlsson coupable de meurtre ou d'assassinat malgré les nouveaux éléments de l'enquête préliminaire ? Tu penses donc qu'hier après-midi Allan Karlsson, centenaire comme chacun le sait, a emmené de force Bengt Bylund, âgé de trente ans, à Djibouti, dans la Corne de l'Afrique, où il l'a fait exploser en pleine rue, sans se faire sauter lui-même, et qu'ensuite il s'est dépêché de retourner dans le Västergötland où tu prétends qu'il a été retrouvé ce matin ? Il y a une chose qui me tracasse dans tout cela : es-tu capable de m'expliquer quel moyen de transport Allan Karlsson a utilisé, sachant qu'à ma connaissance il n'y a pas de vol direct entre Djibouti et la plaine du Västergötland et qu'en outre, si ma mémoire est bonne, Allan Karlsson ne dispose pas d'un passeport en cours de validité ?

Le procureur Ranelid inspira profondément. Puis il dit qu'il s'était sans doute mal exprimé. Il ne subsistait absolument aucun doute quant à l'innocence d'Allan

Karlsson, de Julius Jonsson, de Benny Ljungberg et de Gunilla Björklund.

— Absolument aucun doute, comme je vous l'ai dit, répéta Ranelid, qui à la dernière minute pensait avoir miraculeusement réussi à retomber sur ses pieds.

Mais les satanés journalistes ne se satisfirent pas de cette pirouette.

— Précédemment, tu nous avais décrit de façon assez précise la chronologie et le lieu de chaque meurtre. Si les coupables sont tout à coup devenus innocents, à ton avis comment les choses se sont-elles réellement passées ? demanda la journaliste du *Courrier d'Eskilstuna*.

Ranelid avait exposé sa gorge aux chiens, mais cela suffisait comme ça. Et d'ailleurs, de quel droit une petite journaliste de la presse locale s'imaginait-elle pouvoir ridiculiser le procureur Ranelid ?

— Le secret de l'instruction m'interdit de vous en dire plus aujourd'hui, conclut sèchement le procureur Conny Ranelid en se levant.

Ce n'était pas la première fois qu'un magistrat avait recours au secret de l'instruction pour se sortir d'une situation épineuse. Cette fois, cela ne marcha pas. Le procureur agitait depuis plusieurs semaines au nez de la presse les preuves irréfutables de la culpabilité des quatre suspects, et maintenant les journalistes voulaient au moins que le magistrat leur accorde une minute pour leur expliquer la soudaine innocence des suspects, ou, comme l'exprima un petit malin de *Dagens Nyheter* :

— En quoi cela peut-il nuire au secret de l'instruction de nous parler des faits et gestes d'un groupe de personnes innocentes ?

Le procureur Ranelid vacillait au bord d'un gouffre. Tout portait à croire qu'il allait tomber, à plus ou moins court terme. Il lui restait un dernier avantage sur ses interlocuteurs. Lui savait où se trouvaient Karlsson et les autres. Le Västergötland était vaste. À présent, il fallait que ça passe ou que ça casse.

— Merci de me laisser terminer ! Pour des raisons de secret de l'instruction, je ne peux effectivement rien dire de plus pour le moment. En revanche, je tiendrai ici même une nouvelle conférence de presse demain à 15 heures, au cours de laquelle je m'engage à répondre à toutes vos questions.

— Où exactement dans le Västergötland se trouve Allan Karlsson ? demanda le journaliste de *Svenska Dagbladet*.

— Je ne vous dirai rien de plus, répondit le procureur Ranelid en quittant la pièce.

Comment en suis-je arrivé là ? se demandait le procureur, enfermé tout seul dans son bureau à fumer sa première cigarette en sept ans. Lui qui devait entrer dans les annales de la criminalité suédoise comme le premier procureur à avoir fait inculper un homme pour triple meurtre sans que les cadavres aient jamais été retrouvés. Et voilà qu'on retrouvait les cadavres ! Mais pas au bon endroit ! En plus, le troisième mort était bien vivant, alors que c'était normalement le plus mort de tous ! Qu'est-ce que j'ai fait pour mériter cela ? se demandait le pauvre procureur Ranelid.

Ce démon d'Allan Karlsson méritait de mourir pour tous les soucis qu'il lui causait.

Pour l'instant, il s'agissait de sauver son honneur et sa carrière. Assassiner Allan Karlsson n'était sans doute pas le meilleur moyen d'y parvenir. Conny Ranelid se remémora sa catastrophique conférence de presse. Il avait clairement déclaré qu'Allan et ses complices étaient désormais lavés de tout soupçon. Et tout ça parce qu'il… n'en savait rien du tout. Qu'est-ce qui avait pu se passer en réalité ? Bulten Bylund était forcément mort quand il était sur la draisine. Comment diable pouvait-il mourir une deuxième fois, plusieurs semaines plus tard, sur un autre continent ?

Le procureur Ranelid pesta contre lui-même. Pourquoi avait-il convoqué la presse si vite ? Il aurait dû d'abord interroger Karlsson et ses complices, afin de voir plus clair dans cette histoire, et ensuite il aurait pu choisir ce qu'il avait envie de révéler aux médias.

Convoquer les suspects maintenant, après avoir affirmé à la presse qu'ils étaient innocents, et les interroger comme s'il s'agissait d'une simple formalité serait perçu comme du harcèlement. Et pourtant Ranelid n'avait pas le choix. Il fallait qu'il sache, et ce avant 15 heures le lendemain. Sinon il passerait définitivement pour un bouffon aux yeux de ses confrères.

L'inspecteur Aronsson, confortablement installé sur la balancelle de la véranda de Klockaregård, buvait du café en mangeant des biscuits, et il était d'excellente humeur. La chasse au centenaire disparu était terminée, et le sympathique vieillard n'était même plus en état d'arrestation. Il restait à expliquer pourquoi l'homme avait soudain décidé de s'échapper par la fenêtre près d'un mois auparavant, et aussi tout ce qui s'était produit dans son sillage depuis son évasion, mais cela n'avait rien d'urgent. Il s'en soucierait plus tard.

Per-Gunnar Gerdin, aussi appelé le Chef, mort dans un accident de la route et soudain ressuscité, était lui aussi bien sympathique. Il avait tout de suite suggéré de laisser tomber les formules de politesse.

— Pas de problème, Gerdin, dit l'inspecteur Aronsson. Moi, on m'appelle Göran.

— Göran & Gerdin, ça sonne bien ! fit remarquer Allan. Vous pourriez peut-être monter une affaire ?

Le Chef reconnut qu'il n'était peut-être pas tout à fait assez calé en matière de cotisations sociales, taxes et autres détails de ce genre pour s'associer avec un inspecteur de police, et d'ailleurs il préférait qu'on l'appelle le Brochet. Il remercia Allan d'avoir eu cette bonne idée.

L'ambiance était très vite devenue excellente. Elle devint encore meilleure quand Benny et Mabelle les rejoignirent, suivis de près par Julius et Bosse.

On parla de tout et de rien sur la véranda, mais pas des événements du mois passé. Allan se tailla un franc succès quand il apparut soudain à l'angle du bâtiment, un éléphant sur les talons, et qu'il leur offrit avec Sonja une petite représentation de danse. Julius était fou de joie de ne pas être en état d'arrestation, et partit raser la barbe qu'il avait dû se faire pousser à contrecœur pour pouvoir se montrer à Falköping.

— Vous vous rendez compte, moi qui ai été coupable toute ma vie, me voilà tout à coup complètement innocent ! Je peux vous dire que ça fait plaisir !

Bosse alla chercher une bouteille d'authentique champagne hongrois pour que tout le monde fête la nouvelle en trinquant avec l'inspecteur. Aronsson protesta mollement qu'il était venu en voiture. Il avait réservé une chambre à l'hôtel de Falköping et, en sa qualité de représentant de l'ordre, il ne pouvait pas se permettre d'arriver pompette.

Benny déclara que même si Allan accusait les abstinents d'être un danger pour la paix mondiale, ils pouvaient s'avérer utiles quand on avait besoin d'un chauffeur.

— Que l'inspecteur boive une coupe de champagne et je vous promets qu'il sera raccompagné à son hôtel en temps voulu.

Il n'en fallut pas plus pour convaincre Göran Aronsson. Il y avait bien longtemps qu'il souffrait d'un sérieux déficit de liens sociaux et, maintenant qu'il était enfin en bonne compagnie, il n'allait pas bouder son plaisir.

— Bon, alors d'accord, juste un petit verre pour fêter votre innocence à tous, la police nous doit bien ça. Et même deux, parce que vous êtes assez nombreux quand même…

Quelques heures festives s'écoulèrent jusqu'à ce que le téléphone de l'inspecteur Aronsson sonne à nouveau. C'était encore le procureur Ranelid. Il appelait pour raconter à l'inspecteur que par un malheureux concours de circonstances il avait définitivement innocenté les trois hommes et la femme vis-à-vis de la presse et qu'il ne pouvait plus faire machine arrière. Il expliqua aussi qu'il avait absolument besoin de savoir tout ce qui s'était passé entre le moment où le centenaire avait sauté par la fenêtre et aujourd'hui, car il avait promis aux journalistes de leur raconter toute l'histoire le lendemain à 15 heures.

— Si j'ai bien compris, tu es dans la merde, dit l'inspecteur un peu soûl.

— Il faut que tu m'aides, Göran, supplia le procureur Ranelid.

— À quoi ? À remettre les cadavres à un endroit qui t'arrange ? Ou alors à tuer des gens qui ne sont pas aussi morts que tu l'aurais souhaité ?

Le procureur admit que la deuxième proposition lui était passée par la tête, mais qu'il y avait finalement renoncé. En fait il espérait que Göran, avec beaucoup de diplomatie, parviendrait à obtenir d'Allan Karlsson et de ses… amis… que Ranelid vienne en personne leur rendre une petite visite de courtoisie le lendemain dans la matinée, pour parler de choses et d'autres, de façon tout à fait informelle bien sûr… afin d'y voir un peu plus clair dans ce qui s'était passé dans les forêts du Södermanland et du Småland. Le procureur promettait en contrepartie de faire des excuses aux quatre innocents au nom de la police du Södermanland.

— De la police du Södermanland ? s'étonna l'inspecteur Aronsson.

— Oui, enfin… en mon nom, plutôt, dit le procureur Ranelid.

— Je préfère ça. Ecoute, Conny, ne t'inquiète pas, je vais t'arranger ça. Je te rappelle dans quelques minutes.

L'inspecteur Aronsson raccrocha et commença par annoncer que le procureur Ranelid avait tenu une conférence de presse au cours de laquelle il avait insisté sur l'innocence d'Allan Karlsson et de ses amis. Ensuite, il leur demanda s'ils voyaient un inconvénient à ce que le procureur vienne les voir le lendemain. Il semblait très désireux d'entendre leur version des faits.

Mabelle dit, dans le langage qui lui était propre, que ça ne lui semblait pas une bonne idée de raconter au procureur en personne les événements de ces dernières semaines. Julius partageait son opinion. Si on était innocent, on était innocent, un point c'est tout.

— Et puis j'ai à peine eu le temps de m'y habituer, moi. Je ne voudrais pas que mon tout nouveau statut d'innocent n'ait duré qu'une seule journée.

Allan n'était pas de leur avis. Sachant que les journaux et la télévision ne les laisseraient pas tranquilles tant qu'ils ne leur auraient pas raconté leur histoire, il valait mieux parler à un procureur tout seul que d'avoir à supporter des journalistes dans la cour pendant des semaines.

— En plus, nous avons toute une soirée pour trouver ce que nous allons lui dire, ajouta-t-il.

L'inspecteur Aronsson aurait préféré ne pas entendre la fin. Il se leva pour leur rappeler sa présence et leur éviter de prononcer d'autres phrases dont ses oreilles pouvaient se passer. Puis il les informa qu'il souhaitait se retirer, si personne n'y voyait d'inconvénient. Il saurait gré à Benny de bien vouloir le raccompagner à son hôtel de Falköping. Il appellerait le procureur Ranelid en chemin pour lui dire qu'il serait le bienvenu le lendemain matin à 10 heures, si tout le monde était d'accord. Aronsson prendrait un taxi pour revenir au moins récupérer sa voiture. Ne resterait-il pas par hasard une petite goutte de ce délicieux champagne bulgare pour la route ? Ah bon, il était hongrois ? C'était presque la même chose, non ?

On servit encore à l'inspecteur un verre rempli à ras, qu'il but cul sec avant de se frotter le nez et de s'écrouler à la place du passager dans sa propre voiture, que Benny était déjà allé chercher. Sur le trajet, il se mit à déclamer :

Ah, si nous avions de bons amis
Et du vin de Hongrie à boire…

— Carl Michael Bellman, dit Benny le presque licencié en littérature.

— Lisez l'Évangile selon saint Jean, chapitre VIII, verset 7, et souvenez-vous-en demain matin, inspecteur ! lui cria Bosse sur une impulsion subite. Saint Jean, VIII, 7 !

25

Vendredi 27 mai 2005

Le trajet entre Eskilstuna et Falköping ne se fait pas en un quart d'heure. Le procureur Ranelid avait été obligé de se lever aux aurores, après une nuit agitée, pour arriver à Klockaregård à 10 heures. L'entretien ne pourrait durer qu'une heure au maximum s'il voulait revenir à temps pour la conférence de presse de 15 heures.

Conny Ranelid était au bord des larmes à son volant, sur l'E20 à hauteur d'Örebro. *Le Triomphe de la justice*, c'était le nom qu'il aurait donné à son livre. Peuh ! Sil y avait la moindre justice en ce monde, la foudre tomberait maintenant sur cette ferme maudite et tous mourraient carbonisés. Ainsi, le procureur Ranelid pourrait raconter ce qu'il voulait aux journalistes.

L'inspecteur Aronsson s'était accordé une grasse matinée bien méritée à l'hôtel central de Falköping. Il se réveilla vers 9 heures avec quelques légers remords à propos de la soirée de la veille. Il avait trinqué au champagne avec de probables délinquants, et il avait clairement entendu Allan dire qu'ils allaient inventer une histoire à raconter au procureur Ranelid. Aronsson était-il sur le point de devenir complice de malfaiteurs ? Complice de quoi, au fait ?

En arrivant à son hôtel, la veille, il avait pris la bible que les Gédéons avaient gentiment placée dans le tiroir de sa table de nuit. Sur la recommandation de Bosse Ljungberg, il avait ouvert l'Évangile de saint Jean, VIII, 7 et s'était installé dans un coin du bar de l'hôtel, où il était resté plongé dans sa lecture pendant deux heures, en compagnie d'un gin tonic, suivi d'un gin tonic, suivi d'un autre gin tonic.

Le chapitre parlait de la femme adultère que les pharisiens avaient fait comparaître devant Jésus pour le mettre face à un dilemme. Si Jésus disait que cette femme ne devait pas être lapidée pour son crime, il allait à l'encontre de la parole de Moïse lui-même. Si d'un autre côté Jésus prenait le parti de Moïse, il se mettait les Romains à dos puisqu'ils étaient les seuls à avoir le droit de condamner à mort. Jésus allait-il se mettre du côté de Moïse ou de celui des Romains ? Les pharisiens étaient certains d'avoir poussé le maître dans ses retranchements. Mais Jésus étant Jésus, après un moment de réflexion il dit : « Que celui qui n'a jamais péché lui jette la première pierre. »

Jésus avait échappé ainsi à la polémique avec Moïse et avec les Romains, et en l'occurrence avec les pharisiens. L'affaire était réglée. Les pharisiens repartirent la queue basse l'un après l'autre, car il est fort rare de trouver un homme exempt de tout péché. À la fin, il ne resta plus que Jésus et la femme.

« Femme, où sont-ils tous partis ? Aucun d'entre eux ne t'a condamnée ? » demanda Jésus.

La femme répondit :

« Non, Seigneur. »

Et Jésus dit :

« Moi non plus je ne te condamne pas. Va et ne pèche plus. »

L'inspecteur n'avait pas perdu son flair de policier et il sentait bien qu'il y avait un os quelque part. Mais Karlsson, Jonsson et Ljungberg, et encore Ljungberg et Björklund et Gerdin avaient été innocentés la veille par ce faisan de Ranelid. De quel droit lui, Aronsson, pourrait-il les accuser de quoi que ce soit ? Il les trouvait tous très sympathiques et, comme Jésus l'avait si bien dit, oserait-il jeter la première pierre ? Aronsson se remémora quelques épisodes sombres de son existence, et surtout il pensa au procureur Ranelid, qui souhaitait la mort du très convivial Gerdin, dit le Brochet, juste pour servir ses intérêts personnels.

— Eh bien, ne compte pas sur moi, Ranelid, sur ce coup-là tu es tout seul ! dit l'inspecteur Aronsson en appelant l'ascenseur pour descendre prendre son petit déjeuner.

Le policier mangea des corn-flakes, des toasts et des œufs brouillés tout en parcourant *Dagens Nyheter* et *Svenska Dagbladet*. Dans les deux quotidiens, on évoquait de façon prudente un échec de l'enquête préliminaire dans le cadre de l'affaire de la disparition et de ce qui était maintenant devenu un double meurtre. Les deux journaux innocentaient le centenaire mais reconnaissaient avoir très peu de détails. Le centenaire restait introuvable et le procureur refusait d'en dire plus avant vendredi après-midi.

— C'est bien ce que je disais. Ranelid, débrouille-toi tout seul.

L'inspecteur prit un taxi pour Klockaregård, où il arriva à 9 h 51, trois minutes exactement avant le procureur.

La météo ne promettait aucun orage et la foudre espérée par le procureur Ranelid ne tomba pas sur Klockaregård. Le temps était à la fois frais et nuageux. C'est pourquoi tous les pensionnaires de la ferme s'étaient rassemblés dans la spacieuse cuisine en vue de la réunion programmée.

La veille, la bande avait discuté longuement d'une version plausible qu'ils pourraient servir au procureur Ranelid, et par mesure de précaution ils avaient révisé pendant le petit déjeuner. Tout le monde connaissait son rôle. La vérité étant toujours plus facile à retenir que le mensonge, l'exercice n'était pas sans danger. Les choses se passent rarement bien pour celui qui ment mal, et ils avaient tous intérêt à maîtriser leur langue. Évidemment, tout ce qui pourrait contribuer à détourner l'attention du procureur était hautement recommandé.

— Ça va être une putain de merde de saloperie de bordel, sinon, résuma Mabelle juste avant l'arrivée d'Aronsson et du procureur Ranelid.

La rencontre entre Conny Ranelid et les pensionnaires de Klockaregård fut plus amusante pour les uns que pour les autres. Voici comment elle se déroula :

— Je voudrais tout d'abord vous remercier chaleureusement d'avoir bien voulu me recevoir. Sachez que j'apprécie infiniment votre geste, dit le procureur en guise d'introduction. Ensuite, je voudrais vous faire des excuses au nom de… l'ensemble du bureau du procureur pour avoir mis certains d'entre vous en accusation en votre absence et sans motif valable. Cela dit, je serais vraiment très intéressé de savoir ce qui s'est passé, à partir du moment où vous, monsieur Karlsson, êtes sorti de votre chambre à la maison de retraite, jusqu'à aujourd'hui. Voulez-vous commencer, monsieur Karlsson ?

Allan voulait bien commencer. Il se réjouissait même d'avance à cette perspective. Il ouvrit la bouche et dit :

— Je veux bien prendre la parole, monsieur le procureur, bien que je sois vieux et faible et que ma mémoire ne soit plus ce qu'elle était. En tout cas, je me souviens que je suis sorti par cette fenêtre, ça, j'en suis sûr. Et aussi que j'avais un tas de bonnes raisons pour le faire. Vous comprenez, monsieur le procureur, je voulais rendre visite à mon bon ami Julius ici présent, et ce n'est pas le genre d'endroit où je me serais permis de débarquer sans une bonne bouteille de schnaps sous le bras, alors j'ai profité d'un moment d'inattention du personnel pour aller en acheter une au supermarché. Normalement, j'aurais pu simplement téléphoner à… ah non, je ne vais pas dire son nom à monsieur le procureur parce que ce n'est pas pour ça qu'il est là aujourd'hui, mais cette personne habite en ville et c'est pratique parce qu'il vend à moitié prix de l'alcool qu'il importe lui-même. Enfin, ce jour-là, Eklund n'était pas chez lui, oh zut, j'ai dit son nom… bref, j'ai dû aller chercher ce dont j'avais besoin à la supérette. J'avais réussi à rapporter la bouteille dans ma chambre, mais il fallait aussi que je la ressorte, et en plus la directrice était de garde et je peux vous dire, monsieur le procureur, que celle-là, elle a des yeux dans le dos. Elle s'appelle sœur Alice, et avec elle ça ne rigole pas. C'est pour ça que pour aller retrouver Julius, je me suis dit qu'il valait mieux que je passe par la fenêtre. Au fait, c'était justement le jour de mon centième anniversaire, et je trouve que c'est normal d'avoir envie de boire un coup le jour de ses cent ans !

Le procureur commençait à se dire que cela risquait d'être long. Le vieux Karlsson avait déjà parlé un bon moment sans rien dire que Ranelid ne sache déjà. Et dans moins d'une heure il fallait qu'il ait repris la route pour Eskilstuna.

— Je suis désolé, monsieur Karlsson, que vous ayez eu autant de soucis pour boire un coup en une circonstance exceptionnelle, mais puis-je vous demander d'être un peu plus concis, car vous comprendrez que nous n'avons pas beaucoup de temps ? Parlez-moi, s'il vous plaît, de la valise et de votre rencontre avec Bulten Bylund à la gare routière de Malmköping.

— Ah oui, alors comment ça s'est passé déjà ? Per-Gunnar a téléphoné à Julius qui m'a appelé… D'après ce que m'a dit Julius, Per-Gunnar voulait que je m'occupe des bibles, et ça ne me dérangeait pas parce que…

— Des bibles ? interrompit le procureur Ranelid.

— Si monsieur le procureur le souhaite, je peux lui apporter quelques précisions sur ce point, proposa Benny.

— Avec plaisir, dit le procureur.

— Alors, en fait Allan est un bon ami de Julius qui habite Byringe, qui est lui-même un bon ami de Per-Gunnar, celui que monsieur le procureur croyait mort et qui est un bon ami à moi. Moi, je suis d'une part le frère de mon frère Bosse qui a la gentillesse de nous accueillir dans cette maison, et je suis aussi fiancé à Gunilla, la charmante dame qui est assise près du mur là-bas et qui est spécialiste de l'exégèse, ce qui lui donne un point commun avec Bosse qui vend des bibles, notamment à Per-Gunnar.

Le procureur avait un stylo et un bloc à la main, mais il n'avait rien écrit, car tout était allé beaucoup trop vite. La seule question qui lui vint fut :

— L'exégèse ?

— Oui, l'étude approfondie de la Bible, expliqua Mabelle.

L'étude de la Bible ? pensait l'inspecteur Aronsson qui était assis à côté du procureur sans rien dire. Comment pouvait-on à la fois étudier la Bible et dire autant de gros mots qu'il en avait entendu dans la bouche de Mabelle la veille au soir ? Mais il ne dit rien. C'était au procureur de débrouiller cette histoire.

— L'étude de la Bible ? répéta le procureur Ranelid.

Il décida d'enchaîner.

— Bon, on s'en fiche, revenons à la valise et à ce Bulten Bylund à la gare routière de Malmköping.

C'était maintenant à Per-Gunnar Gerdin d'entrer en scène :

— Vous permettez que j'ajoute quelque chose, monsieur le procureur ?

— Absolument. S'il peut apporter quelque lumière à cette affaire, je permettrai même à Belzébuth de prendre la parole.

— Mon Dieu, dit Mabelle en levant les yeux au ciel.

À cet instant, l'inspecteur sut avec certitude qu'ils menaient le procureur en bateau.

— Le diable est bien loin depuis que j'ai trouvé Jésus, dit Per-Gunnar Gerdin. Monsieur le procureur a peut-être eu connaissance d'une organisation que j'ai dirigée et qui s'appelait Never Again. Au départ, ce nom signifiait que les membres de cette confrérie ne retourneraient jamais derrière les barreaux, quoi qu'il arrive. Depuis quelque temps, sa signification a changé. Aujourd'hui, Never Again veut dire que jamais plus nous n'enfreindrons les lois de l'homme et encore moins celles que nous a dictées le Seigneur.

— Et c'est dans cette optique que Bulten a détruit une salle d'attente, brutalisé un préposé à la billetterie et détourné un car et son chauffeur ? s'étonna le procureur.

— J'entends l'ironie qui se cache derrière vos paroles, dit Per-Gunnar Gerdin. Mais ce n'est pas parce que j'ai vu la lumière que mes collaborateurs l'ont vue eux aussi. L'un d'eux est parti comme missionnaire en Amérique du Sud, mais à mon grand regret les deux autres ont mal tourné. J'avais prié Bulten d'aller chercher cette valise qui contenait deux cents bibles et de la transporter d'Uppsala jusqu'à Falköping. Je voulais avec ces bibles répandre la Lumière parmi les pires malfaiteurs de ce pays.

Jusqu'ici, le propriétaire de Klockaregård était resté silencieux. Il s'approcha avec une grosse valise qu'il posa sur la table de la cuisine et qu'il ouvrit. À l'intérieur étaient rangées un grand nombre de bibles reliées de cuir noir véritable, dorées sur tranche, avec index et références, trois marque-pages, liste de personnages, cartes en couleur, etc.

— Monsieur le procureur ne verra jamais une bible comme celle-ci, dit Bosse Ljungberg d'une voix pleine de conviction. Permettez-moi de vous en offrir un exemplaire ! Même dans la magistrature, on peut parfois avoir besoin de trouver la Lumière, croyez-moi, monsieur le procureur.

Bosse était le premier à ne pas raconter de bêtises au procureur. Il pensait réellement ce qu'il disait. Et le procureur dut le sentir, car pour la première fois il eut l'air de se demander si cette histoire de bibles n'était pas tout simplement la vérité. Il accepta le cadeau que Bosse lui tendait, se disant qu'au point où il en était seul Dieu pouvait encore le sauver. Il ne le dit pas. Au lieu de cela, il demanda :

— Est-ce qu'on ne pourrait pas reprendre les choses dans l'ordre ? Que s'est-il passé avec cette satanée valise à la gare de Malmköping ?

— Ne jurez pas, s'il vous plaît, intervint Mabelle d'un ton suppliant.

— C'est de nouveau à moi ? demanda Allan. Bon, je me suis donc rendu à la gare routière un peu plus tôt que prévu, ainsi que Julius me l'avait demandé de la part de Per-Gunnar. Apparemment, Bulten Bylund avait appelé Per-Gunnar à Stockholm et il lui avait paru, si monsieur le procureur veut bien me passer l'expression, un peu allumé ! Et monsieur le procureur sait bien, ou alors il ne le sait pas, c'est vrai que je ne connais pas les relations que monsieur le procureur entretient avec la bouteille, et loin de moi l'idée de lancer des insinuations, mais quoi qu'il en soit… Où en étais-je ? Ah oui, monsieur le procureur sait bien que là où entre la boisson, le bon sens s'en va, enfin je ne me rappelle plus l'expression exacte. J'ai moi-même eu l'occasion de dire des choses que je n'aurais pas dû dire alors que je me trouvais dans un sous-marin à deux cents mètres de profondeur au milieu de la mer Balt…

— Bon Dieu, vous ne voulez pas essayer d'en venir au fait, dit le procureur Ranelid.

— On ne jure pas ! s'exclama Mabelle.

Le procureur Ranelid inspira et expira plusieurs fois profondément, le visage dissimulé dans ses mains. Dès qu'il eut fini, Allan reprit son récit :

— Je disais donc que Bulten Bylund avait téléphoné à Per-Gunnar à Stockholm et, entre autres bavardages, il lui avait annoncé tout de go qu'il démissionnait du club biblique de Per-Gunnar parce qu'il avait décidé de s'engager dans la Légion étrangère mais qu'avant cela, et à ce point de mon histoire je me félicite que monsieur le procureur soit assis, car ce que je vais dire est de nature à choquer, avant cela donc, il avait l'intention de brûler toutes les bibles sur la place de Malmköping !

— Je crois même savoir qu'il a dit « ces satanées putains de bibles », précisa Mabelle.

— Alors évidemment on m'a de toute urgence envoyé confisquer les bibles à Bulten. Il arrive qu'on soit obligé d'agir dans l'urgence. Ça me rappelle le jour où le général Franco a failli exploser en miettes juste sous mes yeux. Heureusement ses hommes étaient incroyablement réactifs, et ils ont attrapé leur général à bras-le-corps et l'ont conduit à l'abri. Ils n'ont pas pris le temps de réfléchir. Ils ont agi guidés par l'instinct uniquement.

— Que vient faire le général Franco dans cette histoire ? demanda le procureur Ranelid.

— Rien, en effet, monsieur le procureur, c'était juste pour vous donner un exemple afin que vous compreniez mieux la situation. On n'est jamais trop précis.

— Alors, pourquoi monsieur Karlsson n'essaierait-il pas de m'expliquer précisément ce qui s'est passé avec cette valise ?

— Eh bien, monsieur Bulten ne voulait pas la lâcher et je ne pouvais pas, vu mon physique, la lui prendre de force. D'ailleurs, quand j'y pense, il n'y a pas que le physique, c'est terrible comme les gens…

— Restons-en aux faits, monsieur Karlsson !

— Ah oui, pardon, monsieur le procureur. Donc quand monsieur Bulten a tout à coup décidé d'aller faire un tour dans les toilettes de la gare routière, je suis passé à l'action. J'ai disparu avec la valise en sautant dans le car de Byringe où habite mon vieux copain Julius ici présent, Julle pour les intimes.

— Julle ? dit le procureur décontenancé.

— Oui, ou Julius, comme vous voulez.

Le procureur resta encore un instant silencieux. Il s'était finalement mis à prendre quelques notes. Il raya des mots et traça des flèches sur son bloc, puis il reprit :

— Et monsieur Karlsson a payé son ticket de car avec un billet de cinquante couronnes en demandant jusqu'où cette somme pouvait le mener ? Comment pouvez-vous dire maintenant que vous avez toujours eu l'intention de vous rendre à Byringe ?

— Ha ! C'est parce que je savais exactement combien coûte le trajet jusqu'à Byringe, et comme j'avais justement un billet de cinquante dans mon portefeuille, j'ai voulu plaisanter un peu. On a bien le droit, non, monsieur le procureur ?

Le procureur n'avait aucune envie de plaisanter, et une fois de plus il demanda à Allan d'accélérer son récit.

— Alors, brièvement, que s'est-il passé ensuite ?

— Alors, brièvement, Julius et moi avons passé une bonne soirée tous les deux, jusqu'à ce que tout à coup Bulten vienne frapper à la porte. Comme nous avions du schnaps sur la table, monsieur le procureur se souvient peut-être que j'étais allé acheter une bouteille, et pour dire la vérité, j'en avais même pris deux, je préfère vous le dire parce que c'est important de ne pas mentir, même sur les plus petits détails, et d'ailleurs ce n'est pas à moi de juger de ce qui est un petit détail et de ce qu…

— Poursuivez !

— Ah oui, désolé. Bulten s'est calmé tout suite en voyant qu'il y avait de l'anguille grillée et de l'aquavit, et à un moment de la soirée il a même décidé de renoncer à brûler les bibles pour nous remercier de la bonne soirée qu'il était en train de passer. L'alcool a aussi ses bons côtés, vous ne trouvez pas, monsieur le pr…

— Poursuivez !

— Le lendemain, ce pauvre Bulten avait une gueule de bois épouvantable. Ma dernière gueule de bois remonte au printemps 1945, quand j'ai essayé de soûler le président Truman à la tequila. Malheureusement, le président Roosevelt a eu la mauvaise idée de mourir juste à ce moment-là et nous avions été obligés de couper court, mais finalement c'était peut-être un mal pour un bien, parce que le lendemain je n'allais pas très bien dans ma tête. Enfin je me console en me disant que j'allais quand même beaucoup mieux que Roosevelt.

Ranelid battit un peu des paupières en se demandant ce qu'il allait dire. Finalement, ce fut la curiosité qui prit le dessus. Le procureur ne fit même plus l'effort de vouvoyer Allan Karlsson.

— Qu'est-ce que tu me racontes ? Tu buvais de la tequila avec le vice-président Truman au moment où le président Roosevelt est tombé raide mort ?

— On ne peut pas dire qu'il est tombé puisqu'il était déjà assis, mais je comprends ce que veut dire monsieur le procureur, et puis on a dit qu'on ne s'encombrait pas de détails aujourd'hui, n'est-ce pas ?

Le procureur ne fit pas de commentaire et Allan poursuivit :

— Je disais donc à monsieur le procureur que monsieur Bulten n'était pas en état de pédaler sur la draisine quand il fut temps de partir pour Åkers Styckebruk le lendemain matin.

— Il paraît qu'il était pieds nus, est-ce que tu as une explication pour ça aussi ?

— Si monsieur le procureur avait vu la gueule de bois qu'avait Bulten ce jour-là ! Il aurait été capable de partir en caleçon !

— Et comment se fait-il que monsieur Karlsson, lui, avait des chaussures aux pieds, et qu'on ait retrouvé ses chaussons dans la cuisine de Julius ?

Le procureur, agacé, avait repris ses distances.

— J'ai emprunté une paire de chaussures à Julle, bien sûr. Quand on a cent ans, on est parfois distrait, et on sort de chez soi en chaussons, vous verrez que cela vous arrivera aussi, monsieur le procureur, si vous patientez encore une cinquantaine d'années.

— Je ne vivrai sans doute pas aussi vieux, dit le procureur Ranelid. Je me demande même si je vais survivre à cet entretien. Et comment expliquez-vous que la draisine ait senti le cadavre quand on l'a retrouvée ?

— Ah, ça, monsieur le procureur, il faudrait poser la question à Bulten, puisqu'il est le dernier à en être descendu ! Dommage qu'il soit allé mourir à Djibouti et qu'il ne puisse pas vous répondre. Vous pensez que c'est à cause de moi, monsieur le procureur ? C'est vrai que je ne suis pas encore mort, mais je suis quand même sacrément proche de la fin. Peut-être que je sens déjà le cadavre, qui sait ?

Le procureur commençait à s'impatienter. L'heure tournait et il n'avait entendu que vingt-quatre heures sur les vingt-six jours qui l'intéressaient. Quatre-vingt-dix pour cent de ce qui sortait de la bouche du vieux Karlsson n'étaient que bavardages incohérents.

— Poursuivez ! répéta le procureur Ranelid sans faire de commentaire sur l'odeur de cadavre.

— Nous avons donc laissé Bulten cuver sur la draisine pendant que nous allions nous dégourdir les jambes jusqu'à la camionnette de hot dogs que tenait Benny, l'ami de Per-Gunnar.

— Ah bon, toi aussi tu as fait de la prison ?

— Non, mais j'ai étudié la criminologie, dit Benny – ce qui était vrai – avant de dire qu'il avait eu l'occasion pendant ses études d'interviewer des détenus et que c'était comme cela qu'il avait rencontré Per-Gunnar, ce qui était faux.

Le procureur Ranelid prit encore quelques notes, puis demanda à Allan Karlsson de poursuivre.

— Avec plaisir. Au départ, Benny devait nous conduire à Stockholm, Julius et moi, parce que nous devions rapporter à Per-Gunnar la valise contenant les bibles. Mais Benny a eu envie de faire un détour par le Småland où habitait sa fiancée, Gunilla ici présente…

— Dieu vous bénisse, dit Gunilla en saluant le procureur Ranelid du menton.

Le procureur lui rendit machinalement son salut et se retourna vers Allan, qui continua :

— Benny était celui d'entre nous qui connaissait le mieux Per-Gunnar et il nous affirma qu'il pouvait patienter quelques jours pour récupérer ses bibles. Il nous dit qu'après tout elles ne contenaient pas de nouvelles fraîches, et nous ne pouvions pas le contredire sur ce point. En même temps, on ne pouvait pas le laisser attendre *ad vitam aeternam*, car le jour où Jésus reviendrait effectivement sur terre, tous les chapitres annonçant son retour deviendraient obsolètes…

— Pas de digressions, Karlsson. Les faits !

— Vous avez raison, monsieur le procureur. Il faut s'en tenir aux faits, sinon on ne sait pas où on va. Je suis mieux placé pour le savoir que n'importe qui, je crois. Si je ne m'en étais pas tenu aux faits quand j'ai rencontré Mao Tsé-toung en Mandchourie, j'aurais sûrement été fusillé sur-le-champ.

— Il aurait peut-être mieux valu, dit le procureur Ranelid en lui faisant signe d'enchaîner.

— Bref, Benny ne pensait pas que le Christ reviendrait sur terre pendant que nous étions dans le Småland, et les faits nous ont démontré qu'il avait eu raison sur ce point…

— Karlsson !

— Ah oui. Euh… donc nous voilà partis tous les trois pour le Småland, ce qui n'était pas pour nous déplaire, à Julius et à moi. Le problème, c'est qu'on est partis sans prévenir Per-Gunnar, et là on a eu tort.

— Je confirme, intervint Per-Gunnar. Bien sûr que j'aurais pu attendre les bibles quelques jours. Mais monsieur le procureur doit comprendre que j'ai eu peur que Bulten s'en soit pris à Allan, Julius et Benny. Bulten n'avait jamais été d'accord avec mon idée de répandre l'Évangile. Et tout ce que je lisais dans les journaux n'était pas fait pour me rassurer.

Le procureur hochait la tête et prenait des notes. Il commençait peut-être à voir un début de logique dans toute cette histoire. Il se retourna vers Benny :

— Mais toi, quand tu as commencé à entendre parler dans la presse du centenaire kidnappé, de Never Again et du grand criminel Julius Jonsson, pourquoi est-ce que tu n'as pas contacté la police ?

— J'avoue que l'idée m'est passée par la tête. Mais quand j'en ai parlé à Allan et Julius, ils étaient tous les deux contre. Julius a dit que par principe il ne voulait rien avoir à faire avec la police, et Allan a dit qu'il s'était échappé de sa maison de retraite et qu'il n'avait aucune envie qu'on le ramène à sœur Alice juste parce que les journalistes écrivaient n'importe quoi.

— Tu ne parles jamais à la police « par principe » ? demanda le procureur Ranelid à Julius Jonsson.

— C'est exact. La police et moi n'avons pas été dans les meilleurs termes ces dernières années. Mais quand ça se passe dans des conditions agréables, comme hier avec l'inspecteur Aronsson et aujourd'hui avec monsieur le procureur, je suis prêt à faire des exceptions. Monsieur le procureur veut-il encore une petite tasse de café ?

Ce n'était pas de refus. Il allait devoir reprendre des forces pour garder le contrôle de la situation ce matin et pour affronter la presse à 15 heures avec une histoire qui tienne debout, qu'elle soit véridique ou pas.

Le procureur n'en avait pas encore fini avec Benny Ljungberg.

— Et alors, puis-je savoir pourquoi tu n'as pas téléphoné à ton ami Gerdin à ce moment-là ? Tu devais bien t'imaginer qu'il lisait des articles sur toi dans les journaux ?

— Je me suis dit que la police et le procureur ne savaient peut-être pas encore que Per-Gunnar avait rencontré Jésus, et que sa ligne téléphonique risquait d'être sur écoute. Et monsieur le procureur admettra que je ne m'étais pas trompé !

Le procureur grogna légèrement, nota quelque chose et regretta en son for intérieur d'avoir une fois de plus été trop bavard avec les journalistes. Ce qui est fait est fait. Il continua son interrogatoire. Il se tourna vers Per-Gunnar Gerdin.

— Il semble que monsieur Gerdin ait réussi à savoir quand même où se trouvaient Allan Karlsson et ses amis. D'où venait l'information ?

— Encore une chose que nous ne saurons malheureusement jamais, car mon collègue Henrik Hultén a emporté le secret dans sa tombe. À la casse plus exactement.

— Et cette info disait quoi exactement ?

— Elle disait qu'Allan, Benny et sa petite amie avaient été vus à Rottne dans le Småland. C'est une connaissance de Hinken qui avait appelé, je crois. Moi, c'était surtout le renseignement qui m'intéressait. Je savais que la petite amie de Benny habitait dans le Småland et qu'elle était rousse. J'ai donc donné à Hinken l'ordre d'aller à Rottne et de se poster devant la supérette locale. On a toujours besoin de manger, n'est-ce pas… ?

— Et Hinken a obéi, comme ça, au nom de Jésus-Christ peut-être ?

— Là, monsieur le procureur a tapé dans le mille. En effet Hinken a beaucoup de qualités mais il n'a jamais eu de religion. Je crois qu'il était encore plus contrarié que Bulten par la nouvelle orientation de l'organisation. Il parlait de partir en Russie, ou dans les pays Baltes, pour monter une affaire de trafic de drogue. Vous vous rendez compte, monsieur le procureur ? Il est d'ailleurs possible qu'il y soit parvenu, il faudra que monsieur le procureur l'interroge à ce sujet ! Ah non… c'est vrai… c'est trop tard…

Le procureur regarda longuement Per-Gunnar Gerdin avec un air suspicieux.

— Nous sommes en possession d'un enregistrement sur lequel on t'entend parler de madame Björklund ici présente et un peu plus loin sur la bande on t'entend jurer aussi. Qu'en penserait le Seigneur s'il entendait cette conversation ?

— Le Seigneur est prompt à accorder son pardon, monsieur le procureur pourra s'en assurer en ouvrant le livre que je viens de lui offrir.

— Pardonnez à votre prochain ses offenses et vous serez pardonné, dit Jésus-Christ, intervint Bosse.

— L'Évangile selon saint Jean ? demanda l'inspecteur Aronsson, qui avait l'impression de reconnaître quelque chose qu'il avait lu la veille dans son coin de bar à l'hôtel.

— Tu lis la Bible, toi ? demanda le procureur, surpris, à Aronsson.

L'inspecteur ne répondit pas, fit un sourire candide.

Per-Gunnar Gerdin poursuivit :

— J'ai choisi pour cet entretien d'adopter le ton auquel Hinken avait été habitué par le passé. Je me suis dit que cela l'inciterait à m'obéir.

— Et alors, ça a marché ? demanda le procureur.

— Oui et non, je n'avais pas envie qu'il rencontre Allan, Julius, Benny et sa petite amie, parce que je ne savais pas comment ses manières un peu brutales seraient perçues par mes amis.

— Et tu avais raison de t'en inquiéter, commenta Mabelle.

— Ah bon, pourquoi ? rétorqua le procureur Ranelid.

— Il a débarqué dans ma ferme comme ça, fourrant son nez partout, disant des gros mots et réclamant de l'alcool… Je suis très tolérante, mais je ne supporte pas les gens qui se sentent obligés de jurer pour s'exprimer.

L'inspecteur eut quelques difficultés à ne pas avaler son petit pain de travers. Mabelle avait passé toute la soirée précédente à jurer comme un charretier. Aronsson était de plus en plus convaincu qu'il ne saurait jamais la vérité. Et c'était très bien comme ça. Mabelle continua :

— Je suis sûre qu'il était déjà soûl en arrivant, et en plus il conduisait, vous vous rendez compte ! Il agitait une arme pour se rendre intéressant et se vantait d'en avoir besoin pour ses affaires de trafic de drogue à… Riga je crois. Mais là je dois dire que je me suis fâchée, monsieur le procureur. Je me suis mise vraiment en colère et je lui ai dit : « Pas d'armes chez moi ! » Il a été obligé de poser son pistolet sur la véranda. Je me demande même s'il ne l'a pas oublié en repartant. Je crois que je n'avais jamais rencontré un gars aussi brutal et antipathique…

— C'est peut-être cette histoire de bibles qui l'avait mis de mauvaise humeur, suggéra Allan. La religion a souvent pour effet de générer des tensions. Un jour, à Téhéran…

— Téhéran ? lâcha le procureur malgré lui.

— Oui, il y a pas mal d'années de ça. Le pays était en paix à cette époque et, comme me le disait Churchill au moment du décollage…

— Churchill ? répéta le procureur.

— Oui, le Premier ministre. Enfin, l'ex-Premier ministre, au moment dont je vous parle. Et futur Premier ministre, d'ailleurs.

— Je sais qui est Winston Churchill, nom de Dieu, je me demande juste ce que toi, tu foutais à Téhéran avec Churchill ?

— Ne blasphémez pas, s'il vous plaît, monsieur le procureur ! dit Mabelle.

— Non, pas exactement avec lui. J'ai passé quelque temps là-bas en compagnie d'un missionnaire qui avait un incroyable talent pour déprimer son entourage.

Pour ce qui était de la dépression, le procureur Ranelid la frôlait dangereusement en ce moment même. Il avait maintenant compris qu'il n'obtiendrait rien d'un centenaire qui prétendait avoir rencontré Franco, Truman, Mao Tsé-toung et Churchill. Mais les états d'âme du procureur Ranelid ne préoccupaient pas Allan le moins du monde. Au contraire. Il continua tranquillement son récit :

— Le jeune monsieur Hinken s'est comporté comme un vent de tempête. Il n'a retrouvé sa bonne humeur qu'une seule fois, au moment de s'en aller. Je me rappelle qu'il a descendu la vitre de sa voiture et qu'il a crié : « Lettland, me voilà ! » Nous en avons conclu naïvement qu'il avait l'intention de se rendre dans le Lettland, mais monsieur le procureur sera plus apte que nous à tirer des conclusions de cette dernière phrase.

— Imbécile, dit le procureur.

— Imbécile ? dit Allan. On ne m'avait encore jamais appelé comme ça. Je crois me souvenir que Staline, au sommet de sa fureur, m'a traité de chien et de rat, mais pas d'imbécile.

— Eh bien, il était grand temps ! répliqua le procureur Ranelid.

À cet instant, Per-Gunnar Gerdin jugea bon de réagir.

— Allons, allons, monsieur le procureur, vous n'allez pas vous mettre en colère parce que vous ne pouvez pas enfermer n'importe qui quand cela vous chante ! Vous voulez entendre la suite de l'histoire, oui ou non ?

Oui, le procureur voulait bien entendre la suite, et marmonna quelques mots indistincts qui pouvaient passer pour des excuses. En réalité, il n'avait aucune envie de l'entendre, mais il y était obligé. Per-Gunnar Gerdin poursuivit.

— Si l'on examine les effectifs de Never Again, on a donc Bulten parti s'engager dans la Légion en Afrique, Hinken dans le Lettland pour y faire du trafic de drogue et Caracas retourné à… bref, retourné chez lui. Il ne restait plus que moi, pauvre âme, pas tout à fait esseulée puisque Jésus était à mes côtés.

— Ben voyons, murmura le procureur. Continuez !

— J'ai décidé d'aller chez Gunilla, la petite amie de Benny à Sjötorp. Hinken m'avait donné l'adresse avant de quitter le pays. Il avait quand même un minimum de conscience professionnelle.

— J'ai quelques questions à poser sur cet épisode-là. La première sera pour vous, Gunilla Björklund. Pourquoi avoir acheté un car quelques jours avant votre départ et pourquoi êtes-vous partis ?

Le groupe d'amis avait décidé la veille de tenir Sonja en dehors de cette histoire. Elle était en cavale, à l'instar de son copain Allan, mais elle n'avait pas les mêmes droits civiques que lui. Elle n'avait peut-être même pas la nationalité suédoise et il en est de la Suède comme de la plupart des autres pays : quand on est un étranger, on ne pèse pas bien lourd, même si on est un pachyderme. Sonja risquait au mieux l'expulsion, au pire la prison à vie dans un zoo quelconque. Voire les deux peines cumulées.

Sans Sonja comme mobile, la bande allait une fois de plus devoir recourir au mensonge pour expliquer le choix de l'autocar pour leur petite virée.

— Il est exact que le véhicule est enregistré à mon nom, dit Mabelle, mais il s'agit d'un achat que nous avons fait ensemble, Benny et moi, dans l'intention de l'offrir à Bosse, son frère.

— Qui va le remplir de bibles, bien sûr, commenta Ranelid d'une voix lasse.

— Non, pas du tout. Je vais m'en servir pour transporter des pastèques, intervint Bosse. Monsieur le procureur a-t-il envie de goûter la pastèque la plus sucrée au monde ?

— Non, merci. Je préfère entendre votre histoire jusqu'au bout, rentrer chez moi me débarrasser de cette fichue conférence de presse et ensuite prendre des vacances. Voilà ce que je voudrais. Et maintenant poursuivons. Pourquoi avez-vous foutu le c... pourquoi êtes-vous partis de Sjötorp dans ce fameux car, juste avant l'arrivée de Per-Gunnar Gerdin ?

— Mais parce qu'ils ne savaient pas que j'arrivais ! dit Per-Gunnar Gerdin. Monsieur le procureur aurait-il du mal à suivre ?

— Oui, effectivement, j'ai un peu de mal. Einstein lui-même aurait du mal à s'y retrouver, dans votre histoire qui n'a ni queue ni tête.

— À propos d'Einstein… commença Allan.

— Merci, monsieur Karlsson, dit le procureur Ranelid d'une voix ferme. Je ne veux pas savoir ce qu'Einstein et vous avez fait ensemble. Je préférerais que monsieur Gerdin m'explique ce que les Russes ont à voir avec tout cela.

— Pardon ? dit Per-Gunnar Gerdin.

— Les Russes ! Votre ancien collègue, Hinken, parle de Russes dans l'une des conversations téléphoniques que nous avons interceptées. Vous reprochez à Hinken de ne pas vous avoir appelé sur votre numéro de carte prépayée, et celui-ci vous répond qu'il croyait que cela ne concernait que les affaires avec les Russes.

— Je préfère ne pas en parler, dit Per-Gunnar Gerdin, principalement parce qu'il ne savait pas quoi répondre.

— Moi, si, rétorqua le procureur Ranelid.

Un court silence s'installa autour de la table. Le fait que les Russes aient été cités dans une conversation téléphonique n'avait été mentionné dans aucun des articles qu'ils avaient lus, et Gerdin l'avait complètement oublié. Soudain Benny réagit.

— *Jesli tjelovek kurit, on plocho igrajet v futbol.*

Tous se tournèrent vers lui, les yeux ronds.

— C'est mon frère Bosse et moi qu'il appelait les Russes, expliqua Benny. Notre père, que Dieu ait son âme, et notre oncle Frasse, Dieu le bénisse également, étaient un peu gauchistes, c'est le moins qu'on puisse dire. Quand nous étions petits, ils nous faisaient des blagues en russe et du coup nos copains s'étaient mis à nous appeler les Russes pour rigoler. C'est ce que je viens de vous raconter, de façon plus concise et… en russe.

Comme beaucoup de choses qui s'étaient dites ce matin, la traduction de Benny avait peu à voir avec la réalité. Il avait improvisé afin de tirer Gerdin le Brochet de l'embarras. Benny avait presque une licence de russe, vu qu'il ne s'était pas présenté à l'examen final, mais cela remontait à pas mal de temps, et tout ce qu'il avait trouvé dans l'urgence pouvait se traduire par : « Un fumeur ne deviendra jamais un grand footballeur. »

Ça avait marché. Autour de la table de la cuisine de Klockaregård, seul Allan avait compris.

Le procureur Ranelid commençait vraiment à en avoir assez. D'abord toutes ces allusions à des personnages historiques, et maintenant voilà qu'il y en avait un qui se mettait à parler russe… Sans parler des deux faits inexplicables : Bulten retrouvé mort à Djibouti et Hinken à Riga… Non, trop c'était trop ! Et il y avait toujours un détail qui dépassait l'entendement.

— Pouvez-vous m'expliquer, monsieur Gerdin, comment vous avez pu dans un premier temps être percuté et tué par vos amis, pour ensuite ressusciter miraculeusement et vous retrouver ici avec eux à manger tranquillement de la pastèque ? D'ailleurs, je crois que je vais accepter une part de cette fameuse pastèque.

— Avec plaisir, dit Bosse. La recette reste secrète ! Si l'on veut manger de bons aliments, il ne faut pas laisser le *codex alimentarius* se mêler de leur fabrication.

Ni le procureur Ranelid ni l'inspecteur Aronsson ne firent de commentaire. Aronsson avait décidé une bonne fois pour toutes de se taire, quant à Ranelid, il souhaitait en finir avec… ce qu'il était en train de faire… et s'en aller au plus vite. La pastèque était effectivement la meilleure dans laquelle il eût jamais planté les dents.

Pendant que le procureur mastiquait, Per-Gunnar Gerdin lui expliqua qu'il était entré dans Sjötorp au moment précis où le car prenait la route. Arrivé à la ferme, il avait compris que ses amis se trouvaient dans le car qu'il venait de croiser. Il l'avait pris en chasse, doublé et, ce faisant, avait malencontreusement perdu le contrôle de son véhicule, ce qui avait eu pour résultat… Mais monsieur le procureur avait vu les photos de l'épave puisqu'elles avaient été diffusées dans tous les médias.

— Je ne suis pas étonné qu'il ait réussi à nous rattraper, commenta Allan. Il avait quand même trois cents chevaux sous le capot. Il n'y en avait pas autant pour la Volvo PV 444 dans laquelle j'ai fait la route de Bromma jusqu'au domicile du Premier ministre Erlander. Elle devait en avoir à peine quarante-quatre ! À cette époque, c'était déjà beaucoup, remarquez. Et je me demande combien de chevaux il y avait sous le capot de la voiture de l'épicier Gustavsson quand il est venu s'aventurer par erreur dans mon…

— Fermez-la, cher monsieur Karlsson, ou vous allez me rendre fou, supplia le procureur.

Le chef de l'organisation Never Again reprit son récit. C'est vrai qu'il avait perdu un peu de sang dans la voiture, même beaucoup de sang, mais il avait été vite rafistolé, et franchement il ne voyait pas la nécessité d'aller à l'hôpital pour quelques plaies, un bras cassé, un traumatisme crânien et une poignée de côtes fracturées.

— Et puis de toute façon Benny a étudié la littérature, dit Allan.

— La littérature, pourquoi la littérature ? s'étonna le procureur Ranelid.

— J'ai dit la littérature ? Je voulais dire la médecine, bien sûr.

— J'ai étudié la littérature aussi, dit Benny. Je crois pouvoir dire sans hésitation que mon auteur préféré est Camilo José Cela, surtout son premier roman paru en 1947, *La familia de*…

— Vous n'allez pas vous y mettre, vous aussi ? dit le procureur. Revenons à notre histoire.

Il avait par mégarde laissé son regard tomber sur Allan. Ce fut donc lui qui enchaîna :

— Si monsieur le procureur veut bien m'excuser, je crois devoir lui signaler que l'histoire est terminée, mais si vraiment il veut en entendre d'autres, je serais ravi de lui relater une ou deux anecdotes datant de l'époque où j'étais agent pour la CIA. Ou, mieux encore, je pourrais lui raconter mon périple à travers la chaîne de l'Himalaya. Est-ce que monsieur le procureur aimerait savoir comment on distille de l'eau-de-vie à partir de lait de chèvre ? Il suffit d'avoir de la betterave à sucre et un peu de soleil. Et puis du lait de chèvre évidemment.

Il arrive que la bouche continue à fonctionner alors que le cerveau s'est mis en veille, et c'est sans doute ce qui arriva au procureur Ranelid quand, contrairement à ses résolutions précédentes, il releva la dernière digression d'Allan :

— Tu as traversé l'Himalaya, toi ? À cent ans ?

— Non, je ne suis pas fou, quand même. Vous savez, monsieur le procureur, je n'ai pas toujours eu cent ans. C'est même assez récent.

— On peut contin…

— Eh oui, on grandit et puis on vieillit, philosopha Allan. On ne se l'imagine pas quand on est petit… prenez le jeune Kim Jong-il, par exemple. Le pauvre sanglotait sur mes genoux, et maintenant il est chef d'État, avec tout ce que cela comporte comme…

— Est-ce qu'on ne pourrait pas le laisser de côté, monsieur Karlsson, et…

— Ah oui, excusez-moi, mais je croyais que monsieur le procureur voulait entendre le récit de ma traversée de l'Himalaya. Pendant les premiers mois, j'avais pour seul compagnon un chameau, et on peut dire ce qu'on veut sur ces bêtes-là mais elles sont drôlement sympathiques quand on…

— Non ! supplia le procureur Ranelid. Je ne veux pas. Je voulais juste… tu ne pourrais pas simplement…

Puis le procureur se tut complètement l'espace d'une minute, avant de dire d'une voix très lasse qu'il n'avait plus d'autres questions… à part peut-être une seule : pourquoi s'étaient-ils cachés tout ce temps ici, dans le Västergötland, s'ils n'avaient rien fait de mal ?

— Vous étiez innocents, non ?

— L'innocence peut être une notion fluctuante selon le point de vue où l'on se place, dit Benny.

— Ah, ça me fait penser au général de Gaulle et au président Johnson. Qui avait tort et qui avait raison dans le contentieux qui les opposait ? Je n'ai pas soulevé la question quand j'étais avec eux, parce que nous avions des affaires plus importantes à régler, mais…

— Cher, cher monsieur Karlsson, dit le procureur Ranelid. Si je vous le demandais à genoux, vous tairiez-vous ?

— Oh, monsieur le procureur n'a pas besoin de se mettre à genoux. Je serai aussi silencieux qu'une petite souris à partir de maintenant, je vous le promets. En cent ans je n'ai eu la langue trop bien pendue que deux fois : quand j'ai expliqué à l'Ouest comment on fabriquait une bombe atomique, et quand j'ai fait la même chose à l'Est.

Le procureur Ranelid songea qu'une bombe atomique était peut-être LA solution, surtout si Karlsson était assis dessus. Il n'énonça pas cette remarque. Il n'était plus en état d'énoncer quoi que ce soit. La question concernant leur silence pendant les trois semaines où un mandat d'arrêt avait été lancé contre eux et où tout le monde était à leur recherche resta sans réponse, hormis une extrapolation philosophique sur le fait que la loi était différente d'un pays à l'autre, et en fonction de la conjoncture.

Ranelid se leva lentement de sa chaise, remercia pour l'accueil, le café, la pastèque, le petit pain et la… conversation. Il ajouta qu'il les remerciait de s'être montrés aussi coopératifs.

Puis il sortit de la cuisine, monta dans sa voiture et démarra.

— Ça s'est très bien passé, constata Julius.

— Oui, dit Allan. Et je crois que j'ai eu le temps de tout placer.

Dans sa voiture roulant en direction du nord sur l'E20, le procureur Ranelid sortit peu à peu de son état de paralysie mentale. Il se remémora l'histoire qu'on lui avait racontée, en rajouta un peu, en enleva beaucoup, tria, élagua jusqu'à obtenir un récit épuré qui lui parut acceptable. Son seul souci : faire gober aux médias que l'odeur de cadavre sentie par le chien policier sur la draisine était le parfum anticipé de la mort prochaine du centenaire Allan Karlsson. Alors une idée germa et prit forme dans la tête du procureur Ranelid. Ce satané chien policier... Et s'il mettait la faute sur le chien policier ?

Si Ranelid parvenait à faire croire que le chien était fou, il avait une chance de sauver sa tête. Il pourrait n'y avoir jamais eu le moindre cadavre sur la draisine dans la forêt du Södermanland, ce qui expliquerait qu'on ne l'ait pas retrouvé. Comme on avait fait croire l'inverse au procureur, cela l'avait conduit à tirer toute une série de conclusions logiques mais erronées, pour lesquelles on ne pouvait pas le blâmer puisque tout était de la faute du chien.

Et ainsi tout s'expliquerait parfaitement. Il fallait juste que cette théorie soit confirmée par quelqu'un d'autre, et aussi que... Kicki ? c'était bien comme cela qu'elle s'appelait ?... que Kicki, donc, soit rapidement éliminée pour qu'elle n'ait pas l'occasion de prouver sa compétence par la suite.

Le procureur Ranelid avait un moyen de pression sur le maître-chien depuis qu'il avait « couvert » un petit larcin dont le policier avait été soupçonné dans un Seven Eleven. Ranelid avait trouvé inutile de briser la carrière d'un policier pour un vol de muffin. Mais le jour était venu pour le jeune homme de payer ses dettes.

— Au revoir, Kicki, ricana le procureur Conny Ranelid, souriant pour la première fois depuis très longtemps alors que l'E2O bifurquait vers le nord-est et la ville d'Eskilstuna.

La sonnerie de son téléphone retentit. C'était le commissaire divisionnaire en personne, qui l'appelait pour l'informer qu'il avait sous les yeux le rapport d'autopsie en provenance de Riga.

— C'est bien le cadavre de Henrik Hultén qu'on a retrouvé broyé dans la casse automobile.

— Formidable ! s'exclama le procureur Ranelid. Et je suis content que tu appelles ! Tu pourrais me repasser le standard ? J'ai besoin de parler à Ronny Backman. Tu sais, le maître-chien.

Les amis de Klockaregård avaient agité leurs mouchoirs au départ du procureur Ranelid et, Allan en tête, ils étaient retournés autour de la table de la cuisine. Il y avait une question qu'ils devaient aborder d'urgence.

Le centenaire commença la réunion en demandant à l'inspecteur Aronsson s'il voulait commenter l'entretien qu'ils venaient d'avoir avec le procureur Ranelid. Il lui suggérait, ensuite, d'aller faire un petit tour.

L'inspecteur répondit qu'il avait trouvé leur récit clair et convaincant. En ce qui le concernait, l'affaire était classée et, s'ils ne voyaient pas d'inconvénient à ce qu'il reste, il se trouvait très bien là où il était. En outre, il ne se considérait pas lui-même comme étant exempt de tout péché, et n'avait l'intention de jeter ni la première ni la deuxième pierre.

— En revanche, vous seriez gentils de ne pas dire en ma présence des choses qui ne me regardent pas. Dans le cas, bien sûr, où il existerait une autre version des faits que celle que vous avez servie à Ranelid.

Allan s'y engagea et, en leur nom à tous, souhaita la bienvenue à leur nouvel ami au sein de leur petite famille.

Leur nouvel ami, se disait Aronsson. Au cours de ses nombreuses années de carrière, il s'était fait beaucoup d'ennemis parmi les citoyens douteux de ce pays, mais pas un seul ami. Il était grand temps que cela change ! Il répondit à Allan qu'il se sentait à la fois heureux et honoré.

Allan lui dit que de son côté il s'était lié d'amitié avec des prêtres et des présidents, mais jamais avec un inspecteur de police. Et comme l'ami Aronsson ne voulait pas qu'on lui en dise trop, Allan promettait de ne jamais lui révéler d'où venait l'énorme paquet de fric que le groupe avait en sa possession. Au nom de leur nouvelle amitié bien sûr.

— Un gros paquet de fric ? demanda Aronsson.

— Oui. Tu sais, la valise ? Avant de contenir des bibles reliées en cuir véritable, elle était pleine de billets de cinq cents couronnes. Environ cinquante millions.

— Mais comment diab… dit l'inspecteur Aronsson.

— C'est bon, vas-y, tu peux jurer tant que tu veux, dit Mabelle.

— Cela dit, si tu veux prendre quelqu'un à témoin, j'aime autant que tu choisisses Jésus, dit Bosse.

— Cinquante millions ?

— Moins quelques frais de fonctionnement pendant le voyage, dit Allan. Et maintenant, il faut que nous

nous mettions d'accord sur le partage de cette somme. Je te laisse la parole, le Brochet.

Per-Gunnar Gerdin, dit le Brochet, se gratta l'oreille un petit moment pendant qu'il réfléchissait. Enfin il déclara qu'à son avis ils devaient dépenser cet argent tous ensemble et partir en vacances quelque part, car il ne voyait rien au monde dont il eût plus envie à l'instant présent que de se faire servir une boisson décorée d'un petit parasol multicolore sous un grand parasol quelque part très loin de là. Il était certain qu'Allan serait de son avis.

— Le parasol multicolore excepté, rétorqua Allan.

Julius était d'accord avec Allan sur le fait qu'il n'était pas vital de protéger la boisson de la pluie, surtout si on était déjà sous un parasol et que le soleil brillait dans un ciel sans nuage. Il ajouta qu'il serait dommage de se disputer pour si peu, et que l'idée de partir en vacances tous ensemble était excellente.

L'inspecteur Aronsson sourit timidement, il n'était pas encore tout à fait certain de faire partie du « tous ensemble ». Benny s'en aperçut et lui passa un bras autour des épaules en lui demandant avec tact comment il aimait qu'on lui serve ses cocktails. Le visage de l'inspecteur s'illumina ; il était sur le point de répondre quand Mabelle cassa l'ambiance :

— Je ne ferai pas un pas sans Buster et Sonja !

Elle marqua une pause avant d'ajouter :

— Nom de Dieu !

Comme Benny n'avait nulle intention de faire un pas sans Mabelle, son enthousiasme retomba aussitôt.

— De toute façon, la moitié d'entre nous n'a pas de passeport en cours de validité.

Allan, lui, se contenta de remercier le Brochet de sa générosité en ce qui concernait la répartition de l'argent de la valise. Il trouvait que c'était une très bonne idée de partir en vacances, et le plus loin possible de sœur Alice. Si les autres membres du groupe étaient d'accord sur le principe, il se faisait fort de résoudre les questions de transport et de visas tant pour les animaux que pour les humains vers un pays qui ne se montrerait pas trop tatillon.

— Et comment veux-tu emmener un éléphant de cinq tonnes dans un avion ? l'interrogea Benny d'un ton las.

— Je n'en sais rien, mais cette question se résoudra d'elle-même si nous avons recours à la pensée positive.

— Et le fait que plusieurs d'entre nous n'aient pas de passeport valable ?

— Pensée positive, là aussi !

— Je ne crois pas que Sonja pèse plus de quatre tonnes, peut-être quatre tonnes et demie, précisa Mabelle.

— Tu vois, Benny, reprit Allan. C'est exactement ça, la pensée positive. Le problème fait déjà une tonne de moins.

— J'ai peut-être une idée, poursuivit Mabelle.

— Moi aussi. Je peux utiliser le téléphone ?

26

1968 – 1982

Iouli Borisovitch Popov vivait et travaillait dans la ville de Sarov, dans la région de Nijni Novgorod, à une distance de trois cent cinquante kilomètres environ à l'est de Moscou.

Sarov était une ville secrète, presque plus secrète encore que l'agent secret Ryan Hutton. Elle n'avait même plus le droit de porter le nom de Sarov, et avait été rebaptisée du nom peu romantique d'Arzamas-16. On ne la trouvait sur aucune carte. Sarov existait et n'existait pas, selon qu'on se réfère à la réalité ou à autre chose. À l'inverse de Vladivostok pendant les quelques années qui suivirent le 1er mars 1953.

La ville entière était entourée de barbelés et aucun être humain ne pouvait y pénétrer sans passer par un poste de contrôle rigoureusement surveillé. Il était vivement déconseillé à tout détenteur d'un passeport américain qui aurait été de près ou de loin en relation avec l'ambassade américaine à Moscou de songer même à se rapprocher du site.

L'agent de la CIA Ryan Hutton avait travaillé pendant plusieurs semaines avec l'élève Allan Karlsson afin de lui inculquer le b.a.-ba de l'espionnage. Il l'avait ensuite envoyé à l'ambassade américaine à Moscou sous le nom d'Allen Carson avec une très vague fonction d'administrateur.

Malheureusement, il avait oublié que la personne qu'Allan devait approcher était inapprochable, enfermée derrière plusieurs rangées de fils barbelés dans une ville si bien protégée qu'elle n'avait même plus le droit de s'appeler comme elle s'appelait et de se trouver là où elle se trouvait.

L'agent secret Hutton s'excusa auprès d'Allan et ajouta qu'il était convaincu que monsieur Karlsson trouverait une solution. Popov venait sûrement à Moscou de temps à autre, et Allan n'avait qu'à se débrouiller pour savoir quand.

— À présent, je vais devoir vous laisser, dit l'agent Hutton qui téléphonait depuis la capitale française, j'ai encore pas mal de dossiers sur ma table de travail. Bonne chance !

Le très secret agent Hutton raccrocha, poussa un gros soupir et se plongea dans le grand désordre qui avait suivi le coup d'État soutenu par la CIA en Grèce l'année précédente. Comme c'était souvent le cas ces derniers temps, les choses ne s'étaient pas passées exactement comme prévu.

Allan n'avait pas de meilleure idée pour l'instant que de faire chaque jour une revigorante promenade de santé jusqu'à la bibliothèque municipale de Moscou où il passait des heures à lire des journaux et des magazines. Il espérait tomber sur un article annonçant que

Popov allait se montrer en public hors de l'enceinte barbelée d'Arzamas-16.

Les mois passaient et jamais ce type de nouvelle ne fit la une de la presse. En revanche, Allan apprit que le candidat à la présidence, Robert Kennedy, avait subi le même sort que son frère, et que la Tchécoslovaquie avait demandé de l'aide à l'Union soviétique pour mettre de l'ordre dans son propre régime socialiste.

Allan apprit aussi que Lyndon B. Johnson avait trouvé un successeur en la personne de Richard M. Nixon. Comme l'enveloppe contenant son traitement continuait à arriver régulièrement tous les mois, Allan se disait qu'il ferait aussi bien de continuer à chercher Popov. S'il y avait eu de nouvelles consignes concernant sa mission, il supposait que l'agent secret Hutton se serait mis en relation avec lui.

1968 devint 1969 et le printemps approchait quand Allan lut enfin quelque chose d'intéressant dans un des journaux qu'il continuait à parcourir quotidiennement. L'Opéra de Vienne allait se produire au Bolchoï à Moscou, avec le ténor Franco Corelli. La diva suédoise de notoriété mondiale Birgit Nilsson interpréterait le rôle de Turandot.

Allan gratta son menton devenu glabre et se souvint de la seule soirée complète qu'il avait passée avec Iouli. Il se rappela l'aria que Iouli avait entonnée à une heure avancée de la nuit. *Nessun dorma*, avait-il chanté. Personne ne dort ! Peu de temps après, pour des raisons sans doute liées à l'alcool, il s'était endormi quand même. Mais bon.

Allan se fit le raisonnement suivant : une personne capable de rendre justice à Puccini et à son *Turandot* dans un sous-marin à quelques centaines de mètres de profondeur ne pouvait pas rater l'occasion d'aller écouter l'Opéra de Vienne dans la même œuvre au théâtre du Bolchoï à Moscou. Surtout si l'individu en question vivait à quelques heures de route de là et portait tellement de décorations sur sa veste qu'il pouvait obtenir une loge d'un claquement de doigts.

Ou bien il pouvait rater une occasion pareille, et dans ce cas Allan n'aurait plus qu'à reprendre ses visites quotidiennes à la bibliothèque. Et cela n'empêcherait pas la Terre de tourner.

Pour l'instant, Allan partait du principe que Iouli allait apparaître sur les marches du théâtre. Allan n'aurait qu'à l'aborder : « Salut, ça va, depuis la dernière fois ? »

Et le tour serait joué.

Ou pas.

Pas du tout, en fait.

Le soir du 22 mars 1969, Allan était stratégiquement placé à gauche de l'entrée principale du grand théâtre du Bolchoï. Il avait pensé qu'il reconnaîtrait Iouli sans difficulté. Malheureusement, les personnes qui passaient devant lui se ressemblaient toutes : hommes en smoking et manteau noirs, femmes en robe longue et fourrure marron ou noire. Ils entraient deux par deux d'un pas rapide pour échapper au froid et trouver au plus vite la douce chaleur du théâtre. Debout dans l'obscurité, sur la dernière marche du majestueux escalier, Allan se demanda soudain comment diable il allait pouvoir identifier un visage vu pendant deux jours vingt ans auparavant s'il n'avait pas la chance inouïe que Iouli le reconnaisse le premier. Il ne pouvait pas être sûr que Iouli Borisovitch ne soit pas déjà à l'intérieur et, si c'était le cas, il était passé à quelques mètres d'Allan sans qu'il s'en rende compte. Que faire ? Il se mit à réfléchir à voix haute :

— Si tu viens d'entrer dans ce théâtre, cher Iouli Borisovitch, tu vas forcément en ressortir par la même porte. Et tu ressembleras toujours autant aux autres. Si je ne peux pas te trouver, il faut donc que ce soit toi qui me trouves.

Ainsi soit-il. Allan se rendit dans son petit bureau à l'ambassade, fit quelques préparatifs et revint au Bolchoï bien avant que le prince Calaf eût fait fondre le cœur de la princesse Turandot.

Le point sur lequel Allan avait le plus travaillé pendant sa formation sous l'égide de l'agent secret Hutton était la discrétion. Un agent secret digne de ce nom ne devait jamais, au grand jamais, se faire remarquer ni provoquer de scandale, il devait se rendre invisible dans le milieu où il avait pour mission d'évoluer.

« Monsieur Karlsson a-t-il bien compris ? » avait demandé l'agent Hutton.

« Tout à fait, monsieur Hutton », avait répondu Allan.

Birgit Nilsson et Franco Corelli eurent droit à vingt rappels : un triomphe. Il fallut un peu de temps aux spectateurs qui se ressemblaient tant pour affluer enfin dans le grand escalier. Cette fois, ils remarquèrent tous sans exception l'homme qui se tenait sur la dernière marche parce qu'il avait les bras levés et qu'il tenait une pancarte confectionnée par lui-même sur laquelle il était écrit :

C'EST MOI ALLAN EMMANUEL !

Allan Karlsson avait parfaitement compris les leçons de l'agent secret Hutton, c'est juste qu'il n'en voyait pas l'intérêt. À Paris, c'était peut-être le printemps mais, à Moscou, il faisait froid et nuit noire. Allan avait froid, et maintenant il voulait des résultats. Il avait pensé à inscrire le nom de Iouli sur la pancarte, mais avait décidé que l'indiscrétion ne devait concerner que lui.

Larissa Aleksandrevna Popova, l'épouse de Iouli Borisovitch, tenait tendrement le bras de son mari et le remerciait pour la cinquième fois d'avoir partagé avec elle ce merveilleux moment. Birgit Nilsson était une véritable Maria Callas ! Et ils étaient si bien placés ! Au quatrième rang, au milieu exactement. Il y avait longtemps que Larissa n'avait pas été aussi heureuse. En plus, ce soir, Iouli et elle allaient dormir à l'hôtel, elle ne rentrerait pas dans cette affreuse ville enfermée derrière ses barbelés avant vingt-quatre heures. Ils allaient dîner en tête à tête, juste elle et Iouli… et après peut-être même que…

— Excuse-moi un instant, chérie, dit Iouli, s'immobilisant en haut de l'escalier juste à la sortie du théâtre.

— Qu'y a-t-il, mon cher ? demanda Larissa, inquiète.

— Rien… c'est sûrement une erreur… mais… tu vois l'homme, en bas avec son écriteau ? Il faut que j'aille le voir de plus près… ce n'est pas possible… et pourtant si… mais il est mort !

— Qui est mort, mon chéri ?

— Viens ! dit Iouli en descendant les escaliers quatre à quatre, entraînant sa femme derrière lui.

À trois mètres d'Allan, Iouli s'immobilisa, laissant son cerveau essayer de comprendre ce que ses yeux avaient déjà enregistré. Allan reconnut son ami de jadis dans le personnage pétrifié d'étonnement qui le fixait. Il abaissa sa pancarte et dit :

— Alors, elle était comment, Birgit ?

Iouli ne répondit pas, mais son épouse lui demanda en chuchotant si c'était bien l'homme qui, selon lui, était mort. Allan l'entendit et répondit directement à Iouli qu'il n'était pas mort mais très refroidi, et que si le couple Popov n'avait pas l'intention de le laisser mourir d'hypothermie, il aimerait bien aller dans un restaurant où il pourrait avaler un verre de vodka.

— C'est vraiment toi… réussit à dire Iouli. Et tu parles russe…

— Oui, j'ai pris des leçons pendant cinq ans, juste après notre dernière rencontre, dit Allan. À l'école du goulag, tu connais ? Bon, alors ? Cette vodka ?

Iouli était un homme d'une grande moralité, et il avait depuis vingt et un ans de terribles remords d'avoir sans le vouloir attiré l'expert nucléaire jusqu'à Moscou puis Vladivostok, où, il en était convaincu, si Allan était encore en vie à ce moment-là, il avait péri brûlé dans le terrible incendie dont tout Russe à peu près informé avait entendu parler. Il avait souffert vingt et une années durant, parce qu'à l'époque il s'était pris d'amitié pour le Suédois et son indéfectible optimisme.

Et à présent, devant le théâtre du Bolchoï à Moscou, par moins quinze degrés centigrades, après une représentation à vous réchauffer le cœur... Non, il ne pouvait pas le croire, Allan Emmanuel Karlsson avait survécu ! Et il vivait encore. Il se tenait debout face à lui. À Moscou. S'adressant à lui en russe !

Iouli Borisovitch était marié à Larissa Aleksandrevna et ils étaient très heureux ensemble. Ils n'avaient pas eu d'enfants mais, complices en tout, ils partageaient le meilleur comme le pire, et Iouli avait à d'innombrables reprises confié à son épouse la peine qu'il ressentait au sujet du destin tragique d'Allan Karlsson. Et à présent, alors que Iouli tentait de reprendre ses esprits, Larissa Aleksandrevna prit la situation en main.

— Si j'ai bien compris, ce monsieur est ton ami d'antan, celui que tu as involontairement envoyé à la mort. Que dirais-tu, cher Iouli, si nous l'emmenions le plus vite possible dans un restaurant pour lui faire boire un peu de vodka, comme il nous l'a demandé, avant qu'il ne meure pour de bon ?

Iouli hocha la tête en signe d'assentiment et se laissa entraîner par sa femme vers la limousine qui les attendait, où elle l'assit à côté de son camarade présumé mort avant de donner des directives au chauffeur.

— Au restaurant Pouchkine, s'il vous plaît.

Il fallut à Allan deux grands verres de vodka avant de dégeler, et deux de plus à Iouli avant de fonctionner à nouveau comme un être humain normal. Pendant ce temps-là, Larissa et Allan avaient fait un peu connaissance.

Quand Iouli fut finalement remis de ses émotions et que l'état de choc eut fait place à la joie (« Il faut fêter ça ! »), Allan trouva qu'il valait mieux entrer tout de suite dans le vif du sujet. Quand on avait quelque chose à dire, il fallait le faire sans détour.

— Ça te dirait de devenir espion ? C'est ce que je fais en ce moment, et c'est assez passionnant.

Iouli avala son cinquième verre de travers et le recracha sur la nappe pendant la quinte de toux qui s'ensuivit.

— Espion ? dit Larissa alors que son mari finissait de tousser.

— Oui, ou agent secret. Je ne connais pas vraiment la différence, en fait.

— Comme c'est intéressant ! Racontez-moi cela, cher Allan Emmanuel.

— Non, surtout ne raconte rien, Allan, nous ne voulons plus rien entendre ! éructa Iouli Borisovitch.

— Allons, ne dis pas de bêtises, cher Iouli, insista Larissa. Cela fait une éternité que vous ne vous êtes pas vus, laisse Allan nous raconter ce qu'il a fait depuis tout ce temps. Continuez, Allan Emmanuel.

Allan poursuivit et Larissa écouta avec intérêt pendant que Iouli se cachait le visage dans les mains. Allan raconta le déjeuner avec le président Johnson et le très secret Hutton de la CIA, et l'entretien qu'il avait eu le lendemain avec ce même Hutton, lui proposant de se rendre à Moscou pour chercher à savoir où en étaient les missiles soviétiques.

La seule autre option qu'il avait à ce moment-là était de rester à Paris, où il aurait passé son temps à éviter à madame l'ambassadeur et à son mari de provoquer des incidents diplomatiques simplement en ouvrant la bouche. Comme Amanda et Herbert étaient deux et qu'Allan n'avait pas le don d'ubiquité, la tâche aurait été ubuesque et il avait accepté avec gratitude la proposition de l'agent Hutton, qui lui avait paru plus reposante. En outre, il était content à l'idée de revoir Iouli après toutes ces années.

Iouli avait toujours le visage caché dans ses mains, mais il avait commencé à écarter deux doigts pour voir Allan. Iouli avait-il entendu prononcer le nom de Herbert Einstein ? Il se souvenait de lui et était soulagé d'apprendre qu'une autre victime du maréchal Beria avait survécu à l'enlèvement et au goulag.

Absolument, confirma Allan. Puis il lui raconta dans les grandes lignes les vingt années qu'il venait de passer avec Herbert ; comment son ami n'avait eu d'autre ambition au départ que de mourir pour changer complètement d'avis quand il s'était vu partir au mois de décembre de l'année précédente, à l'âge de soixante-seize ans. Il laissait derrière lui une femme qui faisait une belle carrière de diplomate à Paris et deux enfants adolescents. Les derniers potins en provenance de la capitale française disaient que sa famille avait vécu son départ dans la dignité, et que madame Einstein était devenue la coqueluche des gens de pouvoir. Son français n'était pas très bon, mais c'était aussi ce qui faisait son charme, et cela faisait passer certaines inepties qu'il lui arrivait de proférer par méconnaissance de la langue, et qu'elle ne pensait évidemment pas.

— Mais je crois que nous nous éloignons de notre sujet, dit Allan. Tu as oublié, je crois, de répondre à ma question. Tu n'as pas envie de devenir espion, pour changer ?

— Mais enfin, Allan Emmanuel, tu rêves ! Je suis plus reconnu pour ma contribution à la prospérité de la nation que n'importe quel autre civil dans l'histoire contemporaine de l'URSS. Il est totalement exclu que je devienne espion ! affirma Iouli en portant son sixième verre de vodka à ses lèvres.

— N'en sois pas si sûr, mon cher Iouli, dit Larissa, ce qui eut pour effet de faire prendre au contenu du sixième verre le même chemin que celui du cinquième.

— Tu ne crois pas que tu ferais mieux de boire ta vodka au lieu de la cracher sur les gens ? lui demanda Allan gentiment.

Larissa se mit à réfléchir tout haut pendant que son mari reprenait sa position précédente, les mains sur le visage. Elle et son mari allaient avoir soixante-cinq ans, et de quoi pouvaient-ils remercier l'URSS aujourd'hui ? Bien sûr, Iouli avait été décoré trois fois, et ses magnifiques médailles si décoratives leur permettaient d'obtenir de bonnes places à l'Opéra. Et à part ça ?

Larissa n'attendit pas la réponse de son mari et poursuivit, disant qu'ils étaient enfermés à Arzamas-16, une ville dont le nom à lui seul déprimait ceux qui l'entendaient. Derrière des barbelés, en plus. Oui, bien sûr, Larissa savait qu'ils étaient libres d'entrer et de sortir à leur guise, mais elle priait Iouli de ne pas l'interrompre car elle avait encore beaucoup de choses à dire.

Pour qui Iouli travaillait-il du matin au soir ? D'abord pour Staline, qui était fou à lier. Puis pour Khrouchtchev, dont l'unique bonne action avait été d'éliminer le maréchal Beria. Et à présent pour Brejnev, qui sentait si mauvais !

— Larissa ! s'exclama Iouli Borisovitch, effrayé.

— Il n'y a pas de Larissa qui tienne, cher Iouli. Le fait que Brejnev pue, je le tiens de toi.

Elle enchaîna en disant qu'Allan Emmanuel était tombé du ciel, car ces derniers temps elle s'était sentie de plus en plus désespérée à l'idée de devoir finir ses jours derrière des fils barbelés dans cette ville qui n'existait pas vraiment. Larissa et Iouli pouvaient-ils même espérer avoir des pierres tombales quand on les enterrerait ? Ou bien y aurait-il des inscriptions codées sur leurs tombes également, par mesure de sécurité ?

— Ici reposent le camarade X et sa fidèle épouse Y ?

Iouli ne répondit pas. Il y avait du vrai dans ce que disait sa tendre moitié. Et Larissa lança le bouquet final :

— Alors pourquoi ne pas faire un peu d'espionnage avec ton ami ici présent, et après nous demanderons de l'aide pour nous installer à New York et, quand nous y serons, nous pourrons aller tous les soirs au Metropolitan Opera. Bâtissons-nous une vie, cher Iouli, juste avant notre mort.

Pendant que Iouli se faisait à cette idée, Allan leur expliqua comment tout avait commencé. Il avait d'abord rencontré un certain monsieur Hutton à Paris, lors de circonstances qu'il aurait été trop compliqué de relater. L'homme semblait être proche du président Johnson, et il avait un poste important au sein de la CIA.

Quand Hutton avait appris qu'Allan avait connu Iouli Borisovitch, et qu'en outre Iouli avait peut-être une dette envers Allan, Hutton avait élaboré un plan.

Allan n'avait pas bien entendu quels étaient les enjeux politiques du plan en question, parce que en règle générale, quand les gens se mettaient à parler de politique, il cessait d'écouter. Un réflexe.

Le physicien nucléaire s'était ressaisi, et maintenant il hochait la tête, amusé, à l'évocation de cette particularité d'Allan qui ne lui avait pas échappé jadis. Iouli non plus n'aimait pas la politique, il la détestait même. Bien sûr, c'était un socialiste convaincu dans son âme et dans son cœur, mais si quelqu'un l'avait interrogé sur les raisons de ses convictions, il aurait été bien en peine de répondre.

Allan se donnait beaucoup de mal pour résumer tout ce que l'agent Hutton lui avait dit. Il se souvenait plus ou moins que cela avait quelque chose à voir avec le fait que l'URSS envoie ou pas la bombe atomique sur la tête des Américains.

Iouli hocha la tête de nouveau. C'était tout à fait ça. Cela arriverait ou cela n'arriverait pas, ça au moins on pouvait en être sûr.

D'après ce qu'Allan avait retenu, l'homme de la CIA craignait que la Russie ne lâche sa bombe sur les États-Unis, car, même si l'arsenal nucléaire de l'Union soviétique était juste assez important pour anéantir une seule petite fois l'Amérique, il y avait déjà de quoi ennuyer l'agent Hutton.

Iouli Borisovitch hocha la tête une troisième fois et admit que ce serait très embêtant pour la population américaine que les États-Unis soient anéantis.

Allan ignorait où Hutton voulait en venir, mais en tout cas il avait très envie de savoir à quoi ressemblait exactement l'arsenal soviétique ; et une fois qu'il aurait le renseignement, il serait en mesure de conseiller le président Johnson pour permettre à ce dernier d'entamer les négociations de désarmement avec l'Union soviétique. Mais le président Johnson n'était plus président, donc… non, en fait Allan ne savait pas ce que cela changerait. Le problème avec la politique, c'est qu'elle n'était pas seulement inutile, elle était aussi parfois inutilement compliquée.

Iouli était à la tête du programme nucléaire soviétique, et il connaissait toute sa stratégie, sa géographie et sa puissance. Pourtant, depuis vingt-trois ans qu'il se dévouait corps et âme à ce programme, il n'avait pas réfléchi une seule fois en termes de politique. Personne d'ailleurs ne lui avait demandé de le faire. Et il s'en était très bien porté jusque-là. C'était peut-être grâce à cela qu'il avait survécu à trois chefs d'État et au maréchal Beria lui-même. Peu d'hommes pouvaient se vanter d'avoir tenu aussi longtemps à une position aussi élevée.

Iouli savait bien de quels sacrifices Larissa avait dû payer sa réussite à lui. Et à présent qu'ils avaient amplement mérité une bonne retraite et une datcha au bord de la mer Noire, son abnégation était encore plus digne d'admiration. Elle ne se plaignait jamais. Absolument jamais. C'est pourquoi Iouli l'écouta très attentivement quand elle dit :

— Mon bien-aimé, mon très cher Iouli, aidons Allan quelque temps à rétablir la paix dans le monde, et ensuite nous irons nous installer à New York. Tu n'auras qu'à offrir tes médailles à Brejnev pour qu'il se les mette où je pense.

Iouli baissa les bras et dit oui à tout, mais réserva sa décision en ce qui concernait les médailles. Allan et lui se mirent tout de suite d'accord sur le fait que Nixon n'avait pas besoin de savoir toute la vérité dans un premier temps, mais juste ce qu'il fallait pour qu'il soit content. Car un Nixon content voulait dire un Brejnev content, et s'ils étaient tous les deux contents, ils n'avaient aucune raison de se faire la guerre, n'est-ce pas ?

Allan venait donc de recruter un espion en brandissant une annonce sur la place publique, dans le pays le plus surveillé du monde. Dans le public du Bolchoï, ce soir-là, se trouvaient à la fois un capitaine du GRU et un civil, directeur du KGB, accompagnés de leurs épouses respectives. Tous les deux avaient remarqué l'homme et sa pancarte au pied de l'escalier. Tous les deux étaient en poste depuis bien trop longtemps pour alarmer leur homologue en service, car un individu qui aurait eu des motivations antirévolutionnaires ne se serait pas donné en spectacle de la sorte : personne au monde ne pouvait être aussi bête.

Il y avait également une poignée d'informateurs plus ou moins professionnels émargeant au KGB ou au GRU dans le restaurant où se fit le recrutement proprement dit, un peu plus tard dans la soirée. À la table numéro neuf, un type crachait sa vodka dans son assiette et cachait son visage dans ses mains, remuait les bras, levait les yeux au ciel et se faisait réprimander par sa femme. Un comportement parfaitement normal, qu'on aurait pu observer dans n'importe quel restaurant russe. Bref, rien à signaler.

C'est ainsi qu'un agent secret américain, hermétique à la politique, réussit en toute impunité à mettre en place une stratégie de paix avec un chef physicien nucléaire soviétique au nez et à la barbe du KGB et du GRU. Quand Ryan Hutton, chef de la CIA pour l'Europe à

Paris, apprit que le recrutement avait été effectué avec succès et que le nouvel agent attendait ses ordres, il se dit que cet Allan Karlsson était peut-être plus sérieux qu'il n'y paraissait de prime abord.

Le théâtre du Bolchoï renouvelait son répertoire trois à quatre fois par an. À cette programmation venait en général s'ajouter un spectacle étranger, comme cela avait été le cas avec l'Opéra de Vienne.

Iouli Borisovitch et Allan avaient ainsi plusieurs occasions chaque année pour se rencontrer en toute discrétion dans la suite de l'hôtel où séjournaient Iouli et Larissa. Ils concoctaient chaque fois pour la CIA un rapport informatif à propos de l'armement nucléaire, mélangeant adroitement réalité et fiction afin que l'information soit à la fois crédible et rassurante aux yeux des Américains.

Les informations divulguées par Allan eurent notamment pour effet d'inciter le gouvernement de Nixon, au début des années soixante-dix, à sensibiliser Moscou à l'organisation d'une rencontre au sommet avec pour point principal à l'ordre du jour un processus bilatéral de limitation des armements stratégiques. Nixon était certain de la supériorité des États-Unis dans le domaine nucléaire.

Le président Brejnev, de son côté, n'était pas hostile à un traité de désarmement, sachant que ses services de renseignements lui affirmaient que l'Union soviétique était supérieure aux États-Unis d'Amérique dans ce domaine. Mais, un jour, une femme de ménage travaillant dans les locaux des renseignements de la CIA vendit de très étranges informations au GRU. Elle avait trouvé un document envoyé du bureau parisien de la CIA, dans lequel il apparaissait que l'agence américaine de renseignements avait un espion au sein même du programme nucléaire soviétique. Le plus surprenant était que les renseignements étaient faux. Enfin, après tout, si Nixon voulait désarmer en fonction d'informations erronées envoyées par un mythomane soviétique au bureau de la CIA à Paris, Brejnev n'y voyait aucun inconvénient. Toutefois, l'affaire était assez étrange pour justifier qu'on s'y intéresse. Et de toute façon il fallait localiser le mythomane.

La première démarche de Brejnev fut de convoquer son technicien nucléaire en chef, le très loyal et irréprochable Iouli Borisovitch Popov, afin de lui demander d'enquêter sur l'origine de cette campagne de désinformation aux dépens des Américains. Car même si les renseignements récoltés par les États-Unis sous-estimaient grossièrement la puissance nucléaire soviétique, leur formulation était tout de même assez précise pour susciter des questions. C'est ce qui l'avait incité à faire appel à lui.

Popov relut ce qu'il avait lui-même rédigé en collaboration avec Allan et haussa les épaules. N'importe quel étudiant en physique qui serait allé consulter quelques ouvrages dans une bibliothèque aurait pu écrire ce rapport. Il n'y avait rien qui soit de nature à inquiéter le camarade Brejnev, s'il voulait bien excuser un simple physicien de donner son opinion sur le sujet.

Brejnev répondit à Iouli Borisovitch qu'il l'avait convoqué précisément pour avoir son avis. Il remercia chaleureusement son technicien nucléaire en chef et le pria de transmettre ses amitiés à Larissa Aleksandrevna, la très charmante épouse de Iouli Borisovitch.

Pendant que le KGB faisait surveiller inutilement le rayon des livres traitant du nucléaire dans les deux cents bibliothèques d'Union soviétique, Brejnev continuait à se demander comment il allait réagir aux intentions de Nixon. Jusqu'au jour où, enfer et damnation, Nixon fut invité en Chine par ce gros lard de Mao Tsé-toung ! Brejnev et Mao s'étaient récemment envoyés paître mutuellement une bonne fois pour toutes, et voilà que la Chine risquait subitement de sceller une alliance contre nature avec les États-Unis face à l'Union soviétique ! Il ne fallait surtout pas que cela arrive !

Dès le lendemain, Richard Milhous Nixon, président des États-Unis d'Amérique, fut officiellement invité à visiter l'Union soviétique. Ensuite, ça travailla dur en coulisses et en fin de compte non seulement Brejnev et Nixon se serrèrent la main mais ils signèrent deux traités de désarmement distincts ; le premier concernait les antimissiles balistiques (le traité ABM), le deuxième l'armement stratégique (l'accord SALT). La signature ayant eu lieu à Moscou, Nixon fit bien attention de serrer aussi la main de l'agent d'ambassade américain qui lui avait fourni si consciencieusement des renseignements sur la force de frappe soviétique.

— Tout le plaisir a été pour moi, monsieur le Président, dit Allan. Mais vous ne m'invitez pas à dîner comme l'ont fait vos prédécesseurs ?

— À qui faites-vous allusion ? demanda le Président, surpris.

— Eh bien, dit Allan, tous ceux qui ont été contents de moi : Franco, Truman et Staline… et le président Mao… lui ne m'a servi que des nouilles, mais il était assez tard et il faut le comprendre… Il y a aussi le Premier ministre Erlander qui ne m'a offert que du café, quand j'y pense. Ce n'était déjà pas si mal, vu que c'était le rationnement à l'époque et tout ça…

Heureusement, le président Nixon avait été mis au courant du passé de l'agent secret, ce qui lui permit de rester impassible pour lui répondre que malheureusement il n'aurait pas le temps de dîner avec lui. Il ajouta tout de même qu'un président des États-Unis d'Amérique ne pouvait décemment pas faire moins qu'un Premier ministre suédois, et qu'il trouverait un moment pour prendre un café, et un petit cognac pour faire bonne mesure. Tout de suite par exemple, si monsieur Karlsson n'avait rien de plus urgent à faire.

Allan le remercia pour son invitation et demanda si un double cognac restait possible s'il renonçait au café. Nixon répondit que le budget américain devrait être en mesure de faire face à l'un et à l'autre.

Les deux hommes passèrent ensemble une heure agréable. Aussi agréable qu'elle pouvait l'être pour Allan malgré l'obstination du président Nixon à lui parler politique. Le président américain voulait savoir comment le jeu politique fonctionnait en Indonésie. Sans citer le nom d'Amanda, Allan lui raconta en détail comment il fallait s'y prendre pour faire une carrière politique en Indonésie. Le président Nixon l'écouta d'une oreille attentive et d'un air pensif.

— Intéressant, dit-il. Très intéressant.

Allan et Iouli étaient contents l'un de l'autre et aussi de la tournure des événements. Le GRU et le KGB s'étaient calmés dans leur chasse à l'espion, un vrai soulagement, comme l'exprima Allan :

— La vie est nettement plus paisible quand on n'a pas deux organisations criminelles sur les talons.

Puis il ajouta qu'il valait mieux éviter de perdre son temps avec le KGB et le GRU et autres sigles contre lesquels on ne pouvait rien. En revanche, il était grand temps de réfléchir à un nouveau rapport du renseignement à envoyer à l'agent Hutton et à son président. « Importante attaque de rouille sur un entrepôt de missiles de moyenne portée dans la province du Kamtchatka », n'y aurait-il pas quelque chose à creuser là ?

Iouli complimenta Allan pour sa merveilleuse imagination. Cela facilitait tellement la rédaction des rapports. Ainsi, ils avaient plus de temps pour manger, boire et passer du bon temps ensemble.

Pour l'instant, Richard M. Nixon avait tout lieu d'être satisfait.

Le peuple américain adorait son président et Nixon fut réélu en 1972, avec tambours et trompettes. Il remporta quarante-neuf États, pendant que le démocrate George McGovern en gagnait péniblement un seul.

Soudain, tout se mit à aller de travers. Jusqu'à l'impasse. Et finalement Nixon dut faire ce qu'aucun président américain n'avait fait avant lui.

Il démissionna.

Allan put lire l'histoire du Watergate dans toute la presse disponible à la bibliothèque municipale de Moscou. En gros, on y disait que Nixon avait fraudé le fisc, bénéficié de financements occultes pour sa campagne, commandé des tirs de missile clandestins, harcelé ses opposants politiques, et eu recours au cambriolage et à la pose de micros chez ses adversaires démocrates. Allan se dit que le Président avait dû être drôlement impressionné par leur conversation quand ils avaient partagé un double cognac la dernière fois. S'adressant à la photo de Nixon dans le journal, il dit :

— Tu aurais mieux fait de faire carrière en Indonésie. Là tu aurais réussi sans problème.

Les années passèrent. Nixon fut remplacé par Gerald Ford, qui lui-même fut remplacé par Jimmy Carter. Brejnev, lui, était toujours en poste. Allan, Iouli et Larissa aussi. Ils continuaient à se rencontrer cinq ou six fois par an et c'était chaque fois un plaisir partagé. Leurs rendez-vous donnaient toujours lieu à la rédaction d'un rapport acceptable concernant l'état actuel de la stratégie nucléaire soviétique. Allan et Iouli avaient décidé de réduire progressivement d'année en année la capacité nucléaire russe parce qu'ils avaient remarqué que cela faisait plaisir aux Américains, quel que soit leur président apparemment, et du coup les relations étaient bien meilleures entre les deux chefs d'État.

Le bonheur n'est pas fait pour durer.

Un jour, peu de temps après la signature de l'accord baptisé SALT II, Brejnev se mit dans la tête que l'Afghanistan avait besoin de son aide. Alors il y envoya ses troupes d'élite, ce qui causa la mort du président du moment. Brejnev fut obligé d'en mettre un autre à sa place, choisi par lui-même.

Ce serait un euphémisme de dire que cela mit le président Carter en colère contre Brejnev, l'encre ayant à peine eu le temps de sécher sur le deuxième traité SALT. Le président Carter refusa de soumettre ce traité au Sénat américain pour ratification, et augmenta l'appui secret de la CIA à la guérilla afghane et aux moudjahidin.

C'est tout ce que Carter eut le temps de faire avant de céder la place à Ronald Reagan, qui nourrissait encore plus de haine que son prédécesseur à l'égard des communistes en général et du vieux Brejnev en particulier.

— Il a l'air d'avoir un sale caractère, ce Reagan, dit Allan à Iouli lors du premier rendez-vous agent-espion qui suivit son élection.

— Oui, répondit Iouli. Et je crois qu'on va devoir arrêter de réduire l'arsenal soviétique parce que bientôt il ne va plus rien rester du tout.

— Alors je propose que nous fassions l'inverse, dit Allan. Tu vas voir que cela va vite adoucir le caractère de Reagan.

Le rapport d'espionnage qui arriva aux États-Unis après cette rencontre, toujours par l'intermédiaire de l'agent Hutton à Paris, faisait état d'une offensive soviétique sensationnelle et d'un nouveau missile capable de réduire à néant l'efficacité du bouclier anti-missile mis en place par les États-Unis. L'imagination d'Allan l'avait conduit jusque dans l'espace. De là-haut, les missiles russes seraient capables de détruire avec précision toutes les armes sol-air avec lesquelles l'Amérique essaierait d'attaquer.

C'est ainsi que l'agent américain Allan, tout hermétique à la politique qu'il fût, en collaboration avec le physicien nucléaire apolitique Iouli, fut à l'origine de l'anéantissement de l'Union soviétique. En effet, le très colérique Ronald Reagan se mit dans tous ses états à la lecture du rapport d'Allan et déclencha immédiatement son programme Initiative de Défense Stratégique, appelé aussi « Guerre des Étoiles ». Le projet, avec ses satellites cracheurs de lasers antimissiles, était une copie presque exacte de ce qu'Allan et Iouli avaient imaginé en pouffant de rire dans une chambre d'hôtel à Moscou quelques mois plus tôt, après avoir ingurgité ce qu'ils auraient qualifié d'une quantité raisonnable de vodka. Le budget nucléaire américain faillit également exploser quelque part dans l'espace intersidéral. L'Union soviétique essaya de riposter alors qu'elle n'en avait pas les moyens. Et le pays tout entier se craquela.

Que ce fût à cause du choc occasionné par la nouvelle offensive militaire américaine ou pour une autre raison, ce n'était pas facile à dire, mais en tout cas, le 10 novembre 1982, Brejnev mourut d'une crise cardiaque. Le lendemain justement, Allan, Iouli et Larissa devaient se rencontrer pour écrire un nouveau rapport d'espionnage.

— Vous ne croyez pas qu'il serait temps d'arrêter ces bêtises ? demanda Larissa.

— Tu as raison, nous allons arrêter, dit Iouli.

Allan acquiesça. Tout avait une fin, surtout les bêtises, et l'infarctus de Brejnev était sûrement un signe venu du ciel pour leur dire qu'il était temps de disparaître avant que Leonid ne se mette à sentir encore plus mauvais.

Il allait appeler l'agent secret Hutton à Paris dès le lendemain. Treize ans dans les services secrets, ça faisait un bail ; même si la moitié du temps il n'avait pas vraiment travaillé. Tous les trois étaient d'ailleurs d'avis de laisser l'agent Hutton et son président soupe au lait dans l'ignorance à ce sujet.

À présent, il fallait que la CIA se débrouille pour transplanter Iouli et Larissa à New York, comme elle le leur avait promis. Allan, lui, se demandait ce qu'était devenue la Suède, depuis le temps.

La CIA et l'agent secret Hutton tinrent leur promesse. Iouli et Larissa furent transportés clandestinement vers les États-Unis, en passant par la Tchécoslovaquie et l'Autriche. On les installa dans un appartement sur la 64e Rue Ouest, et on leur alloua une pension annuelle qui dépassait de beaucoup leurs besoins. Il ne coûtèrent pas très cher à la CIA car dès le mois de janvier 1984, Iouli partit dans son sommeil et trois mois plus tard Larissa mourait de chagrin. Ils avaient tous deux atteint l'âge de soixante-dix-neuf ans et n'avaient jamais été aussi heureux qu'en 1983, l'année où le Metropolitan Opera célébra son centenaire, et où ils purent assister ensemble à une longue série de représentations inoubliables.

Allan fit sa valise dans son appartement de Moscou et informa l'ambassade américaine qu'il partait. C'est à ce moment-là seulement que la comptabilité s'aperçut que l'attaché d'ambassade Allen Carson, pour une raison qu'elle ne s'expliquait pas, n'avait touché que des défraiements pendant les treize ans et trois mois où il avait été en poste.

— Vous ne vous êtes jamais aperçu que vous ne perceviez pas votre salaire ? lui demanda la comptable.

— Non, dit Allan. Je ne mange pas beaucoup et l'alcool ne coûte pas cher dans ce pays. Je n'ai jamais manqué de rien.

— Pendant treize ans ?

— Vraiment, treize ans ? Comme le temps passe !

La comptable regarda Allan d'un air suspicieux, mais elle lui promit que son salaire rétroactif lui serait versé par chèque aussitôt que monsieur Carson, si c'était bien son nom, aurait signalé l'anomalie à l'ambassade américaine de Stockholm.

27

Vendredi 27 mai – jeudi 16 juin 2005

Amanda Einstein était toujours en vie. Elle avait maintenant quatre-vingt-quatre ans et occupait une suite dans l'hôtel dont elle était propriétaire à Bali et que dirigeait son fils aîné, Allan.

Allan Einstein avait cinquante et un ans et c'était un homme intelligent, tout comme son jeune frère Mao. Alors qu'Allan était devenu comptable (pour de vrai) puis directeur d'hôtel (sa mère lui avait offert l'hôtel pour son anniversaire le jour de ses quarante ans), son petit frère Mao se destinait à devenir ingénieur. Sa carrière avait démarré un peu lentement dans un premier temps, car Mao était un garçon méticuleux. Il avait trouvé du travail dans une des plus grosses raffineries de pétrole d'Indonésie avec pour mission de veiller à la qualité de la production. La principale erreur de Mao fut de faire ce qu'on lui avait demandé. Tout à coup les petits chefs ne purent plus détourner de fonds sous prétexte de réparations diverses, parce qu'il n'y avait plus rien à réparer. Le rendement de la compagnie augmenta de trente pour cent et Mao devint le personnage le moins populaire de toute l'entreprise. Quand les petites tracasseries de ses collègues se transformèrent en véritables menaces, Mao Einstein décida qu'il en avait assez et partit travailler dans les Émirats arabes unis. Il augmenta rapidement la productivité là-bas également, pendant que la firme qu'il avait quittée en Indonésie revenait à la normale, à la satisfaction de tous.

Amanda était extrêmement fière de ses deux fils, mais elle n'arrivait pas à comprendre par quel miracle ils étaient si futés tous les deux. Herbert lui avait dit qu'il y avait de bons gènes dans son arbre généalogique, mais elle ne se rappelait pas très bien à qui il faisait référence. Quoi qu'il en soit, elle fut ravie d'avoir Allan au téléphone et lui assura qu'elle serait enchantée de le recevoir à Bali avec tous ses amis. Elle allait tout de suite annoncer la nouvelle à Allan junior ; il lui suffirait de mettre quelques clients dehors si par hasard l'hôtel était plein. Et puis elle téléphonerait à Mao à Abu Dhabi pour lui ordonner de venir prendre quelques vacances. Bien sûr qu'ils servaient des cocktails à l'hôtel, avec et sans parasol. Elle lui promit de ne pas se mêler du service.

Allan lui dit que dans ce cas ils arriveraient tous très bientôt. Avant de raccrocher, voulant lui faire un compliment, il dit à Amanda qu'à son avis personne au monde ne pouvait se vanter d'avoir fait autant de chemin dans la vie avec aussi peu de neurones. Elle trouva cela tellement gentil qu'elle en eut les larmes aux yeux.

— Venez vite, cher Allan. Je vous attends avec impatience.

Dès le commencement de sa conférence de presse, le procureur Ranelid parla de la chienne Kicki. On se souvenait qu'elle avait remarqué la présence d'un cadavre sur la draisine près d'Åkers Styckebruk, ce qui avait mené le procureur à faire un certain nombre de déductions, qui auraient été correctes… si la chienne ne s'était pas trompée.

Or, on s'était rendu compte entre-temps que Kicki avait perdu son flair et ne pouvait plus être considérée comme fiable. Il n'y avait vraisemblablement jamais eu de cadavre à cet endroit.

On venait d'informer le procureur que la chienne avait été euthanasiée, ce qui était à son avis une sage décision de la part de son maître-chien (ce qu'il ignorait, c'est que Kicki, sous un faux nom, était en fait en route vers la vallée de Härje où elle allait finir sa vie chez le frère du maître-chien).

Le procureur Ranelid regrettait aussi que la police d'Eskilstuna ait omis de l'informer des nouvelles activités infiniment respectables de l'organisation Never Again. S'il avait eu connaissance du caractère évangélique de leur actuelle ligne de conduite, il aurait donné une tout autre orientation à cette enquête. Les conclusions auxquelles le procureur était arrivé jusqu'ici émanaient donc de l'opinion d'un chien incompétent et d'une série de fausses informations fournies par la police. Le procureur tenait à s'excuser au nom des forces de l'ordre.

En ce qui concernait le corps de Henrik « Hinken » Hultén retrouvé à Riga, une nouvelle enquête pour meurtre allait bien entendu être ouverte. En revanche, l'affaire concernant Bengt Bulten, décédé également, était désormais classée. Il était plus que probable que

Bulten s'était engagé dans la Légion étrangère. Étant donné qu'il était monnaie courante d'intégrer la Légion sous un pseudonyme, la piste s'arrêtait là. Bylund avait selon toute vraisemblance été l'une des victimes innocentes d'un acte terroriste commis au centre de Djibouti quelques jours auparavant.

Le procureur expliqua aux journalistes quels liens unissaient les divers acteurs de l'histoire, et il montra l'exemplaire de la bible reliée cuir que lui avait offert Bosse Ljungberg un peu plus tôt dans la journée. Les reporters voulurent savoir où ils pouvaient joindre Allan Karlsson et ses amis afin d'avoir leur version des faits. Sur ce point le procureur Ranelid resta muet. Il n'avait aucune envie qu'Allan se mette à déblatérer sur Winston Churchill et Dieu sait qui devant la presse. Alors ils se rabattirent sur la victime, Hinken Hultén. Puisqu'il avait été assassiné, et que les assassins présumés avaient été disculpés, qui l'avait tué alors ?

Ranelid avait espéré pouvoir passer rapidement sur cette question. Il rappela ce qu'il avait déjà dit, c'est-à-dire qu'une enquête serait ouverte dès aujourd'hui, et promit qu'il ne manquerait pas de revenir vers eux à ce sujet.

Au grand étonnement du procureur, les représentants de la presse semblèrent satisfaits de ce qu'ils avaient entendu. Ranelid et sa carrière avaient survécu à cette journée.

Amanda Einstein avait demandé à Allan et à ses amis de se dépêcher de la rejoindre à Bali, et c'était bien ce qu'ils avaient l'intention de faire. Un journaliste un peu plus malin que les autres pouvait débarquer à

Klockaregård d'un moment à l'autre, et il était préférable qu'ils aient déjà quitté les lieux quand cela arriverait. Allan avait fait sa part en appelant Amanda, maintenant la balle était dans le camp de Mabelle.

Pas très loin de Klockaregård se trouvait la base de l'armée de l'air de Såtenäs et dans sa flotte un Lockheed Hercules capable d'avaler un éléphant, voire deux. L'avion en question avait survolé Klockaregård à plusieurs reprises et chaque fois Sonja avait failli mourir de peur. C'est ainsi que l'idée était venue à Mabelle.

Elle avait pris rendez-vous avec le commandant de la base, mais il était complètement borné. Il voulait voir toutes sortes de certificats et autorisations avant d'envisager un transport intercontinental de passagers et d'animaux. Par exemple, un avion militaire ne pouvait pas marcher sur les plates-bandes des compagnies aériennes, en tout cas pas sans avoir reçu l'agrément du ministère de l'Agriculture. En outre, il faudrait prévoir au minimum quatre escales, et à chaque atterrissage un vétérinaire devrait s'assurer du bon état de santé de l'animal. Et un éléphant avait besoin d'un minimum de douze heures de repos à chaque arrêt.

— Merde à la bureaucratie suédoise ! commenta Mabelle en composant le numéro de la Lufthansa à Munich.

Qui se montra nettement plus coopérative. Bien sûr que la compagnie pouvait venir cueillir un éléphant et quelques passagers ! Il suffirait qu'ils se rendent à l'aéroport de Landvetter près de Göteborg, et la Lufthansa se ferait un plaisir de les emmener tous jusqu'en Indonésie. Seules conditions : le propriétaire de l'animal devait être en mesure de fournir un certificat de propriété, et un vétérinaire diplômé devait accompagner l'éléphant pendant le voyage. Il faudrait également que les voyageurs, humains et animaux, soient en possession d'un visa légal pour entrer en République indonésienne. Lorsque ces conditions seraient remplies, la compagnie aérienne serait en mesure de programmer un vol dans un délai maximum de trois mois.

— Merde à la bureaucratie allemande ! commenta Mabelle en téléphonant directement en Indonésie.

Elle mit un peu de temps à joindre quelqu'un au téléphone, car il y a plus d'une cinquantaine de compagnies aériennes dans le pays et, pour nombre d'entre elles, le personnel au sol ne parle pas anglais. Mais Mabelle ne se découragea pas, et elle arriva à ses fins. À Palembang, sur l'île de Sumatra, une compagnie aérienne, en échange d'une grosse somme d'argent, acceptait de faire un petit aller-retour en Suède. Pour ce faire, elle disposait d'un Boeing 747, récemment acheté à l'armée azerbaïdjane (notre histoire date heureusement d'une époque située avant que l'Union européenne blackliste plusieurs compagnies aériennes indonésiennes et leur interdise de survoler le territoire européen). La compagnie promit de s'occuper des formalités avec la Suède si madame Björklund se chargeait d'obtenir l'autorisation de se poser à Bali. Un vétérinaire ? Pour quoi faire ?

Restait la question du prix. Il eut le temps d'augmenter de plus de vingt pour cent par rapport au premier tarif annoncé avant que Mabelle, utilisant sans vergogne son langage imagé, réussisse à faire accepter à la compagnie un règlement en cash et en couronnes suédoises à l'arrivée de l'avion en Suède.

Alors que le Boeing décollait en direction de la Scandinavie, nos amis tinrent une nouvelle assemblée générale. Benny et Julius furent chargés de fabriquer des faux papiers qu'on pourrait agiter sous le nez du personnel probablement zélé de Landvetter, et Allan d'organiser l'atterrissage à Bali.

Ils eurent quelques problèmes à l'aéroport de Göteborg, mais Benny se servit de son faux diplôme de vétérinaire et aussi d'un peu de jargon professionnel pour asseoir sa crédibilité. Avec un titre de propriété en bonne et due forme et un certificat de bonne santé de l'animal, plus une liasse de documents à l'allure officielle, rédigés en indonésien par Allan, tout le monde put finalement monter à bord de l'appareil. Comme ils n'étaient pas à un mensonge près, ils déclarèrent que leur prochain arrêt était Copenhague, et ils n'eurent pas à montrer leur passeport.

Les passagers étaient au nombre de dix : le centenaire Allan Karlsson, l'ex-célèbre gangster désormais blanchi Julius Jonsson, l'éternel étudiant Benny Ljungberg, sa fiancée la belle Gunilla Björklund, ses deux animaux familiers l'éléphant Sonja et le berger allemand Buster, le frère de Benny Ljungberg, Bosse, grossiste en denrées alimentaires et néoreligieux, le jadis très solitaire inspecteur de police Aronsson d'Eskilstuna, l'ancien chef de gang Per-Gunnar Gerdin, ainsi que sa mère, l'octogénaire Rose-Marie, qui en son temps eut la malheureuse idée d'écrire à son fils quand il se rachetait une conduite derrière les barreaux de la prison de Hall.

Le voyage dura onze heures, sans escales fastidieuses et inutiles, et la bande était en pleine forme quand le commandant de bord indonésien leur annonça que l'avion entamait sa descente sur l'aéroport international de Bali et qu'il était à présent grand temps pour Allan Karlsson de lui donner cette autorisation d'atterrir. Allan répondit au commandant qu'il n'avait qu'à s'identifier aussitôt que la tour de contrôle de Bali se manifesterait, et qu'il s'occuperait du reste.

— Oui, euh, enfin… s'inquiétait le commandant. Qu'est-ce que je vais leur répondre ? Ils risquent de me tirer dessus !

— Mais non, mais non, dit Allan en enlevant son casque au commandant et en tournant le micro vers lui. Allô ? Aéroport de Bali ? demanda-t-il en anglais.

On lui répondit qu'il devait immédiatement s'identifier sous peine d'avoir incessamment l'armée de l'air indonésienne aux fesses.

— Je m'appelle Dollars, dit Allan. Mille Dollars.

Un silence se fit à l'autre bout de la ligne. Le commandant de bord et son copilote regardaient Allan, admiratifs.

— Le chef de la tour de contrôle est en train de voir avec ses collaborateurs combien ils seront à partager le gâteau, expliqua Allan.

— Oui, je comprends, dit le commandant.

Au bout de quelques secondes supplémentaires, la voix du chef de la tour de contrôle se fit à nouveau entendre.

— Allô ? Vous êtes toujours là, monsieur Dollars ?

— Je suis là, dit Allan.

— Puis-je vous redemander votre prénom, s'il vous plaît ?

— Mille, répondit Allan. Je suis monsieur Mille Dollars, et je demande l'autorisation d'atterrir sur votre aéroport.

— Je suis désolé, monsieur Dollars, mais la ligne est mauvaise. Auriez-vous l'obligeance de répéter votre prénom ?

Allan expliqua au commandant de bord que le chef de la tour de contrôle était maintenant entré en négociations.

— Je comprends, dit le commandant.

— Mon prénom est Deux Mille, nous pouvons atterrir maintenant ?

— Une petite minute, monsieur Dollars, dit le chef de la tour en se tournant sans doute vers ses collaborateurs pour obtenir leur aval, avant de continuer : Vous êtes le bienvenu à Bali, monsieur Dollars. C'est un honneur pour nous de vous y recevoir.

Allan remercia le chef de la tour de contrôle et rendit son casque et son micro au commandant de bord.

— Il semble que ce ne soit pas votre premier séjour à Bali, dit celui-ci en riant.

— Bali est la terre de tous les possibles, répondit Allan.

Quand ces bons messieurs de l'aéroport de Bali comprirent que plusieurs des amis de monsieur Dollars voyageaient sans passeport, et que l'un d'entre eux pesait près de cinq tonnes et avait quatre pattes au lieu de deux, il fallut ajouter cinq mille dollars pour les documents de douane, le permis de séjour et un véhicule approprié pour transporter Sonja. Cependant, à peine une heure après avoir atterri, toute la bande se retrouva à l'hôtel de la famille Einstein, y compris Sonja, qui voyagea avec Benny et Mabelle dans l'un des camions de traiteur de l'aéroport (ce jour-là, il n'y eut rien à manger pour les passagers du vol Bali-Singapour).

Ils furent accueillis par Amanda, Allan et Mao, et après une séance d'effusions prolongée, les voyageurs furent conduits dans leurs chambres respectives. Sonja et Buster purent se dégourdir les pattes à leur guise dans l'enceinte clôturée de l'hôtel. Amanda avait déjà exprimé ses regrets qu'il n'y eût pas sur l'île de camarade de jeu pour Sonja et promit qu'elle ferait rapidement venir de Sumatra un petit ami pour l'éléphante. Elle ne doutait pas que Buster quant à lui se débrouillerait tout seul pour se trouver des copines : il y avait des tas de jolies chiennes qui divaguaient à Bali.

Amanda annonça aussi qu'elle allait organiser une immense fête balinaise en leur honneur le soir même et leur conseilla d'aller faire une bonne sieste en attendant.

Presque tous suivirent son conseil. Le Brochet et sa mère ne purent pas attendre pour se faire servir le cocktail tant attendu avec son parasol, et Allan se joignit à eux même si sa commande excluait le parasol.

Ils s'installèrent dans des chaises longues au bord de l'océan et attendirent le serveur.

La serveuse avait quatre-vingt-quatre ans. Elle s'était substituée au garçon qui officiait au bar habituellement.

— Et voici un parasol rouge pour vous, monsieur Gerdin. Et une boisson décorée d'un parasol vert pour vous, maman Gerdin. Et… voyons… c'est bien du lait que tu as commandé, Allan ?

— Tu avais promis de ne pas te mêler du service, Amanda !

— Je t'ai menti, cher Allan. Je t'ai menti.

Le jour se coucha sur le paradis et nos amis se réunirent autour du grand dîner auquel Amanda, Allan et Mao Einstein les avaient conviés. En entrée, ils mangèrent du *sate lilit*, en plat ils purent déguster du *bebek betutu* et en dessert un *jaja batun bedil.* Le tout arrosé de *tuak wayah*, une bière de palme. Benny, comme à son habitude, but de l'eau. Cette première soirée balinaise fut aussi tardive que conviviale. À la fin du repas, tout le monde but un Pisang Ambon, sauf Allan qui préféra un whisky soda et Benny à qui on servit une tasse de thé.

Bosse trouva qu'un peu de spiritualité ne leur ferait pas de mal après cette soirée placée sous le signe de l'abondance et il se leva pour citer Jésus dans un extrait de l'Évangile selon Matthieu.

— « Heureux celui qui connaît les besoins de son âme. »

Ils gagneraient tous à écouter la parole de Dieu, voilà ce que Bosse voulait dire. Puis il joignit ses mains et remercia le Seigneur pour cette journée hors du commun et merveilleuse.

— Je pense que ça ira comme ça, ajouta Allan dans le silence qui suivit l'intervention de Bosse.

Bosse avait remercié le Seigneur et peut-être bien que le Seigneur se dit qu'il devrait remercier lui aussi, car le bonheur perdura et grandit pour cette hétéroclite bande de Suédois en vacances dans un hôtel à Bali.

Benny demanda sa main à Mabelle (« Tu veux te marier avec moi ? — Mais oui, putain, t'en as mis un temps ! »). Le mariage eut lieu le lendemain et dura trois jours. Rose-Marie Gerdin, quatre-vingts ans, enseigna aux pensionnaires de la maison de retraite comment on jouait à « l'île au trésor » (juste assez pour être sûre de gagner à chaque fois) ; le Brochet ne décolla plus de sa chaise longue sous un parasol, sur la plage, buvant des cocktails à parasol de toutes les couleurs de l'arc-en-ciel ; Bosse et Julius s'étaient acheté un bateau de pêche sur lequel ils passaient tout leur temps, et l'inspecteur Aronsson devint un membre recherché de la haute société balinaise. C'était un Blanc, un *bule* comme on les appelait là-bas (prononcer « boulet »), et en plus il avait été inspecteur de police dans l'un des pays les moins corrompus au monde. On ne pouvait pas faire plus exotique.

Allan et Amanda se promenaient chaque jour sur la plage de sable blanc qui s'étendait à perte de vue devant l'hôtel. Ils avaient toujours des choses à se raconter, et chacun appréciait la compagnie de l'autre. Ils ne marchaient pas bien vite, car elle avait quatre-vingt-quatre ans et lui avait déjà bien entamé sa cent unième année.

Au bout d'un moment, ils prirent l'habitude de se tenir par la main, surtout pour garder l'équilibre. Ensuite ils se mirent à dîner en tête à tête sur la terrasse d'Amanda presque tous les soirs, parce qu'ils trouvaient les autres un peu bruyants. Et finalement Allan s'installa chez Amanda pour de bon. Ainsi, on pouvait louer la chambre d'Allan à des touristes, ce qui était bon pour le chiffre d'affaires de l'hôtel. Alors qu'ils marchaient un soir après l'emménagement d'Allan,

Amanda suggéra qu'ils suivent l'exemple de Benny et Mabelle, c'est-à-dire qu'ils se marient, puisqu'ils vivaient déjà ensemble. Allan répondit qu'il trouvait Amanda un peu trop jeune pour lui, mais qu'il se ferait une raison. Il préparait ses whisky sodas tout seul maintenant, et ce problème ne pouvait plus faire obstacle à leur union. Allan ne voyait donc aucune raison de refuser la proposition d'Amanda.

— Alors, c'est d'accord ? demanda Amanda.

— C'est d'accord, répondit Allan.

Et ils se serrèrent la main un peu plus fort. Pour l'équilibre, bien entendu.

L'enquête sur la mort de Henrik « Hinken » Hultén fut brève et n'aboutit à rien. La police fouilla dans son passé et interrogea entre autres ses anciens copains dans le Småland, tout près de la ferme de Sjötorp où avait vécu Gunilla Björklund, mais ils n'avaient rien vu, rien entendu.

Leurs collègues de Riga essayèrent de tirer les vers du nez à l'ivrogne qui avait conduit la Mustang à la casse, mais il fut impossible de lui extirper une phrase cohérente avant que l'un des policiers pense à lui verser un demi-litre de rouge dans le gosier. Alors seulement il leur expliqua… qu'il n'avait aucune idée de l'identité de la personne qui lui avait demandé ce service. Un type s'était approché de son banc un jour, avec une pleine caisse de vin.

— C'est vrai que j'étais soûl, dit l'ivrogne. Mais tout de même pas assez pour refuser six bouteilles de pinard.

Un seul journaliste se manifesta quelques jours plus tard pour savoir où en était l'enquête sur la mort de Hinken Hultén, mais le procureur Ranelid n'était pas là pour lui répondre. Il était en congé, il avait en toute hâte sauté dans un charter pour Las Palmas. Il aurait bien aimé partir encore plus loin pour s'éloigner de tout. Il avait entendu dire que Bali était une belle destination, mais il n'y avait plus de places.

Va pour les Canaries ! À présent, il se prélassait sur une chaise longue, avec à la main une boisson décorée d'un parasol, se demandant où était passé l'inspecteur Aronsson. Il paraît qu'il avait donné sa démission, demandé ses congés compensatoires et disparu.

28

1982 – 2005

Le salaire rétroactif de l'ambassade américaine arriva à point nommé. Allan avait déniché un joli chalet rouge à quelques kilomètres de l'endroit où il était né et où il avait grandi. Il l'avait acheté comptant. Il avait dû parlementer quelque peu avec l'administration suédoise sur la question de son existence. Elle finit tout de même par se rendre à l'évidence et, à sa grande surprise, à lui verser une retraite.

— Mais pourquoi ? demanda Allan.

— Eh bien parce que tu es retraité, lui répondit le fonctionnaire.

— Ah bon ? dit Allan.

Et c'est vrai qu'il avait l'âge requis – depuis un certain temps d'ailleurs. Au printemps prochain, il aurait soixante-dix-huit ans, et il était forcé d'admettre qu'il avait vieilli, contre toute attente, et sans s'en rendre compte. Et il allait vieillir encore un moment, comme nous le savons…

Les années passèrent, tranquilles et sans qu'Allan modifie le cours du monde en aucune façon. Il ne mit même pas son grain de sel dans le fonctionnement de la commune de Flen, où il se rendait de temps à autre pour acheter de la nourriture. Il se fournissait chez le petit-fils de l'épicier Gustavsson, qui tenait une supérette et ne savait heureusement pas qui était Allan. En revanche Allan ne mit plus jamais les pieds à la bibliothèque de Flen, parce qu'il avait appris qu'on pouvait s'abonner aux journaux qu'on avait envie de lire et les recevoir tous les jours dans sa boîte aux lettres, sans avoir à se déplacer. Très pratique, en vérité !

Quand l'ermite de la cabane près d'Yxhult eut quatre-vingt-trois ans, il décida qu'il en avait assez des allers-retours à Flen à vélo pour faire ses courses, et il acheta une voiture. Au départ, il envisagea de passer son permis de conduire, mais dès que le moniteur d'auto-école commença à lui parler d'examen de la vue et d'aptitude à la conduite automobile, Allan décida de laisser tomber. Quand l'instructeur enchaîna avec le manuel du code de la route, les leçons théoriques, les leçons de conduite et de double examen final, Allan ne l'écoutait plus.

En 1989, l'Union soviétique avait vraiment commencé à partir en morceaux, et ce n'était pas pour étonner le vieux bouilleur de cru d'Yxhult. La première décision prise par Gorbatchev, le petit jeune qui avait pris la barre, avait été de lancer une campagne contre la consommation excessive de vodka dans le pays. Ce n'était pas comme ça qu'on séduisait les masses, n'importe quel imbécile était capable de le comprendre.

La même année, le jour de son anniversaire, Allan trouva devant sa porte un chaton qui lui expliquait clairement qu'il mourait de faim. Allan le fit entrer dans la cuisine et lui donna du lait et de la saucisse. Le chat trouva le menu à son goût et élut domicile dans la maison.

Il s'agissait d'un chat de gouttière tigré, de sexe mâle, qui fut immédiatement baptisé Molotov, pas à cause du ministre des Affaires étrangères mais à cause du cocktail du même nom. Molotov ne parlait pas beaucoup, mais il était extrêmement intelligent et avait un talent rare pour écouter. Si Allan avait quelque chose à raconter, il lui suffisait de l'appeler pour qu'il arrive en courant sur ses coussinets (sauf s'il était en train de chasser des souris – Molotov avait quand même le sens des priorités). Le chat sautait sur les genoux d'Allan, s'installait confortablement et se mettait à remuer les oreilles pour indiquer à son maître qu'il était disposé à l'entendre. Si Allan lui gratouillait en même temps la tête et la nuque, la patience de son auditeur était sans limite.

Quand Allan se procura des poules, il lui suffit d'expliquer à Molotov une seule fois qu'il ne devait pas les chasser pour qu'il hoche la tête avec l'air d'avoir compris la leçon. Quelques heures plus tard, le félin décida de faire semblant de ne pas avoir compris et poursuivit les poules jusqu'à ce qu'il ne trouve plus cela amusant. Il ne fallait pas trop lui en demander ! Après tout, il n'était qu'un chat.

Pour Allan, il n'y avait pas plus rusé que Molotov, même pas le renard qui passait son temps à tourner autour du poulailler pour trouver un trou dans le grillage. Le renard aurait bien mangé le chat aussi, mais Molotov était beaucoup trop rapide pour ça.

Allan ajouta encore quelques années à celles qu'il avait déjà collectionnées. Chaque mois, sa pension tombait sans qu'il ait besoin de remuer le petit doigt. Avec cet argent, il achetait du fromage, de la saucisse et des pommes de terre, et de temps en temps un sac de sucre. Il payait son abonnement au *Courrier d'Eskilstuna* et la facture d'électricité quand elle arrivait dans sa boîte.

Mais quand il avait réglé ces dépenses et acheté quelques autres bricoles, il restait encore de l'argent, tous les mois, qui ne servait à rien. Allan avait essayé un jour de renvoyer le surplus à la commune dans une enveloppe… Un fonctionnaire lui avait rendu visite pour lui expliquer qu'il ne pouvait pas agir ainsi. Il avait restitué l'argent à Allan en lui faisant promettre d'arrêter d'embêter l'administration de la sorte.

Allan et Molotov vivaient très heureux. Chaque fois que le temps le permettait, ils faisaient un petit tour à bicyclette sur les chemins avoisinants. Allan pédalait et Molotov profitait du vent et de la vitesse dans le panier du vélo.

Ils menaient ensemble une vie paisible et régulière. Elle dura jusqu'à ce qu'Allan se rende compte qu'il n'était pas le seul à prendre de l'âge. Un jour le renard réussit à rattraper Molotov, ce qui surprit autant le chat que le renard, et fit beaucoup de peine à Allan.

Allan fut plus malheureux qu'il ne l'avait été de toute sa vie, et son chagrin se transforma en colère. Le vieil expert en explosifs sortit sur sa terrasse, des larmes plein les yeux, et hurla dans la nuit hivernale :

— C'est la guerre que tu veux ? Eh bien, tu vas l'avoir, saloperie de renard !

Allan était en colère pour la première et unique fois de sa vie. Il but un whisky soda, fit un tour en voiture sans permis et une longue promenade à vélo mais sa colère ne diminuait pas. Allan savait bien que la vengeance ne servait à rien. Et pourtant c'est de vengeance qu'il avait soif.

Il prépara une charge de dynamite qu'il posa à proximité du poulailler et qui exploserait la prochaine fois que le renard s'aventurerait un peu trop loin sur le territoire des poules. Dans sa colère, Allan oublia qu'il avait entreposé toute sa réserve d'explosifs dans une remise attenante au poulailler.

C'est ainsi qu'à la tombée du troisième jour qui suivit le trépas de Molotov, on connut la plus violente explosion de cette région du Södermanland depuis 1920.

Le renard sauta en l'air en même temps que les poules, le poulailler et la remise. L'explosion fut si violente qu'elle pulvérisa également la grange et la maison. Allan, qui était tranquillement installé dans son salon, s'envola sur son fauteuil et atterrit dans un tas de neige le long de la réserve extérieure où il entreposait ses pommes de terre. Il resta un moment abasourdi, avant d'articuler :

— Plus de renard !

Allan était âgé de quatre-vingt-dix-neuf ans et des poussières à cette époque-là et il fut assez choqué pour rester prostré à l'endroit où il avait atterri. L'ambulance, la police et les pompiers n'eurent aucune difficulté à le trouver, car les flammes s'élevaient très haut dans le ciel. Quand ils eurent constaté que le vieux dans son fauteuil posé au milieu d'une congère devant la réserve à pommes de terre était indemne, ils appelèrent les services sociaux.

En moins d'une heure, le délégué aux Affaires sociales Henrik Söder était sur place. Allan se trouvait toujours dans son fauteuil, mais les ambulanciers l'avaient enroulé dans plusieurs couvertures de survie de couleur jaune vif, une précaution inutile étant donné la chaleur que dégageait le brasier.

— Il semblerait que monsieur Karlsson ait fait sauter sa maison ? dit le délégué aux Affaires sociales.

— Eh oui, dit Allan. C'est une fâcheuse habitude que j'ai.

— Cela signifie-t-il que monsieur Karlsson n'a plus d'endroit où habiter maintenant ? poursuivit le délégué aux Affaires sociales.

— Ce n'est pas tout à fait faux ! Monsieur le délégué aux Affaires sociales aurait-il une suggestion ?

Le délégué n'avait rien à proposer comme ça de but en blanc, et on prit une chambre pour Allan au Grand Hôtel de Flen, aux frais de la municipalité. Il y passa le réveillon de la Saint-Sylvestre le lendemain en compagnie du délégué aux Affaires sociales et de son épouse.

Allan n'avait pas vécu dans un tel luxe depuis l'époque où il séjournait au Grand Hôtel de Stockholm après la guerre. Il se dit qu'il serait peut-être temps qu'il paye sa note, car dans sa précipitation il était parti à la cloche de bois.

Dès le début du mois de janvier 2005, le délégué aux Affaires sociales trouva un logement pour le sympathique vieillard qui s'était soudainement retrouvé sans domicile.

C'est ainsi qu'Allan atterrit à la maison de retraite de Malmköping où la chambre numéro un venait tout juste de se libérer. Il fut accueilli par sœur Alice, qui avec un sourire aimable lui fit perdre toute sa joie de vivre en quelques minutes simplement en lui faisant part du règlement intérieur : interdiction de fumer, interdiction de boire de l'alcool et interdiction de regarder la télévision après 23 heures. Elle précisa que le petit déjeuner était servi à 6 h 45 en semaine et une heure plus tard les jours fériés. Le déjeuner à 11 h 15, le goûter à 15 h 15 et le dîner à 18 h 15. Tout pensionnaire arrivant après ces heures-là s'exposait à être privé de repas.

Ensuite sœur Alice énuméra les règles concernant la douche, le brossage des dents, les visites venant de l'extérieur et les visites entre résidents.

— Est-ce qu'on peut chier quand on veut, au moins ? demanda Allan.

Voilà comment les relations entre sœur Alice et Allan se dégradèrent moins d'un quart d'heure après leur rencontre.

Allan s'en voulait d'avoir déclaré la guerre au renard bien qu'il en soit sorti vainqueur, et il n'aimait pas non plus avoir perdu sa joie de vivre ; le langage qu'il avait employé avec la directrice de la maison de retraite n'était pas digne de lui, même si sœur Alice l'avait bien cherché ; et puis il y avait toutes ces consignes auxquelles il allait devoir se conformer…

Son chat lui manquait. Et il avait quatre-vingt-dix-neuf ans et huit mois. Il ne parvenait plus à se ressaisir ; sœur Alice l'avait anéanti. Il fallait en finir.

Allan en avait assez de la vie car sa vie semblait en avoir assez de lui, et il n'était pas du genre à s'imposer.

Il avait donc décidé de s'installer dans la chambre numéro un, d'ingurgiter son dîner à 18 h 15, d'aller se coucher fraîchement douché dans ses draps bien propres et son pyjama tout neuf, et de mourir dans son sommeil. On le ressortirait de la chambre les pieds devant, on l'enterrerait et puis on l'oublierait.

Allan sentit un courant électrique de satisfaction se répandre dans son corps quand il s'allongea dans son lit à la maison de retraite à 8 heures du soir pour la première et dernière fois de sa vie. Il aurait atteint quatre mois plus tard un âge à trois chiffres. Allan Emmanuel Karlsson ferma les yeux avec la certitude que cette fois il s'endormirait pour toujours. Sa vie avait été passionnante, mais rien ne dure éternellement, à part peut-être la bêtise humaine.

Puis Allan cessa de penser. La fatigue le submergea. Tout devint noir.

Jusqu'à ce que la lumière revienne. Un halo blanc. Il n'aurait pas imaginé que la mort ressemble autant au sommeil. Avait-il eu le temps de formuler cette pensée avant que cela s'arrête ? Et avait-il eu le temps de se demander s'il avait eu le temps de se poser cette question ? Mais voyons un peu, à combien de choses a-t-on le temps de penser avant que tout soit fini ?

— Il est 7 heures moins le quart, Allan, et c'est l'heure du petit déjeuner. Si tu ne te dépêches pas de manger, on viendra débarrasser ton porridge et tu n'auras plus rien jusqu'au déjeuner, lui annonça sœur Alice.

Allan constata qu'en plus de tout le reste, il était devenu naïf sur ses vieux jours. On ne pouvait pas mourir juste parce qu'on l'avait décidé. Il y avait de fortes chances pour qu'il soit réveillé le lendemain matin encore par cette horrible créature qui répondait au prénom d'Alice, et qu'on lui serve le même gruau insipide.

Enfin, il restait encore quelques mois avant qu'il ait cent ans, il passerait bien l'arme à gauche d'ici là. « L'alcool tue ! » disait sœur Alice pour expliquer l'interdiction de boire dans sa chambre. Enfin une parole réconfortante !

Les jours devinrent des semaines et les semaines des mois. L'hiver fit place au printemps et Allan aspirait autant au trépas que son ami Herbert cinquante ans plus tôt. Les prières de Herbert n'avaient été exaucées que lorsqu'il avait changé d'avis. Voilà qui n'augurait rien de bon pour Allan.

Le pire était à venir : le personnel de l'établissement s'était mis en tête d'organiser une fête pour son centième anniversaire. Comme un animal en cage, il allait devoir se laisser gaver de cadeaux, de chansons niaises et de gâteaux. Il ne leur avait rien demandé !

Et désormais il ne lui restait plus qu'une seule nuit pour mourir.

29

Lundi 2 mai 2005

Il aurait pu se décider avant et aurait dû au moins avoir le courage de prévenir son entourage de sa décision. Mais Allan Karlsson n'avait jamais été du genre à réfléchir longtemps avant d'agir.

L'idée avait donc à peine eu le temps de germer dans l'esprit du vieil homme qu'il avait déjà ouvert la fenêtre de sa chambre située au premier étage de la maison de retraite à Malmköping dans le Södermanland, et qu'il s'était retrouvé debout sur la plate-bande à l'extérieur.

L'acrobatie l'avait un peu secoué, ce qui n'avait rien d'étonnant, puisque ce jour-là Allan allait avoir cent ans. La réception organisée pour son centenaire dans le réfectoire de la maison de retraite devait commencer à peine une heure plus tard. L'adjoint au maire de la ville était invité. Et le journal local avait prévu de couvrir l'événement. Tous les vieux étaient évidemment sur leur trente et un, ainsi que le personnel au complet avec Alice la Colère en tête de peloton.

Seul le roi de la fête allait manquer à l'appel.

Épilogue

Allan et Amanda furent très heureux ensemble. Ils étaient comme qui dirait faits l'un pour l'autre. L'un était totalement allergique à toute discussion sur la religion ou l'idéologie, et l'autre n'avait aucune idée de la signification du mot idéologie, et ne parvenait pas à se rappeler le nom du Dieu auquel elle était supposée croire. Il s'avéra de surcroît, un soir où leur tendresse mutuelle les rapprocha particulièrement, que le professeur Lundborg avait dû s'emmêler les bistouris ce jour d'août 1925 où il l'avait opéré, car Allan réussit à faire ce qu'il n'avait jusqu'ici pu voir qu'en images.

Le jour de son quatre-vingt-cinquième anniversaire, Amanda reçut de son mari un ordinateur portable avec une connexion Internet. Allan avait entendu dire que les jeunes aimaient bien surfer sur le Net.

Amanda mit quelque temps à comprendre comment entrer son mot de passe, mais elle était têtue et au bout de quelques semaines elle avait réussi à créer son propre blog. Elle y écrivait quotidiennement tout ce qui lui passait par la tête et y relatait aussi bien le passé que le présent. Elle raconta notamment toutes les aventures qu'avait vécues son homme dans ses voyages autour du monde. Dans son esprit, son lectorat serait composé par ses amies de la bonne société balinaise, car elle ne voyait pas qui d'autre pourrait avoir accès à sa page personnelle.

Allan était en train de déguster son petit déjeuner sur la véranda comme à son habitude quand il vit soudain surgir un gentleman en costume. L'homme lui dit qu'il avait été envoyé par le gouvernement indonésien qui était tombé par hasard sur un certain nombre d'histoires sensationnelles dans un blog sur Internet. Le président l'avait envoyé en mission auprès de monsieur Karlsson afin de lui demander de bien vouloir le faire profiter de ses connaissances spécifiques, si ce qu'il avait lu était vrai.

— Et à quoi puis-je être utile, je vous prie ? répondit Allan. Il n'y a que deux choses que je sache faire mieux que la plupart des gens. L'une d'elles est de distiller de l'eau-de-vie avec du lait de chèvre et l'autre est de fabriquer une bombe atomique.

— C'est exactement ce qui nous intéresse, dit l'homme.

— Le lait de chèvre ?

— Non, dit l'homme. Pas le lait de chèvre.

Allan invita le représentant du gouvernement indonésien à s'asseoir. Il lui expliqua qu'il avait jadis donné la formule de la bombe à Staline et qu'il avait eu là une mauvaise idée, car il s'était avéré que Staline n'était pas très bien dans sa tête. Il voulait maintenant savoir dans quel état mental était le président de l'Indonésie.

L'envoyé du gouvernement lui affirma que le président Yudhoyono était un homme très intelligent et responsable.

— Voilà qui fait plaisir à entendre, dit Allan. Alors je serai ravi de lui apporter mon aide.

Et c'est ce qu'il fit.

Remerciements

Je tiens à remercier tout particulièrement Micke, Liza, Rixon, Maud et mon oncle Hans.

Jonas

Découvez dès maintenant
le premier chapitre de

***L'ANALPHABÈTE
QUI SAVAIT COMPTER***
le nouveau roman de
JONAS JONASSON

aux Éditions
Presses de la Cité

JONAS JONASSON

L'ANALPHABÈTE QUI SAVAIT COMPTER

Roman

Traduit du suédois par Carine Bruy

PRESSES DE LA CITÉ

Titre original :
ANALFABETEN SOM KUNDE RÄKNA

Edition originale : Piratförlaget, Suède
Publié avec l'accord de Pontas Literary & Film Agency

1

Où il est question d'une fille dans une cabane et d'un homme qui, une fois mort, l'en fit sortir

D'une certaine manière, les videurs de latrines du plus grand ghetto d'Afrique du Sud étaient bien lotis. Après tout, ils avaient du travail et un toit au-dessus de la tête.

Néanmoins, statistiquement, ils n'avaient aucun avenir. La plupart succomberaient jeunes à la tuberculose, à une pneumonie, aux diarrhées, à la drogue, à l'alcool ou à une combinaison de l'ensemble. Quelques rares spécimens auraient le privilège de fêter leurs cinquante ans, ce qui était le cas du chef du bureau des latrines de Soweto, même s'il était usé par le travail et malade. Il avalait bien trop d'antalgiques avec bien trop de bière bien trop tôt le matin. En conséquence, il se montra un jour quelque peu véhément à l'égard d'un représentant envoyé par les services sanitaires de la commune de Johannesburg. Un moricaud qui osait hausser le ton ! L'affaire remonta jusqu'aux oreilles du chef de service qui, lors de la collation matinale avec ses collaborateurs le lendemain, annonça qu'il était temps de remplacer l'analphabète du secteur B.

Une collation particulièrement agréable d'ailleurs, puisqu'on y avait mangé du gâteau pour souhaiter la bienvenue à un nouvel agent sanitaire : Piet du Toit, qui, à vingt-trois ans, venait d'être embauché pour son premier travail.

Ce fut lui qu'on chargea de régler le problème de Soweto, car c'était ainsi qu'on fonctionnait dans cette commune : on attribuait les analphabètes aux bleus afin qu'ils s'endurcissent.

Personne ne savait si tous les videurs de latrines de Soweto étaient effectivement analphabètes, mais on les nommait ainsi. Désormais, mieux valait éviter d'appeler un nègre un nègre. De toute façon, aucun n'était allé à l'école, ils vivaient tous dans des taudis et avaient le plus grand mal à comprendre ce qu'on leur disait.

Piet du Toit se sentait mal à l'aise. C'était sa première visite chez les sauvages. Pour plus de sécurité, son marchand d'art de père lui avait fourni un garde du corps.

Le gamin de vingt-trois ans entra dans le bureau des latrines et ne put s'empêcher de lâcher une remarque irritée sur l'odeur. Là était assis le chef des latrines, celui qui allait devoir partir. Et, à côté de lui, une petite fille qui, à la stupéfaction de Piet, ouvrit la bouche et répondit que la merde avait en effet la fâcheuse propriété de puer.

L'agent sanitaire se demanda l'espace d'une seconde si la gamine se moquait de lui, mais ce n'était pas envisageable. Il laissa tomber et alla droit au but. Il expliqua au chef des latrines qu'il ne pouvait plus garder son travail, car il en avait été décidé ainsi en haut lieu, mais qu'il percevrait trois mois de salaire si, au cours de la semaine suivante, il lui présentait trois candidats pour le poste qui venait de se libérer.

— Est-ce que je peux redevenir simple videur de latrines pour gagner un peu d'argent ? demanda le chef tout juste viré.

— Non, répondit Piet du Toit. Vous ne le pouvez pas.

Une semaine plus tard, l'agent du Toit et son garde du corps étaient de retour. Le chef remercié était à son bureau, très certainement pour la dernière fois. La même fillette se tenait à côté de lui.

— Où sont vos trois candidats ? s'enquit l'agent.

Le chef remercié s'excusa que deux d'entre eux ne puissent être présents. L'un avait eu la gorge tranchée la veille, lors d'une bagarre au couteau, et nul ne savait où était passé le deuxième. Peut-être avait-il fait une rechute.

Piet du Toit ne voulait pas savoir de quel genre de rechute il retournait. En revanche, il voulait quitter ces lieux au plus vite.

— Et qui est votre troisième candidat ? demanda-t-il avec colère.

— Eh bien, la fille à côté de moi. Cela fait déjà quelques années qu'elle m'aide. Je dois dire qu'elle travaille bien.

— Mais, bon Dieu, je ne peux quand même pas nommer chef des latrines une gamine de douze ans ! s'exclama Piet du Toit.

— Quatorze, intervint la fille. Et j'ai neuf ans d'expérience.

La puanteur s'infiltrait dans le bureau et Piet du Toit craignait qu'elle n'imprègne son costume.

— As-tu déjà commencé à te droguer ?

— Non, répondit l'intéressée.

— Es-tu enceinte ?

— Non.

L'agent sanitaire resta silencieux quelques secondes. Il était hors de question de remettre les pieds ici plus souvent que nécessaire.

— Comment t'appelles-tu ?

— Nombeko.

— Nombeko comment ?

— Mayeki, je crois.

Doux Jésus, ils ne connaissaient même pas leur nom de famille !

— Dans ce cas, le poste est à toi, si tu arrives à rester sobre.

— J'y arriverai.

— Bien.

Puis l'agent se tourna vers le chef limogé.

— Nous avions dit trois mois de salaire en échange de trois candidats, donc, un seul mois car une seule candidate, auquel je soustrais un mois de salaire pour avoir été incapable de dénicher autre chose qu'une gamine de douze ans.

— Quatorze, le corrigea l'intéressée.

Piet du Toit s'en alla sans les saluer, le garde du corps deux pas derrière lui.

La fille qui venait de devenir le chef de son chef le remercia de son aide et l'embaucha sur-le-champ comme bras droit.

— Et Piet du Toit alors ? s'inquiéta son ancien chef.

— Nous changerons simplement ton nom. Je suis sûre que le préposé est incapable de faire la différence entre deux nègres, répliqua la gamine de quatorze ans qui en paraissait douze.

Le nouveau chef des latrines du secteur B de Soweto n'avait jamais pu aller à l'école. Cela était dû au fait que sa mère avait eu d'autres priorités, mais aussi parce que Nombeko avait eu la malchance de naître en Afrique du Sud, qui plus est au début des années 1960, époque où les dirigeants politiques considéraient que les enfants comme Nombeko ne comptaient pas. Le Premier ministre d'alors s'était rendu célèbre avec une question rhétorique : pourquoi les bronzés devraient-ils aller à l'école alors qu'ils n'étaient de toute façon bons qu'à porter du bois et de l'eau ?

En l'occurrence, il se trompait, puisque Nombeko ne portait ni bois ni eau, mais de la merde. Pour autant, rien ne laissait penser que cette gamine fluette allait grandir et fréquenter des rois et des présidents. Ou terrifier des nations. Ou influencer l'évolution du monde au plus haut point.

Si elle n'avait pas été ce qu'elle était.

Mais elle l'était.

Entre autres choses, c'était une enfant travailleuse. Dès l'âge de cinq ans, elle portait des tonneaux d'excréments aussi grands qu'elle. Son travail de videuse de latrines lui permettait tout juste de gagner l'argent dont sa mère avait besoin pour l'envoyer acheter sa bouteille de solvant quotidienne. Quand Nombeko revenait de mission, elle la gratifiait d'un « Merci, ma chère fille », dévissait le bouchon et entreprenait d'anesthésier l'infinie souffrance de ne pouvoir leur assurer un avenir. Le dernier contact entre Nombeko et son papa remontait à environ vingt minutes après sa conception.

À mesure que Nombeko grandissait, elle vidait davantage de tonneaux, et son salaire se mit à couvrir d'autres besoins que le solvant. Sa mère put donc compléter sa médication journalière avec des cachets et de l'alcool. Sa fille, qui se rendait compte que cela ne pouvait pas continuer ainsi, expliqua à sa mère qu'elle devait choisir entre le sevrage et la mort.

Sa mère acquiesça ; elle avait compris.

Il y eut foule à ses funérailles. En ce temps-là, de nombreux habitants de Soweto se consacraient principalement à deux activités : se suicider à petit feu et rendre un dernier hommage à ceux qui venaient de réussir. Nombeko avait dix ans quand sa mère décéda et, comme indiqué plus haut, il n'y avait pas de père à portée de main. La fille envisagea de reprendre là où sa mère s'était arrêtée et de se construire un bouclier chimique permanent contre la réalité. Néanmoins, lorsqu'elle perçut son premier salaire après l'enterrement, elle préféra acheter à manger. Quand sa faim fut apaisée, elle regarda autour d'elle et se demanda : Qu'est-ce que je fais là ?

Au même moment, elle comprit qu'elle n'avait dans l'immédiat pas d'autre choix. Les analphabètes de dix ans n'étaient pas très demandés sur le marché du travail sud-africain. Pas demandés du tout, d'ailleurs. Et, dans cette partie de Soweto, il n'y avait carrément pas de marché du travail.

Cependant, vider ses intestins est une nécessité pour tous, y compris les spécimens humains les plus pitoyables sur la Terre, et Nombeko avait donc un moyen de gagner un peu d'argent. De surcroît, à présent que sa mère était morte et enterrée, elle pouvait garder sa paye.

Dès l'âge de cinq ans, afin de tuer le temps quand elle se coltinait les tonneaux, elle avait commencé à les compter :

— Un, deux, trois, quatre, cinq…

En grandissant, Nombeko avait complexifié l'exercice afin qu'il demeure stimulant :

— Quinze tonneaux par trois tournées par sept, moins un qui reste où il est parce qu'il est trop plein… Cela fait… trois cent quatorze.

Hormis sa bouteille de solvant, la mère de Nombeko ne prêtait pas attention à grand-chose autour d'elle, mais elle avait quand même remarqué les capacités de sa fille à additionner et soustraire. Durant la dernière année de sa vie, elle avait donc pris l'habitude d'appeler Nombeko chaque fois qu'il fallait partager un arrivage de comprimés divers et variés entre les occupants des taudis alentour. Une bouteille de solvant n'est jamais qu'une bouteille de solvant. En revanche, lorsqu'il s'agit de répartir cinquante, cent, deux cent cinquante ou cinq cents milligrammes en fonction des appétits et des moyens financiers de chacun, il importe de pouvoir procéder à la division selon des principes mathématiques. Ce qui était dans les cordes de la gamine de dix ans. Et pas qu'un peu.

Exemple : un jour, elle se trouva en présence de son supérieur hiérarchique direct alors qu'il s'escrimait à établir le récapitulatif mensuel des quantités de tonneaux charriés et du poids total traité.

— Quatre-vingt-quinze fois quatre-vingt-douze donc, marmonna-t-il. Où est la calculatrice ?

— Huit mille sept cent quarante, annonça Nombeko.

— Aide-moi plutôt à chercher, petite.

— Huit mille sept cent quarante, répéta Nombeko.

— Qu'est-ce que tu dis ?

— Quatre-vingt-quinze fois quatre-vingt-douze, ça fait huit mille sept cen…

— Et comment le sais-tu ?

— Eh bien, je me dis que quatre-vingt-quinze, c'est cent moins cinq, et que quatre-vingt-douze, c'est cent moins huit. Inversés et soustraits, les deux font quatre-vingt-sept. Et cinq fois huit, ça fait bien quarante. Quatre-vingt-sept quarante, donc huit mille sept cent quarante.

— D'où sors-tu cette méthode de calcul ? s'enquit son chef, médusé.

— Je ne sais pas, répondit Nombeko. Est-ce qu'on peut se remettre au travail maintenant ?

À partir de ce jour-là, elle fut promue assistante du chef.

L'analphabète qui savait compter éprouvait une frustration grandissante de ne pas comprendre ce que les éminences de Johannesburg racontaient dans l'avalanche de décrets qui atterrissaient sur le bureau de son chef. Lui aussi rencontrait des difficultés avec l'écrit. Ne maîtrisant pas l'afrikaans, il déchiffrait laborieusement chaque texte à l'aide d'un dictionnaire bilingue anglais, afin d'appréhender au moins ce galimatias dans une langue accessible.

— Que veulent-ils, cette fois-ci ? demandait parfois Nombeko.

— Que nous remplissions mieux les sacs, répondait le chef. Enfin, je crois. Ou bien ils envisagent de fermer l'une des unités sanitaires. Ce n'est pas très clair.

Le chef soupirait. Son assistante ne pouvait pas l'aider, elle soupirait donc, elle aussi.

Par chance, il se trouva que Nombeko, alors âgée de treize ans, fut importunée par un vieux libidineux dans les douches du vestiaire des videurs de latrines. Avant que l'individu ait eu le temps d'arriver à ses fins, la gamine le ramena à de meilleures pensées en lui plantant une paire de ciseaux dans la cuisse.

Le lendemain, elle alla le trouver de l'autre côté de la rangée de latrines du secteur B. Il était assis sur un siège de camping, la cuisse bandée, devant son taudis peint en vert. Sur les genoux, il avait… des livres.

— Qu'est-ce que tu veux ? lui demanda-t-il.

— Je crois que j'ai oublié mes ciseaux dans ta cuisse, monsieur, hier, et je voudrais les récupérer.

— Je les ai jetés.

— Dans ce cas, tu m'en dois une paire. Comment se fait-il que tu saches lire ?

Le libidineux s'appelait Thabo et avait perdu la moitié de ses dents. Sa cuisse était très douloureuse et il n'avait pas envie de discuter avec une gamine enragée. Néanmoins, c'était la première fois depuis son arrivée à Soweto que quelqu'un s'intéressait à ses livres. Sa cabane en était pleine, ce qui lui avait valu le surnom de Thabo le Fou. Et il percevait plus d'envie que de dédain dans le ton de la fillette campée devant lui. Peut-être pourrait-il en tirer avantage ?

— Si tu te montrais un peu plus coopérative au lieu de te montrer si violente, tonton Thabo accepterait peut-être de te raconter son histoire. Il pourrait peut-être même t'apprendre comment interpréter les lettres et les mots. Si tu te montrais un peu coopérative…

Nombeko n'envisageait pas une seconde de se montrer plus coopérative que la veille, dans les douches. Elle lui répondit donc qu'elle possédait une autre paire de ciseaux et qu'elle aimerait les conserver plutôt que de les planter dans l'autre cuisse de tonton Thabo. En revanche, si tonton se maîtrisait – et lui apprenait à lire – sa deuxième jambe garderait toute sa mobilité.

Thabo eut un doute : cette fille venait-elle de le menacer ?

Cela ne se voyait pas, mais Thabo était fortuné.

Il était né sous une bâche sur les quais de Port Elizabeth dans la province du Cap-Oriental. Alors qu'il était âgé de six ans, la police était venue chercher sa mère et ne l'avait jamais ramenée. Son père avait estimé que le garçon était assez vieux pour se débrouiller seul, même si lui avait du mal à le faire.

« Prends bien soin de toi », avait-il dit en guise de tout conseil de vie avant de lui taper sur l'épaule et de partir pour Durban, où il fut abattu lors d'un hold-up mal préparé.

Le gamin de six ans survivait en volant ce qui lui tombait sous la main au port et on pouvait présumer que dans le meilleur des cas il grandirait, serait arrêté, puis emprisonné, ou abattu à l'instar de ses parents.

Dans le ghetto vivait depuis plusieurs années un marin espagnol, cuisinier et poète, qui avait un jour été jeté pardessus bord par douze matelots affamés qui affirmaient qu'on avait besoin de nourriture pour le déjeuner, et non de sonnets. L'Espagnol avait regagné la terre ferme à la nage. Il s'y était déniché une cabane, et depuis vivotait en respirant des poèmes. Quand sa vue commença à décliner, il se hâta de capturer le jeune Thabo et de lui imposer l'art de la lecture en échange d'un morceau de pain. Ensuite, le garçon eut droit à une ration supplémentaire à condition de lire à haute voix – le vieillard, une fois aveugle, était devenu à moitié sénile. Il ne mangeait rien d'autre que du Pablo Neruda matin, midi et soir.

Les marins avaient eu raison : il n'est pas possible de vivre de la seule poésie. En l'occurrence, le vieillard mourut de faim et Thabo décida d'hériter de tous les livres. Personne d'autre ne s'en souciait de toute façon.

Son aptitude à la lecture permit au garçon de décrocher divers petits boulots au port. Le soir, il lisait de la poésie, de la littérature et surtout des récits de voyage. À seize ans, il découvrit le sexe opposé, qui ne le découvrit à son tour que deux ans plus tard. De fait, Thabo ne trouva une recette efficace qu'à dix-huit ans. Elle consistait en un tiers de grands sourires, un tiers d'histoires inventées sur tout ce qu'il avait vécu lors de ses voyages sur le continent, pour l'instant exploré seulement en imagination, et un tiers de pur mensonge sur le fait que son amour serait éternel.

Il ne fit cependant pas de véritable percée avant d'ajouter la littérature aux trois ingrédients de base. Parmi les biens dont il avait hérité, il trouva une traduction que le marin espagnol avait faite de *Vingt Poèmes d'amour et une chanson désespérée* de Pablo Neruda. La chanson désespéra Thabo, mais il se servit des vingt poèmes d'amour pour séduire vingt femmes dans le quartier du port et fit ainsi dix-neuf fois l'expérience de l'amour temporaire. La vingtième aurait sans doute succombé si cet idiot de Neruda n'avait pas ajouté un vers déclarant « je ne l'aime plus, c'est vrai » à la fin d'un poème. Thabo s'en aperçut trop tard.

Après quelques années, la plupart des habitantes du quartier connaissaient son jeu et les perspectives de nouvelles expériences littéraires devenaient minces. Décrire tout ce qu'il avait vécu à l'époque où le roi Léopold II déclarait que les natifs du Congo belge étaient bien traités – alors qu'il faisait couper les mains et les pieds à ceux qui refusaient de travailler gratuitement – ne l'aida pas davantage.

Thabo allait à présent être puni (exactement comme le roi belge, d'ailleurs, qui se vit d'abord privé de sa colonie, puis dilapida tout son argent pour sa fille de joie franco-roumaine préférée avant de mourir), mais d'abord, il s'éloigna de Port Elizabeth, allant droit au nord. Il atterrit au Basutoland, où, disait-on, se trouvaient les femmes aux courbes les plus généreuses.

Il y trouva des raisons de s'attarder plusieurs années, changeant de village quand les circonstances l'exigeaient, trouvant toujours du travail grâce à sa capacité à lire et à écrire. Il devint même peu à peu le principal négociateur pour tous les missionnaires qui souhaitaient avoir accès au pays et entrer en contact avec ses populations non éclairées.

Le chef du peuple basotho, Son Excellence Seeiso, ne voyait pas l'intérêt de laisser baptiser ses sujets, même s'il comprenait que son pays avait intérêt à s'attirer les bonnes grâces de l'Occident en cas de problèmes. Quand les missionnaires, à l'initiative de Thabo, proposèrent des armes en échange du droit de distribuer des bibles, le chef mordit directement à l'hameçon.

C'est ainsi qu'affluèrent prêtres et diacres venus sauver le peuple basotho du mal. Ils apportaient des bibles, des armes automatiques et quelques mines antipersonnel.

Les armes tenaient les ennemis à distance tandis que les exemplaires du livre sacré étaient brûlés par les habitants des montagnes frigorifiés. De toute façon, ils ne savaient pas lire. Quand les missionnaires s'en aperçurent, ils changèrent de stratégie : ils érigèrent en un temps record une longue rangée de temples chrétiens.

Thabo œuvra comme assistant pour différents ecclésiastiques et développa une forme toute personnelle d'imposition des mains, qu'il pratiquait de manière sélective, et en secret.

Sur le front de l'amour, il n'eut qu'un seul incident à déplorer, quand les habitants d'un village de montagne découvrirent que le seul homme de la chorale avait promis fidélité éternelle à au moins cinq des neuf voix féminines. Le pasteur anglais sur place soupçonnait depuis le départ les intentions de Thabo, car ce dernier chantait comme une casserole.

L'homme d'église contacta les pères des cinq victimes, qui décidèrent d'organiser un interrogatoire traditionnel.

À la prochaine nuit de pleine lune, Thabo recevrait des flèches de cinq directions différentes alors qu'il serait assis, cul nu, sur une fourmilière.

En attendant que la lune soit dans la bonne phase, on enferma Thabo dans une hutte que le pasteur surveillait en permanence jusqu'à ce que, victime d'une insolation, il décide de descendre au fleuve pour sauver l'âme d'un hippopotame. Le pasteur posa délicatement la main sur les naseaux de l'animal et déclara que Jésus était prêt à…

Avant qu'il ait eu le temps d'aller plus loin, l'hippopotame ouvrit grand la gueule et le coupa en deux.

Le pasteur maton ainsi désuni, Thabo parvint, à l'aide de Pablo Neruda, à obtenir de sa gardienne qu'elle le libère.

— Et nous deux alors ? lui lança-t-elle quand il s'enfuit à toutes jambes dans la savane.

— Je ne t'aime plus, c'est vrai, rétorqua Thabo.

On pourrait s'imaginer, à tort, que le jeune homme se trouvait sous la protection du Seigneur, car il ne croisa ni lion, ni guépard, ni rhinocéros, ni quoi que ce soit d'autre durant sa randonnée nocturne de vingt kilomètres jusqu'à Maseru, la capitale. Là, il postula pour un travail de conseiller auprès du chef Seeiso, qui se souvenait de lui et l'accueillit à bras ouverts. Le chef négociait avec les orgueilleux Britanniques pour obtenir l'indépendance. Les pourparlers n'avançaient pas avant que Thabo soit recruté et qu'il déclare à ces messieurs que s'ils persistaient à se montrer aussi récalcitrants, le Basutoland envisagerait de demander son aide à Joseph Mobutu, du Congo-Kinshasa.

Les Britanniques eurent le hoquet. Joseph Mobutu ? L'homme qui venait d'annoncer au monde qu'il envisageait de changer son nom pour Le Guerrier Tout-Puissant Qui Grâce À Son Endurance Et À Sa Volonté Inébranlable Va De Victoire En Victoire Et Laisse Une Traînée De Feu Dans Son Sillage ?

— Précisément, répondit Thabo. C'est l'un de mes plus proches amis, en fait. Pour gagner du temps, je l'appelle Joe.

Au cours d'une assemblée extraordinaire, la délégation britannique s'accorda sur le fait que la région avait besoin de la paix, et non d'un guerrier tout-puissant qui choisissait ses titres en fonction de ses délires. Les Britanniques revinrent à la table des négociations et déclarèrent :

— Dans ce cas, le pays est à vous.

Le Basutoland devint le Lesotho, et le chef Seeiso fut couronné sous le nom de Moshoeshoe II. Thabo, lui, se retrouva le favori absolu du nouveau souverain. Traité comme un membre de la famille, on lui remit une fortune sous la forme d'un sac de diamants bruts issus de la plus grande mine du pays.

Pourtant, il disparut un jour sans préavis. Il avait une avance de vingt-quatre heures – impossible à rattraper –, quand Sa Majesté s'aperçut que la frêle princesse Maseeiso, sa petite sœur et la prunelle de ses yeux, était enceinte.

Celui qui était noir, sale et avait à ce stade perdu la moitié de ses dents n'avait aucune chance de se fondre dans le monde des Blancs de l'Afrique du Sud des années 1960, malgré sa richesse. Après cet incident malheureux dans l'ancien Basutoland, Thabo se hâta donc de gagner Soweto dès qu'il eut revendu une partie insignifiante de ses diamants chez le joaillier le plus proche.

Il y trouva un taudis libre dans le secteur B. Il emménagea, remplit ses chaussures de billets et ensevelit environ la moitié des diamants dans le sol en terre battue.

L'autre moitié trouva place dans les différentes cavités à l'intérieur de sa bouche.

Avant de trop promettre à un maximum de femmes possible, il repeignit sa cabane en un beau vert, car ce genre de détail impressionnait les dames, et il acheta un revêtement de sol en lino.

Thabo exerçait ses talents de suborneur dans tous les secteurs de Soweto, mais au bout d'un moment il exclut le sien pour pouvoir lire devant sa cabane sans être dérangé entre deux conquêtes.

Le temps qu'il ne consacrait pas à la lecture et à ses entreprises de séduction, il le passait à voyager. Deux fois par an, il sillonnait l'Afrique, évitant soigneusement le Lesotho. Cela lui procurait des expériences et de nouveaux livres.

Il revenait néanmoins toujours à son taudis, même s'il n'avait plus aucune contrainte financière. Il revenait au bercail essentiellement parce que la moitié de sa fortune se trouvait toujours trente centimètres sous le lino. La dentition de Thabo était encore en bien trop bon état pour que la totalité des diamants trouve place dans sa bouche. Il fallut plusieurs années avant qu'on ne commence à murmurer dans les taudis de Soweto : où donc ce fou avec tous ses livres trouvait-il tout son argent pour mener un tel train de vie ?

Afin d'éviter que la rumeur n'enfle trop, Thabo décida de prendre un travail. Le plus simple : videur de latrines quelques heures par semaine.

Ses collègues étaient en majorité des jeunes hommes alcoolisés sans avenir. Il y avait également quelques enfants, dont une adolescente de treize ans qui lui avait planté une paire de ciseaux dans la cuisse au seul motif qu'il avait ouvert la mauvaise porte de douche. Ou plutôt la bonne. C'était la gamine qui ne s'était pas révélée bonne. Bien trop jeune, sans formes ni quoi que ce soit qui puisse satisfaire ses besoins.

Le coup de ciseaux lui avait fait mal et elle était maintenant campée devant sa cabane et voulait qu'il lui apprenne à lire.

— Je t'aurais bien aidée, mais je pars en voyage demain, répondit Thabo, se disant que le plus sûr était peut-être qu'il fasse ce qu'il venait d'affirmer.

— En voyage ? s'étonna Nombeko, qui n'était jamais sortie de Soweto de ses treize longues années de vie. Mais où vas-tu ?

— Vers le nord. Ensuite, j'aviserai.

Durant l'absence de Thabo, Nombeko vieillit d'un an, fut promue et s'adapta vite à son nouveau rôle de chef. Grâce à un ingénieux redécoupage des zones de son secteur en fonction de leur démographie et non plus de leur superficie ou de leur réputation, la répartition des toilettes sèches devint plus pertinente.

— Une amélioration de trente pour cent, la félicita son prédécesseur.

— Trente virgule deux, le corrigea Nombeko.

L'offre satisfaisait la demande et inversement. Au bout du compte, cela permit d'économiser une partie du budget et ce reliquat fut utilisé pour financer l'installation de quatre nouveaux équipements sanitaires.

Les capacités linguistiques de la gamine de quatorze ans étaient étonnantes eu égard à l'indigence du langage de son entourage (quiconque a eu l'occasion de discuter avec un videur de latrines de Soweto sait que la moitié de son lexique n'est pas digne d'être imprimée, et que l'autre mérite d'être oubliée). Son sens de la formule était en partie congénital, mais il y avait également, dans un coin de son bureau, un poste de radio que Nombeko veillait à allumer dès qu'elle se trouvait à proximité. Elle le réglait sur la station des émissions de débats et prêtait une oreille attentive non seulement à ce qui s'y disait, mais à la manière dont s'exprimaient les débatteurs.

Grâce au magazine radiophonique hebdomadaire intitulé *Excursions africaines*, Nombeko comprit pour la première fois qu'il existait un monde en dehors de Soweto. Pas nécessairement plus beau ou prometteur, mais situé *à l'extérieur*.

Par exemple, elle apprit que l'Angola avait obtenu son indépendance. Le parti de la liberté PLUA avait fusionné avec le parti de la liberté PCA pour fonder le parti de la liberté MPLA qui, avec les partis de la liberté FNLA et UNITA, fit regretter au gouvernement portugais que cette partie du continent ait jamais été découverte. Gouvernement qui n'avait d'ailleurs pas réussi à construire une seule université durant les quatre siècles où il avait dirigé le pays.

L'analphabète Nombeko ne saisissait pas bien quelle combinaison de lettres avait abouti à quoi, mais le résultat semblait en tout cas avoir été le « changement » – le plus beau mot que Nombeko connaisse avec « nourriture ».

Un jour, elle laissa échapper devant ses collègues que cette histoire de changement pourrait faire sens dans leur vie à chacun, mais ils se plaignirent alors que la chef parlait politique. Ne suffisait-il pas qu'ils soient obligés de porter de la merde toute la journée, allaient-ils aussi devoir en écouter ?

En tant que chef des latrines, Nombeko était forcée de gérer ses collègues navrants, mais également l'agent sanitaire Piet du Toit. Lors de sa première visite après la nomination de Nombeko, il lui annonça qu'on n'installerait pas quatre nouveaux équipements sanitaires, mais un seul en raison du difficile contexte budgétaire. Nombeko se vengea à sa manière : avec malice.

— Cela n'a aucun rapport, mais que pense monsieur le préposé de la situation en Tanzanie ? L'expérience socialiste de Julius Nyerere n'est-elle pas sur le point de capoter ?

— La Tanzanie ?

— Oui, la perte de céréales doit bien approcher du million de tonnes, à ce stade. La question est de savoir ce que Nyerere ferait s'il n'y avait pas le Fonds monétaire international. À moins que le préposé ne considère le FMI comme un problème en soi ? demanda la gamine, qui n'avait jamais été à l'école et n'avait jamais mis les pieds hors de Soweto, à l'agent qui était un représentant de l'élite dirigeante, avait fréquenté l'université et ignorait tout de la situation politique en Tanzanie.

L'agent sanitaire, déjà blanc de naissance, devint livide face au raisonnement de l'adolescente. Il se sentait humilié par une analphabète de quatorze ans, qui, en plus, contestait son rapport sur les crédits à octroyer aux sanitaires.

— Quelle est donc l'idée du préposé du Toit, ici ? s'enquit Nombeko, qui avait appris à interpréter les chiffres toute seule. Pourquoi a-t-il multiplié les résultats entre eux ?

Une analphabète qui savait compter.

Il la détestait.

Il les détestait tous.

Quelques mois plus tard, Thabo rentra de voyage. Sa première découverte fut que la fille aux ciseaux était devenue sa supérieure hiérarchique. La seconde, qu'elle était moins une gamine qu'avant : elle commençait à prendre forme.

Une lutte interne fit rage dans l'homme à moitié édenté. D'ordinaire, il se serait fié à son sourire désormais crénelé, à sa technique narrative et à Pablo Neruda. Mais il y avait désormais un problème de hiérarchie… et le souvenir des ciseaux.

Thabo décida de patienter encore, mais de placer ses pions.

— Bon, il est grand temps que je t'apprenne à lire, déclara-t-il.

— Parfait ! répondit Nombeko. Commençons tout de suite après le travail. Nous viendrons à ta cabane, mes ciseaux et moi.

Thabo était un excellent professeur et Nombeko une élève douée. Dès le troisième jour, elle fut capable de tracer l'alphabet avec un bâton dans la boue, devant le taudis de Thabo. À partir du cinquième jour, elle commença à déchiffrer des mots et des phrases, syllabe par syllabe. Au début, elle connut plus d'échecs que de succès. Après deux mois, elle réussissait plus souvent qu'elle ne se trompait.

Pendant leurs pauses, Thabo lui racontait ce qu'il avait vécu au cours de ses périples. Nombeko ne tarda pas à comprendre qu'il mêlait au moins deux doses de fiction pour une dose de réalité, mais elle estimait que c'était aussi bien. La réalité était déjà assez merdique comme ça. Nombeko n'avait pas besoin d'autres récits du même tonneau.

Thabo venait de se rendre en Éthiopie pour destituer Sa Majesté impériale, le Lion de Juda, l'Élu de Dieu, le Roi des Rois.

— Hailé Sélassié, intervint Nombeko.

Thabo ne répondit pas. Il préférait parler qu'écouter.

L'histoire de ce simple chef de tribu qui était devenu empereur, se hissant au rang de véritable divinité [1] dans les Caraïbes, était si savoureuse que Thabo l'avait gardée en réserve pour le jour où il serait temps de tenter sa chance. À présent, l'être divin avait été chassé de son trône impérial et des disciples perdus fumaient des pétards partout dans le monde en se demandant comment il se faisait que le Messie promis, l'incarnation de Dieu, ait soudain été déposé. Destituer Dieu, c'était possible ?

Nombeko évita de poser des questions sur le contexte politique de ce drame. De fait, elle était quasiment certaine que Thabo n'en avait aucune idée et qu'une surabondance d'interrogations aurait nui au divertissement.

— Raconte encore ! l'encouragea-t-elle plutôt.

Thabo pensa que la situation évoluait dans le bon sens (comme il est facile de se tromper !). Il se rapprocha un peu et poursuivit en lui expliquant que sur le chemin du retour il avait fait un crochet par Kinshasa et avait aidé Mohammed Ali avant *The Rumble in the Jungle* – le combat de poids lourds l'opposant à George Foreman, l'invaincu.

— Dieu, ce que c'est passionnant ! s'exclama Nombeko en songeant que, question créativité narrative, cela l'était effectivement.

Thabo lui offrit un sourire si large qu'elle vit les scintillements entre les chicots qui lui restaient.

— Oui, en fait, c'était l'Invaincu qui voulait mon aide, mais j'ai eu le sentiment que… poursuivit Thabo, qui ne s'arrêta plus avant que Foreman ait été mis K-O par Ali grâce au soutien inestimable de son dévoué ami Thabo.

La femme d'Ali s'était d'ailleurs montrée charmante.

1. Hailé Sélassié signifie « Puissance de la Trinité ». *(Toutes les notes sont de la traductrice.)*

— La femme d'Ali ? s'étonna Nombeko. Tu ne veux quand même pas dire que…

Thabo rit tant que des tintements se firent entendre dans son clapet, puis il reprit son sérieux et se rapprocha davantage.

— Tu es très belle, Nombeko. Bien plus que la femme d'Ali. Imagine si nous nous mettions ensemble ? Si nous partions ensemble quelque part, suggéra-t-il en posant le bras sur son épaule.

Nombeko trouvait la perspective de « partir quelque part » délicieuse. N'importe où, en fait. Mais certainement pas avec le libidineux. La leçon du jour était terminée. Nombeko planta sa paire de ciseaux dans la cuisse gauche de Thabo et s'en alla.

Le lendemain, elle revint à la cabane et assena à Thabo qu'il ne s'était pas présenté au travail et n'avait pas prévenu.

Thabo répondit qu'il avait trop mal aux deux cuisses, surtout dans celle de gauche, et que Mlle Nombeko savait sans doute à quoi c'était dû.

Oui et cela ferait plus mal encore, car la prochaine fois elle n'avait pas l'intention de planter les ciseaux dans une cuisse, mais quelque part entre les deux, si tonton Thabo n'apprenait pas à se tenir.

— Par ailleurs, hier j'ai non seulement vu, mais entendu ce que tu avais dans ta vilaine gueule. Si tu ne surveilles pas ton comportement à partir de maintenant, je te promets de le raconter au plus grand nombre de personnes possible.

Thabo pâlit. Il savait très bien qu'il ne survivrait guère plus de quelques minutes si on venait à apprendre l'existence de sa fortune en diamants.

— Que me veux-tu ? pleurnicha-t-il.

— Je veux venir ici apprendre à lire dans tes livres sans avoir à apporter une nouvelle paire de ciseaux à chaque fois. Les ciseaux coûtent cher pour nous autres qui n'avons que des dents à l'intérieur de la bouche.

— Tu ne pourrais pas juste m'oublier ? s'enquit Thabo. Je te donnerai l'un des diamants, si tu me laisses en paix.

Il avait déjà eu recours à la corruption, mais jamais dans un tel but. Nombeko répliqua que les diamants ne l'intéressaient pas. Ce qui ne lui appartenait pas ne lui appartenait pas.

Bien plus tard, dans une autre partie du monde, il lui apparaîtrait que l'existence était bien plus compliquée que ça.

Assez ironiquement, ce furent deux femmes qui mirent un terme à la vie de Thabo. Elles avaient grandi dans l'Afrique orientale sous domination portugaise, et subvenaient à leurs besoins en assassinant des fermiers blancs pour les dépouiller. Leur entreprise prospéra aussi longtemps que la guerre civile dura. Une fois l'indépendance proclamée et le nom du pays transformé en Mozambique, on donna quarante-huit heures aux paysans encore sur place pour plier bagages. Les deux femmes n'eurent donc pas d'autre choix que de se reporter sur les Noirs aisés. Ce business se révéla bien moins lucratif, car presque tous les Noirs possédant quelque chose digne d'être volé étaient désormais membres du parti marxiste-léniniste présentement au pouvoir. Il ne s'écoula pas longtemps avant que les voleuses ne soient recherchées et pourchassées par la redoutable et redoutée police.

C'est la raison qui les fit partir en direction du sud, jusqu'à Soweto, cette remarquable cachette aux portes de Johannesburg.

Le plus grand ghetto d'Afrique du Sud a un avantage : on se fond dans la masse (pour peu qu'on soit noir), mais il a un inconvénient : les huit cent mille habitants de Soweto réunis (à l'exception de Thabo) ont sans doute moins de ressources qu'un seul fermier blanc d'Afrique orientale. Les femmes avalèrent quand même quelques comprimés de différentes couleurs, et se lancèrent dans une de leurs virées meurtrières. Elles échouèrent dans le secteur B et là, derrière la rangée de latrines, elles aperçurent une cabane peinte en vert au milieu des autres couvertes de rouille. Celui qui peint sa cabane en vert (ou en n'importe quelle autre teinte) a sans doute trop d'argent pour sa seule subsistance, se dirent les femmes, avant de s'introduire chez Thabo en pleine nuit et de lui vriller un couteau dans la poitrine. L'homme qui avait brisé tant de cœurs vit le sien réduit en bouillie.

Lorsqu'il fut mort, les femmes cherchèrent l'argent au milieu de tous les maudits livres éparpillés. Quel cinglé avaient-elles tué cette fois-ci ?

Elles finirent par découvrir une liasse de billets dans chacune de ses chaussures. Sans réfléchir, elles s'assirent devant la cabane pour se partager le butin. Le mélange de comprimés ingurgité avec un demi-verre de rhum leur avait fait perdre la notion du temps et de l'espace. De ce fait, elles étaient encore assises là, un rictus triomphal aux lèvres, quand la police – une fois n'est pas coutume – débarqua.

Les femmes furent arrêtées et expédiées pour un séjour de trente ans tous frais payés dans une prison sud-africaine. Les billets qu'elles avaient essayé de compter s'évanouirent à un stade précoce de la procédure policière.

Le cadavre de Thabo fut abandonné sur place jusqu'au lendemain. Au sein de la police locale, refiler les nègres morts à la patrouille suivante quand c'était possible était un sport prisé.

Le vacarme de l'autre côté de la rangée de latrines avait réveillé Nombeko. Elle s'habilla, se rendit sur place et comprit plus ou moins ce qui s'était passé. Après le départ des policiers avec les meurtrières et l'argent liquide de Thabo, Nombeko entra dans la cabane.

— Tu étais un être humain abject, mais tes sornettes étaient divertissantes. Tu vas me manquer. Tes livres, du moins.

Sur ce, elle ouvrit la bouche de Thabo et y récupéra quatorze diamants non taillés, soit le nombre exact des dents qu'il avait perdues.

— Quatorze trous, quatorze diamants, commenta Nombeko. C'est tout ?

Thabo ne répondit pas. Nombeko souleva le lino et se mit à creuser.

— C'est bien ce que je pensais, déclara-t-elle quand elle eut trouvé ce qu'elle cherchait.

Puis elle alla chercher de l'eau et un chiffon pour laver Thabo. Elle le sortit ensuite de la cabane et sacrifia son seul drap blanc pour lui en faire un linceul. Il méritait quand même un peu de dignité. Pas beaucoup, juste un peu.

Ensuite, Nombeko cousit sans attendre les diamants dans la doublure de son unique veste, puis retourna se coucher.

La chef des latrines prit sa matinée le lendemain. Elle avait beaucoup de choses à régler. Quand elle entra dans le bureau à une heure tardive, tous les videurs étaient présents. En l'absence du chef, ils en étaient à leur troisième bière et, depuis la deuxième, avaient décidé que le travail était moins important que la possibilité de s'accorder sur l'infériorité de la race indienne. Le plus bravache était en train de raconter l'histoire de celui qui avait essayé de colmater une fuite au plafond de sa cabane avec du carton ondulé.

Nombeko interrompit leur colloque, confisqua les canettes de bière encore pleines et déclara qu'elle soupçonnait ses subordonnés de n'avoir rien d'autre dans la tête que le contenu des latrines qu'ils étaient censés vider. Étaient-ils trop stupides pour saisir que la bêtise n'est pas une affaire de race ?

Le plus téméraire rétorqua que leur chef n'était manifestement pas fichue de comprendre qu'on puisse avoir envie de boire une bière en paix après les soixante-quinze premiers tonneaux de la matinée, sans avoir à écouter ces conneries comme quoi nous sommes tous fondamentalement semblables.

Nombeko envisagea de lui balancer un rouleau de papier hygiénique au front, mais décida que le rouleau ne méritait pas un tel sort. Elle préféra leur ordonner de reprendre le travail. Puis elle regagna sa cabane et s'interrogea de nouveau :

— Qu'est-ce que je fais ici ?

Elle allait avoir quinze ans le lendemain.

Le jour de son anniversaire, Nombeko devait assister à une réunion budgétaire prévue de longue date avec Piet du Toit. Cette fois-ci, l'agent sanitaire s'était préparé. Il avait vérifié les calculs avec minutie. La gamine de douze ans allait voir ce qu'elle allait voir.

— Le secteur B a dépassé le budget de onze pour cent, déclara Piet du Toit en regardant Nombeko par-dessus les lunettes de lecture dont il n'avait pas réellement besoin, mais qui le faisait paraître plus âgé.

— Absolument pas, répliqua Nombeko.

— Si je dis que le secteur B a dépassé le budget de onze pour cent, c'est un fait, rétorqua Piet du Toit.

— Et si je dis que le préposé compte comme il pense, c'est que c'est le cas. Donnez-moi quelques secondes, dit Nombeko en lui arrachant les feuilles de calcul des mains.

Elle parcourut rapidement les chiffres, désigna la vingtième ligne et annonça :

— La remise que j'ai négociée ici nous a été octroyée sous forme de livraison gratuite. Si le préposé se rapportait au prix effectivement payé au lieu d'un prix indicatif fictif, il verrait que ses onze pour cent imaginaires n'existent plus. En outre, il a inversé le signe plus et le signe moins. Si nous comptions comme le préposé, nous aurions *économisé* onze pour cent du budget. Ce qui n'aurait pas été mieux, soit dit au passage.

Piet du Toit sentit le rouge lui monter aux joues. La gamine ne comprenait-elle pas quel était son rang ? Que se passerait-il si n'importe qui pouvait définir ce qui était bien ou mal ? Il la haïssait plus que jamais, mais ne trouvait rien à dire. Il déclara donc :

— Nous avons pas mal parlé de toi au bureau.

— Ah bon, répondit Nombeko.

— Nous avons le sentiment que tu as du mal à travailler en équipe.

Nombeko comprit qu'elle était sur le point d'être virée, exactement comme son prédécesseur.

— Ah bon, répéta-t-elle.

— Je crains que nous ne devions te réintégrer à l'équipe des videurs.

C'était plus que ce qu'on avait accordé à son prédécesseur. Nombeko se dit que le préposé devait être de bonne humeur ce jour-là.

— Ah bon.

— « Ah bon », c'est tout ce que tu as à dire ? s'enquit Piet du Toit avec colère.

— Eh bien, je pourrais évidemment dire à M. du Toit quel idiot il est, mais l'amener à comprendre son idiotie serait quasiment une mission désespérée. Mes années passées auprès des videurs de latrines me l'ont appris. Ici aussi, il faut que M. du Toit le sache, on trouve des crétins. Il vaut mieux que je quitte ces lieux plutôt que de supporter la vue de M. du Toit plus longtemps, conclut Nombeko à toute vitesse.

Et c'est exactement ce qu'elle fit.

La fille s'était déjà évaporée avant que Piet du Toit ait eu le temps de réagir. Il était inimaginable qu'il entreprenne de la rechercher au milieu des taudis. Pour sa part, elle pouvait bien continuer à se cacher dans le ghetto jusqu'à ce que la tuberculose, la drogue ou l'un des autres analphabètes lui fasse la peau.

— Pfft, lâcha Piet du Toit en adressant un signe de tête au garde du corps que son père lui payait.

Il était temps de retourner à la civilisation.

Ce ne fut pas seulement son poste de chef qui partit en fumée lors de cette conversation avec le préposé, mais tout simplement son travail. De même que son dernier salaire.

Son sac à dos contenant ses effets insignifiants était prêt. Elle avait une tenue de rechange, trois livres de Thabo et vingt morceaux de viande d'antilope séchée qu'elle venait d'acheter avec ses derniers deniers.

Elle avait déjà lu les livres et les connaissait par cœur, mais elle trouvait la simplicité de leur aspect réconfortante. À l'inverse de la simplicité de ses collègues, qu'elle trouvait affligeante.

C'était le soir et l'air était frais. Nombeko enfila sa seule veste, s'allongea sur son unique matelas et remonta sa seule couverture sous son menton (son unique drap venait de servir à emballer un cadavre). Le lendemain, elle s'en irait.

Mais où ? Soudain, elle eut la réponse, en se remémorant un article lu dans le journal de la veille. Sa destination : le 75, Andries Street, à Pretoria.

La Bibliothèque nationale.

Pour ce qu'elle en savait, ce n'était pas un secteur interdit aux Noirs. Avec un peu de chance, on la laisserait entrer. Elle ignorait ce qu'elle pourrait y faire de plus que de respirer et de savourer la vision des milliers d'ouvrages, mais ce serait un bon commencement. Elle sentait que la littérature la guiderait pour la suite.

Avec cette certitude, elle s'endormit pour la dernière fois dans la cabane qu'elle avait héritée de sa mère cinq ans plus tôt. Elle le fit avec un sourire.

Cela ne lui était jamais arrivé.

Le matin venu, elle se mit en route, et pas pour une promenade de santé. Pour sa première excursion en dehors de Soweto, un voyage de quatre-vingt-dix kilomètres l'attendait.

Après environ six heures, soit au vingt-sixième des quatre-vingt-dix kilomètres, Nombeko arriva au centre de Johannesburg. Un autre monde ! La plupart des gens autour d'elle étaient blancs et présentaient tous une ressemblance frappante avec Piet du Toit. Nombeko regardait autour d'elle avec intérêt. Il y avait des enseignes au néon, des feux tricolores, un vacarme permanent, ainsi que des voitures neuves rutilantes, des modèles qu'elle n'avait jamais vus. Lorsqu'elle pivota d'un demi-tour pour découvrir d'autres nouveautés, elle vit un véhicule à pleine vitesse se diriger droit sur elle.

Nombeko eut le temps de se dire que c'était une bien belle voiture.

En revanche, elle n'eut pas le temps de s'écarter.

L'ingénieur Engelbrecht van der Westhuizen avait passé l'après-midi au bar du Hilton Plaza dans Quartz Street. Il était à présent au volant de son Opel Admiral flambant neuve et roulait vers le nord.

Il n'est jamais facile de conduire avec un litre de cognac dans le sang. L'ingénieur n'alla pas plus loin que le premier carrefour avant que son Opel ne monte sur le trottoir et – merde ! N'avait-il pas renversé une bamboula ?

La fille sous la voiture de l'ingénieur, une ancienne videuse de latrines, s'appelait Nombeko. Quinze ans et un jour plus tôt, elle était venue au monde dans une cabane de tôle au sein du plus grand ghetto d'Afrique du Sud. Entourée d'alcool, de solvants et de comprimés, elle était destinée à vivre un peu avant de mourir dans la boue, au milieu des latrines du secteur B de Soweto.

Ce fut justement cette fille-là qui s'en échappa. Elle quitta sa cabane, pour la première et la dernière fois.

Elle n'alla pas plus loin que le centre de Johannesburg avant de se retrouver en piteux état sous une Opel Admiral.

C'est comme ça que tout finit ? pensa-t-elle avant de sombrer dans l'inconscience.

Ce ne fut pas le cas.

Composé par Facompo
à Lisieux (Calvados)

Achevé d'imprimer
par Black Print CPI Iberica
à Barcelone
en avril 2014

POCKET - 12, avenue d'Italie - 75627 Paris cedex 13

Dépôt légal : avril 2014
S25143/01